EL JUEGO

EL JUEGO

MARTIN KEMP

Editado por HarperCollins Ibérica, S. A.
Avenida de Burgos, 8B - Planta 18
28036 Madrid

El juego
Título original: The Game
© Martin Kemp 2023
© 2024, para esta edición HarperCollins Ibérica, S. A.
Publicado por HarperCollins Publishers Limited, UK
© De la traducción del inglés, Celia Montolío Nicholson

Diseño de cubierta: Claire Ward/HarperCollinsPublishers Ltd
Imágenes de cubierta: © Dave Wall/Arcangel Images (fondo) y
© CollaborationJS/Trevillion Images (figura del hombre)

ISBN: 978-84-1064-030-6
Depósito legal: M-11872-2024
Impreso en España por: BLACK PRINT

Para Shirlie, Harleymoon y Roman, mi familia.
Con vosotros, la vida es perfecta.

¿Quién es Johnny Klein?

«¿Johnny Klein eres tú? —me preguntaba todo el mundo—. ¿Estás escribiendo sobre un personaje, o eres tú?». Bueno, en Johnny hay mucho de mí, pero también hay mucho de montones de estrellas del *rock* que he conocido a lo largo de los años, de Townshend a Bowie, de Jagger a Iggy, los chavales de Quo o los chicos de Queen. Es todos ellos a la vez, embutidos en un enigma de ficción. No me inventé a Johnny Klein para escribir este libro; lleva años conmigo, es un amigo imaginario, alguien que me hizo compañía durante mucho tiempo, cada vez que salía de gira con mi banda. Era mi alias. Lo usaba para registrarme en los hoteles, para reservar mesa en los restaurantes, hasta para que me trajesen la compra a casa. Los dos nos fundíamos en uno. El nombre de Johnny Klein estaba en todas mis cosas, incluso en las etiquetas plastificadas del equipaje con el que di varias vueltas al mundo para tocar en cientos de ciudades de todo el planeta. Durante décadas ha sido, literalmente, mi compañero, mi confidente, mi mejor amigo.

La primera vez que puse el personaje sobre el papel fue en 1990. Empezó como una idea para un programa de televisión que propuse a los productores de *The Krays;* era una idea con la que sabía que tenía que hacer algo. Por aquella época, mi mayor temor era no saber qué haría si todo se iba al traste, si el éxito y todo lo que conlleva me eran arrebatados de repente. ¿Me señalarían con el dedo el resto de mi vida? «Mira, ese de ahí era famoso, una estrella del pop». Noche tras noche me despertaba empapado en un sudor frío después de soñar que estaba otra vez en el colegio o de aprendiz de impresor; y no porque me diese miedo trabajar —siempre he trabajado duro, fuera cual fuera mi ocupación—, sino porque, en mi sueño, seguía siendo famoso, una estrella del pop fracasada que había tenido todo lo que desea la mayoría de la gente… y después le había sido arrebatado, para gran regocijo de todos.

La de Johnny Klein no es la típica historia de la estrella pop que pasa de mendigo a millonario, el narcisista arrogante que mira a sus devotos súbditos por encima del hombro, absorbiendo fama, dinero y adulación. Es, por el contrario, la historia del paso de millonario a mendigo de una de las estrellas más grandes de Gran Bretaña, un auténtico fenómeno en los años ochenta, uno de los rostros más conocidos de la época; estaba en todas partes, desde las portadas de las revistas hasta las entrevistas de televisión. Era como si se hubiese grabado a fuego en la psique de todos. Pero ahora las cosas se le han torcido y Johnny Klein se ve obligado a venderlo absolutamente todo… Su peor pesadilla se ha hecho realidad. Esta historia, en fin, cuenta cómo sobrevivió Johnny Klein; cómo, a la par que se abría camino en un mundo mediocre, fue descubriendo quién era realmente.

Incluso en los mejores momentos, la fama es algo con lo que es muy difícil vivir. Tiene sus aspectos positivos, pero que te reconozcan constantemente es difícil, y lo más duro de todo es ser famoso y estar arruinado. Imagínatelo: de repente tienes que salir de detrás de las verjas eléctricas y los altísimos muros para volver a coger el autobús en lugar de subirte a una limusina, tienes que incorporarte otra vez como sea a la vida real, con más vergüenza que orgullo de tu nombre, y preferirías que la gente lo susurrase en lugar de gritarlo como antaño.

«Famoso» y «arruinado» son dos palabras que no deberían pronunciarse nunca en una misma frase, pero Johnny Klein, la antigua estrella del *rock* que vivió su vida en una orgía de éxito y gloria, se encuentra con que no tiene más alternativas. Las cartas se han repartido, y esta es la mano con la que le ha tocado jugar…

«A veces se gana, a veces se pierde. Todo depende de cómo gire la rueda. En esta vida, el único modo que tienes de asegurarte de que no vas a perder es renunciar a jugar: no apuestes, apártate y observa cómo otros corren los riesgos y sufren las pérdidas…, o ganan la gloria».

Johnny Klein, *Smash Hits*, 1987

1

El final del comienzo

Lunes

El televisor extragrande proyectaba una luz caleidoscópica sobre la oscura caverna de la habitación. Por las paredes había figuras fantasmagóricas brincando como las sombras de las marionetas japonesas de *bunraku*. Los altísimos techos y el suelo de madera formaban una cámara de resonancia perfecta para el rítmico estruendo procedente de las dos torres de altavoces Marshall que se alzaban en precario equilibrio a cada lado de la anticuada pantalla de retroproyección.

—Y, ahora, el grupo al que estabais esperando. Con su último exitazo, «Don't Go There»... ¡Klein!

Era una reposición de un programa de *Top of the Pops* de hacía décadas. En mitad de la pantalla, con sus sempiternas gafas, se veía a Mike Read, por aquella época el DJ favorito de todo el mundo, en el estudio dos del Centro de Televisión de la BBC de White City. Estaba subido al endeble puente metálico con parpadeantes luces multicolores que presidía el que posiblemente fuese el escenario más famoso de toda Gran Bretaña, la plataforma elevada en la que habían actuado cientos de estrellas del pop y del *rock* inglesas y extranjeras junto a otros tantos aspirantes cuyos sueños y ambiciones no sobrevivirían finalmente a la despiadada crueldad de la industria musical, a la payola de los ochenta y a las jaurías de caza de representantes y agentes, siempre tan dispuestos a desmembrarte para volver a ensamblarte, cual monstruo de Frankenstein, a imagen y semejanza de las frustradas estrellas del pop que eran.

Resonaron unos acordes de guitarra y entró un secuenciador, creando aquel perfecto sonido ochentero de sintetizador, una elegante combinación de la banda ABC de Trevor Horn y la calma discordante de la guitarra de Lenny Kravitz.

La fascinante figura de Johnny Klein se acercó sin prisas al micro mientras las cámaras, cada vez más cerca, hacían sensuales maniobras a su alrededor. Como la onda sísmica de un tsunami, el mar de chicas empezó a avanzar rítmicamente mientras él hacía magia con su Gibson Gold Top.

Era imposible no fijarse en él, con aquella blanquísima blusa paracaídas de Katharine Hamnett, el cinturón de balas del mercado de Camden flojo en torno a las estrechas caderas y los vaqueros de cuero brillante que tan bien caían sobre las botas Seditionaries negras con tachuelas. El conjunto evocaba directamente los días de adolescencia pasados en King's Road, en las inmediaciones de la famosísima tienda punk de Malcolm y Vivienne, SEX, con aquel enorme reloj cuyas agujas se movían en sentido contrario. Toda esa energía y esa rebeldía estaban grabadas en su silueta esbelta y musculosa, también en sus rasgos pálidos e insolentes, así como en los penetrantes ojos azules que había debajo del recto flequillo negro azabache.

Tenía un aspecto «angelical», había escrito un periodista de la prensa musical, «pero no solo, porque también tiene un no sé qué diabólico».

A esas alturas las adolescentes de todo el país ya estaban desmayándose, y eso que Johnny aún no había cantado ni una palabra. Con un gesto aparatoso, se lanzó a cantar un tema conocido en todas partes. No solo era un éxito radiofónico, sino que además no había cola en la que la persona que tenías al lado no estuviera tarareándola, no podías comprar en el supermercado, entrar en un ascensor o pasear por las calles de tu ciudad sin que la voz de Johnny te acariciase desde la ventanilla abierta de un coche; una voz que no era ninguna maravilla (¡él mismo lo reconocía!), pero que era más que suficiente para el *rock and roll*.

—Dios —gruñó para sus adentros el hombre que estaba enfrente de la pantalla gigante.

Estaba hundido en un amplio sillón reclinable de cuero negro; sus ojos empañados estaban clavados en aquellas imágenes de otros tiempos. Dio otra calada larga y fatigada a su Marlboro.

Su voz nunca había sido lo más importante. El Johnny Klein de los ochenta lo tenía todo: su *look,* su sonido, sus habilidades musicales, su carisma natural, su don para aprovechar el momento… Era una estrella pop que ni hecha a medida. Incluso en aquella época, era una alineación insólita. De modo que no tenía nada de sorprendente que su sonrisa lobuna adornase las paredes de los dormitorios de las adolescentes desde Londres hasta Aberdeen, que saliera con frecuencia en la portada de *Smash Hits, Record Mirror* e incluso en la de *The Face.* Era una fusión de Elvis, Marlon Brando y David Bowie apta para el *establishment,* el sueño de toda compañía discográfica, el hombre que todos los hombres querían ser y con el que querían estar todas las mujeres, y un habitual no solo de *Top of the Pops,* sino también de programas musicales de fin de semana como *Saturday Superstore.* Incluso llegó al horario de máxima audiencia, y bien que le sacó partido cuando aprovechó la entrevista que le hicieron en *Parkinson* para proclamar a los cuatro vientos que estaba saliendo con Laura Hall, la glamurosa presentadora de televisión a la que todos los hombres del país con sangre en las venas querían como novia, y que se habían prometido. Naturalmente, la noticia provocó una enorme confusión en la discográfica, temerosa de que la vida de casado, y más adelante tal vez la paternidad, le quitase lustre…; sin embargo, como todo lo que tocó Johnny en aquella época, se convirtió en oro, valiéndole todavía más páginas de enloquecidos debates en los tabloides.

Y ahora todo aquello era pasado.

El hombre del sillón reclinable se quedó mirando el televisor sin verlo mientras el humo del Marlboro le subía en volutas por el brazo y se disolvía entre el desgreñado cabello entrecano. Dio otra calada a la vez que se rascaba el mentón, que estaba cubierto por una barba incipiente. Se sorbió la nariz, se llevó la copa de *whisky* a unos labios agrietados por la deshidratación y la apuró. Las imágenes fantasmagóricas se reflejaban en aquellos ojos que antaño habían sido de un color azul hielo y ahora estaban apagados y enrojecidos. Era una sombra de lo que había sido, un espectro de aquella antigua promesa del *rock and roll*.

Mientras la bambolla de cuento de hadas seguía emitiéndose, la mirada borrosa del hombre se posó en el viejo y tosco VHS que estaba debajo, concretamente en el parpadeo verde fluorescente de la palabra *playing*.

«Joder, qué bueno era», pensó.

Y de repente un timbrazo agudo y prolongado horadó su consciencia, un toque de atención electrónico que le sacó de su ensimismamamiento. No se movió, al menos inmediatamente; era demasiado esfuerzo. Siguió repantigado, aislado en aquella burbuja cerrada de una existencia anterior, protegido por gruesas persianas negras que repelían incluso el sol del mediodía. El timbre de la entrada volvió a sonar. Esta vez, más tiempo y con más agresividad, como si el dedo que lo apretaba se negase a ceder. Era como si un taladro estuviese perforando los sentidos que había conseguido anestesiar a lo largo de los años.

Johnny no tenía prisa por reaccionar. Y nunca había sido de los que se dan por vencidos. No había duelo de voluntades en el que no fuera capaz de defenderse, de discutir durante días, semanas, meses, lo que hiciera falta, por mucho que supiera que estaba completamente equivocado. Ser terco como una mula le había sido muy útil en numerosas ocasiones. Pero esta vez era distinto. Arrinconado en aquella maldita ratonera, de poco le iba a servir seguir ahí apoltronado, inerte como un grumo de gelatina.

Pulsó el mando a distancia, y su encarnación de antaño, aquella imagen hipnotizante, aquel ángel que era a la vez un demonio rodeado de un bosque de manos alzadas, parpadeó y se fundió en negro.

Por un breve instante, la negrura y el gozoso silencio se le antojaron hermosos.

Ladeó la cabeza y estiró los tendones del cuello, que crujieron ruidosamente.

Pulsó otro botón y se activaron unos motores. Las persianas eléctricas subieron y la luz del día empezó a entrar a raudales, soltando destellos a través de los millones de partículas de polvo que flotaban sobre las botellas vacías de Jack Daniel's, los ceniceros rebosantes y el maloliente desparrame de cajas de *pizza* y envases de *chop suey*. Presa de un agotamiento salvaje, sintiendo cómo le crujían los mismísimos huesos, Johnny se pasó los dedos marrones de nicotina por la pelambrera canosa y se puso en pie trabajosamente. Se tambaleó, y después se acercó con paso cansino al ventanal, que tenía unas vistas impresionantes del amplio jardín delantero y del serpenteante camino de grava.

El césped había conocido tiempos mejores y la fuente con la Venus de Milo estaba seca. Hacía años que el agua no fluía por culpa de unas tuberías atascadas y corroídas, y la curvilínea figura estaba agrietada y cubierta de musgo.

Al fondo del camino había dos altos portones negros de acero forjado, lo bastante intimidantes como para mantener a raya a los fans que habían acudido en tropel de todas partes del país. Estaban cubiertos con los jirones mojados de centenares de notas manuscritas que declaraban su adoración eterna a Johnny Klein.

Con todo, lo importante aquel día eran la furgoneta blanca que había al otro lado y el tiarrón —regordete, con gorra de *tweed* y un grueso abrigo de piel de oveja— que estaba junto al telefonillo. Mientras Johnny le observaba, el tipo volvió a llamar insistentemente.

Johnny se acercó al monitor y vio un rostro cómicamente deformado por la lente de ojo de pez. Pulsó el botón de voz.

—¿Sí?

—¿Eres tú, Johnny? —preguntó una voz ronca con acento del norte—. Estamos aquí. Son las doce… Bueno, en realidad, pasadas las doce. Pero quedamos con la de la inmobiliaria en venir a mediodía, ¿te acuerdas?

Johnny echó otro vistazo por la ventana. Una rubia de bote regordeta vestida con un brillante chándal rosa y un enorme plumífero acababa de salir de la furgoneta. Llevaba el pelo recogido con una cola de caballo que parecía un trozo de cuerda.

—¿Estás ahí, Johnny? —preguntó el hombre, que parecía que empezaba a exasperarse.

Johnny exhaló lentamente; el aliento le olía a rancio.

—Joder.

Pulsó el botón, y los portones se abrieron hacia dentro con un chirrido metálico. Sin molestarse en echar otro vistazo al exterior, recorrió con ojos cansados sus últimas y escasas pertenencias: su centro de operaciones, más polvoriento y abollado que nunca, y unas cuantas cajas viejas y rotas, mal cerradas con cinta americana, por las que asomaban varios discos de oro.

Era difícil creer que aquella habitación amplia pero deprimentemente vacía hubiese sido en tiempos el puesto de mando de su acelerada vida, el corazón palpitante de su felicidad y la de Laura. ¿Cuántos cumpleaños, Navidades y éxitos discográficos habían festejado allí? Había habido espacio sobrado para celebrar su banquete de boda, por no hablar del desmadre en el que había degenerado: «galletas espaciales» servidas con ríos de champán, sus propios padres —conservadores con «c» minúscula— metidos en la fuente y proclamando a los cuatro vientos que era uno de los mejores días de su vida…

Menos mal que sus padres ya no podían verle, aunque en su fuero interno deseaba con todas sus fuerzas que siguieran vivos. Volvió a sorprenderle hasta qué punto había dado por supuesto su éxito. La insensatez y la audacia de la juventud le habían impedido pensar siquiera que con el tiempo se pudiese ir todo al traste. ¿Por qué iba a habérselo imaginado? Él nunca se había ocupado de gestionar los informes de regalías, ni se había mantenido ojo avizor con los gastos, los ingresos, las facturas de oficina y las del personal y las hipotecas, ni siquiera con la póliza multimillonaria con la que su equipo de prensa había asegurado sus manos, una carísima estrategia de relaciones públicas. Había tenido gente que se encargaba de todo eso.

Había tenido gente para todo.

Precisamente esa había sido una de las cosas que habían ahuyentado a Laura.

Bueno, esa y todo lo demás.

Oyó golpes fuertes y secos en la puerta de la calle.

Mientras se dirigía lentamente a la entrada, el codo le chocó con un jarrón de cristal blanco que había sobre un pedestal de plexiglás transparente. El jarrón se tambaleó, pero Johnny no reaccionó, sino que se quedó mirando, interesado por ver si podía empeorar su suerte. Y, en efecto, podía: mientras el jarrón giraba en el aire como una primera bailarina haciendo piruetas perfectas antes de caer en el suelo de parqué y desintegrarse en miles de fragmentos resplandecientes, una llave dio la vuelta en la cerradura y asomó por la puerta el rostro hosco y turbado de un hombre que, al ver al antiguo habitante, esbozó una sonrisa nerviosa.

—Ah, Johnny…, quiero decir, señor Klein. —Otra vez aquel acento del norte. Apareció una mano regordeta de la que colgaba una brillante llave nueva—. Perdón, pero…, esto…, la agente inmobiliaria me dio la llave. Lo siento, dijo que no sabía si seguiría usted aquí o no.

Johnny le miró largo y tendido, y a continuación, como buen *showman*, abrió los brazos de par en par.

—Claro, tranquilo. Todo suyo, colega. Con café, copa y puro.

Al hombre se le ensanchó la sonrisa.

—Llámeme Dave, por favor.

Abrió la puerta del todo y entró arrastrando los pies; el abrigo de piel de oveja hacía que su corpachón pareciera más voluminoso todavía. Se ajustó torpemente la gorra estilo *Peaky Blinders*, y las ostentosas joyas que lucía en los dedos y en las muñecas centellearon. Se quedó mirando el montón de añicos y se mordió el labio; sin embargo, no hizo ningún comentario, sino que apartó los restos a un lado con el mocasín de cuero marrón.

—¿Ha cogido todo lo que quería? —preguntó, seguramente desconcertado al ver que Johnny seguía allí—. ¿Sabe que es casi la una?

La situación era surrealista. En otros tiempos, Johnny Klein había estado solicitadísimo; había ganado un dineral solo por presentarse en un estreno o promocionar alguna marca que no le interesaba lo más mínimo con una sonrisa, un apretón de manos y un «muchas gracias y adiós». Y ahora le estaban echando de su propia casa.

—Claro —repitió—. Cojo mis cosas y le dejo a su bola.

Se fue por el pasillo, subió el tramo de escaleras hasta el primer descansillo y cruzó la puerta doble que daba a su dormitorio. Dos mesitas idénticas enmarcaban una gigantesca cama deshecha, con sábanas de algodón egipcio blanco tan arrugadas y manchadas que cualquiera habría pensado que Tracey Emin llevaba días o incluso semanas preparándolas. En el extremo del diván blanco había una pequeña bolsa de lona. Johnny hizo una pausa en la calma del momento.

Los dormitorios a menudo traían buenos recuerdos; sin embargo, el que tenía grabado en la memoria no lo era en absoluto, y habría preferido que no le invadiese ahora. Aun así, lo revivió: era el momento en el que había entrado y se había encontrado a Laura terminando de meter sus cosas en una bolsa de viaje de diseño. Estaba harta. Harta del alcohol, de las drogas, de las resacas, de las sospechas y los rumores, de las verdades a medias, de las mentiras descaradas.

Estaba hasta la coronilla, dijo, de enterarse de sus proezas por la prensa dominical. No pensaba dejarse pisotear.

Johnny ni siquiera intentó negarlo. En casa era un muchacho, literalmente un hombre-niño mimado por Laura, que por la noche le daba un beso en la mejilla cuando gemía en sueños o le acariciaba la cabeza cuando la posaba sobre su regazo y le decía que siempre la iba a querer, que no quería perderla. Pero cuando se subía al autobús de las giras, a veces solo unos minutos después de salir del punto de recogida de la autopista al que le había acercado ella, volvía a ser un dios del *rock,* una fuerza oscura e intrépida, una bestia de apetitos voraces y variados, siempre dispuesto y ansioso por llevar las cosas al extremo, como habían hecho tantos y tantos de sus ídolos del *rock* antes que él.

Volvió los ojos hacia la ventana del dormitorio. Al fondo del camino, en lugar de la furgoneta blanca de alquiler y el hombretón llamado Dave y su chica rubia de bote, habían estado Laura y Chelsea, cogidas de la mano. Mientras se subían a un taxi, su hija se había enjugado las lágrimas.

—¿Johnny?

Una voz suave irrumpió en sus pensamientos.

Mona estaba en la puerta del dormitorio. Como siempre, representaba muchos años menos de los treinta y cinco que había cumplido. Algo tenían que ver en esto la minifalda, las botas hasta las rodillas y la chaqueta de motera de cuero negro con borlas, pero también su constitución menuda y juvenil y su belleza natural. Tenía una piel perfecta, ojazos negros y largas pestañas negras, y últimamente llevaba el cabello negro azabache en una melenita *pixie bob.*

—¿Quién es el tipo ese que está ahí abajo?

Johnny seguía distraído.

—¿Abajo? Ah, sí, Dave.

—¿Dave?

—Sí, un tiparrón con un gorrito y abrigo de oveja.

—Sí, ese es. —Mona le miró con cara de preocupación—. Creo que quiere que te largues. Esta es su casa ahora.

—Ya.

Mona trabajaba de periodista en *Classic Rock,* una de las pocas revistas musicales que seguían publicándose desde que internet pasó la guadaña por la mayoría de ellas. Tener cerca a Mona hacía que

Johnny se sintiera un poco mejor consigo mismo; su energía, su vitalidad y su inteligencia le daban un chute de adrenalina que no obtenía de nada más. Había tardado en comprenderlo, pero Mona era algo que hacía mucho tiempo que no tenía: una amiga.

Aunque en este momento ni siquiera la presencia de Mona obraba la magia de siempre.

Cogió el bolso de lona. Era descorazonador, lo poco que pesaba. En su interior solo había unos pocos pares de calcetines y calzoncillos, una camiseta de Alice Cooper y un par de Levi's negros que en tiempos había reservado para bodas, funerales y algún que otro concierto gótico.

—En serio, Johnny, ¿estás bien?

—He tenido días mejores.

Mona le miró de arriba abajo, visiblemente afectada al ver los viejos Levi's 501 deshilachados por las rodillas y la camisa de seda negra arrugada y con un desagradable olor a sudor.

—Johnny, cuánto siento todo esto.

Saltaba a la vista que Mona había ido con intención de ofrecer apoyo moral, pero Johnny vio que el espectáculo de sus escasas pertenencias mal metidas en unas pocas bolsas y cajas era todo un desafío para su positividad. Volvió a encogerse de hombros, pero su rostro, antaño tan hermoso, era una máscara de dolor.

—Las cosas buenas no duran para siempre, Mona. Hay que disfrutarlas mientras se puede.

—¿Y tus discos de oro?

Johnny pensó en Dave, el nuevo residente, que seguro que ya se habría puesto cómodo en la silla de mando de la planta baja.

—Que se quede con ellos; total, ha comprado la casa como un lote. Es decir, ha comprado todo lo que hay aquí, así que de nada sirve lloriquear. A otra cosa, mariposa.

—No está todo acabado, ¿sabes? Estoy segura de que no.

—¿Eres capaz de mirarme y repetirlo con la cara seria?

Mona no titubeó.

—Oye, a la gente le puede cambiar la suerte, pero el talento no. De alguna manera, volverás a ir por buen camino.

Johnny cogió de una percha la chaqueta militar color caqui.

—Y ¿cuál es el buen camino, Mona?

—Bueno, para empezar no vas a acabar en una pensión de mala muerte, con cucarachas por las paredes y ratas debajo de la cama.

Se cruzó de brazos y le miró con una expresión que no admitía peros.

Johnny la observó, perplejo.

—He hablado con mi tío —dijo Mona—. Quiere que te quedes con nosotros en Brick Lane, encima del restaurante. Hasta que te organices. Era un gran fan tuyo, ¿lo sabías?

—Mona… —La propuesta fue como una patada en los huevos—. Con esto solo consigues que me sienta aún peor.

—Es un apaño provisional —se apresuró a añadir ella—. Considéralo un nuevo comienzo. No pienses en lo que estás perdiendo, piensa en las posibilidades. Llevas demasiado tiempo encerrado en este mausoleo.

—Sí, bueno…

Abrió bruscamente el cajón superior de la mesita de noche, cogió el dinero en efectivo que quedaba —varios cientos de libras, como mucho— y se lo metió en el bolsillo de atrás.

—Pero al menos era mi mausoleo.

2

Graceland

Lunes

A Mona la habían enviado de niña de Bangladés a Inglaterra a vivir con su tío. Nunca le habían explicado del todo los motivos, solo sabía que a sus padres les había parecido que tendría una vida mejor en Gran Bretaña. Su tío Rishi, que ya estaba allí, era toda una leyenda. Él y su mujer, Aahana, habían abierto en Manchester el primer restaurante indio de Wilmslow Road, que más adelante se convertiría en la mundialmente famosa Curry Mile. Cuando, siendo todavía muy joven, Rishi enviudó, los recuerdos que le traía el lugar se le hicieron demasiado duros y trasladó el negocio a Londres, concretamente a Brick Lane, en el East End, el hermoso crisol cultural en el que las sombras del Londres dickensiano se encontraban con la diáspora imperial de mediados del siglo xx. Para cuando llegó Mona, era ya el corazón de la comunidad bangladesí de Tower Hamlets, famosa por su larga calle de restaurantes, que en su mayoría se habían abierto para satisfacer las necesidades de los trabajadores que no paraban de llegar. Y era en este mundo vibrante y colorido en el que se había criado.

Llevó a Johnny hasta allí en la pequeña furgoneta azul de su tío, rotulada a ambos lados con el nombre de su restaurante, Graceland, en elegantes letras doradas.

De Mill Hill a Brick Lane apenas había quince kilómetros, pero era como si ambas localidades pertenecieran a mundos distintos. Las anchas avenidas arboladas de Hampstead e Islington dieron paso a calles más estrechas y ruidosas, y el cielo abierto se convirtió en una celosía de finas tiras cuando llegaron al East End y se adentraron por un laberinto de almacenes que, por efecto de la gentrificación, se habían reconvertido en su mayoría en bares de moda y bloques de pisos hípster, muy diferentes de las precarias viviendas vecinales de los tiempos en que Jack el Destripador merodeaba por las calles de Spitalfields. Desde Hackney, la furgoneta azul se abrió paso por el atasco de Bethnal Green Road, giró a la derecha en la cervecería Truman y se metió por Brick Lane.

Como de costumbre, estaba tan abarrotado de visitantes como de residentes. Brick Lane no dormía jamás, recordó Johnny. Al menos, desde media mañana, cuando el primer *maître* se ajustaba la pajarita y salía a la calle a tentar a los transeúntes para que entrasen a comer, hasta altas horas de la madrugada, cuando pasaban los camiones de la basura. En este momento, viernes a la hora del almuerzo, le envolvió un ambiente cargado de aromas intensos: hierbas y especias, *bhajis* chisporroteando en freidoras, pollos asándose en hornos de barro *tandoori*.

Mona charlaba alegremente, de vez en cuando dando bocinazos y gritando con un fuerte acento *cockney* a vehículos o ciclistas que se cruzaban en su camino.

Johnny la había conocido hacía diez años. Ella había ido a su mansión de Mill Hill a entrevistarle y habían hecho muy buenas migas. Mona estaba encantada de que accediese a ser entrevistado, sobre todo porque por aquella época Johnny estaba atravesando uno de sus periodos de reclusión. A él, a su vez, la sinceridad y la inocencia de Mona le parecían refrescantes. Habían descubierto que compartían un sentido del humor irreverente, por no hablar de su fascinación por las primeras épocas del *rock* y del pop. Cómo no, desde la perspectiva de Johnny no había sobrado que Mona fuera un bombón, y sabía perfectamente que en su fascinación de fan por él y por su glamuroso estilo de vida había habido algo más que habría podido explotar fácilmente. Pero a pesar de sus antecedentes al respecto, a estas alturas de su vida la juventud de Mona le había parecido entrañable más que tentadora. En los años siguientes, y sobre todo después de que Laura y él se distanciasen, habían forjado una amistad desigual en la que Mona parecía estar siempre a mano cada vez que él estaba en un aprieto. Pensándolo bien, Johnny seguía sin saber qué sacaba ella de su amistad.

—¿Te digo una de las frases favoritas de mi tío? —dijo Mona con voz animosa—. «El futuro solo está a un latido de distancia». Te vendría bien reflexionar sobre estas palabras, Johnny. Tienes muchísimo tiempo para dar un giro a la situación.

Johnny la miró.

—El futuro solo está… ¿Eso no es de una canción?

—Seguramente. —Mona asintió con entusiasmo—. Ya te lo dije, mi tío está obsesionado con la música moderna. En serio, te va a caer de maravilla.

—Es de Leo Sayer, ¿no? De «When I Need You» —dijo Johnny, y Mona volvió a asentir con la cabeza—. ¿Tu tío te educó con el evangelio según san Leo?

—Leo vino a cenar al restaurante hará unos diez años. A mi tío ese tipo de cosas nunca se le olvidan… ¡Figúrate, una visita de un icono de los setenta! Bueno, ya hemos llegado. ¿Adivinas cuál es su edificio?

29

Johnny asomó la cabeza. Desde encima de la puerta del restaurante más cercano, una inmensa valla publicitaria se alzaba hacia el horizonte. Lo menos tenía doce metros de altura y tapaba casi toda la parte superior de la fachada del edificio. La imagen, ingeniosamente elaborada con miles de discos de plástico en miniatura que giraban con el viento, representaba a Elvis Presley. No era un Elvis en la flor de la vida, esbelto y juvenil, sino una versión más vieja y barrigona, el «Elvis de Las Vegas». La papada le temblaba cuando la brisa de octubre hacía girar los discos.

Por encima del mural, el nombre del restaurante, Graceland, había sido pintado con gigantescas letras doradas. Deslumbraba al sol del mediodía.

—¡Joder! —exclamó Johnny.

—Sabía que te impresionaría.

—Esto... Sí, desde luego.

Mona aparcó en una zona para uso exclusivo del personal, enfrente de la entrada.

—¿Estás segura de que tiene sitio para alojarme? —preguntó Johnny.

—Pues claro que tiene sitio.

Echó el freno de mano y apagó el motor. Después se bajó de un salto y corrió a abrir la puerta de atrás para sacar la bolsa de Johnny.

Haciendo todo lo posible para que no se le notase demasiado el descontento, Johnny se bajó de la furgoneta y se quedó mirando la espectacular valla publicitaria multicolor.

Por un instante, al ver hasta qué punto amaba la música el tío de Mona, olvidó todas sus reservas respecto a cómo se vería desde fuera que una antigua leyenda del *rock and roll* hubiese quedado reducida al estatus de inquilino del ático de un restaurante indio del East End…, sobre todo uno como aquel, que a los *paparazzi* no les iba a costar nada encontrar. Se dijo que debería haberse dado cuenta antes; claramente, había llevado a su sobrina por el mismo camino.

—Entonces, qué, ¿entramos? —preguntó Mona, sin soltar la bolsa. Cuando Johnny fue a cogerla, Mona retrocedió—. No. Eres nuestro invitado, acuérdate.

—Mona…, oye, sabes que no soy capaz.

Mona puso cara de desilusión.

—¿Por qué no?

—Es solo que… estoy sin blanca. ¿Tu tío lo sabe?

Mona volvió a sonreír.

—Eso da igual, te lo prometo. —Le agarró del brazo—. Johnny, durante muchos años nos has hecho pasar muy buenos ratos a todos. Simplemente te estamos devolviendo un poco de lo que tú has hecho. Mira… Leo Sayer aceptó un curri gratis. ¿Por qué no ibas a aceptar tú una cama gratis?

Johnny no supo qué responder, así que suspiró mientras Mona abría la puerta del restaurante y le hacía pasar primero.

—Que no te dé vergüenza. Ya te he dicho que es solo hasta que te recuperes.

Al entrar, fueron recibidos por el sonido de una canción en directo. Johnny vio con asombro que al fondo de la zona del comedor había un pequeño escenario, de un metro de altura más o menos, enmarcado por dos cortinas de terciopelo carmesí. En medio, un hombre bailaba enérgicamente mientras cantaba su personalísima versión de «Blue Suede Shoes». La estaba destrozando, desafinaba en cada nota y su forma de bailar rayaba en lo ridículo, pero bajo las luces ultravioleta su mono de licra blanca con incrustaciones de pedrería crepitaba por efecto de la electricidad estática. Los comensales que ocupaban unas ocho de las más o menos veinte mesas parecían disfrutar, y no paraban de aplaudir y de animarle.

—La superestrella de la casa —explicó Mona, devolviéndole al intérprete el saludo con la mano—. Ravi Sharma, aunque quizá por motivos obvios prefiere que le llamen Elvis.

Era un restaurante suntuoso, con terciopelo rojo por todas partes y preciosos candelabros de techo de cristal azul. A un lado, un friso ornamentado representaba una aldea atravesada por un río iluminado por una infinidad de diminutas luces led que creaban la ilusión de movimiento líquido. Había también un inmenso acuario con cuatro hermosas langostas que tenían las pinzas atadas.

—Ojo, una advertencia —dijo Mona en voz baja, señalando el acuario con un gesto de la cabeza—. El máximo orgullo de mi tío es su langosta *balti*. Está deliciosa, pero además es el plato más caro de la carta, de manera que, aunque vas a comer gratis, quizá sea mejor que no la pidas.

A Johnny le ofendió que le insinuase siquiera que había un plato, por exquisito que fuera, que no se podía permitir comer tres veces al día, mes tras mes, si le daba la gana, y encima regado de todas las botellas de Bollinger que se le antojaran. Pero la realidad se impuso de nuevo, y notó que se le subía la sangre a la cabeza y que se tambaleaba. En los últimos tiempos le sucedía con frecuencia... Era, literalmente, como si se estuviese muriendo.

—¡Es Johnny Klein! —gritó alguien—. ¿Puedo sacarme un selfi?

Un par de tipos terminaban de pagar la cuenta y estaban a punto de salir del restaurante, pero uno de ellos, el mayor de los dos, acababa de ver a los recién llegados y, sin que nadie le invitase, se había acercado a trompicones a la vez que sacaba el móvil.

—¡Mi ex estaba chiflada por ti! —dijo, soltando una carcajada.

Era un tipo corpulento de mediana edad, con anchos hombros y un cuello muy grueso bajo una camisa a cuadros estirada casi hasta reventar. Sin darle tiempo a reaccionar, el tipo le rodeó con un brazo y preparó el selfi.

—¡Ni de coña se lo va a creer! —se rio, dándole tres veces al botón.

Era obvio que el objetivo era meterle un gol a su ex. Seguramente por eso no le importaba demasiado que pesase ahora unos siete kilos más que en su época de plenitud, que tuviese el pelo canoso y desgreñado, la cara sin afeitar. De todos modos, Johnny le dedicó aquella sonrisa suya tan ensayada. Le faltó chispa, pero en estos momentos cualquier tipo de reconocimiento era mejor que nada.

—Gracias, amigo —dijo el tipo, alejándose. Estaba ya más pendiente de las fotos que del protagonista de las instantáneas—. Se las voy a mandar ahora mismo por WhatsApp.

Gruñó algo ininteligible y le hizo una seña con la cabeza a su colega, que dio las gracias a Johnny con una sonrisa avergonzada mientras salían del local.

Johnny se fijó en que Mona estaba contemplando la escena con cara de compasión. Él no era la única estrella del *rock* que había en su vida. Había entrevistado a muchísimos otros, estrellas de ayer y de hoy, y algunos también se habían hecho amigos suyos. Casi todos los de antes le habían contado historias muy duras sobre lo difícil que era pasar página, aceptar la idea de que finalmente el tiempo les había dado alcance. Pero seguro que Mona no tenía ni idea de lo profunda y secretamente humillante que era comprobar que aún podías causar revuelo entre un público que, aunque ya no se abalanzase sobre ti, seguía deseando que se le pegase algo de tu brillo de estrella…, sin saber que tú ahora eras un impostor, un mendigo sentado a la mesa del banquete.

—¡Johnny Klein, Johnny Klein! —chilló una voz entusiasta.

Mona esbozó una sonrisa.

—Mi tío —dijo, moviendo mudamente los labios.

Johnny se volvió en el mismo instante en que el dueño de Graceland se acercaba corriendo desde la barra del bar.

—¡Dios mío, qué maravilla, qué placer!

Al menos no parecía que al tío de Mona le importase nada de todo aquello.

Era un hombre pequeño, con una simpática cara redonda y calvo; apenas le asomaban unos pocos ricitos blancos por detrás de las orejas. Llevaba un chaleco abierto encima de la elegante camisa con corbata, pero iba remangado y tenía las gafas apoyadas en la lustrosa coronilla.

—¡Todavía no me lo creo! —dijo, el rostro resplandeciente de felicidad.

—¿No has visto mi mensaje, tío? —dijo Mona, dándole un abrazo.

—Pues claro que lo he visto, pero no sabía si lo decías en serio. —Cogió la mano de Johnny como si estuviese saludando a un hijo perdido hacía tiempo y se la sacudió enérgicamente—. Johnny Klein, la mayor estrella del pop de los ochenta, ¡es mi invitado! ¿Te traigo algo de comer, o si no algo de beber del bar?

Mona intervino.

—Johnny, te presento a mi tío, Rishi Mistry —dijo, encogiéndose de hombros y dedicándole otra de sus irresistibles sonrisas.

—Yo… Esto…

Por un instante, Johnny no supo qué decir. Era la bienvenida más cordial que había recibido en…, ni sabía en cuánto tiempo.

—Nada de llamarme Rishi —dijo el tío de Mona—. Llámame Comandante. Aquí todos me llaman así.

«¿No llamaban Coronel al mánager de Elvis?».

—¿Sabes, Johnny? —dijo el Comandante—. Te he visto tantas veces por la tele… Tengo toda tu música. Tus álbumes, tus sencillos, tus remixes de doce pulgadas, todo. Soy tu fan número uno. Sé que puedo decirlo sin riesgo a equivocarme. Una vez, incluso le compré a Mona una imagen tuya de cartón de tamaño natural (cuando era una niñita, claro) para que pudiésemos llevarte con nosotros de vacaciones. Jamás lo olvidaré. Allá donde fuéramos contigo, nos sacábamos una foto. Seguro que Mona puede encontrarlas y enseñártelas.

—Casi mejor que dejemos el tema, ¿vale? —interrumpió Mona, mirando a su tío con el ceño fruncido.

Al fondo, Elvis estaba iniciando el *crescendo*, patadas de kárate incluidas. Por lo visto era la entrada para que el Comandante en persona se subiese al escenario. Una vez que hubieron amainado los aplausos, le arrebató el micro a Elvis, que, con las delicadas facciones brillantes de sudor bajo el turbante ladeado, se quedó a su lado orgullosamente.

—Damas y caballeros —gritó el Comandante—, ¡por favor, un gran aplauso a Elvis Sharma!

De nuevo se produjo un revuelo entre los comensales.

—Aquí todo el mundo adora a Elvis…, a nuestro Elvis, quiero decir —le dijo Mona a Johnny—. Es un fenómeno. Es el hombre más dulce del mundo, pero sobre todo se le quiere por sus interpretaciones. Desafina, se equivoca con las palabras, pero justo por eso parece que le quieren más. El tío Rishi es superfán y además son primos segundos, así que Ravi tiene mucho margen de maniobra.

El Comandante seguía hablando a su público cautivo:

—Y esta tarde tenemos una sorpresa para ustedes… Aquí, en Graceland, se encuentra entre nosotros un invitado muy especial, una auténtica superestrella. Damas y caballeros… ¡JOHNNY KLEIN!

La respuesta fue tibia. Varias cabezas se giraron en su dirección. Hubo un par de gestos de reconocimiento, pero la mayoría de las caras permanecieron insoportablemente neutras. Johnny quería que se lo tragase la tierra. Tal y como se había repetido para sus adentros durante el trayecto, en la actualidad el East End estaba poblado por hípsteres de veintipico años. Por cada albañil *cockney* de mediana edad, había decenas de jóvenes urbanitas con pasta, incluida la mayoría de los comensales que había en ese momento en el restaurante. Su memoria colectiva debía de remontarse poco más o menos hasta la época de *Factor X*. Para ser justos, alguien soltó un hurra al caer en la cuenta de quién era y se oyeron unos aplausos, pero Johnny no supo hasta qué punto eran de cortesía.

El Comandante, ajeno a todo esto, se arrimó a Elvis y le susurró algo al oído. Elvis se puso tieso, como si estuviese en un desfile. Johnny miró a Mona con angustia, pero no tuvo tiempo de abrir la boca antes de que el Comandante bajase ágilmente del escenario acompañado del cantante.

—Johnny…, te presento a Ravi «Elvis» Sharma, el mayor talento por descubrir de Brick Lane. Algún día será inmenso, igual que tú.

Johnny asintió torpemente.

—Un espectáculo estupendo.

Elvis respondió con un gesto nervioso y agradecido.

El Comandante se sacó algo del bolsillo y se lo puso con bastante disimulo a Johnny en la mano derecha. Era una vieja cinta magnetofónica C90, con la carátula llena de garabatos y manchas de bolígrafo.

—Es una demo que le pagué a Ravi —dijo en voz baja el Comandante—. La grabó hace ya unos años, pero siempre le dije que intentaría ponerla en manos de alguien que pudiese ayudarle. Cuando supe que a lo mejor venías hoy, le dije que esta podría ser una oportunidad…, ya sabes, con tus contactos en la industria discográfica…

Johnny le dio la vuelta al cinta, desconcertado por aquella tecnología de la Edad de Piedra.

—Es tan versátil… —añadió su anfitrión—. No solo imita a Elvis. Qué va. Ya verás a su Sinatra, o a su Mick Jagger. A ver, quizá yo esté predispuesto en su favor, pero creo que es mejor que el auténtico.

Johnny se obligó a asentir con la cabeza.

—Veré qué puedo hacer.

El Comandante sonrió satisfecho.

—Gracias. Significa mucho para los dos.

—Tío Rishi —interrumpió Mona—, ¿puedo llevar ya a Johnny a su habitación? Tiene que instalarse.

—Claro, claro. Johnny…, puedes quedarte aquí todo el tiempo que quieras. Y come cuanto quieras y cuando quieras…, invita la casa. Solo que…, esto… —Se puso pensativo—. El *balti* de langosta es nuestra especialidad…, pero yo… En fin…

—No pasa nada, la langosta no me va —dijo Johnny.

El Comandante pareció aliviado.

—Ah, bueno…, sobre gustos no hay nada escrito, como digo yo…

—Vamos, Johnny —dijo Mona, guiñándole un ojo e indicando con el pulgar el bar del restaurante.

El Comandante volvió a sonreír satisfecho, y después se dio media vuelta y empezó a hacer la ronda de las mesas para confirmar que la comida que servían allí era, en efecto, la mejor de todo Brick Lane.

Mona cogió a Johnny de la mano y, sin soltar su bolsa, le hizo pasar al otro lado de la barra y de allí a una trastienda, donde abrió una puerta que daba a un empinado tramo de escaleras de madera.

—Espero que no tengas el corazón chungo —dijo ella—. Estás en lo más alto.

La siguió sin decir palabra. Adivinó que estaban justo encima de la cocina porque el aroma de los guisos era ahora tan fuerte que resultaba casi abrumador, y apenas había disminuido cuando llegaron al ático. Mona empujó una puertecita blanca. Al otro lado apenas podía decirse que hubiese una habitación: tan solo una cama sobre un suelo de tarima pintada de blanco, una mesita auxiliar, una maltrecha butaca de cuero en un rincón y una ventanita circular, casi como un ojo de buey.

—Pasa. —Mona tiró la bolsa sobre la silla—. Ya sé que no es gran cosa, pero…

—El futuro solo está a un latido de distancia —dijo Johnny, adelantándose a Mona.

Ella sonrió e indicó otra puerta.

—Ducha y aseo.

Johnny miró en derredor, fijándose en cada detalle. Mucho se temía que su lenguaje corporal se bastaba por sí solo para comunicar lo que pensaba de su nueva covacha.

—Mona, escucha, gracias. Joder, qué incómodo es decirte esto. Quiero decir, agradezco de veras lo que estáis haciendo tu tío y tú, pero…

—Pero ¿qué? —le interrumpió ella, a todas luces tan tranquila respecto a lo que claramente sospechaba que iba a decir él a continuación—. Johnny, no te diría esto si no pensara que somos muy buenos amigos: ¿qué alternativas tienes? Estás arruinado y no tienes adónde ir. Así de sencillo. Y estamos en octubre, se acerca el invierno.

Johnny guardó silencio mientras se enfrentaba a la ineludible conclusión.

—Aquí puedes vivir sin pagar un alquiler. Durante todo el tiempo que quieras. También comer y beber. Todo, a cuenta de la casa. Y créeme cuando te digo que es del mejor papeo que hay en Brick Lane, que ya es decir mucho. Y en cualquier caso es una medida provisional. En cuanto puedas, te vas si quieres. Nadie se va a ofender.

—Mona…

—¿Te va a salir una oferta mejor en otro sitio?

Johnny esbozó una sonrisa cansada.

—Mona, nunca, mientras viva, volveré a recibir una oferta mejor que esta. Y pienso corresponderos, lo prometo. Pero ¿qué voy a decirles a Laura y a Chelsea? No puedo traer a Chelsea a pasar aquí los fines de semana, ¿no te parece? Laura pensaría que me he vuelto loco, por mucho que Chelsea no lo viese así.

Mona se quedó pensando. Conocía todos los detalles de la relación rota de Johnny y Laura.

Al principio había parecido que estaban hechos el uno para el otro. El guapísimo, alegre y despreocupado chaval, conocido por su talento y su carisma —y no digamos por su estilo de vida salvaje e indomable y las legiones de chicas que suspiraban por él—, se había prendado de la preciosa *it-girl* de la televisión, una mujer fuerte e independiente que no toleraba a los necios, no pasaba ni media tontería y expresaba sus opiniones expertas sobre una gran variedad de temas polémicos. Su historia ilustraba eso del fuego y el agua, la atracción de los opuestos… Pero al final quizá todo se había asemejado demasiado a un cuento de hadas, que es exactamente lo que era. Laura Hall tenía veinticinco años cuando se casó con Johnny Klein en 1999, solo ocho menos que él. Pero incluso entonces, desde muy pronto había tenido la sensación de que su mujer le cortaba las alas. No era que Johnny no amase a Laura, de eso Mona no tenía la menor duda, ni que no valorase una vida doméstica estable, pero, cuando estaba de gira, lo de ser un hombre casado no se avenía con su imagen. Empeñado en mantener la ilusión de que seguía siendo un chico sin ataduras, siempre disponible, había preferido dejar a Laura en un segundo plano. No era que quisiera ir de flor en flor (aunque iba), sino que a medida que avanzaba el siglo XXI temía que sus hordas de fans chillonas se alejasen en busca de alguien más cercano a su edad. Lo único que le sorprendía a Mona era que Laura hubiese resistido tanto tiempo; y es que a esto había que añadir las drogas, el alcohol, las grupis, las morbosas historias de los tabloides que no se dejaban nada en el tintero, los problemas con Hacienda… Hacía solo un año que Johnny y ella se habían separado y aún no estaban divorciados oficialmente, de modo que llevaban veinticuatro años casados.

—¿Cuántos años tiene Chelsea? —preguntó Mona.

—Quince.

—Bueno, pues ya está; con quince años ya no es un bebé. Lo entenderá. La gente rompe, Johnny. Todos tenemos derecho a ser felices.

Johnny se preguntó quién pensaría Mona que era feliz en estos momentos.

—Es que… Bueno, es que solo ha vivido en Mill Hill.

—Ahora no está viviendo allí, ¿no?

—Ya, es verdad… —Se puso a dar vueltas por la habitación pensando en ello—. Lleva viviendo en casa de su abuela desde que se marcharon. —Bien pensado, lo que estaba viviendo su hija en estos momentos no debía de ser mucho mejor que lo que estaba viviendo él. También ella tenía que conformarse con un cuarto de huéspedes en una casa ajena, por mucho que fuera la casa de su abuela—. Iré a verlas en cuanto pueda. Diles dónde estoy.

De repente se fijó en la ventana y en la valla publicitaria de madera que había al otro lado, y que a excepción de un agujero perfectamente redondo cortado en el centro impedía el paso de la luz del día. Incluso así había poca luz, porque por la parte de fuera había una malla negra estirada sobre el agujero.

—¿Y esto?

—Esto… —Mona imitó la labia de los agentes inmobiliarios—. Se trata de una de las características más excepcionales de este apartamento de primera.

—¿Ah, sí?

Johnny levantó el panel de la ventana y se asomó. No podía pasar del todo la cabeza por el agujero por culpa de la malla, que debía de estar ahí para crear uno de los cristales ahumados de la imagen del anuncio, pero se acercó lo suficiente como para ver Brick Lane desde lo alto. Mirar por la ventana era como mirar el mundo a través de los ojos de Elvis Presley. Bueno, de uno de los ojos.

Se apartó.

—Unas vistas dignas de un Rey con mayúsculas.

A Mona se le quebró la sonrisa.

—¿Cómo vas de dinero, Johnny? El gurruño ese de billetes que llevas en el bolsillo no puede durarte mucho.

—Me las apañaré.

—Lo dudo. Mira… Sé que no es plato de gusto pensar en esto, pero si necesitas un sueldo, seguro que el tío Rishi te da trabajo. Media jornada, si prefieres. Siempre necesita repartidores.

Tuvo que tragarse una respuesta tan brusca que hasta Mona se habría ofendido. El ego de Johnny, en general a flor de piel, se estremeció con solo oír la propuesta.

«Antiguo dios del *rock* a su servicio en Comaencasa».

Sabía que no tenía derecho a indignarse, pero se moriría si viera un titular así. Se había ganado el derecho a intentar que le fueran bien las cosas, ¿no?

—Voy bien —respondió—. En serio. Un viejo colega mío, Pete James, me pidió que me pasase a verle esta semana. Dice que necesita ayuda con un proyecto.

—¿Pete…? —Mona se lo quedó mirando—. ¿Pete James? ¿El Pete James? ¿El tipo de The Whack?

—¿Quién si no?

Parecía que Mona seguía sin saber qué decir.

—Genial. O sea, absolutamente genial. ¿De qué se trata? ¿Una sesión de grabación o algo así?

Ella dio unos pasitos de baile, entusiasmada.

Johnny vació la bolsa sobre la cama.

—Más vale que no nos adelantemos a los acontecimientos. Ni siquiera sé todavía lo que me va a ofrecer.

The Whack era un grupo de cuatro miembros que había saltado a la escena musical más o menos una década antes que Klein, en aquella primera y original hornada del punk británico. El guitarra solista y cantante Pete James había sido uno de sus miembros fundadores y una figura clave para que la banda siguiera descollando mientras se abría a un amplio abanico de estilos a lo largo de los años: del punk a la Nueva Ola, de ahí al pop electrónico y el *rock* gótico y finalmente, ahora, el *rock* duro. Seguían en activo y encabezando conciertos.

—Qué calladito te lo tenías —dijo Mona—. No sabía que conocieras a Pete James. La realeza de la industria musical. De haberlo sabido, podría haberte sacado información de primera mano para el artículo que escribí sobre él hace un par de semanas.

Johnny se encogió de hombros.

—Si te la hubiera dado, él no me estaría ofreciendo un trabajo ahora, ¿no crees?

—En fin, está claro que no tienes nada de lo que preocuparte. —Mona abrió la puerta del dormitorio—. Seguro que le sobra un ático de lujo y te lo deja.

Johnny asintió y trató de sonreír. Mona no acababa de entenderlo. Cuanta menos gente supiera que se había quedado reducido a la indigencia, mejor, sobre todo sus antiguos colegas. Iría a ver a Pete James para lo del trabajo —bastante vergüenza le daba ya eso—, pero nada más. Ni loco iba a mencionar que ya no tenía dónde caerse muerto.

Mona salió al descansillo.

—Te dejo para que te instales. Ya empieza a ir todo viento en popa.

Johnny tenía que reconocer que el optimismo de Mona era contagioso. A lo mejor sí que había motivos para esperar algo bueno del reencuentro con Pete. Si se pasaba a verle temprano, por estas horas mañana a lo mejor ya estaría ganando una pasta gansa. Aún no habría vuelto al ruedo, por supuesto; al menos, al nivel que quería y necesitaba. Vale, puede que estuviese en la ruina, pero al menos aún podía tocar la guitarra.

—Nos vemos luego, Johnny. Por cierto, lo mismo necesitas esto.

Tiró una tarjeta azul de plástico sobre la cama. Johnny la cogió; era un bono de transporte para el metro y el autobús.

—Muy graciosa.

Aun así, se la metió en el bolsillo de atrás.

Ella le dedicó otra de sus sonrisas de mil vatios y empezó a bajar, y Johnny se acercó a la puerta. Mientras cerraba, los aullidos discordantes de Elvis subieron flotando. Era «Hound Dog», y el Elvis de Graceland, sin duda, la estaba destrozando.

3

Vínculos de antaño

Martes

Hacía más de tres décadas que Johnny no se subía a un autobús londinense. Ni siquiera sabía qué frecuencia tenían. En cualquier caso, se puso a esperar en la parada. Estaba a la vuelta de la esquina de Graceland, al lado de una tienda de muebles de segunda mano con dos escaparates presidida por un letrero que decía «Vintage», aunque al otro lado del polvoriento ventanal había un montón de toscas mesas y sillas marrones de los años cincuenta que seguramente se habían comprado como un lote a algún almacén del sur de Londres. De no haber sido por la tienda de kebabs del portal de al lado, la bocacalle entera habría apestado a naftalina.

Para ser octubre, era un día templado. El cielo estaba despejado, de un azul cáscara de huevo. Al menos suponía una mejora con respecto a la cobertura de nubes grises de la víspera, cuando se había ido de Mill Hill, de modo que se animó un poco y le pareció vislumbrar una chispa de esperanza. Aun así, se tapó con su chaqueta caqui y, para asegurarse de que casi todo su rostro quedaba oculto, se encasquetó la gorra de béisbol con el nombre de Graceland que había cogido prestada esa mañana antes de salir del restaurante.

Solo había una persona más esperando con él en la parada: una mujer de mediana edad con gabardina y bufanda que no paraba de toquetear el móvil. Pero tenía la edad justa para haber sido fan suya durante sus buenos tiempos, así que se puso de espaldas a ella.

¿De veras tenía importancia que alguien le reconociese? Puede que le pidiesen un selfi, pero ¿tan terrible sería? Y en cuanto a subirse a un autobús y no a una limusina, en fin, quizá sirviera para volverle un poco más humano. Johnny también se preguntó si se estaría dejando llevar por su ego, en vista de la experiencia con los veinteañeros del restaurante. De todos modos, evitó hacer contacto visual con la mujer.

En primer lugar, tenía que pensar en cómo iba a devolverle al Comandante todo lo que estaba haciendo por él. Se arrepentía profundamente del descontento que ni siquiera se había esforzado por disimular nada más llegar a Graceland. No era un lugar destartalado ni cochambroso —en cualquier caso, no más que él—, pero, en relación con todo aquello a lo que estaba acostumbrado, era un bajonazo de nivel. El mero hecho de que pudiese ser su nuevo hogar había sido como un puñetazo en el estómago. En consecuencia, la sincera generosidad de Rishi resultaba todavía más abrumadora. Y si se había percatado de que a Johnny Klein no le hacía ninguna gracia ser su huésped, no parecía que le importase; todo habían sido sonrisas y abrazos.

La demo de Ravi Sharma seguía dentro del bolsillo de Johnny. Puede que Ravi «Elvis» Sharma fuera todo un personaje en Brick Lane, pero cantante, lo que se dice cantante, no era. Ni siquiera tenía la calidad suficiente para entrar en el circuito de las canciones parodia, aunque tampoco es que Johnny tuviese contactos, ni siquiera a este nivel. Por escasa que fuera en estos momentos la buena disposición de la industria hacia él, la necesitaba para sí mismo.

De todos modos, era más probable que Mona conociese a alguien que pudiese dar un empujón a Elvis que él. Y, por cierto…, ¿Mona?

Seguía siendo aquella chica de ojos brillantes, la entusiasta reportera novata con la que poco a poco, a lo largo de una serie de entrevistas y artículos en profundidad, había ido trabando amistad. A sus treinta y cinco años, ya no era ninguna jovencita. Era una amiga. Eso sí, había que reconocer que guapa y atractiva.

Desde la perspectiva de Mona, sin embargo, las cosas eran muy distintas, por mucho que lograse disimularlo. ¿Estaba enamorada de él? Johnny sospechaba que un poco. ¿Por qué, si no, iba a estar tan deseosa de agradar a semejante fracasado? Ojalá no fuera por compasión.

Movió la cabeza, frustrado.

Era difícil imaginarse al macho alfa que era el Johnny Klein de los ochenta, aquel «ángel demoniaco», reducido a un estado merecedor de la lástima de los periodistas de la prensa musical.

Y luego estaba Laura.

Laura… Sintió que el corazón le crujía al pensar en su mujer.

Todavía no era su ex, pero faltaba poco… Era su compañera de toda la vida, o más bien lo había sido.

¿Qué eran ahora?

«Decretada la sentencia de divorcio, pendiente de ejecución». En ese punto estaban.

Estos pensamientos angustiosos fueron interrumpidos por una enorme sombra que tapó el sol otoñal. Había llegado el autobús y acababa de detenerse ruidosamente a su lado.

Las puertas se abrieron resollando y Johnny dio un paso atrás para dejar paso a la mujer. Por un segundo, justo después de son-reírle a ella, fue presa del pánico. ¿Y si, después de todo, la mujer le reconocía, le pedía una foto y se preguntaba qué hacía él viajando en transporte público por las calles de Londres? Pero ella no hizo ninguna de esas cosas, sino que se limitó a devolverle la sonrisa, agradecida, y a enseñarle el bono al conductor antes de alejarse tam-baleando por la parte de abajo, que iba vacía.

Johnny pasó nerviosamente el bono de transporte por el lector, casi como si temiera que pudiese morderle, y se apresuró escaleras arriba después de oír el tranquilizador ping. La parte superior tam-bién iba vacía, y se dirigió con alivio a los asientos traseros mientras el autobús se alejaba del bordillo con un bamboleo. Antes de sen-tarse, echó al suelo unos restos de basura: una caja abierta de KFC llena de bolas de servilletas de papel y huesos de pollo roídos, y un ejemplar muy sobado del periódico *Metro* de la víspera.

En el respaldo del asiento de delante alguien había utilizado una punta muy afilada para escribir con letras irregulares:

Si estás perdiendo el tiempo leyendo esto,
es que eres patético.

Putas palabras, se dijo; perfectamente habrían podido referirse a él. Miró a su alrededor y vio montones de grafitis, en su mayor parte obscenidades garabateadas en el techo con rotulador.

No podía estar más lejos del autobús de un millón de libras que había utilizado en otros tiempos casi como si fuera un dere-cho natural, dotado en la parte superior de un salón privado en el que había un deslumbrante surtido de licores, sillones mulli-dos, sofás cama, ventanas tintadas, videojuegos y cine porno a la carta. ¿No se habría apresurado un poco al suponer que había tocado fondo el día anterior, cuando se había visto obligado a dejar su casa? El camino de subida no era el único camino…, al menos, por ahora.

Johnny se palpó la chaqueta y sintió el bulto de su viejo móvil Motorola en el bolsillo interior. Había tenido, como el resto del planeta, un *smartphone,* pero había prescindido de él recientemente porque se hacía un lío, y antes de que le cancelasen el contrato por impago se había dedicado a bloquear números de agencias de crédito que perseguían enormes facturas y multas pendientes.

Al menos, la venta de Mill Hill había servido para liquidar todas las cuentas pendientes. Pero Laura y él se habían quedado prácticamente sin blanca, y todos los pagos de derechos de autor que pudiese cobrar de ahí en adelante serían para mantener a flote a Laura y a Chelsea.

Sí, su Motorola de tapa abatible —la cucaracha del mundo de la tecnología— le iba de perlas. Últimamente, la buena noticia era que no hubiese noticias, y en cualquier caso Laura y Chelsea podían localizarle en caso necesario, y con eso bastaba.

Observó cómo pasaba el mundo mientras el autobús se dirigía hacia el oeste. Dondequiera que mirase veía un panorama deprimente. Había hombres y mujeres caminando fatigosamente por las aceras, abrumados por bolsas que pesaban demasiado, superados por la carga de sus problemas. En las esquinas había drogadictos y sintechos pidiendo limosna, pero nadie derrochaba siquiera una palabra con ellos, menos aún unas monedas. Había coches atascados en un embotellamiento, conductores discutiendo a grito pelado por las ventanillas abiertas. La vida cotidiana, lo normal…, porque no podía ser más normal, y sin embargo, hasta esto le parecía que estaba fuera de su alcance.

Mientras luchaba de nuevo contra el abatimiento, sus ojos volvieron a toparse con el ejemplar de *Metro* que había en el suelo. De casualidad, leyó uno de los titulares de la portada:

JONES SE RÍE DE LA «INCOMPETENCIA» POLICIAL

Últimamente el engranaje del cerebro de Johnny iba a paso de tortuga, pero de repente notó que se activaba. Se agachó y cogió el periódico a la vez que echaba otro vistazo al titular.

Era el nombre, Jones, lo que le había llamado la atención. La foto que lo acompañaba era de un tipo de mediana edad con un rostro delgado, bigotito y la cabeza rapada. Tenía toda la pinta de ser una foto policial, pero daba la impresión de que el tipo se tomaba la situación tranquilamente, casi como si le divirtiera.

Johnny leyó la entradilla:

El presunto gánster londinense Karl Jones, que en diciembre fue absuelto de intento de asesinato en el Old Bailey, se ha referido por primera vez a la «absurda ausencia de pruebas policiales» en su contra.

Karl Jones. Un «presunto gánster londinense».
No había duda. Era el mismo tipo.

Jones, de 59 años y residente en St Katharine Docks, Tower Hamlets, que había salido libre de los juzgados tres días antes de las últimas Navidades, decía que era «curioso, aunque para nada sorprendente» que varios «testigos supuestamente clave», incluida su «presunta víctima», no hubiesen podido aportar pruebas útiles contra él...

¿St Katharine Docks? ¿Karl Jones había acabado viviendo en una zona de tanto postín?

Volvió a mirar la foto, y ahora que sabía lo que iba buscando, no tardó en reconocer la imagen. Hacía siglos que no veía aquella cara, aunque lo cierto era que tampoco había cambiado mucho. El cabello rubio rizado había desaparecido, los rasgos engañosamente tersos y atractivos se habían estrechado sobre la magra estructura ósea, pero no había duda de que se trataba del mismo Karl Jones con el que había zascandileado en sus tiempos mozos. Menudo par de gamberretes habían sido.

Incluso con el blanco y negro granulado, el acero de los ojos grises de Jones era inconfundible y su sonrisa llena de confianza parecía más bien una mueca arrogante.

Era un par de años mayor que Johnny, pero ya desde los primeros años de la adolescencia había sido el terror de Finsbury Park. Vale, el listón tampoco es que hubiese estado muy alto. En los años setenta, prácticamente todo Haringey había estado dejado de la mano de Dios, como el resto del país. Pero no había habido ninguna duda de que Karl Jones era un alborotador nato y un mal bicho. La policía le había detenido por sistema cada vez que se producía algún tipo de incidente (y, por lo general, siempre estaba implicado).

Pero aquella época de las bandas juveniles no había sido la última vez que Johnny Klein y Karl Jones habían estado en contacto. También estaba el lío aquel de finales de los ochenta. Johnny se lo había sacado de la cabeza, sobre todo porque había tenido otras muchas cosas por las que preocuparse. Ahora, sin embargo, la mera mención de aquel nombre, Jones, le traía un torrente de recuerdos desagradables.

Había pasado una eternidad desde los ochenta, toda una vida. Seguro que aquel cabrón escurridizo había estado metido en asuntos turbios. Johnny siguió leyendo, y todas sus sospechas se confirmaron.

Según aquel artículo, se había rumoreado durante un tiempo que Jones era el cerebro de una red de tráfico de drogas que cubría buena parte del norte y el este de Londres. Se pensaba que su sección era solo una pequeña parte de una operación mucho más amplia de alcance mundial, pero en cualquier caso era evidente que rendía buenos beneficios.

Más recientemente, una tarde en la que Jones estaba volviendo a casa después de un acto benéfico muy publicitado, un joven periodista que estaba empeñado en desenmascararle le había abordado a la puerta de su casa y le había preguntado por las acusaciones de tráfico de drogas. Jones, que por lo general evitaba ensuciarse las manos, le había pegado con tanta saña que fue detenido y acusado de intento de asesinato. Y, sin embargo, durante el juicio varios testigos fueron misteriosamente incapaces de recordar lo sucedido con exactitud. Incluso el joven periodista le había dicho a la policía que sus graves lesiones faciales se debían a otro incidente acaecido esa misma noche…, que había tropezado y había caído rodando por un tramo de una escalera de piedra, y que el hecho de que le hubiesen encontrado ADN de Jones podía explicarse porque había sido él quien le había encontrado y había tratado de ayudarle.

—Me lo encontré en un estado bastante lamentable —le dijo Jones al tribunal—. Estaba muy confuso y no sabía ni qué día era.

Johnny se recostó en el asiento y se preguntó cómo habría sido capaz Jones de salir impune de un asunto tan tremendo. ¿Dónde se metía Dios en ocasiones como esa? Vale, de acuerdo, también él la había cagado y había tonteado lo suyo con las drogas, y se había acostado con montones de mujeres incluso estando casado, pero daño, lo que se dice daño, nunca le había hecho a nadie. Ni había robado nada, ni había recurrido a la violencia… Entonces, ¿por qué era él el castigado mientras que una sabandija como Karl Jones, un tipo sin ningún talento apreciable, al menos ningún talento legal, pasaba tan campante de mendigo a millonario?

Miró por la ventanilla y vio que ya estaban en Chelsea. El autobús continuó por Eaton Square, que estaba flanqueada por suntuosas casas de un blanco luminoso, como hileras de gigantescas tartas nupciales.

Mientras el autobús atravesaba Sloane Square, Johnny se levantó, recorrió a trompicones el pasillo y bajó, pero al poner el pie en el piso de abajo se fijó en que la mujer de la parada seguía a bordo y se estaba acercando a él con una sonrisa tímida.

—Eres Johnny Klein, ¿no? —se aventuró.

A Johnny le subió un poco la tensión arterial; todavía faltaban unos segundos para llegar a la siguiente parada, tiempo de sobra para que la mujer se preguntase por qué coño no se desplazaba en un coche con chófer de uniforme.

—Estaba segura. ¿Te importa que te saque una foto?

Mientras el autobús disminuía la velocidad poco antes de la siguiente parada, Johnny se preparó para disculparse y decir que se tenía que bajar. Pero entonces se fijó en que había varios pasajeros mirando con interés, casi todos sonriendo amablemente, reconociéndole con afecto…, y no fue capaz de pronunciar las palabras.

De acuerdo, estaba metido en un buen lío y le agobiaba lo indecible que la gente se mofase de él por ello, pero hasta entonces daba la impresión de que todo el mundo se alegraba de verle.

—Claro que sí —dijo con una sonrisa—. Encantado, corazón.

Se acercó a la mujer —que extendió el palo de selfi— con una sonrisa de oreja a oreja…, y esta vez era sincera. Nada más sacar la

53

foto, las puertas se abrieron resoplando, y mientras el autobús se detenía en la parada Johnny, aprovechó para bajarse de un salto.

La casa de Pete James estaba a un pequeño paseo de distancia. Se alzaba en paralelo a Chelsea Embankment, en Cheyne Walk, donde había un pulcro parquecito que daba a una fila de casas señoriales de estilo georgiano bellamente conservadas. Era una zona muy elegante, desde luego, y también muy tranquila; todo lo contrario del bullicioso Brick Lane.

La casa destacaba por la barroca orfebrería negra que enmarcaba las ventanas y el farol de cristal de la época victoriana que presidía la puerta principal, a su vez intrincadamente tallada. Johnny vaciló en la entrada. Había estado allí hacía muchos años, a finales de los ochenta, para celebrar el lanzamiento del álbum en solitario de Pete, *A Kick in the Dark*. Por muy borrosos que fueran sus recuerdos de aquella época, los de este lugar se mantenían muy vivos. El interior estaba amueblado y decorado a todo lujo, un templo a la grandeza del estilo de la Regencia. Y no solo eso; en el pasado había sido un refugio para artistas. Dusty Springfield la había alquilado en 1965; Hendrix, varios meses en 1967, y Mick Jagger había vivido allí a comienzos de los setenta. Era la morada perfecta para una estrella del *rock*, y recordaba haberse jurado a sí mismo por aquel entonces que algún día tendría un lugar como aquel. Ni se le había pasado por la cabeza que acabaría presentándose en la puerta con una mano delante y otra detrás.

Johnny se mentalizó y, profundamente cohibido, probó a abrir la verja de dos metros. Al ver que estaba cerrada, llamó al timbre del panel eléctrico que había en el poste derecho. Sin duda, comprobarían quién era con una cámara antes de que alguien decidiese abrir. Respiró hondo.

Se oyó un chasquido eléctrico y a continuación una voz metálica.

—¿Sip?

Johnny se arrimó al telefonillo.

—Eeh… ¿Está Pete? Me está esperando.

—¿Y tú quién eres, tío? —dijo la voz con tono de sospecha. También sonaba como si su dueño hubiese salido directamente de los barrios bajos de Glasgow.

Johnny se armó de valor, decidido a mantener su fanfarronería y su confianza en sí mismo de antaño.

—Soy Johnny Klein.

Hubo una breve pausa, y a continuación dijo la voz:

—Anda ya, colega, vete a tomar por culo, ¿vale?

—No, espera…, ¡de veras que soy Johnny Klein! ¡Por el amor de Dios! ¿Dónde estás? —Giró sobre sus talones, buscando con la mirada la lente delatora de una cámara oculta—. Dile a Pete que estoy aquí fuera. Te garantizará que soy yo.

—Y yo soy Gerry Rafferty.

—No es verdad —respondió Johnny, cayendo de repente en la cuenta de con quién estaba tratando—. Eres el puto Don Slater.

Se hizo otro largo silencio, y después una risita rasposa chisporroteó a través del altavoz.

—Venga ya, colega —dijo Slater—. ¿De veras te has creído que no te reconocía?

—Joder, Don… —gruñó Johnny. La bromita maliciosa le había sacado de quicio, pero no tenía más remedio que controlar su enfado—. Bueno, qué, ¿me dejas pasar?

La verja se abrió con un ruido metálico. Johnny entró deprisa y subió los escalones sintiéndose más como un perro apaleado que como un antiguo dios del *rock*. Aún no había terminado de subir cuando la puerta principal se abrió y apareció Don Slater en el umbral. Era un tipo corpulento de sesenta y pocos años; no era demasiado alto, seguramente varios centímetros menos que el metro ochenta y dos de Johnny. La buena vida de todos estos años no le había reblandecido lo más mínimo. Eso sí, tenía más barriga y sus graníticos rasgos de antaño se habían suavizado un poco. Sobre los bermudas de colores chillones le colgaba un faldón de la camisa con estampado de cachemir, y llevaba el cabello —gris plateado, como correspondía a su edad— afeitado por los lados y cortado en forma de cuña plana por arriba, un corte del que Kirk Brandon se habría sentido orgulloso.

—¡Joder! ¿De veras eres tú?

Johnny se encogió de hombros.

—¿Cómo te va, Don?

—Mejor que a ti, creo.

Johnny se encogió de hombros con aire indiferente.

—Puede ser, tío. Ya veremos, ¿vale?

Slater se quedó mirando al recién llegado sin hacerse a un lado. La sonrisa permaneció en su sitio, pero de alguna manera la cordialidad no acababa de reflejarse en sus ojos. A Johnny le pareció que el tipo no se fiaba de él, que estaba haciendo concesiones con uno de los viejos colegas de Pete James, pero iba a ser precavido hasta que el invitado demostrase que no era necesario.

El Escocés, que no era músico, y Pete se habían conocido cuando The Whack tocaba en garitos de obreros a finales de los setenta. Johnny no tenía ni idea de qué papel desempeñaba Slater ahora, aunque lo más probable es que fuese aquello que Pete James necesitase en cada momento. «Hombre para todo» era la expresión que mejor le definía.

—¡Si es quien pienso que es —oyó que decía una estridente voz con acento estadounidense desde las profundidades de la casa—, deja de atormentar al pobre cabrón y déjale pasar!

Slater retrocedió hacia el interior.

—Tranquilo, colega. Aquí siempre serás bienvenido.

«Ya, claro —pensó Johnny—. Eso le dijo la araña a la mosca».

4

Rostro

Martes

Johnny siguió a Slater por un vestíbulo empapelado de seda oriental oscura y cubierto hasta el fondo de cuadros al óleo que parecían auténticos. Al final del pasillo a la derecha estaba la sala de música de Pete. Slater entró sin llamar, con Johnny a la zaga.

Era un cuarto espacioso, pero estaba abarrotado de trofeos. Había guitarras Fender, Rickenbacker y Gibson de incalculable valor soltando destellos desde sus soportes plateados. Tres paredes estaban cubiertas por filas y más filas de discos de oro, y la cuarta consistía en un inmenso mirador que daba a un jardín privado. La luz del sol entraba a raudales y bañaba un viejo piano de cola Steinway, la pieza central de la habitación.

Pete James estaba sentado al piano, toqueteando las desgastadas teclas.

No se levantó para saludar a Johnny, sino que se limitó a mirarle con indiferencia mientras tocaba una serie conmovedora aunque lúgubre de acordes menores. Puede que oficialmente hubiese sido el guitarra de The Whack, pero en lo que a la música se refería siempre había sido muy versátil. A primera vista, estaba en mejor forma que Johnny y que Slater. Los vaqueros holgados y las suaves zapatillas de estar por casa le daban un aspecto cuidado, que contrastaba con las greñas teñidas de castaño chillón que le caían sobre los hombros.

—¿Tienes sed, tío? ¿Té, café, algo más fuerte?

Pete conservaba un toque de su acento *cockney*, pero el resto se le debía de haber perdido sobrevolando el Atlántico.

—No, gracias.

En realidad, tenía sed, pero estaba deseando que su anfitrión fuese al grano. El ambiente era tenso, no tan cálido como esperaba.

—Bueno, ¿y qué tal estás, Johnny? —preguntó Pete.

—Ya sabes…, voy tirando.

—Por lo que veo, tirado, más que tirando.

Johnny frunció el ceño, diciéndose que cómo iba a ver nada su antiguo colega si ni siquiera había apartado aún los ojos del Steinway.

—Las noticias corren como la pólvora en este mundillo —dijo Slater a modo de explicación. Se había sentado en un rincón, en uno de los bancos de ventana—. La frase favorita de todo el mundo es «todo ha terminado para ellos».

—¿Has dejado las drogas? —preguntó Pete—. ¿Y el alcohol?

—Soy demasiado viejo para todo eso —respondió Johnny, mirando el césped recortado y el jardín de diseño.

No era del todo cierto en lo que respecta al alcohol, pero al menos ya no se ventilaba una botella de Jack al día. Slater le miró detenidamente.

—¿Has pasado por rehabilitación?

—Claro.

—¿Con alguien que conozcamos? ¿Con Passage? ¿Con Sanctuary?

—Con mi banco.

—Eso es lo bueno de estar sin blanca, que así ya no te puedes permitir la farlopa.

Johnny se volvió de nuevo hacia Pete.

—He dejado definitivamente las drogas, colega. —Al menos a este respecto podía ser sincero; cada cierto tiempo, algunos de sus recuerdos más oscuros asomaban a la superficie como bolsas de gas fétido, y todos estaban relacionados con las drogas—. Son un lugar al que no conviene ir.

Pete asintió con aire pensativo.

—Escucha, Don…, a mí me parece que este hombre merece todo nuestro respeto. Hace falta mucho valor para hacer lo que ha hecho. Bueno, y… ¿en qué andas metido ahora, tío?

—Tengo varias cosas entre manos… —faroleó—. Voy a estar ocupado. Aunque tampoco demasiado ocupado.

Pete reflexionó unos instantes sobre esto, una pausa dramática que duró un poco más de la cuenta.

—Porque… de músico a músico, y porque somos viejos amigos, puede que tenga algo para ti.

A Johnny se le relajaron ligeramente los hombros.

—Genial… Gracias, tío. Si buscas un guitarra extra, aquí me tienes, ya lo sabes.

—Relájate, tío…

—Tendría que pedirte prestada una de estas —dijo Johnny, señalando el deslumbrante surtido de guitarras—. Si te parece bien, claro está…

—Johnny…

—O podría pillar una Epiphone…, si me adelantas unas libras.

Pete elevó la voz.

—¡Oye, tío, relájate! Ya tengo un segundo guitarra. JJ Stevens.

Es un genio, un cruce entre Robert Fripp y Eddie Van Halen… Pobre diablo, que Dios le tenga en su gloria.

—Entonces, ponme en la sección rítmica. O en el teclado, incluso. Soy como tú, puedo cubrir cualquier posición.

—Por ahora están cubiertas todas las vacantes, tío.

Johnny frunció el ceño, confundido. The Whack se habían disuelto, se habían reconstruido, se habían separado y habían vuelto a juntarse en repetidas ocasiones desde su formación en 1976, cada vez con distintos integrantes. Pete, en calidad de líder del grupo y principal letrista, había sido el único pilar constante. Todos estos años, cada vez que estaba grabando o de gira, pedía que le devolvieran favores o contrataba a músicos de sesión. No era tan descabellado que Johnny hubiese dado por supuesto que le ofrecería algo parecido.

—Y esas vacantes ¿están cubiertas por personas que son mejores que yo?

—La triste realidad, Johnny —intervino Slater—, es que tus mejores días son agua pasada. Las reputaciones por sí solas no cuentan para nada en esta industria. Lo sabes perfectamente.

—Puedo demostrarte lo contrario.

—Eso espero —dijo Pete, y parecía sincero—. Si consigues reunir a la vieja banda, hacer una gira nostálgica o algo así… Joder, esas cosas se pagan bien. A los saudíes les encanta todo ese rollo.

Johnny sintió que se le caía el corazón a los pies, además de su ego. ¿La gran idea de estos dos era que revitalizase a Klein?

—Pero mientras tanto —añadió Pete—, me interesa más esto.

Cogió algo del atril del Steinway, una especie de libro, y se lo lanzó. Johnny lo atrapó y se encontró con una foto en color de su rostro de joven —o más bien de la mitad de su rostro— con el pelo engominado y mucho lápiz de ojos negro, asomándose desde detrás del diapasón vertical de su Les Paul. Era la cubierta de *Road*

Warriors, su colección de fotos de 1989 encuadernada en tapa dura. La idea inicial había sido documentar la gira mundial de Klein de los dos años anteriores, pero, cuando se vio que la calidad de algunas de las imágenes estaba por encima de la media, una editorial le había ofrecido un contrato por el que le había pagado un anticipo de cien mil libras.

—Joder, Pete —dijo, perplejo—. ¿Todavía tienes uno?

Hacía más de una década que a él no le quedaban ejemplares del libro, que llevaba siglos descatalogado.

—¿Por qué no iba a tenerlo? —preguntó Pete—. Es muy bueno.

Johnny pasó rápidamente las páginas, mirando con ojo crítico y veloz la sucesión de láminas alternas en blanco y negro y a color. El batería Mike Penfold, medio incorporado en la cama revuelta de un hotel parisino, con los ojos prácticamente muertos, el pelo enmarañado, un pitillo colgándole de la boca pintada; el bajo Tim Carson en el Rotterdam Ahoy, todo sudado y saludando con el puño a una muchedumbre tan grande que más bien parecía un ejército invasor; 1987-1989, Russell Withers, guitarra rítmica y teclado, y Lee Giles en el vestíbulo del aeropuerto de Tokio sonriendo de oreja a oreja entre un montón de chicas preciosas.

Johnny movió la cabeza.

—Era un aficionado.

—Se vendieron más de un cuarto de millón de ejemplares.

Johnny cerró el libro de golpe, presa del vértigo que le producía pensar en la cantidad de pagos de *royalties* que se había esnifado.

—Solo por ser yo quien era.

—Si hubieran sido malas fotos, no lo habrían publicado —dijo Slater.

—Bueno, vale… —Johnny dio vueltas al libro y tiró de la cubierta, que estaba arrugada y destrozada por los bordes.

Personalmente, él nunca había considerado que *Road Warriors* fuese algo más que un libro *coffee table,* una pequeña fuente de ingresos extra, pero incluso una revista con tanta fama de tendenciosa como *Rolling Stone* lo había elogiado.

—Bueno, siempre he tenido buena mano con la cámara. Desde una gira del año ochenta y cinco, en la que una grupi se dejó su Olympus Trip en la parte de atrás de un autobús y se la birlé.

—Ya. —Pete arqueó una ceja roja como el fuego—. ¿Y qué me dices de ahora?

—Mira, Pete, he venido porque estoy sin blanca. Hace años que no cojo una cámara. Ni siquiera tengo ya una. Le di la última a mi hija.

—No importa —dijo Slater—, te conseguiremos un equipo moderno.

Johnny miró del uno al otro.

—¿Qué coño es esto?

—Quiero que fisgonees un poco —dijo Pete—. Para mí. Y a mi cuenta.

—¿Que fisgonee? —Johnny no se lo podía creer—. ¿En serio que ese es el trabajo que me ofreces?

No sabía si sentirse desilusionado o, directamente, desesperado.

—Podría merecerte mucho la pena —dijo Slater.

Johnny negó con la cabeza.

—¿Fisgonear? ¿Por qué yo?

—Es un tema delicado —dijo Slater.

—Y por eso quiero que lo haga un colega, alguien que conozca bien el terreno —explicó Pete—, no cualquier poli avariento que lo mismo tiene la tentación de largárselo todo a los tabloides a cambio de un segundo pago.

«¿Qué podría ser tan grave?».

—Vale, Pete —dijo, tanteándolo—. De modo que sabes que no intentaré gastarte una jugarreta. Y que sé sacar fotos decentes. Bien, genial, de puta madre. Pero, tío, estas dos cosas no me capacitan para lo que me pides.

—Hay algo más.

—Que eres una cara conocida —explicó Slater.

Johnny le miró de reojo.

—Pero ¿no decías que eso no cuenta para nada?

—Para el tipo al que vas a espiar, sí cuenta.

—Con suerte, lo suficiente como para que se confíe a ti —dijo Pete.

Johnny frunció el ceño.

—No pienso hacer nada ilegal. He venido a ver si necesitabas un guitarra, no a 007. Mi vida ya es una mierda tal y como está.

—¿Y si te dijéramos que este tipo es un canalla? —dijo Slater—. ¿Que acompañaría a su propia madre a la horca si pensase que podía ganar dinero?

A pesar de sí mismo, Johnny estaba intrigado.

—¿De quién estamos hablando?

—Lo primero: ¿estás dentro o fuera? —preguntó Pete.

Johnny movió la cabeza.

—No. Debería saber quién es antes de decidir, ¿no te parece?

Los otros dos cruzaron una mirada.

—Y si no, me largo. Soy un músico, no un agente secreto.

—Vale… —Pete se inclinó hacia atrás en el taburete del piano—. Hay alguien de la prensa que ha estado husmeando por ahí, intentando sacar trapos sucios sobre mí.

El estómago le dio un vuelco; ojalá no estuviesen hablando de Mona.

—¿Has oído hablar de Jerry Fox?

Menos mal, no se trataba de Mona. Pero ¿quién era Jerry Fox? Hurgó en los recovecos de su memoria y le vino un recuerdo.

—¿El peso pesado de Fleet Street?

—El mismo —dijo Slater—. Lleva décadas metido en esto, el mundo del espectáculo es su especialidad.

—Aunque últimamente se especializa en exclusivas del mundillo… —señaló Pete.

—Vende escándalos al mejor postor —aclaró Slater—. Y no le va nada mal.

A punto estuvo Johnny de soltar una carcajada.

—¿Y queréis que yo me esfuerce por conocer a este tipo? O sea, ¿por si acaso no está pensando ya en revelarle al mundo entero mi trágica historia?

Slater suspiró.

—Deja de mirarte el ombligo, Johnny. Ya te lo hemos dicho: el mundo ya lo sabe todo sobre ti.

—Y además le importa una mierda —dijo Pete—. Los artistas acabados no son noticia, porque los hay a patadas. Pero de todos modos querrá conocerte. Sobre todo porque pensará que lo mismo tienes alguna historia que ofrecerle.

Johnny se quedó pensando. No dejaba de tener su lógica, por retorcida que fuera. Tenía buenos contactos, pero estaba sin blanca. ¿Estaría dispuesto a contar historias a cambio de pasta? Seguramente.

—Es pan comido —añadió Slater—. Alguien como tú no necesita esforzarse para entrar; Fox en persona te abrirá la puerta. Jamás sospechará que nos estás haciendo un favor.

—Y ¿qué vais a querer que averigüe una vez que esté dentro?

Pete se encogió de hombros.

—En qué cojones anda metido.

—¿Por qué iba a importarle a nadie lo que haga alguien como Jerry Fox?

—Por una cuestión de integridad, esa rareza del periodismo —dijo Slater—. Después de todo ese rollo de las escuchas telefónicas, estos periodistas sin escrúpulos han tenido que enmendarse.

—Y cuando encuentre lo que queréis y lo fotografíe, ¿qué vais a hacer con el material? ¿Chantaje, Pete? Porque ya te he dicho que no pienso infringir la ley.

—No, no. «Chantaje» es una palabra demasiado fuerte —dijo Slater—. Es más bien una lección que habría que haberle dado hace mucho tiempo. Por una vez, va a ser Jerry Fox quien aprenda lo que se siente cuando alguien escarba en tu pasado.

—¿Sabes que presento el nuevo *single* dentro de dos semanas? —dijo Pete con tono irritado y enrojeciendo fugazmente.

Parecía que daba por sentado que Johnny estaría al tanto. Y Johnny, que por supuesto no sabía nada porque últimamente había pasado demasiado tiempo sumido en un estupor ensimismado, como un zombi perdido en su propio mundo fúnebre, hizo un gesto con la mano como para indicar que cómo no iba a saberlo, si era *vox populi*.

—Voy a salir en todos los canales de televisión, va a ser tremendo —dijo Pete.

—Enhorabuena —respondió Johnny, intentando no sonar cínico.

—Este es el momento en el que pensamos que va a golpear Fox. Quiere jodernos la puta fiesta.

—¿Por qué, si puede saberse?

—Lo de siempre —dijo Pete, quitando importancia al tema con un gesto de la mano—. Yo solo soy uno más de los artistas de primera fila que tiene en su punto de mira. Ya sabes cómo es Gran

Bretaña en los tiempos que corren, ¿no, colega? Nos encanta hacer caer a la gente. Sobre todo a aquellos que los cabronazos como Fox deciden que ya han tenido su momento de gloria.

Johnny lo sabía perfectamente. Mejor de lo que Pete James podía imaginarse. Pero quería saber más.

—¿Y ha encontrado trapos sucios?

Slater metió baza.

—Eso no es asunto tuyo, Johnny.

Pete movió la cabeza.

—Digamos simplemente que un pajarito nos ha avisado de que Jerry se está emocionando mucho con una historia que va a ver la luz dentro de dos semanas, más o menos.

Johnny asintió y dijo:

—¿Justo cuando va a salir el *single*?

—A no ser que antes descubras algo sobre él —dijo Slater.

Johnny reflexionó. No dejaba de ser chantaje, desde luego, pero el hecho de que no quisieran sacarle pasta a un depredador sino espantarle hacía que fuera más aceptable.

—¿Cuánto? —preguntó.

—Si consigues algo bueno —dijo Pete—, algo que podamos utilizar…, te damos cinco mil. En efectivo. En mano.

—¿Y si no consigo nada?

Slater resopló.

—Es poco probable.

—Poco probable, pero no imposible.

Pete se puso serio.

—Entonces, colega, no te pago.

Johnny suspiró.

—Verás, a mí esto solo me convence si añadimos un colofón al trato.

—No te entiendo.

—Los cinco mil me vendrán bien, pero todo esto no deja de ser un gran riesgo, y para convencerme de que lo corra necesito algo más.

Pete volvió a subir la ceja. Incluso Slater pareció sorprenderse. Seguro que ninguno de los dos se esperaba que este resto zarrapastroso de su grupo de colegas de antaño intentase regatear. Para ser sincero, Johnny tampoco lo habría esperado de sí mismo, pero de repente supo que no podía marcharse de allí sin acercarse al menos un poco a su objetivo inicial.

—Vale —dijo Pete—. Dispara.

—Quiero tocar. —Johnny soltó una risita cansada—. Así de sencillo. Tienes algo bueno entre manos, Pete. Pero ya no eres The Whack. Al menos, el grupo que todos recuerdan. Contratas y despides a profesionales según los vas necesitando. Lo único que tienes en cuenta es que puedan cumplir, y en fin…, yo puedo cumplir mejor que la mayoría. Lo sabes.

Hubo una pausa larga y elocuente, durante la cual el antiguo colega de Johnny no apartó ni medio segundo la mirada.

—Mira, te propongo una cosa —dijo Pete al fin—. Puedo hacer varias llamadas, a lo mejor te consigo un bolo como artista invitado en alguna gira. Ganarías un dinerillo y sobre todo publicidad… Te colocaría otra vez en el escaparate, por así decirlo. Pero no te puedo prometer nada.

—Pero ¿lo vas a intentar? ¿Me das tu palabra?

Johnny se metió la mano en el bolsillo y palpó la demo de Elvis. En ese momento apenas había diferencia entre Rishi y él; los dos esperaban que otra persona les abriese una puerta.

—Claro.

A Johnny le asombró conformarse con eso. En cualquier caso, pensó, no iban a caerle mejores ofertas que aquella.

—También necesito que me adelantes parte del dinero —dijo—. Tengo dos semanas para hacerte este trabajito, pero no dejan de ser dos semanas. ¿Cómo quieres que viva?

Pete se quedó mirándole con expresión seria.

—¿De veras andas tan pillado?

—¿Por qué te piensas que he aceptado el encargo? Esta no es precisamente mi especialidad, ¿no crees?

Su anfitrión se quedó pensando.

—Te doy quinientos por adelantado. ¿Qué, hay trato?

Johnny asintió con la cabeza a la vez que le invadía una sensación de alivio. No era gran cosa, pero el mero hecho de haber conseguido algo era una mejora con respecto a cómo estaba nada más llegar.

Pete se volvió hacia Slater.

—Ve a por la cámara. Por cierto, Johnny, si esto sale mal, negamos que hayamos tenido nada que ver. ¿Entendido?

—Sí, entendido: aquí no ha pasado nada.

Slater volvió y le dio una bolsa con una cámara.

—Hoy casi todo el mundo usa el móvil, pero esta cámara es pequeña y es la mejor cuando hay poca luz, incluso de noche. Dentro va la información.

Johnny levantó una ceja a modo de muda interrogación.

—Un poco de contexto, dónde va a estar y ese tipo de cosas —explicó Slater—. Vas a tener que ponerte manos a la obra inmediatamente. El tiempo no corre a nuestro favor, colega.

—Venga, Johnny, que aquí tenemos cosas que hacer —dijo Pete con aire serio—. Y tú también, así que si no te importa…

Se giró de nuevo hacia el Stewinway y colocó los dedos sobre las teclas.

—Sí, claro… Estamos en contacto.

Johnny dejó que Slater le acompañase hasta la puerta, pero antes se llevó dos dedos a la sien a modo de perezoso gesto de despedida. Pete ni siquiera lo vio.

Ligeramente aturdido, se dirigió hacia el Chelsea Embankment y se sentó mirando al río en un banco de hierro con adornos muy recargados. Treinta minutos antes había estado intentando que le invitasen a tocar con la banda de Pete, imaginándose que volvía a su plenitud como indómita estrella del *rock* que podía hacer otra gira mundial más. Y ahora, esto.

La ansiedad se coló en sus pulmones y le costó respirar. Joder.

A su lado estaba el bolso de la cámara, de cuero tratado y con un asa para el hombro. Sacó la cámara que querían que utilizase. Era una Sony nuevecita, que según Don Slater era uno de las mejores dispositivos que había en el mercado. Por desgracia, Johnny llevaba al menos una década sin manejar ningún tipo de cámara. No es que fuera lo que se dice un tecnófobo, pero en los últimos años se había quedado muy rezagado respecto al resto de la sociedad. Hasta la hoja de instrucciones le parecía un jeroglífico.

Se acercó a la balaustrada con paso decidido, la mirada fija en las aguas turbulentas.

No sabía si tirar la cámara, o tirarse él.

«¿Estoy a la altura de esto?».

En cierto modo, tenía gracia. La cámara era una especie de metáfora de la situación en la que se encontraba, que le había caído encima como una palada de mierda de caballo.

Y no tenía ni idea de cómo funcionaba el maldito chisme.

5

El fuego del hogar

Miércoles

«El hogar está donde está el corazón», se dijo Johnny al bajar del autobús en Muswell Hill, aunque no pudo evitar preguntarse si cuando te arrancaban el corazón te convertías en una persona sin hogar o si te perdías irremediablemente para siempre.

Ojalá que solo lo primero.

Era un precioso día de otoño. El cielo estaba azul y caían grandes hojas doradas de los castaños que flanqueaban las calles de la próspera y discreta zona residencial del norte de Londres. Se dijo que aquel barrio siempre había sido uno de los secretos mejor guardados de la capital. Estaba a un tiro de piedra del eje de actividad de Highgate y Hampstead, pero era mucho más tranquilo y había un ambiente más cálido, más amable.

Después de que finalmente se separasen —el mero recuerdo de aquel momento, de aquella última discusión, le hería en lo más hondo—, Laura y Chelsea se habían mudado a la casa de la madre de Laura, Susanna, en Muswell Hill. Era un adosado más bien pequeño pero elegante de la época victoriana, muy distinguido y respetable, y estaba en mitad de una hermosa hilera de adosados de ladrillo rojo que bajaba sin interrupciones por una larga pendiente. En las conversaciones que habían sostenido desde entonces, Laura le había asegurado que abandonar el que había sido su hogar durante tantos años, por no hablar de abandonar a Johnny y la vida de lujo a la que estaba acostumbrada, había sido lo más difícil que había hecho jamás.

—Pero no me dejaste otra opción. En serio, Johnny, ¿cómo iba a seguir viviendo allí? Aquello no era vida, ¿no crees? Para mí, no. Y ni siquiera para ti.

Johnny vaciló antes de llamar a la puerta. Era verdad que quería verlas. Bueno, quería ver a Laura y a Chelsea (a Susanna, menos), pero tenía otro motivo más para pasarse por allí. Lo importante era conseguir que no se le notase demasiado.

La casa no era grande por dentro, pero sí lo suficiente para alojar a Laura y a Chelsea. Era una triste realidad del matrimonio de los Klein que, incluso antes de su ruptura oficial, esta casa se había convertido en el refugio de su mujer y su hija cada vez que una discusión se salía de madre. Esto había sucedido casi siempre cuando volvía de una gira, cuando los gorrones y los aduladores habían dejado de cobrar sus dietas diarias y había cesado el griterío que reverberaba en la cabeza de Johnny. Desde el inicio de su carrera, siempre le había costado aterrizar al volver de gira. Se le había hecho duro acostumbrarse otra vez a la vida familiar, hacer la compra y madrugar para llevar a su hija al colegio. Siempre se había excusado pensando que estaba programado para vivir en la oscuridad, algo que ahora se le antojaba un eufemismo demasiado romántico para decir que se pasaba el día metido en el hoyo holgazaneando hasta que llegaba el momento de salir a levantar pasiones entre otros diez mil fervientes seguidores.

No era de extrañar que Chelsea hubiese encontrado su pequeño rincón de cordura en la casa de su abuela, donde podía escapar de aquella extraña existencia de «familia de estrella del *rock*» y vivir como el resto de sus amigos del cole.

Le abrió Susanna.

Para ser una abuela, era bastante moderna; un atractivo cruce entre Joanna Lumley y Jane Fonda. A sus setenta y cinco años, se mantenía en forma en el gimnasio, y cada dos semanas se teñía la blanca melena de un rubio oscuro en el salón de Giovanni, en la calle principal del vecindario. Tenía una piel extraordinariamente tersa, tanto que Johnny acostumbraba a recostarse en la silla después de la comida dominical y entretenerse con su juego privado de «encuentra las cicatrices», aunque jamás llegó a saber si se había operado porque la exuberante cabellera estaba tan peinada y lacada que impedía ver más allá de sus orejas.

Al margen de su aspecto, no era siempre la mejor de las compañías, a pesar de los esfuerzos de Johnny por ganársela. Era como si no tuviese filtros, al menos con él. Huelga decir que su entusiasmo al verle fue aún menor que de costumbre.

—Ah, eres tú. —Frunció el ceño.

«Voldemort».

—Esto… ¿Qué tal, Susanna? ¿Podría hablar con Laura?…

Por un segundo pensó que respondería que no. Daba la impresión de que se lo pensaba mientras, inmóvil, le miraba con una expresión apenas disimulada de desdén. Cuando por fin cedió, lo hizo sin articular palabra, dándole la espalda y entrando. Johnny pasó y cerró la puerta. Era la segunda vez en dos días que notaba que se le dejaba pasar de mala gana.

La siguió hasta la cocina. Susanna retomó la conversación que había estado manteniendo con Laura, que estaba sentada a la mesa comiendo tostadas y acabándose el té mientras oía las noticias de la radio.

—Estaba pensando en ir a ver a Margaret hoy por la mañana —dijo Susanna, como si la llegada de Johnny no mereciese ningún comentario—. Está pasando por un mal momento. Ya sabes, desde que falleció su Tony…

Johnny se quedó en el umbral mirando a su mujer, Laura, que aún no se había dado cuenta de su presencia y parecía tener la cabeza a kilómetros de distancia. En infinidad de ocasiones había visto a Laura y a su madre sostener conversaciones en las que ni la una ni la otra parecían escucharse.

—A las once viene el de la lavadora —respondió Laura—. Después voy a ir a ver a la doctora Healey. No puedo pasar otra noche como esta. En serio, hacía años que no me encontraba así.

—Por cierto, tienes visita. —Su madre señaló a Johnny con un gesto de la cabeza sin molestarse en mirarlo.

Laura levantó la vista. Desde el umbral, Johnny saludó tímidamente con la mano.

Laura dejó la taza sobre la mesa. Sus ojos verdes destellaron sorprendidos, y Johnny quiso ver también en ellos un toque de cariño.

—¿A qué se debe este placer?

—Yo… Esto… Bueno… —No podía decirles la verdadera razón—. De vez en cuando puedo pasarme a veros a Chelsea y a ti, ¿no?

—A estas horas de la mañana en un día de cole, no. Supongo que te acuerdas… Ya sabes, el colegio… De lunes a viernes, todos los días. —Johnny dejó pasar el comentario y se oyó el claxon de un coche. Laura se levantó—. Esa es Sharon.

Johnny tenía un vago recuerdo de que la mejor amiga del colegio de Chelsea se llamaba Julie, y su madre Sharon.

—Hoy le toca a ella acercarlas al cole —explicó Laura, saliendo apresuradamente—. Mamá, llévale a Margaret algunos bollitos de esos que hiciste… Chelsea no se los va a comer. —Desde el pie de la escalera, gritó—: ¡Chelsea! ¡Otra vez lo dejas todo para el último momento! ¡Venga, que está aquí Sharon!

Chelsea bajó a todo correr, vestida de uniforme y con la mochila al hombro. Cada día se parecía más a su madre: ojos verdes, sonrisa perfecta, el pelo castaño con tendencia a enredársele cuando iba con prisas. Y, además, ese cutis terso y lozano de la adolescencia.

Se detuvo al pie de la escalera.

—¡Papá! ¿Qué haces aquí?

Johnny se encogió de hombros y sonrió.

—Nada en particular. Pensé que podría… Bueno, ya sabes…, pasarme a veros.

—Perdona, tengo que darme prisa. ¡Adiós!

Le agarró de las solapas de la chaqueta, se puso de puntillas y le plantó un beso en la mejilla, que estaba sombreada por una barba de varios días.

Pasó como una exhalación. Johnny la siguió, y desde la puerta de la calle vio un Volvo familiar gris plateado arrimado al bordillo con el motor en marcha. Chelsea volvió a despedirse con la mano mientras corría por la acera y se subía de un salto.

—Hasta luego —dijo Johnny en voz baja mientras el coche se alejaba.

Laura apareció a su lado.

—Más vale que entres. Mejor que no demos que hablar a los vecinos, ¿no?

«Que se jodan los vecinos». Pero se mordió la lengua y entró tras ella.

75

Susanna, que se estaba poniendo cuidadosamente el abrigo en el vestíbulo, al parecer también estaba a punto de salir. Aunque había mencionado que iba a visitar a una tal Margaret, Johnny dudaba que hubiese pensado ir tan temprano.

—Espero que tu amiga esté bien, Susanna —dijo él cuando pasó por su lado con aire decidido.

Susanna asintió secamente con la cabeza, pero no dijo nada. Era toda una experta en ser fría como el hielo.

Ella salió dando un portazo y Johnny volvió a la cocina.

Laura estaba de espaldas, fregando los cacharros. Se oía Capital Radio. Susanna siempre encendía la radio nada más despertarse, pero Johnny dudaba de que él volviese a figurar jamás en su *playlist*.

—Menuda bienvenida más agradable me ha hecho Susanna.

Laura no se volvió.

—No empieces. ¿Qué esperabas, Johnny? ¿Que te recibiera con los brazos abiertos? O sea, ha visto todo lo que ha pasado desde un asiento en primera fila. Además, es la única persona con la que puedo compartir las cosas, así que conoce todos nuestros secretos más oscuros.

—¿Hasta cuándo piensa seguir así? —Sacó un taburete de debajo de la isla—. Ya sé que me ha encasquetado el papel del malo, pero si tú y yo somos capaces de pasar página, ¿por qué ella no?

Laura suspiró mientras se secaba las manos. El rostro se le suavizó.

—Acabo de hervir agua… ¿Te apetece un té o algo?

—Sí, por favor…, pero uno rápido. Tengo prisa, me he dejado puestas las lentejas…

Laura le miró con cara de incertidumbre. Johnny siempre había dicho esa frase cuando estaba seguro de que se iba a producir algún acontecimiento favorable en su carrera musical. Probablemente fuera lo último que se esperaba Laura que dijese a los pocos días de haberse quedado sin casa. Sin la casa de los dos.

—¿Qué pasa? ¿Te ha salido un concierto?

Johnny miró al suelo, evitando por un instante el contacto visual.

—No exactamente; veo más fácil que me toque la lotería. Se me ha pasado la fecha de caducidad. Pero algo… Bueno, el caso es que me pagan.

—Vale… ¿Entonces? —insistió ella—. ¿Tienes algo o no?

—Sí, tengo algo. —Asintió con la cabeza—. Pero todavía es pronto y más vale que lo mantenga en secreto.

—Mejor algo que nada, supongo. —Le pasó una taza humeante—. Sabía que te saldría algo. Total, eres buenísimo en lo tuyo. Al menos no estás sentado de brazos cruzados. Siempre lo he dicho: si la vida no viene a buscarte, ten iniciativa…, ve tú a por ello.

—Lo sé, lo sé.

—Mira, ¿por qué no juntas otra vez al grupo? ¿Has vuelto a pensar en ello?

—Sí, he vuelto a pensar en ello, y no, no pienso reunirlos. Esas giras de la nostalgia son para…

Johnny no fue capaz de pronunciar la palabra, así que Laura le ayudó.

—¿Para fracasados? Venga ya, son para grupos que quieren seguir haciendo lo que les gusta, tocar para sus fans. Todas las viejas bandas lo están haciendo. Es tu trabajo, y podrías ganar mucho dinero. Cualquiera diría que no lo necesitamos.

Johnny levantó la palma de la mano.

—Mira, Laura, lo siento, es que… —dio un sorbo largo al té dulce y caliente— por hoy ya he oído suficientes topicazos de manual de autoayuda. Sin ánimo de ofender, Pete no para de soltar este tipo de cosas, y…

Laura frunció el ceño.

—¿Has ido a ver a Pete? ¿A Pete James?

—A él y a Don, sí.

—¡A Don! Santo cielo, con lo mal que me cae. Siempre me ha dado mal rollo.

—A veces hay que pactar con el diablo.

—¿Ese es el concierto? ¿Vas a volver a salir de gira con Pete?

Johnny trató de no mostrarse evasivo. Estaba siendo más que parco con la verdad, pero no soportaba la idea de que Laura le considerase un fracasado.

—Me pasé a verlos.

—¿Y?

—Por lo visto Pete está formando una banda para un nuevo álbum. Le dije que estoy disponible…

Dejó la frase sin acabar. Era imposible que Laura se tragase una mentira descarada; conocía todos sus puntos débiles y sabía leerle como si fuera un libro abierto. Balbuceó unas evasivas con la esperanza de que Laura dejase el tema.

Y ella, seguramente porque sabía lo duro que había sido para él perder Mill Hill y temiendo que se cerrase en banda si insistía demasiado, le hizo el favor.

—¿Cómo ha ido la entrega de la casa? —preguntó con tono empático.

Johnny volvió a encogerse de hombros.

—Bueno, ya sabes… —Dio otro sorbo—. Una puta mierda. Pero de alguna manera tengo que poner las cosas en orden, ¿no? Por eso la vendí con todo incluido. Cada cuadro, cada televisor…, hasta el hervidor de agua.

—Al menos ahora estamos libres de deudas, se acabaron los agentes judiciales y pasar vergüenza en los juzgados.

—Sí. Ni una deuda.

Laura intentó tomárselo con filosofía.

—Bueno, por lo menos ya está hecho. Borrón y cuenta nueva.

Johnny se rio con desgana al recordar las palabras casi idénticas de Mona. La verdad es que no podía ponerle ningún pero a nada de lo que había dicho, aunque tampoco era capaz de expresar lo que sentía al respecto. Ni siquiera había empezado a asimilar al completo la realidad de su pérdida.

—Ya, sí, el rollo ese de los nuevos comienzos... —dijo—. Mira, los fines de semana, ¿te importa si vengo yo aquí a ver a Chelsea? Mi nuevo alojamiento es... En fin... Necesito un poco más de tiempo para limpiar y ordenar.

Laura frunció el ceño, pero terminó asintiendo.

—Bueno, supongo que sí. ¿Dónde te estás quedando?

—Tengo un pisito ahí en Brick Lane. Está bien, pero tengo que adecentarlo.

—Sabes que Chelsea nunca va a juzgarte, ¿no?

—Ya lo sé. —«Pero quizá tú sí». Aún no se había hecho a la idea de que, en resumidas cuentas, estaba de okupa en un ático ajeno. La mera posibilidad de que Chelsea pudiese descubrirlo era demasiado espantosa como para contemplarla—. Pero de todos modos sería mejor que pudiese venir aquí. Solo hasta que lo deje apañado.

Laura sonrió.

—Ya me las arreglaré para que no esté mi madre.

«Gracias a Dios», pensó Johnny, solidarizándose por un instante con Laura.

Intercambiaron una fugaz mirada de complicidad, la primera

en mucho tiempo. Solo por eso, el engorroso viaje en hora punta casi había merecido la pena, aunque tenía otra razón para ir.

—En fin, me voy —dijo, levantándose—. Llámame cuando quieras.

Laura negó con la cabeza.

—¿A ese teléfono antediluviano? Estamos en el siglo XXI, Johnny. Siempre que te llamo, está apagado o no respondes.

Johnny se encogió de hombros.

—Siempre te devuelvo la llamada. ¿Te importa que pase al baño?

Laura hizo un gesto de exasperación.

—Anda, pasa —dijo y se llevó la taza sucia al fregadero.

Johnny subió corriendo. En realidad no necesitaba ir al baño.

Se detuvo al llegar arriba y se preguntó si estaba obrando bien. Qué estupidez no darse cuenta de que al ser un día laborable Chelsea no estaría en casa por la mañana. Y ahora no podía marcharse y volver por la tarde a verla. Laura notaría que tramaba algo y le haría preguntas más difíciles. No le gustaba actuar a espaldas de su hija, pero no iba a poder avanzar en su nuevo trabajo si no resolvía la cuestión de la cámara.

Echó un vistazo al piso de abajo para asegurarse de que Laura no estaba en el pasillo, a continuación cruzó el descansillo y entró en el dormitorio de Chelsea.

Se quedó helado al ver un viejo póster de la banda en todo su esplendor ochentero clavado en la pared de encima de la cama, que estaba pulcramente hecha. Como siempre, él ocupaba el centro del escenario; estaba maquillado con polvos y *eyeliner,* el cabello negro peinado hacia arriba en un enorme tupé al estilo de Tommy Steele y con su característica ropa de cuero. El póster era antediluviano, tenía los bordes raídos y las esquinas sobadas, pero al ver que ocupaba el lugar de honor del dormitorio de su hija se le puso un nudo en la garganta. El resto del cuarto era lo esperable de cualquier quinceañera. Por todas partes había pósteres de artistas más modernos, tipo Taylor Swift y Harry Styles. Había libros y revistas de moda desperdigados por el suelo, maquillaje sobre la cómoda, algún que otro peluche sobre la cama. Flotaba en el aire un olorcillo a perfume y laca. Y en medio de todo aquello, casi entronizadas, aquellas figuras de una época anterior, una época desconocida para la mayoría de los chicos de ahora. Sobre todo aquel fantasma de sí mismo que estaba en el centro, y que si estaba presente en aquel cuarto era única y exclusivamente porque todos los sentimientos de su hija hacia él trascendían con creces las canciones olvidadas y las imágenes obsoletas.

Se sacudió la melancolía que amenazaba con abatirse sobre él y se dijo que más valía que se concentrase en la tarea que tenía entre manos.

Recorrió apresuradamente la habitación con la mirada, sobre todo las estanterías, y localizó lo que estaba buscando con una rapidez casi indecorosa: la cámara Leica M6 que estaba sobre la mesilla de noche de Chelsea. Se la había regalado hacía un par de años, supuestamente porque sabía que le interesaba la fotografía, pero sobre todo porque para entonces las cosas ya estaban empezando a descontrolarse, y al menos sabía que con su hija la cámara estaría a salvo.

La cogió y le alegró ver que funcionaba perfectamente; saltaba a la vista que su hija la había estado utilizando. Por un instante se sintió culpable, pero se dijo que al fin y al cabo no se la estaba robando. En términos puramente técnicos, el intercambio con la Sony que se había sacado del bolsillo de la chaqueta no era equitativo. La Sony era el Jaguar XE del mundo de las cámaras, mientras que la vieja Leica era el equivalente de un baqueteado Citroën DS.

Pero precisamente por eso era perfecta para un viejo dinosaurio como él.

Dejó la Sony sobre la mesilla, se guardó la Leica en el bolsillo y cogió, agradecido, un par de carretes sin usar que estaban al lado de la funda de la cámara.

—Johnny, ¿todo en orden? —dijo Laura desde abajo.

Se quedó clavado en el sitio, temiendo oír sus pasos subiendo las escaleras. Se acercó sigilosamente a la puerta, escuchando, y después se arriesgó a asomarse. Se veía la parte de arriba de la escalera, pero no el vestíbulo de abajo.

—Sí, todo bien —respondió a la vez que cruzaba el descansillo a hurtadillas, se metía en el cuarto de baño, tiraba de la cadena y bajaba rápidamente.

Laura seguía en la cocina, guardando los cacharros. La miró; tenía el cabello castaño recogido en una cola de caballo y le caían por la cara algunos mechones sueltos. Siempre había tenido una belleza natural…, la chica sexi de la casa de al lado. Suspiró, pensando en lo que le habría gustado hacer si se hubiesen quedado solos en la casa un poco antes. Pocas posibilidades había de eso ahora, sospechaba, aunque estaba tentado de intentarlo.

Laura se volvió hacia él con una sonrisita.

—Ya sé lo que estás pensando.

Johnny se encogió de hombros.

—¿Qué culpa tengo yo? Estás muy guapa.

Laura le miró.

—No soy de piedra, Johnny, pero eso solo empeoraría las cosas.

Sabía que tenía razón. Era eso lo que los había mantenido juntos durante tanto tiempo, eso y el hecho de que no creía que pudiese amar jamás a alguien como la amaba a ella. Sintió el viejo anhelo de siempre y se imaginó que ella también lo sentía.

—Seguimos siendo una familia, Johnny.

—Sí. O algo parecido. Mira, me tengo que ir. Dile a Chelsea que vendré el fin de semana.

Laura vio cómo se daba la vuelta y se alejaba por el pasillo, y con una voz que hacía mucho tiempo que Johnny no le oía, dijo:

—Aquí te espero.

Todo lo que sentían el uno por el otro seguía allí, eso lo sabía. El vínculo que los había unido durante todos esos años había sido demasiado estrecho…, como marido y mujer, como amantes, como mejores amigos. Pero ahora era imposible. Las cosas habían cambiado; la vida había seguido su curso.

Johnny miró hacia atrás, tiró del picaporte de latón y cerró la puerta. En la calle corría un frío viento de octubre y se arrebujó con la chaqueta. Al alzar los ojos hacia el cielo gris, sintió el peso de todo el planeta sobre los hombros.

6

Mentor

Miércoles

—¿Papá? —Chelsea parecía sinceramente sorprendida, lo cual no era de extrañar. Johnny debía de ser la última persona que esperaba ver a la salida del colegio—. ¿Dos veces en un mismo día?

—Esto… Sí… —Intentó parecer despreocupado—. ¿Qué tal ha ido? El cole, digo.

—Un rollo, como siempre.

Se quedó mirándole con aire indeciso y cauteloso mientras la mochila se le resbalaba por el hombro y se quedaba colgando.

Por su lado pasaron montones de chicos gritando, riéndose, dándose empujones, las típicas payasadas. Afortunadamente, el hecho de que aún no hubiesen cumplido dieciocho años significaba que Johnny no les iba a llamar la atención. Ninguno pareció reconocerlo. Habría sido distinto veinte años antes, pero de todos modos Chelsea parecía inquieta por su presencia allí.

—¿Por qué lo quieres saber? —preguntó.

Johnny se encogió de hombros.

—Un padre puede charlar con su hija, ¿no? Esta mañana no hemos tenido oportunidad de hablar, y como estaba por la zona se me ha ocurrido pasar por aquí.

—¿Estabas por esta zona? —No pudo disimular su escepticismo; tampoco es que lo intentase—. ¿Desde cuándo?

—Chelsea, por el amor de Dios, dame un poco de cancha, ¿quieres? Solo quiero charlar contigo.

Su hija se lo pensó unos segundos y después pareció relajarse. Señaló con la cabeza un café de la acera de enfrente llamado Tostador Artesanal.

—¿Qué tal si me invitas a un café *latte* con jengibre?

Johnny sonrió, aliviado al ver que al menos llevaba unas pocas libras en el bolsillo.

—Estupendo, vamos.

Chelsea salió por la verja y le hizo una vaga seña con la mano al Volvo gris plateado que estaba aparcado en la zona de recogida de la otra acera y en el que sin duda iban Julie y su madre, Sharon. Después cruzó en dirección al café y Johnny la siguió, deteniéndose solamente para facilitarle al Volvo la incorporación al tráfico. Una cara de colegiala le miró con curiosidad desde el asiento de atrás.

El estilo de la cafetería era puro rollo hípster: montones de plantas, mesas de palés, estanterías llenas de tarros de legumbres de aspecto exótico, clientes con boinas de lana y perros salchicha bebiendo a sorbitos *lattes* con leche de avena.

—Y diles que le echen canela —dijo Chelsea mientras hacían cola delante del mostrador.

Johnny asintió y cogió las dos bebidas; después buscaron una mesa en un rincón tranquilo y se sentaron el uno enfrente del otro.

—Lo primero, tengo que confesar que esta mañana te he birlado la cámara.

Chelsea sopló una nube de espuma con canela.

—¿Qué?

—Bueno… Te la he «cambiado» por otra, para ser exactos.

Estaba perpleja.

—¿Papá? No tengo ni idea de qué me estás hablando.

—Te he cogido la Leica…, esa antigua de segunda mano que te di. Y en su lugar te he dejado una Sony. Un trueque justo, ¿no?

Chelsea, que a su tierna edad estaba más que acostumbrada a los disparates domésticos de unos padres roqueros, le dedicó un gesto de exasperación adolescente. Al menos no estaba enfadada, pensó Johnny.

—Bueno…, no —dijo ella al fin—. En realidad, no. Seguro que la Sony es mucho más cara.

Johnny abrió las manos con gesto magnánimo.

—Es lo menos que podía hacer.

—¿Cómo has podido pagar una cámara nueva, papá?

—Bueno, te asombrarías si te dijese algunos favores que puedo pedir.

Otra vez lo mismo de siempre, la consabida chulería de estrella del *rock* que no le había servido absolutamente de nada.

—Sí, tienes razón. Me asombraría, eso seguro. ¿Sabes? Si querías que te devolviese la vieja, solo tenías que pedírmelo, papá.

No iba a contarle la verdadera razón por la que necesitaba la vieja.

—Era tuya. Te la di. Y ahora, bueno, te he dado una nueva…, una mejor.

—Vale, genial. —Chelsea se recostó en la silla con expresión satisfecha—. Gracias. Tengo ganas de probarla.

Johnny se revolvió incómodo en la silla. En realidad no se le había pasado por la cabeza regalársela a su hija porque sí, sin un motivo oculto. «La compensaré —se dijo para sus adentros—, en cuanto me recupere».

—Dime —dijo Chelsea—. ¿Qué vamos a hacer este fin de semana?

—Bueno…, esa es la cosa. Si te parece bien, pensaba pasarme por casa de tu abuela a verte.

—Ah…

—El sitio nuevo todavía no está listo del todo.

—Ah, bueno…

Parecía desilusionada, pero no tanto como esperaba. Chelsea era perro viejo en muchos sentidos. ¿Cómo no iba a serlo después de la vida que había llevado en Mill Hill, expuesta a las continuas discusiones de sus padres por la menor tontería? Seguro que sabía que su reticencia a recibirla el fin de semana en su nuevo alojamiento posiblemente no obedecía a que el lugar no estaba «listo del todo», pero ya tenía la madurez suficiente para saber que era mejor no hacer demasiadas preguntas.

—¿Qué tal el cole, cielo?

Chelsea se encogió de hombros.

—Bien, supongo.

Johnny notó que se estaba callando algo.

—No habrá nadie que te esté tratando mal, ¿no? Porque voy y…

Chelsea repitió el gesto de exasperación.

—No, papá, para nada. En realidad, no…, pero todo el mundo sabe quién eres.

«Como siempre».

—Echo de menos a mis amigos de Chase Lodge School, nada más.

Johnny se sobresaltó. Chelsea había ido a uno de los mejores y más caros colegios de la zona de Mill Hill. Ahora, para saldar las deudas, se habían visto obligados a sacarla de allí, y había empezado a ir al colegio público de Muswell Hill.

—Cuánto lo siento, tesoro. Te prometo que no va a ser para siempre. Solo hasta que me recupere.

Chelsea no le miró a los ojos.

—Sí, ya me lo has dicho antes.

—Julie parece maja.

—Sí, es maja. ¿Podemos hablar de otra cosa?

—Claro, cielo.

Siguieron charlando mientras se tomaban el café. Chelsea llevó la conversación a un terreno más seguro, hacia cuestiones triviales: estrellas del pop, los chicos tan imbéciles que había en su clase. Johnny absorbió la normalidad de sus palabras, dejándose envolver por ellas; le tranquilizaban, aligeraban las tensiones de sus nervios desgastados.

—Este año, Julie va a pasar la Navidad con sus padres en los Dolomitas. ¿Nosotros qué vamos a hacer? ¿Vas a venir a casa de la abuela?

—¿Eh?

La pregunta de su hija le sacó de su ensueño.

—Navidad. Que qué vamos a hacer.

—Es un poco pronto para eso. ¿No deberías centrarte en los exámenes de fin de ciclo?

—¿Fin de ciclo? Papá, sabes que solo tengo quince años, ¿no?

—Sí, claro… Supongo que ya no los llaman así, ¿no?

—No desde la Edad de Piedra.

Con intención de cambiar otra vez de tema y para evitar hablar de la Navidad, estuvo a punto de sugerir que pidieran otro café. Pero recordó lo caro que era aquel sitio. Apenas había pasado un día desde la reunión con Pete y Don, y el dinero, varios cientos de libras, ya estaba disminuyendo a toda pastilla. Además, Chelsea no paraba de mirar el móvil. Sospechó que no era tanto que hubiese conversaciones más interesantes allí como que tenía que estar atenta a la hora. Su hija no disfrutaba de la autonomía que había tenido él a su edad, cuando salía por la zona de Finsbury Park. Hoy en día, cuando un chico volvía tarde del colegio la gente se preocupaba, por lo general con razón.

—Qué, ¿nos vamos, cielo?

Chelsea asintió con la cabeza. Y, de nuevo, tuvo la delicadeza de disimular su alivio.

Salieron del café y se quedaron un rato más charlando en la acera.

—Sabes que te quiero mucho, Chelsea. Y a tu madre. Incluso a la abuela —dijo, metiéndose las manos en los bolsillos de la chaqueta porque no sabía qué hacer con ellas.

—Pues claro.

Le dio un abrazo y él se lo devolvió, tardando un poco más de lo estrictamente necesario en soltarla.

—Lamento que las cosas estén así. Pero esta vez va en serio, pienso arreglarlo todo, ¿vale?

A pesar de que fueron las palabras más sinceras y sentidas que fue capaz de pronunciar, en su fuero interno sabía que eran mentira. No podía arreglar la única cosa de la vida de su hija que estaba verdaderamente rota: el matrimonio de sus padres.

Chelsea se apartó con delicadeza, dedicándole una sonrisa tranquilizadora.

—Entonces, ¿te veo el sábado? —dijo Johnny.

—Sí, ¡no te olvides! —dijo ella, echándose la mochila al hombro.

—No me olvidaré… —Desvió la mirada hacia un autobús que se acercaba—. Parece que es el mío. Por cierto…, y tú, ¿cómo vas a volver a casa? El coche que iba a llevarte ya se ha ido.

Chelsea le quitó importancia con un gesto.

—No pasa nada. Voy a llamar a mamá para que me recoja.

Después de decir adiós por última vez, Johnny, sumido en sus pensamientos, encontró un asiento en el piso de abajo y se instaló entre londinenses comunes y corrientes que parecían cansados y de mal humor al término de otra dura jornada en la oficina, en la fábrica o en la tienda. Tan solo dos o tres le lanzaron miradas furtivas y perplejas, como si no acabaran de creerse que se hallaban en presencia de un miembro de la realeza del *rock and roll*. Pero Johnny estaba demasiado ensimismado para fijarse. Lo único en lo que era capaz de pensar era en lo desconcertante que era que cada día le pareciera peor que el anterior. Aunque había transcurrido media semana desde que su casa había cambiado de dueño, él, al parecer, todavía estaba siguiendo una trayectoria descendente.

Empezaba a anochecer cuando Johnny se bajó del autobús cerca de Brick Lane. El viaje de vuelta había transcurrido en un abrir y cerrar de ojos; tenía tantas cosas en la cabeza que no le quedaba sitio para la paranoia de que alguien le reconociera.

Casi había pasado otro día más. Le fastidiaba no haber empleado su tiempo de manera inteligente desde que se despidió de Pete y Don la mañana anterior, pero se le hacía cuesta arriba creer que les debía algo a esos dos. Si de veras le consideraban capaz de llevar a cabo el trabajo que le habían encargado, ¿por qué solo le habían adelantado quinientas libras? Si no confiaban en él para tocar la guitarra y cantar —dos cosas que, casualidades de la vida, no se le daban nada mal—, ¿por qué le habían confiado un tipo de tarea en el que no tenía ninguna experiencia? Pensándolo bien, era todo un poco disparatado.

Mientras atajaba hacia Brick Lane por un callejón, empezó a oler el aroma de especias que flotaba en el ambiente…, el curri y el cilantro, la cocina *tandoori* en hornos de barro. Al fin y al cabo, era miércoles por la tarde. Estaban entrando en la última recta antes del fin de semana. La actividad comercial se intensificaba, y, en efecto, al llegar al final del callejón oyó el bullicio de aquella abarrotadísima arteria del este de Londres.

Después oyó algo que estaba por encima de la habitual banda sonora de bebedores y potenciales comensales en plena juerga.

Se paró en seco.

Miró hacia el estrecho pasaje que había detrás de la fila de restaurantes más cercana. Estaba lleno de contenedores de basura y bolsas abultadas. Pero había algo más.

Oyó los acordes de «Lonesome Tonight»; la quejumbrosa pregunta de si alguien sentía que se hubiesen separado se abría paso por la banda sonora de Brick Lane.

Era una voz solista, pero las palabras flotaban hacia él en una melodía armoniosa.

Johnny movió la cabeza, incrédulo. ¿Era…?

No, claro que no… ¿No?

Se aventuró a pasar por la verja abierta que daba a varios patios traseros. La atmósfera estaba ahora cargada de aromas, pero este también era el lado funcional del milagro culinario, los patios hasta arriba de bolsas de residuos pestilentes, las ventanas de las cocinas empañadas por el calor, los fornidos currantes que, vestidos con vaqueros de uniforme, camisetas blancas y delantales manchados, entraban y salían con envases de productos desechables y los tiraban sin ceremonias a la basura.

Pero el canto armonioso continuaba.

—Elvis…, ¿eres tú? —dijo Johnny en voz baja. «Ni de coña».

Era tan conmovedor, tan suave al oído y, sí, tan melodioso…

No era perfecto, pero…

Llegó al cuarto patio, que se correspondía con la parte de atrás de Graceland. A la derecha estaba ocupado en parte por un antiguo lavadero de ladrillo que tenía la puerta abierta de par en par. Johnny no pudo resistirse a echar un vistazo.

De espaldas y de cara a una pared vacía, pulcramente enfundado en un mono negro de Cisco Kid y enfrascado en una partitura, estaba Ravi.

—¡Elvis, tío! —dijo Johnny sin pensar.

Ravi se giró, sobresaltado; las hojas cayeron en cascada al suelo.

—Cántalo otra vez —dijo Johnny, entrando del todo.

Por unos segundos, la sorpresa y la vergüenza por que le hubiese oído fueron tales que Ravi no supo dónde mirar. Sus ojos se posaron en todo menos en Johnny. Se embarulló al intentar recoger los papeles y se le volvieron a caer por todas partes.

—Venga, tío, cántala —insistió Johnny.

—¿Qué parte?

—Toda. Empieza por el principio.

Ravi cogió los papeles, pero movió la cabeza tristemente.

—Es que no puedo. Si me miras, no puedo.

Seguía sin alzar la vista, y por fin Johnny se imaginó cuál era el problema.

—¿Te refieres a que eres incapaz de hacerlo así delante de un público?

Ravi asintió, desanimado.

Johnny se quedó pensando. Sabía que no era infrecuente. Muchos aspirantes a artistas, sobe todo cantantes, no habían conseguido dar la talla porque eran incapaces de actuar delante de espectadores. Hasta un público de una sola persona les aterrorizaba.

Aunque no podía ser el caso de Ravi.

—Pero si estabas cantando en el restaurante —observó Johnny.

—Eso es distinto. —Ravi soltó una risita cohibida—. La gente va allí a escucharme porque soy malo.

—Pero ya ves que no hay motivos para ponerte nervioso, ¿no? Todo el mundo te quiere. Se ponen de pie para aplaudirte cada vez que cantas.

Ravi se encogió de hombros.

—Lo que pasa es que les hago gracia. —Mezcló las hojas de la partitura, esforzándose por ponerlas en orden—. Soy una especie de payaso.

—Creo que exageras…

—No me malinterpretes… Les gusto por eso. El Comandante dice que es lo que me hace único.

Johnny hizo un gesto afirmativo.

—Bueno, y no se equivoca. Pero ahora ya entiendo por qué piensa que tienes algo especial: porque lo tienes.

No estaba diciendo la verdad al cien por cien. En la era de *The X Factor* y *Britain's Got Talent,* montones de personas pensaban que tenían lo necesario para presentarse y dejar a todos pasmados, tipo Susan Boyle. No era de extrañar que, a menudo, se derrumbasen al enfrentarse con la dura realidad. En esta industria, lo importante no era tanto tener una voz genuinamente buena como tener un talento asombroso.

Elvis Sharma no volaba tan alto —aunque nadie de por allí se hubiese dado cuenta—, pero de lo que no cabía duda era de que tenía algo.

Pero de repente le atravesó un intenso sentimiento de frustración.

¿De veras tenía tiempo para guiar a alguien por las vueltas y revueltas de lo que suponía actuar en directo? A modo de respuesta, una voz en su cabeza le preguntó qué otros asuntos urgentes le reclamaban. Tenía una especie de trabajo —por llamarlo de alguna manera— que ni siquiera había empezado aún, y no era muy probable que le fuese a tener ocupado todas las horas del día.

—Mira, Elvis. Me gustaría echarte un cable…, y a lo mejor puedo. Por ejemplo, podría enseñarte algunos trucos para calmar las aguas antes de salir a escena…, para relajar las cuerdas vocales. Cosas básicas.

La esperanza asomó visiblemente al rostro de Ravi, pero la reprimió.

—¿En serio harías eso por mí, Johnny?

—No hablo de hacerlo con un horario de oficina. Me refiero a sacar algún que otro rato. ¿Qué te parece?

Ravi estaba demasiado agobiado para hablar bien.

—¿En serio?

—No te puedo prometer nada, pero lo que sí puedo hacer es ponerte a prueba. Pulir cosas. Porque todos tenemos unas cuantas cosas que pulir, ¿sabes?

Ravi asintió vigorosamente con la cabeza.

—Creo que yo tengo más que unas cuantas.

«Pero no tantas como me pareció la otra vez», se dijo Johnny.

—¡Y cualquier ayuda me vendría de perlas!

—¡Johnny! —Era Mona. Sonaba como si le llamase desde el restaurante—. ¿Acabo de verte entrar?

—No tardo nada —gritó Johnny antes de dirigirse otra vez a Ravi—: Tengo que irme.

—Estoy muy muy agradecido —respondió Ravi con los ojos brillantes de emoción, y le dio un abrazo de oso que casi le rompe las costillas—. ¡No tengo palabras!

—¡Johnny!

—No me lo agradezcas tanto, tío. —Se desenredó con delicadeza—. Todavía no, al menos.

Al salir al patio trasero, se dijo que igual no era una promesa muy sensata. ¿Era capaz en estos momentos de enseñarle algo a alguien? Vale, sus credenciales eran impecables, pero, a decir verdad, ¿cuánto conservaba de aquel que fue? No sabía la respuesta, pero quizá esa fuera en parte la razón por la que estaba dispuesto a darle algunos consejos al joven aspirante. Para recordarse a sí mismo que en tiempos había tenido lo que hay que tener; y para darse a sí mismo algo a lo que podía aspirar, algo relacionado con el talento que antaño le había catapultado una y otra vez al número uno de la lista de éxitos. ¿Acaso no era Johnny Klein?

Sí, quizá ya era hora de que hiciera el esfuerzo de salir de su precaria existencia y empezase a vivir de nuevo.

7

Atendiendo a los negocios

Miércoles

—¿Por qué entras por atrás? —preguntó Mona, saliendo al encuentro de Johnny en la entrada que conectaba la cocina del restaurante con el patio trasero.

No la había visto desde la víspera, y tuvo que disimular que la miraba dos veces. Hoy estaba especialmente llamativa. Llevaba los labios pintados de un rojo rubí y el pelo a lo *garçon* resplandecía de negro que era. Con sus vaqueros de cuero ceñidos y la chaqueta de flecos sobre una camiseta ajustada, era el paradigma de la roquera.

Johnny se encogió de hombros.

—Esta mañana, al salir… En fin, parece que se ha corrido la voz de que estoy aquí.

En eso, al menos, no mentía. Esa misma mañana, nada más pisar la calle, había visto que en el escaparate de la tienda de periódicos de la acera de enfrente habían pegado con papel celo un inmenso póster de él y de la banda. En ese mismo instante, el dueño del Príncipe de Bengala, el local de al lado, había salido corriendo a la calle, le había cogido de los brazos y después le había estrechado las manos efusivamente.

—Johnny Klein —había dicho con una sonrisa satisfecha—. ¡Bienvenido al East End!

No es que a Johnny le hubiese molestado especialmente, sobre todo cuando tenía tantos problemas, pero no siempre estaba de humor para este tipo de adulación.

—Se lo habrá dicho el tío Rishi, me temo —dijo Mona, guiándole por la ajetreada cocina—. Con lo fan tuyo que es, ya sabía yo que no iba a ser capaz de mantener el pico cerrado durante mucho tiempo. Para compensar, nos ha preparado algo estupendo para esta noche. De cenar, quiero decir.

A Johnny le rugieron las tripas. Llevaba todo el día sin comer.

Pasaron a un reservado, y nada más sentarse el uno frente al otro apareció el Comandante, elegantemente vestido con su traje de *maître*. Le acompañaba un camarero igual de estiloso que llevaba una bandeja de comida india. Empezaron a servir los cuencos, a cuál más delicioso.

A Johnny se le hizo la boca agua, aunque, de nuevo, el despliegue de hospitalidad fue toda una lección de humildad.

—No tenéis por qué hacer esto, ¿eh? Darme de comer tan bien, quiero decir.

—Nada, nada. —El Comandante ignoró la protesta con un gesto de la mano—. El amigo de Mona es mi amigo.

—A caballo regalado no le mires el diente, Johnny —dijo Mona, echándose generosas cucharadas de arroz con curri y partiendo un buen trozo de *peshwari naan*—. Esto no va a durar para siempre.

—Estaba pensando, Johnny… —dijo el Comandante—. ¿Puedo llamarte Johnny? Es que tengo la sensación de que ya nos conocemos… Estaba pensando que, si te gusta este plato, podríamos hacer un «especial Johnny Klein» de una sola noche. Y solo si te gusta, claro. Bueno… Os dejo, pero ya me dirás qué te parece mi idea, por favor.

Había muchos clientes tomando asiento y el Comandante fue corriendo a recibirlos.

—Lo hace con buena intención —dijo Mona—. Le parece que ya sois íntimos.

Los primeros bocados que probó Johnny fueron como un trozo de cielo pinchado en un tenedor.

—Mientras siga dándome papeo como este, por mí que sea mi mejor amigo para el resto de mis días.

—Bueno, ¿qué tal la reunión con Pete James? —Mona le miró con interés—. No sé nada de ti desde que fuiste a ver a Chelsea.

Johnny vaciló.

—Fue… Fue productiva.

—¿Y…?

Esperó a que añadiese algo más.

—Tenemos algo entre manos. —Siguió comiendo; quería poner fin a la conversación.

A Mona le desconcertó la evasiva, que debió de parecerle sospechosa.

—¿Por qué no me lo puedes contar?

—Mira, ¿te importa que cambiemos de tema, Mona? —le espetó Johnny, arrepintiéndose al instante al ver el efecto que tenían en ella sus palabras. Pero a estas alturas era incapaz de reconocer que no solo no se había agarrado al salvavidas que había estado esperando, sino que se había convertido en el fisgón (mal) pagado de Pete. Más suave, añadió—: Lo siento, Mona. Ha sido una semana de mierda. Cuando haya algo que contar, tú serás la primera en saberlo, ¿vale?

Mona asintió con la cabeza, pero se le había borrado la sonrisa.

—Da igual, Johnny.

El Comandante no pudo intervenir en mejor momento cuando pidió que miraran todos hacia el escenario, donde Ravi estaba a punto de arrancarse con su repertorio nocturno. Sin apenas preámbulos, pero después de otra obsequiosa intro de su fan número uno y de dirigir un fugaz saludo a la mesa de Johnny y Mona, Ravi empezó directamente con «Trouble». El tema había sido el momento seminal del Elvis auténtico en *King Creole,* todo un hito en la historia del cine y de la música, y estaba siendo sacrificado por Elvis Sharma, quien, ahora que estaba otra vez ante un público, había retomado la aspaventera caricatura que esperaban de él los parroquianos.

Mona, por su parte, ya estaba aplaudiendo.

—Por casualidad no conocerás a un periodista de Londres llamado Jerry Fox, ¿no? —le preguntó Johnny—. Un antiguo gacetillero de Fleet Street. No es que estéis en la misma movida, pero ya sabes a qué tipo de persona me refiero…, alguien que lleva demasiado tiempo en el sector, que no tiene amigos, etcétera, etcétera…

Mona arqueó una ceja.

—Más o menos.

Johnny notó que Mona se estaba conteniendo.

—Venga. Ya te he dicho que lo siento.

Mona se ablandó.

—Todo el mundo conoce a Jerry Fox. Es una leyenda. Aunque no siempre por buenas razones.

—¿Y eso?

Mona cogió un poco de *naan,* lo untó y lo mordisqueó.

—Es solo… Bueno, es un tipo un poco chungo. Sería capaz de vender fotos de su mujer desnuda para hacerse con una exclusiva. Bueno, si siguiera casado, claro.

Johnny reflexionó sobre ello.

—¿Alguna razón en particular por la que quieras saberlo? —preguntó Mona—. ¿O tampoco me das permiso para preguntártelo?

Johnny se sirvió más curri sin hacer caso de la pulla.

—Su nombre salió en la conversación… Nada especialmente interesante.

Mona se quedó mirándole sin parpadear.

—Esto no tendrá nada que ver con Pete y Don, ¿no?

Johnny no le devolvió la mirada.

—¿Importa mucho? Solo te estoy preguntando si conoces al tipo.

—En serio, no te conviene nada juntarte con Jerry Fox, Johnny. Eres demasiado vulnerable.

Esto último le molestó un poco.

—¿Vulnerable?

—Si en los años ochenta hubiese hecho lo que hace ahora, te habría despellejado vivo en los tabloides. Y eso, cuando eras un ídolo de masas. Sabe Dios qué te haría ahora.

Se miraron a los ojos, desafiándose.

—¿Dónde puedo ponerme en contacto con él? —dijo Johnny, rompiendo el silencio.

—¿En serio? ¿No has oído nada de lo que te estoy diciendo?

El buen humor de Mona terminó de evaporarse por completo.

—Mona… —Johnny bajó la voz—. Estoy en el puto subsuelo, peor no puedo estar. A la gente que realmente importa le trae al pairo lo que pueda estar haciendo estos días.

—Bueno, y ¿por qué quieres ponerte en contacto con Jerry Fox?

—Ya has adivinado la respuesta.

—¿Don y Pete? —Mona negó con la cabeza—. ¿Te han puesto de recadero?

Johnny se metió un trozo de pollo en la boca. Aunque estaba delicioso, enseguida notó que ya no estaba disfrutando tanto del plato.

—¿En serio? ¿El gilipollas de Don? ¿Ese es el trabajo que te prometió Pete?

—El trabajo es el trabajo, y si me cae pasta, me interesa.

—Pero ¿qué es lo que quieren y cuánto te paga? ¿Llegaste a preguntarlo siquiera?

—No me tomes por tonto, ¿vale? —No había querido hablar tan alto; volvió a bajar la voz. Sabía que Mona tenía razón, y le estaba poniendo nervioso. Además, no estaba acostumbrado a estar a la defensiva con Mona. La dinámica entre ellos se había alterado y le costaba adaptarse—. Mona, el Comandante y tú me estáis haciendo un favor y os estoy muy agradecido, pero no va a servir para que me recupere, ¿no crees?

La expresión de Mona se suavizó; entonces, Johnny vislumbró a esa fan de la que Mona no conseguía desprenderse y que le permitía salirse con la suya en todo.

—Escucha… No es solo por el dinero. —Soltó el tenedor—. Es un modo de volver a entrar. Potencialmente.

—¿Potencialmente?

—Mejor eso que nada.

Mona suspiró y se recostó en el asiento.

—Trabaja para la revista *Maxi,* que tiene la sede en el edificio de la agencia de prensa Reuters. Está en Canary Wharf, no muy lejos de nuestra oficina. La mayoría de las noches va a un club de prensa llamado Hole in the Wall. ¿Lo conoces? Cerca del puente de Blackfriars.

Johnny negó con la cabeza.

—Hasta donde yo sé, estabais todos en Fleet Street.

—Madre mía, Johnny, de eso hace millones de años. Escucha…
—se inclinó hacia delante—, el Hole in the Wall es uno de esos garitos que solo dejan pasar con acreditación de prensa. Está lleno de dinosaurios que no se acostumbran a la idea de que la vida ha cambiado, que hay gente de piel morena viviendo en Gran Bretaña, que las mujeres no están ahí solo para enseñar las tetas y lencería de modelos.

—¿Y a ti no te importa entrar?

—Forma parte del oficio de periodista, ¿no? Pero lo evito.

—¿Te apetece que nos pasemos por allí esta noche? Quizá podrías llevarme como invitado. Así me ayudarías a despegar.

Mona refunfuñó.

—Johnny, sin ánimo de ofender, odio a esa gente. Además, nos comerían a los dos con patatas.

—Yo no estaría tan seguro. He estado allí, ¿sabes?, y tampoco es que vaya a intentar hacerme amigo del tipo.

Mona volvió a mirarle con detenimiento.

—¿Qué estás tramando? ¿De veras necesitas más problemas en estos momentos?

—No, pero lo que sí que necesito es dinero. Tú misma lo has dicho, estos regalitos no van a durar eternamente.

Mona volvió a suspirar, moviendo la cabeza. Finalmente, y de mala gana, metió la mano en el bolso, sacó algo que parecía un montón de correo y lo dejó a un lado antes de sacar un monedero de cuero que le pasó por encima de la mesa. Johnny lo abrió y vio un carné de prensa plastificado.

—Toma, ya casi nunca me lo piden —dijo—. Pero no vas a poder mantenerme en la oscuridad para siempre, me acabaré enterando de lo que está pasando.

Johnny volvió a mirar el carné. Tenía la foto de Mona, pero ya se las apañaría él para ocultarla. Seguro que le servía para entrar.

—Por cierto, tienes correo.

Le pasó el montón de cartas por encima de la mesa.

Johnny arqueó una ceja.

—¿Ha llegado aquí?

—No. Hoy me he pasado por Mill Hill. Les dije que iba de tu parte. Y todo salió bien. Tenemos suerte de que Dave Como Se Llame estuviese allí, porque mañana se va con su señora de vacaciones. Un crucero a Nueva Orleans y a México, ¿te imaginas? Cinco semanas en el mar.

Johnny fue seleccionando las cartas con cautela. Sobre todo veía avisos del banco, cartas con membrete del Ayuntamiento y demasiados avisos de pago sin abrir. Puede que hubiesen saldado las deudas con los grandes acreedores, pero aún quedaban bastantes. Visto lo visto, más valía que lo tirase todo a la basura.

—Gracias, justo lo que necesitaba en estos momentos.

Miró a Mona, que, seguramente por cortesía y para respetar en la medida de lo posible su intimidad, se había vuelto hacia el escenario. Elvis iba por la mitad de «Hound Dog» y el cuerpo le temblaba como si fuera un predicador sureño a punto de concederle otro milagro más a su congregación.

Johnny se puso a toquetear el montón de cartas como si esperase que fuese a desaparecer por arte de magia, y de repente se llevó una sorpresa. Había una carta de las de verdad. El sobre blanco con membretes en relieve estaba nuevecito, y el nombre y la dirección de Johnny estaban escritos con tinta negra de aspecto caro y una caligrafía elegante.

Se limpió los labios manchados de color naranja con la servilleta rosa y abrió el sobre. Dentro había una notita manuscrita.

¿Qué tal, Johnny?:

Hace mucho que no sé nada de ti. ¿Me puedes llamar? No tengo tu número y es urgente.

Jackie

Al final había un número de móvil y tres besos.

«Jackie…».

Los pensamientos de Johnny iban a mil por hora mientras se mordía la suave piel del interior de la boca. Apenas se dio cuenta de la ovación que estalló a su alrededor cuando Ravi llegó al final de su número.

—¡Guau! —dijo Mona, sentándose de nuevo después de aplaudir de pie—. ¡Sí que se lo ha currado esta vez! Que no se diga que no lo da todo.

Johnny volvió a leer la nota.

—¿Oye? —dijo Mona—. Atención, atención, Tierra llamando a Johnny.

Distraídamente, él volvió a meter la carta en el sobre.

Mona parecía perpleja.

—¿Acabas de heredar un millón de libras o algo así?

—No… Ya quisiera. Perdona, Mona…, tengo que hacer una llamada. —Señaló con la cabeza la barra del bar, al fondo de la cual había un viejo teléfono de baquelita en la pared—. ¿Crees que no pasa nada si uso el teléfono del bar?

—Supongo que no.

Mona observó con curiosidad mientras Johnny se levantaba y se abría paso entre las mesas y las sillas del comedor. ¿Qué estaría tramando? A decir verdad, había muchísimas cosas de Johnny Klein que desconocía, pero por lo que había visto en los últimos años él mismo era, con frecuencia, su peor enemigo. Ahora que había perdido todo lo que tenía importancia para él, no era ninguna sorpresa que estuviese dispuesto a agarrarse a cualquier clavo ardiendo. Y por eso este asunto con Jerry Fox la preocupaba. Agarrarse a este clavo en concreto sería como jugar a la ruleta rusa con una pistola cargada con todas las balas. No por primera vez, Mona sintió la necesidad de proteger a Johnny contra sí mismo.

Johnny se había colocado detrás de la barra y tenía el pesado auricular encajado debajo de la barbilla. Se puso la nota delante y llamó con expresión concentrada.

—¡Mona, cielo! —exclamó el Comandante, sentándose a su lado en el reservado—. Ravi ha estado excelente, ¿verdad? No hay nada mejor en este mundo que Elvis a tope…, en toda su gloria.

Mona sonrió. El entusiasmo de su tío por su protegido era contagioso, pero ella, como periodista musical seria que era, no podía emocionarse demasiado con alguien que, aunque se volcaba en cuerpo y alma con su número, no dejaba de ser un apasionado *amateur*.

—Desde luego, hoy está en forma.

—Lo sé, lo sé… ¡Qué maravilla, cómo clava a Elvis!

—Ah…, sí.

Mona sonrió y se volvió para ver por dónde andaba Johnny. Seguía al teléfono, enfrascado en una conversación.

El Comandante se acercó a su sobrina y le susurró al oído:

—Mona, ya me conoces, no me gusta ser pesado…, pero ¿ha podido hacer algo Johnny con la cinta aquella que le di? Por lo visto, va a darle unas clases particulares a Ravi, lo cual es estupendo, pero no mencionó nada sobre la cinta. ¿Sabes si ya se la ha enseñado a alguien? Porque, como es obvio, estamos todos muy impacientes por llevar las cosas al siguiente nivel.

—No lo sé. —Mona cogió la suave mano de su tío—. Mira… Si Johnny ha dicho que va a ayudar a Ravi, lo hará, estoy segura. Pero también tiene cosas que arreglar en su vida. Si quieres mi opinión, creo que deberíamos darle un poco de espacio.

—Lo entiendo, lo entiendo. Pero Ravi está entusiasmado. Está convencido de que van a pasar cosas buenas. Por eso ha echado el bofe esta noche.

«Bien hecho, Johnny». Pero esperaba que no le hubiese hecho una promesa vacía a Ravi. Una de sus especialidades.

—Será mejor que no le demos ninguna garantía a Ravi por el momento —dijo Mona—. Ya sabes que es una industria complicada, y al fin y al cabo solo le diste la cinta ayer. Si consigue algo con las grabaciones, seguro que tú serás el primero en saberlo.

Volvió a mirar a su tío, que la estaba observando con la intensidad de un cachorrillo ilusionado, pero también inquieto.

—Si nos dejas un rato solos cuando termine de hablar por teléfono —Mona miró hacia la barra—, quizá yo pueda…

Se quedó sin palabras.

El auricular de baquelita verde había vuelto a su soporte y el cable se mecía suavemente.

Pero Johnny había desaparecido.

8

Criaturas de la noche

Miércoles

—Disculpa, Rajesh —dijo Mona.

El barman de Graceland, un tipo bajito y agradable con una calva reluciente, miró alrededor mientras tiraba dos pintas de Kingfisher.

—Dime, Mona.

—¿No habrás oído la conversación de Johnny de hace un momento, no? —Señaló el teléfono, que estaba a menos de cuatro metros del lugar habitual de Rajesh.

Él se puso serio al instante.

—No, claro que no, Mona… Jamás se me ocurriría pegar la oreja.

—No lo dudo, pero ¿no habrás oído nada sin querer?

—No —repitió, moviendo la cabeza solemnemente.

—¿Hacia dónde se ha ido?

Mona sabía que Johnny se había marchado; acababa de subir y se había encontrado el apartamento cerrado.

—Por la salida de incendios.

Rajesh indicó el almacén, cuya entrada también estaba detrás del bar. La puerta de la salida de incendios no tenía alarma, de manera que el personal acostumbraba a utilizarla como atajo para ir al callejón lateral.

Mona asintió con la cabeza.

—Y estás seguro de que no has oído con quién hablaba ni de qué iba la conversación, ¿no?

Rajesh parecía incómodo.

—Nadie se va a meter en ningún lío porque me lo digas —añadió Mona.

El barman reflexionó.

—No he oído nada de lo que decía. Pero parecía un poco tenso.

—Sí, yo también me he fijado.

—He hecho un enorme esfuerzo por no escuchar.

—Muy loable, Rajesh, pero me preocupa un poco que esté pasando algo que deberíamos saber. Bueno, ¿qué, no hay nada que puedas contarme?...

—Echa un vistazo en ese cubo.

Mona, desconcertada, miró el cubo de la basura que había debajo del fregadero.

—Marcó un número que copió de un papelito —explicó Rajesh—. Y después lo tiró ahí.

Mona rebuscó en el cubo. Encima de los desperdicios típicos de un bar había un papelito estrujado. Al abrirlo, vio que era la misma carta que había leído Johnny en la mesa. Había un nombre y un número de teléfono.

¿Una tal Jackie?

Pasó al almacén. Se estaba metiendo donde nadie la había llamado, pero ¿qué coño? No era de las que se achantan, así que sacó el iPhone y marcó el número.

Sonó varias veces y al cabo de unos segundos oyó una voz femenina:

—Jackie Phillips.

Mona colgó con el estómago encogido de rabia.

Jackie Phillips… «La maldita Jackie Phillips».

Jackie Phillips había sido una rara especie de criatura, de esas a las que les va muy bien en la industria musical sin tener en realidad ningún talento. Pero, claro, un físico de estrella de cine puede abrirte las puertas de casi todos los gremios…, y quizá también explicaba que Johnny estuviese en estos momentos en el metro y se hubiese dejado a medias una cena para chuparse los dedos, solo porque Jackie había chasqueado los suyos.

La había conocido hacía un millón de años, cuando era presentadora de la MTV. Eran los noventa, y por aquel entonces ya había pasado la primera ola de Kleinmanía, aunque él y el resto del grupo seguían produciendo discos de gran calidad que alcanzaban los puestos más altos de las listas de éxitos. Al principio, su relación había sido estrictamente amistosa, aunque con el físico de Jackie había sido difícil para un tipo como él que no se le pasaran ciertas ideas por la cabeza. Era unos años más joven que Johnny, pero ya tenía fama de apuntar a estrellas del *rock*, la mayoría en la cima de su carrera; al menor síntoma de declive, se los quitaba de encima sin pestañear.

Esa era Jackie. Solo se había interesado por los que realmente contaban. Era adicta a la adrenalina que le producía ver a sus novios tocando en los estadios más grandes del mundo, siendo adorados y aclamados como dioses intergalácticos mientras proyectaban sus imponentes sombras sobre gigantescos escenarios blancos o flotaban entre nubes de hielo seco. Sí, tenía su propio curro de DJ televisiva, presentadora, locutora o cualquier cosa que pudiese agenciarse; pero era adicta al polvo de estrellas que esparcían a su paso los hombres de su vida, al carisma que emanaba de sus rostros curtidos, a su manera de embutirse los minúsculos traseros en estrechísimos pantalones de cuero... Y todos ellos habían sido colegas de Johnny... o, mejor dicho, cómplices en el consumo de cocaína, caricaturas de ojos vidriosos de las personas de verdad que habían sido en otros tiempos, que compartían con él conversaciones insustanciales en los váteres más cutres de cada rincón del planeta Tierra.

—¡Johnny! —dijo Jackie, saliendo de un portal cercano a la boca de metro de Highgate, la melena rubia recogida desordenadamente bajo la capucha—. ¡Gracias a Dios!

Estaba anocheciendo y una suave llovizna caía sobre las calles oscuras y tranquilas. Al salir de la estación, casi se había caído redondo cuando una criatura desaliñada con una sudadera holgada se había precipitado sobre él y le había agarrado del brazo. En efecto, era Jackie. Aunque ya rondaba los cincuenta, conservaba aquellos brillantes ojos azules que gritaban «Ven a por mí si te atreves». Quizá hubiera algo de bótox y relleno de más alrededor de los labios, pero seguía siendo sexi, y lo sabía.

—¿Jackie? ¿Qué pasa?

Ella le miró con los ojos abiertos como platos, su azul celeste intensificado por las largas pestañas negras.

—Cuando te dije que te dieras prisa, no pensé que te darías tanta. —Recorrió la calle con la mirada—. ¿En qué coche has venido?

La Jackie de siempre. ¿En cuál de la antigua colección de coches rutilantes de Johnny iba a pasearse esta noche, cual reina con su rey? Johnny se encogió de hombros.

—¿Importa mucho?

—Supongo que no. Lo importante es que estás aquí. Venga, corre... —Echó a andar y le cogió de la muñeca.

—¿Qué pasa? —preguntó de nuevo Johnny. Que él supiera, todavía estaban a un par de calles de su piso—. Me decías por teléfono que un tipo había estado vigilando tu casa, ¿no?

—Sí, y está allí ahora mismo —respondió ella—. Lleva un par de horas. Es la tercera vez que le veo en lo que va de mes. Por eso quería ponerme en contacto contigo. No se me ocurría nadie más. En fin, el caso es que ya has llegado…, y en el mejor momento, porque podemos pillarle en el acto.

Johnny no estaba tan seguro.

—¿Tienes idea de quién puede ser?

—No. Pero sabía que en algún momento me acabaría rondando algún mirón o algún acosador.

—¿Y la policía? Es decir, hoy en día el acoso es un delito, ¿no?

Llegaron a la esquina y se pararon otra vez.

—¡Anda ya, Johnny! Por cierto, gracias por venir. —Se puso de puntillas y le plantó un beso en la mejilla—. Ya sabes que no me fío de la policía.

Él no lo sabía. A decir verdad, ni siquiera sabía en qué había andado metida todo este tiempo; hacía siglos que no se veían. No cabía duda de que le iban mejor las cosas que a él. Seguramente habría disfrutado de una buena olla de oro todos estos años, cortesía de sus aventuras con los ricachones: joyas, coches y una impresionante casa de tres pisos en esta zona tan elegante. A Johnny siempre le había parecido que su riqueza no guardaba ninguna proporción con su talento, aunque puede que hubiese hecho buenas inversiones a lo largo de los años. En cualquier caso, Johnny siempre había tenido debilidad por ella. Aunque Jackie tenía muchas cosas que podían no gustar, ella le gustaba, y siempre le había gustado.

Johnny sabía que Laura se llevaría un disgusto si se enteraba de su paradero. A pesar de que estaban separados, Laura odiaba a

Jackie, a la que culpaba de haber clavado un cuchillo en su matrimonio, de haberlo estrangulado hasta asfixiarlo. Durante años había oído rumores sobre Jackie y Johnny, pero siempre se había esforzado por no hacerles caso…, hasta que ya no pudo más. En palabras de Laura, eran «como dos gotas de agua, el uno y la otra cortados por el mismo patrón egoísta». Johnny sabía que al final esto había roto la confianza entre ellos, a pesar de que habían permanecido juntos unos años más.

—He llamado a los polis un par de veces —dijo Jackie—. Cuando llegaron ya no había nadie, así que pensaron que les estaba vacilando. Me dio la impresión de que si seguía avisándolos, acabaría saliendo en los periódicos. No me fío de la policía en los tiempos que corren. O son unos corruptos, o son unos incompetentes.

Johnny se encogió de hombros.

—¿Y qué crees que puedo hacer yo?

—Eres un tío, ¿no?

Johnny sonrió. No podía decirse que Jackie hubiese andado escasa de tíos en su vida.

—Sé lo que estás pensando —dijo ella—. Que seguro que tengo por ahí a algún joven semental, porque en el pasado siempre había alguno. ¿Por qué no se encarga él de solucionarlo? Bueno, pues no lo hay, ¿vale? Mira, Johnny, ya sé que he hecho mucho el tonto y que he tenido en danza a montones de tíos, pero de todas esas relaciones salí llorando. Menos de la que tuve contigo.

—Hombre, Jacks, relación, lo que se dice relación, no puede decirse que fuera.

—Estuvo bien mientras duró, ¿no?

Su voz era suave…, tentadora.

Había durado muy poco, se dijo Johnny. Si no le fallaba la memoria, se habían acostado dos veces. Y, claro, él por aquel entonces estaba casado, así que no había querido llevar las cosas más lejos. Incluso ahora, tenía sentimientos encontrados con respecto a aquel episodio concreto de adulterio. En aquella época, no había habido en Inglaterra ni un solo hombre de pelo en pecho que no quisiera acostarse con Jackie Phillips, pero, como siempre, aquellas dos noches habían demostrado, una vez más, la debilidad de Johnny. ¡Qué fácil era ser infiel en aquellos tiempos! No había comprendido del todo con qué estaba jugando, ni qué, exactamente, se arriesgaba a perder.

Doblaron una esquina y en la acera de enfrente estaba la casa de Jackie.

Era un adosado de la época georgiana, apartado de la avenida principal por un caminito de grava y con un jardín delantero arropado por un dosel de arces centenarios. Parecía sacado de una novela de Dickens, parte del camino por el que Oliver Twist salía por las puertas de la ciudad, pasaba por delante del asilo para pobres y entraba en la vieja ciudad de Londres. Dentro había luces encendidas, pero no se movía nada por los alrededores.

Johnny miró la casa con inquietud.

—¿Qué es exactamente lo que quieres de mí, Jacks?

—Que vayas al jardín trasero y hables con él. —Lo dijo como si fuera la cosa más evidente del mundo. Incluso le obligó a coger algo; al mirar, Johnny vio que era una pequeña linterna eléctrica—. Alúmbrale a la cara. Espántale.

—¿Y si no se deja? O sea, ¿y si es más de los que espantan que de los que se dejan espantar?

—No es ningún tiarrón. Bueno, para ser sincera apenas le he visto. Solo un bulto borroso que se movía entre los arbustos. Delgado, creo. No especialmente alto.

Johnny suspiró.

—Por favor, Johnny. —De nuevo aquel pestañeo tan sexi—. Tengo miedo.

Johnny se guardó cualquier posible reserva. Cruzaron la calle, se metieron por el caminito y Jackie se desvió hacia la puerta de la calle, diciendo que se quedaría mirando por la ventana con el móvil en la mano por si las cosas se ponían feas.

—Si se ponen feas, dices… Pues sí que me lo pintas bien —gruñó Johnny mientras avanzaba sigilosamente por el lateral de la casa.

¿Cómo se manejaba una situación así? Lo más probable era que un acosador o un mirón pusieran pies en polvorosa si se les hacía frente. Pero, en caso contrario, Johnny no estaba seguro de lo que haría.

A los tíos les gustaba pensar que podían defenderse solos si hacía falta, pero a él nunca se le habían dado bien las peleas a no ser que estuviese borracho. Y puede que ni siquiera entonces. La banda se había metido en bastantes al principio, cuando hacían las giras de los bares y los garitos más turbios, pero siempre habían contado con la ayuda de los miembros del equipo técnico que los acompañaban.

No eran ni Led Zeppelin ni Motörhead.

Pero Jackie era Jackie, y era toda una experta en aquel tipo de sortilegios. En los viejos tiempos, había elevado todo ese rollo de chica sexi a un nivel estratosférico. Aquellas curvas de vértigo embutidas en el modelito de top de tirantes, minifalda y botas mosqueteras, aquella espectacular melena rubia, la pícara belleza felina… Como roquera, no había tenido rival.

Ahora solo llevaba cinco minutos en su compañía y ya le tenía comiendo de su mano.

Johnny empujó la alta verja de hierro forjado que había al final del sendero, y al fondo de un espacioso patio vio el jardín de atrás.

Vaciló antes de continuar.

Todas las casas tenían jardines bastante grandes. Este tendría unos setenta metros de largo por cincuenta de ancho, pero incluso en la penumbra del atardecer era evidente que no se trataba tanto de un jardín como de una jungla. Era octubre, de manera que la vegetación ya tendría que estar clareando, pero la hierba y las zarzas, aunque poco a poco iban cogiendo un tono marrón, todavía estaban muy altas. Las hojas de los arbustos y de los árboles ya se estaban marchitando, aunque había las suficientes como para proyectar sombras oscuras y profundas sobre todo el terreno. En el centro había un viejo peral rodeado por un banco circular, perfecto para el verano; sin embargo, ahora, en medio de la oscuridad y bajo la lluvia, no era más que otro punto ciego mientras exploraba el jardín. Más allá, tenía que haber montones de escondrijos desde los que un merodeador pudiese espiar sin ser visto.

Johnny se había subido el cuello de la camisa para que no se viera que iba sin afeitar, y las greñas mojadas y canosas le caían por la cara. El olor a tierra húmeda se estaba filtrando en sus fosas nasales y le hizo cuestionarse cómo rayos había acabado allí. ¿De veras había hecho algo tan grave como para verse en esta situación?

«Seguramente».

Para colmo, la llovizna estaba oscureciendo aún más los tramos más lejanos del jardín. Conteniendo la respiración, Johnny dio unos pasos. Todavía no encendió la linterna; el consejo de despedida de Jackie había sido: «Si enciendes la linterna, te verá desde muy lejos y saldrá por patas».

«¿Y qué coño tendría eso de malo?».

Pensó que cuanto más se metiera por aquella jungla, más fácil sería que un intruso se pusiese a su lado y que no se diese cuenta hasta que fuera demasiado tarde. Miró atrás y vio la bonita figura de Jackie en una de las ventanas de arriba.

Más útil habría sido Jackie allí fuera.

Avanzando sigilosamente, medio envuelto por las tinieblas, llegó a lo más profundo del jardín. Se abrió paso a patadas por montones de hojas mojadas y descompuestas; los desnudos dedos de las ramas le arañaban, y las luces de la casa se habían quedado muy atrás.

—Esto no tiene ni puta gracia —susurró.

Se detuvo y aguzó el oído, nervioso. Era fácil olvidar que seguía en medio de una zona residencial de Londres, pero le tranquilizaba oír el zumbido del tráfico, los bocinazos esporádicos. Al mirar a la izquierda, vio un contorno cuadrado entre la niebla.

Volvió a detenerse. Seguramente, un viejo cobertizo. Nada por lo que inquietarse.

Giró en esa dirección, quitando de en medio la vegetación podrida.

Encendió la linterna y el fino rayo de luz reveló una construcción torcida y destartalada cubierta de musgo y líquenes. La puerta medio caída estaba abierta y dejaba un hueco de varios centímetros. Hizo otra pausa, escuchó y se asomó con el corazón sonando como un bombo. El interior estaba oscuro como boca de lobo y salía un olor nauseabundo, pero, cuando alumbró a través del hueco, lo único que vio fueron unas paredes llenas de moho y un montón de leña cubierta de telarañas.

Se movió un leño del montón. Johnny se quedó paralizado. ¿Había alguien ahí debajo?

No parecía posible...

El montón de leña saltó por los aires, y una rata del tamaño de un gato salió disparada y pasó entre sus piernas dándole coletazos antes de desaparecer por el jardín.

—¡Hostia! —exclamó, llevándose una mano al corazón.

¿A qué distancia estaba ahora del final del jardín? Debía de llevar ya más de cuarenta metros, pero no podía volver y decirle a Jackie que no había nadie si no llegaba al menos hasta la otra punta. Siguió caminando, echando pestes.

Unos metros más adelante vio la valla trasera.

La luz de la linterna bailoteó sobre una hilera recta de tablones verticales de unos cuatro metros de altura y cubiertos de hiedra. La verja parecía antiquísima. Al tocarla, chirrió. Tenía huecos por todas partes, tablones viejos y podridos que se caían unos sobre otros. No podía ser muy difícil apartar dos o tres y pasar al otro lado.

Johnny retrocedió. Fuera quien fuera el pervertido que había estado viniendo, probablemente jamás le pillarían; a la menor señal de peligro saldría pitando, así que la única solución era cambiar la valla de atrás.

Volvió hacia la casa, de nuevo sorteando matas de materia vegetal podrida.

—¡Jacks! —gritó—. ¿Me oyes? Está todo bien. Creo que ya sé…

No oyó los pasos que se acercaban hasta el último momento.

Se giró hacia la izquierda, pero demasiado tarde.

Consiguió agacharse a medias, pero un puño embutido en un grueso guante se le estampó contra el lado izquierdo de la cara y le hizo rodar por el suelo, donde se quedó tirado bocarriba antes de ver venir una bota. Le pasó a pocos centímetros de la cabeza, pero acto seguido llegó una segunda bota, también una tercera, y estas dos sí acertaron. Johnny rodó en posición fetal, agarrándose la cabeza con las manos. La cuarta patada fue más fuerte y más precisa, y Johnny alargó la mano, agarró el pie y tiró a su atacante al suelo, aunque el muy cabrón estaba detrás y consiguió hacerle una llave al cuello. Asfixiado, Johnny tanteó por encima de su cabeza para agarrar lo que pudiera. Lo único que su mano consiguió enganchar fue un gorro rojo de lana bajo el que había una mata de pelo sudado. Intentó coger algo más, y esta vez sus dedos se cerraron sobre el pelo. Lo tenía largo y desgreñado, así que pudo enrollárselo en torno al puño.

La sangre le palpitaba con fuerza en las sienes, resonándole en el cráneo como un bombo en una prueba de sonido, como el eco que rebota desde la pared del fondo del estadio. Respirando con dificultad, Johnny dio un puñetazo descontrolado hacia atrás, y por pura suerte aterrizó de lleno en la cara del agresor.

El fuerte impacto del puño contra el hueso hizo que el tipo se soltase y retrocediera tambaleándose.

Al mismo tiempo se oyó un bang procedente de la parte de atrás. La puerta se abrió de golpe y un chorro de luz iluminó el jardín.

—¡Johnny! —chilló Jackie.

Él rodó otra vez para defenderse de un posible ataque por detrás, pero no ocurrió y al mirar vio un par de deportivas negras que desaparecían por un boquete de la valla. El muy cabrón se volvió a mirar una vez, y Johnny distinguió confusamente una mata de pelo largo, una perilla y un bigote ralos y una nariz picuda. Y, de repente, el tipo ya no estaba.

Se oyó un crujido fuerte al desplomarse unas maderas, después nada.

Johnny se sentó, tembloroso. Se presionó suavemente la cuenca del ojo izquierdo. No parecía que se hubiese hecho nada serio, pero joder lo que dolía… Acababa de ser derribado por el acosador de Jackie Phillips.

9

Con ayuda de mis amigos

Miércoles

—Johnny… Dios mío, ¿estás bien? —Jackie le cogió de la mano y le ayudó a levantarse.

—Eso creo —dijo él, un poco tambaleante.

—Lo he visto todo desde la ventana. El tipo salió de la nada.

Johnny asintió con la cabeza. Sentía punzadas en la cuenca del ojo izquierdo y tenía el hombro entumecido, lo cual no era nada en comparación con el daño infligido a su orgullo. Jackie, que se había puesto un chándal rosa, le cogió la cara entre las manos, suaves como las de un bebé. Le observó, muy preocupada.

—Santo cielo, ¡podría haberte matado! Ni se me pasó por la cabeza que pudiese ocurrir algo así —dijo—. Jamás te habría pedido el favor de haber sabido que el tipo era peligroso.

—Bueno, me cogió por sorpresa…, pero tampoco es que me haya hecho mucho daño, así que no creo que sea tan tan peligroso.

—No era una fanfarronada. Lo decía en serio.

El tipo se había abalanzado sobre él aprovechando la oscuridad y la niebla y había sacado ventaja; sin embargo, acto seguido le

119

había caído un tortazo y había huido echando leches al ver salir a una mujer pegando gritos. Desde luego, a los gemelos Kray no les habría servido de gran cosa para sus actividades criminales.

—Jamás me habría perdonado que te hubiese hecho daño —dijo Jackie con voz temblorosa—. Ven, vamos dentro, que llueve.

Johnny la siguió a través del jardín y del patio y entraron por la puerta trasera a la estilosa cocina de madera. Johnny se sentó en la cabecera de una larga mesa de pino, de esas que puede uno encontrar un domingo por la mañana en el mercado de Camden. Además de la cara y el hombro doloridos, tenía un punto sensible en la parte de atrás de la cabeza; se lo tocó y notó que le había salido un pequeño chichón.

Jackie abrió un armarito de pared.

—¿Seguro que estás bien? —Sacó dos copas de cristal—. Si no recuerdo mal, bebías *bourbon,* ¿no? Lo siento, no tengo. ¿Te vale un escocés?

—Lo que sea.

Jackie sirvió dos copas y le dio una. Johnny la cogió agradecido y otra vez se tocó la cabeza.

—Déjame verlo.

—Estoy bien.

—Nadie está bien cuando le han dado una patada en la cabeza. Al menos, déjame echar un vistazo. —Jackie separó el pelo y palpó el chichón con un paño húmedo.

—¿Sabes? Quizá convendría que se encargase la policía de esto —dijo Johnny—. Sé que te preocupa que algún poli pueda irse de la lengua con la prensa amarilla, pero, aunque no me haya matado, es obvio que es un tipo violento… ¡Ay!

—Perdón.

—¿Desde cuándo pasa esto?

—No estoy segura. Pero, como ya te he dicho, no quiero polis por aquí. Por eso he recurrido a ti.

—Pensarás que soy tonto, pero ¿qué fama tengo yo de atrapar a delincuentes?

—Me lo sugirió Don Slater.

Johnny volvió la cabeza, sorprendido.

—¿Don?

—Bueno, más o menos. —Jackie cruzó la cocina, tiró el trapo húmedo a la basura y se lavó las manos—. Ya sabes que tiene soluciones para todo. Le llamé para preguntarle si me podía mandar a alguien, y me dijo que te llamase a ti.

«Un millón de gracias, Don».

—Supongo que no cobra nada por esto, ¿no?

—Hala, ya está. —Jackie dio un sorbito al *whisky*.

Ahora, con buena luz, Johnny vio que el tiempo no se había portado tan bien con ella como había pensado. Aún era una mujer guapísima, con ojos azulísimos y una melena a capas largas y bien cuidadas, pero ya no estaba en la flor de la juventud. Ni él tampoco, claro. Eso sí, debajo de aquel ajustado chándal había claros indicios de que su cuerpo, sin duda tonificado en el gimnasio, se mantenía en plena forma. Johnny metió tripa.

—Ni siquiera fue especialmente amable —añadió Jackie—. Dijo que me buscase a uno de mis ex para solucionarlo. Se ve que tengo tantos que podría formar un ejército…

Por un instante, Johnny pensó que se iba a echar a llorar. Jackie había hecho un esfuerzo por contenerse, pero, aunque fugazmente, había bajado la guardia. Su fachada de mujer fuerte e independiente se había derrumbado, dejando al descubierto a una persona asustada y vulnerable.

A pesar del escandaloso jolgorio de sus primeros años, Johnny sabía que a la larga las cosas no le habían ido de maravilla a Jackie. Vale, tenía dinero y, por lo que se veía, mucho, pero a pesar de todos los hombres prominentes que habían pasado por su vida, ninguno la había amado ni le había tenido el cariño suficiente como para quedarse. Mucha gente del sector musical decía que así lo quería ella, que Jackie Phillips era un espíritu libre. Algunos la habían admirado por ello, en cambio a otros les había parecido temerario quizá porque habían previsto lo que Johnny estaba presenciando en estos momentos: desde fuera, una vida fiestera, pero, por dentro, una persona sola, perdida y triste.

Bien pensado, no era precisamente halagador que, de todos sus examantes, hubiese acudido a él para que la ayudase con aquel lío del mirón solo porque era la única reliquia del pasado que seguía dirigiéndole la palabra. Y mejor que fueran realistas: no era un asunto que él pudiese resolver.

—Perdona que te haya metido en esto —dijo Jackie—. Si hubiese sabido que se nos podía ir de las manos…

—Yo lo que siento es no haberte ayudado.

—Has sido muy valiente.

—A veces ser valiente no basta, como creo que acabo de demostrar.

—¿Has conseguido verle?

—Apenas. —Johnny puso la copa en alto y Jackie volvió a llenársela—. Eso sí, tienes que arreglar la valla de atrás. Es por ahí por donde entra y sale.

—Tendré que llamar a alguien para que la arregle.

—Cuanto antes, mejor —dijo Johnny, y Jackie asintió con la cabeza, aunque, por alguna razón, aún parecía recelosa—. Jacks, ya sabes que estoy encantado de ayudarte siempre que quieras. Siempre tendré debilidad por ti…

—Aaaay, Johnny…

—… pero no soy el hombre adecuado para un encargo como este. Con el dinero y los contactos que tienes, seguro que puedes llamar a alguien más indicado, ¿no?

—¿Te refieres a un guardaespaldas profesional?

—Estaba pensando más bien en un investigador privado. Alguien que se gane la vida con esto.

Asintió con la cabeza, dudosa.

—Es que… —Se encogió de hombros—. En fin, supongo que a las mujeres solteras no nos hace mucha gracia tener dando vueltas por casa a un tipo al que acabamos de conocer. Por eso tendemos a elegir lo que conocemos.

Al oírla, Johnny se preguntó cómo se estaría ganando la vida. Jackie había dejado la MTV a finales de los noventa, si no recordaba mal, y durante una breve temporada había presentado *The Scene*, un programa nocturno de entrevistas con temática musical de Channel 4. Pero en los últimos tiempos, su ausencia de la televisión había sido llamativa. La habían invitado una vez a *The Girlie Show*, y había hecho un número de comedia con French and Saunders en *Children in Need*, aunque hacía más de diez años de aquello. Más recientemente, había habido apariciones especiales en *The Wright Stuff* y en *Loose Women*. ¿Qué había sido de su carrera? Barajó la posibilidad de que se hubiese metido en problemas por culpa de sus numerosos amoríos. Muchos de los tipos con los que se había acostado a lo largo de los años habían estado casados, y, en algunos casos, sus esposas desairadas tenían mejores contactos que ella. Nunca había tenido el descarado carisma de Paula Yates ni los conocimientos musicales de Jo Whiley. Cuando lo único que tenías era un físico de muñequita y unas tetas estupendas, ¿adónde podías ir después?

Jackie cambió de tema:

—¿Qué tal la familia? He oído que al final Laura y tú os separasteis.

—Sí.

—¿Divorciados?

—Casi.

Jackie dio otro sorbo al *whisky*.

—Me imagino que le tocará el premio gordo, ¿no?

«Sí, el premio es librarse de mí».

—¿Cómo lo llevan?

—Bien. Laura sigue adelante con su vida. Chelsea sigue enfadada.

—¿Chelsea? Madre mía, no la veo desde que era… —Jackie hizo un gesto.

—Tiene quince años, ¿a que parece increíble?

—¡Quince! Dios. ¿Pasas mucho tiempo con ella?

Johnny no sabía cómo responder a esa pregunta sin meterse en un agujero aún más profundo.

—Eso nunca lo he hecho bien, Jacks. Me he pasado media vida en la carretera, y ahora… Ahora que no salgo de casa, todavía no soy capaz de estar ahí para lo que necesite. —Sin pretenderlo, había revelado las auténticas dimensiones de su desesperación. No había venido aquí para eso. Pero dicho estaba, y ya no había manera de retirarlo.

Jackie le miró detenidamente y cambió de tema:

—¿Te han invitado Pete y Don a la presentación del nuevo álbum en las oficinas de su discográfica, en el Soho? Van a retransmitir una entrevista en directo con toda la prensa musical. Yo voy a hacer un reportaje para Heart FM…, y me pagan, además.

Primera noticia. ¿Por qué no se lo habría mencionado Mona?

—¿Y si te vienes? Habrá viejos conocidos; será divertido, habrá champán gratis, etcétera, etcétera. Voy a entrevistarlos a todos... También puedo entrevistarte a ti.

—¿Y cómo es que lo vas a hacer tú?

—Sí, ya lo sé... Puede que no pegue mucho con un evento de este tipo, pero a estas alturas ya soy un clásico, igual que tú. —Se rio y le guiñó un ojo.

El primer pensamiento de Johnny fue que a lo mejor era la oportunidad para buscar algún trabajillo, trabajo de verdad, como por ejemplo tocar la guitarra. Pero con idéntica rapidez comprendió que el centro de todo iba a ser Pete James, y que, si estaba involucrado Don Slater, pocas posibilidades tenía.

Lo siguiente que pensó fue que a Jackie Phillips, que sobre todo debía su fama —como le había dicho en cierta ocasión Lemmy a la revista *Kerrang!*— a «sus tetas y su culo», no le iba tan mal como pensaba si estaba presentando un evento para una importante emisora de radio.

Bueno, y todo esto ¿qué decía de él? A él nadie le había pedido que hiciese nada.

Y volver a contactar con algunos de sus coetáneos de aquellos días tan lejanos y excitantes solo agravaría la situación. ¿Quiénes exactamente eran esos «viejos conocidos»? ¿Las otras estrellas de los ochenta, Duran Duran? Seguían tocando y agotando las entradas para seis noches en el O2 de Londres (ese mismo día había visto el concierto anunciado en un autobús). Tears for Fears..., tan populares como siempre. Por no hablar de The Whack y de las perspectivas de futuro de Pete James...

¿Cómo podían seguir trabajando todos, mientras que su vida había llegado a este punto?

Saltaba a la vista que Jacks no sabía en qué apuros se encontraba, o al menos no lo sabía todo. Y los demás, seguramente, tampoco. Pero

¿cómo iba a presentarse allí y codearse con ellos desgreñado y sin afeitar, fingiendo que todo le iba de maravilla? Le calarían con facilidad.

—No… Me parece que ese ya no es mi mundo, Jacks.

—Venga, Johnny, va a ser divertido.

—No, en serio.

—Vale. —Jackie no insistió—. Bueno… —Su voz se volvió más ronca, más seductora. Se acercó contoneándose—. Tengo que compensarte de alguna manera. Agradecértelo como es debido.

—Venga, Jacks… —Se alejó—. No, ¿de acuerdo?

Las preciosas pestañas aletearon de nuevo.

—¿Ah, no?…

Jackie se puso de puntillas y le dio otro beso en la mejilla, aunque esta vez duró un poco más. Johnny, dejándose envolver por su perfume y abrazar por su calor, a punto estuvo de derretirse. Había olvidado la sensación de calma que puede producir un momento de ternura, incluso un momento robado como aquel.

Se miraron a los ojos desde muy cerca. La respiración de Jackie era suave, dulce, y le miraba a través de las pestañas. Johnny había visto aquella mirada hacía muchos años, pero esta vez se fijó en que sus ojos tenían un azul apagado, parecían cansados, como un zafiro que ha perdido el brillo. Se recreó en su olor por unos instantes… Era embriagadora y se le hacía difícil separarse de ella, pero sabía que tenía que hacerlo.

A pesar del cosquilleo que sentía en la entrepierna, se apartó.

No era solo que empezar una relación con Jackie le pareciese una pésima idea. Laura y él estaban empezando a recuperar el equilibrio, y si se enteraba de que Jackie y él se habían liado, aunque solo fuese una noche, volverían a enzarzarse. Y Chelsea no se lo merecía. Además, no le convenía distraerse. Si no intentaba recuperarse ahora, jamás lo haría. Hoy por hoy, el único trabajo que tenía estaba programado con un temporizador, y el tiempo se iba agotando muy deprisa.

—Lo siento, corazón…, lo siento de veras. —Se subió el cuello de la chaqueta hasta las orejas mientras se dirigía a la puerta de atrás—. Me voy.

«Dios, me debo de estar haciendo viejo».

Jackie le miró con una media sonrisa de desilusión.

—Te lo agradezco, Johnny.

—No he hecho nada. Arregla las luces y la valla, ¿vale?

—Nos vemos, Johnny.

La voz de ella le siguió por el pasaje lateral de la casa.

Salió a la calle justo cuando pasaba un taxi negro con una lucecita naranja. Lo paró con la mano y el taxi se detuvo al lado del bordillo.

«¿Será que mi suerte está cambiando?». Se subió a la parte de atrás. Ahora que sus fondos habían mermado, no podía permitirse ir en taxi, pero esta noche era distinta. El reloj de la cocina de Jackie le había dicho que acababan de dar las diez, así que tenía tiempo de sobra.

—A Embankment, por favor —le dijo al taxista—. Al club Hole in the Wall.

10

El Hole in the Wall

Miércoles

La niebla se había despejado para cuando Johnny llegó a Embankment. Desde el río le golpeó una brisa cortante y fría; las nubes pasaban a toda velocidad y una bandada de gaviotas se mecía por los aires chillando fuera de tono, como una orquesta de diablos aéreos calentando los violines. Se cerró la chaqueta mientras el taxi se alejaba, sin saber del todo si lo que le estaba afectando era el frío intenso o el *shock* del reciente ataque. Tenía las manos regordetas y descoloridas como la manteca. Pensó que en ese mismo instante seguramente habría podido estar acurrucado en una cama cálida con Jackie. Pero entonces miró el carné de prensa que se había sacado del bolsillo, y al ver la foto de Mona —aquel rostro joven, fresco, hermoso— se alegró de no haber cedido a la tentación. Bastante complicadas eran ya las cosas.

Ante él se alzaban los tres arcos de hormigón que estaban justo debajo del puente de Blackfriars. En los viejos tiempos habían servido para alojar caballos y carros, más tarde para vender baterías de coche de segunda mano, pero ahora eran una vinoteca de moda, un restaurante turco y el hermético club Hole in the Wall. Este último estaba escondido detrás de una puerta verde de madera con una ranura a la altura de los ojos. Si no sabías de su existencia, ni te fijabas, y esto era justo lo que quería su clientela. Así había sido desde que Fleet Street era el corazón palpitante de la prensa británica. Incluso ahora, Johnny vio un caudal intermitente de hombres con traje —el nudo de la corbata aflojado— y alguna que otra mujer que se acercaban con calma a la puerta, golpeaban la madera maciza con los nudillos y esperaban a que se abriera… o no, en algunos casos.

Se preguntó qué posibilidades tendría él de entrar. Todo dependía del carné: si lo comprobaban como es debido, verían claramente que él no era el titular. Probó a cogerlo de varias maneras, buscando el método menos sospechoso para tapar la foto de Mona, y por fin se decidió por los tres dedos del saludo de los lobatos de los *boy scouts*.

Mientras se dirigía hacia la puerta, otro grupo de aspirantes a clientes llegó y se puso a esperar. Johnny se pegó a la cola cuando poco a poco empezaron a pasar, y mantuvo la cabeza baja al mostrarle fugazmente el carné a una estilosa veinteañera que llevaba un peinado afro setentero y gafas de sol moradas. A fin de parecer uno más, se sumó a las risas con que fue recibido un chiste vulgar que acababa de contar uno de los tipos que tenía delante. Por lo visto, el truco funcionó, porque la chica apenas ni miró el carné de prensa de Mona. Siguieron avanzando por el vestíbulo de ladrillo y bajaron por unas escaleras cubiertas por una alfombra roja. Johnny miró atrás y le desconcertó ver que el portero los seguía con la mirada (¿a él, tal vez?) mientras hablaba por el móvil.

Rápidamente se giró. Doblaron una esquina y los envolvió una profunda luz color carmesí. Pasara lo que pasara a continuación, al menos había entrado.

Y, de repente, una pesada mano le apretó el hombro.

Un orco de *El señor de los anillos* —solo que vestido con esmoquin y pajarita y no con cota de malla y cuero— había salido de un recoveco.

—Seguro que ya conoce el protocolo, señor —dijo de manera significativa.

A Johnny se le cayó el alma a los pies. Aun así, se encogió de hombros para dar a entender sorpresa, como si se hubiesen equivocado de persona. Pero acto seguido vio que varios gorilas igual de feos habían salido de la penumbra rojiza para abordar al resto del grupo.

—Un cacheo rápido —explicó el orco.

—Ah, ya…, vale.

Con los brazos abiertos, los otros recién llegados dejaron que el equipo de seguridad les diera palmaditas por todo el cuerpo. Johnny abrió los brazos y el orco le cacheó de arriba abajo antes de erguirse y preguntarle con expresión inquisitiva:

—¿Lleva algo en el bolsillo, caballero?

Johnny intentó poner una sonrisa insinuante y respondió:

—Eso quisieran saber muchas mujeres.

El orco no se rio.

—Por favor, caballero, sáquelo.

—Ah, sí, vale…

Johnny se metió la mano en el bolsillo y sacó la cámara de Chelsea.

El orco extendió la palma de la mano.

—Está prohibido entrar con cámaras al local, caballero. Lo sabe perfectamente.

Johnny, claro está, no lo sabía, pero difícilmente algo habría delatado más su impostura que manifestar desconocimiento de las normas de la casa, por inoportunas que fueran.

—Disculpa…, se me ha pasado. Ha sido un día muy largo. —Le entregó la cámara.

El orco seguía con cara de pocos amigos.

—Se la guardaremos en la oficina, caballero. Puede recogerla al salir.

Johnny, agradecido, siguió adelante y entró por fin en el local.

Era el típico local del Londres subterráneo. Enorme, con bóvedas de cañón, como si en tiempos hubiese sido un sótano almacén o una estación de metro olvidada. Además, estaba abarrotado de gente sofocada y sudorosa. La decoración era prácticamente toda roja: las sillas, las cortinas, la pisoteadísima alfombra. Bajo la luz carmesí, tenía un aire vagamente infernal. En otra época se habría sentido como en casa, pero esta noche estaba nervioso y cohibido.

Se metió sigilosamente en un hueco que había en la barra, pensando que la mejor táctica era observar desde algún lugar discreto.

—¿Qué te pongo, Johnny? —preguntó el barman de la barba pelirroja.

—Un JD con Coca-Cola, por favor. —Johnny se sacó unos billetes del bolsillo, y de repente cayó en la cuenta de lo que acababa de suceder.

«Mierda…».

Hacía solo un par de minutos que había empezado sus maniobras y ya se había quedado sin tapadera.

El barman siguió charlando mientras servía:

—¿Qué haces aquí?

Johnny tuvo que pensar deprisa.

—Nada especial…, he quedado.

—¿Con alguien en particular?

—Pues sí. Jerry Fox. ¿Está aquí?

El barman soltó una risita.

—Siempre está aquí…

Fue interrumpido por un pitido estridente que rasgó la cargadísima atmósfera. Todas las cabezas se volvieron en el mismo instante en que se abrían de golpe las puertas del fondo del local y entraban con paso firme dos mujeres policía que se detuvieron al llegar al primer reservado.

La sala se sumió inmediatamente en un profundo silencio.

—¿Jerry Fox? —preguntó una de las policías con voz chillona.

—Como por arte de magia… —murmuró el barman, pasándole a Johnny la copa por encima del mostrador pulido.

Johnny solo había visto a Fox por la tele y en fotos de revistas y periódicos. Incluso ahora, solo veía al tipo de perfil y desde un ángulo incómodo, pero seguramente le habría reconocido.

Fox era un hombre achaparrado y corpulento, de esos a los que no les queda bien ningún tipo de traje, menos aún el conjunto de dos piezas arrugado y sudado que llevaba en este momento. Tenía la cara coloradota y una pelambrera lacia entre rubia y gris. Parecía más sorprendido que asustado por la presencia de las policías, a las que recorría de arriba abajo con una mirada casi de admiración.

Johnny no pudo evitar sentir lo mismo. Para empezar, en vez de la moderna y asexuada indumentaria paramilitar llevaban el antiguo uniforme de las mujeres policía, incluidas falda ceñida, medias oscuras y… ¿tacones? La mujer que había hablado era una morena alta. La otra era rubia, un poco más baja y con un tipazo. Los uniformes les sentaban literalmente como un guante. Y entonces comprendió lo que estaba pasando…, medio segundo antes de que el himno clásico de los cincuenta de David Rose, «The Stripper», empezase a resonar por los altavoces del local.

El dúo se lanzó a bailar con movimientos sensuales y provocadores, pero no sin que antes la morena cogiese a Jerry Fox de la corbata y le obligase a levantarse mientras sus compañeros de reservado jaleaban. Las mujeres le besaron las mejillas, le hicieron girarse y le quitaron la chaqueta, pero sobre todo era su propia ropa la que se iban quitando.

—¿Estriptis sorpresa? ¿En los 2020? —dijo Johnny.

—Aquí dentro siempre es 1989 —contestó el barman con una sonrisa distante—. Eso es lo que les gusta. Me hicieron lo mismo a mí en mi cumpleaños —añadió con expresión burlona—. ¡Solo que las chicas iban disfrazadas de enfermeras!

Johnny no pudo evitar sonreír. Esto era un poco más libertino que cualquier cosa que hubiese experimentado en los últimos tiempos, aunque cuando Klein estaba en su apogeo había habido momentos mucho más salvajes. Tantos, que a menudo le costaba recordarlos, pero de vez en cuando ocurría algo —un rostro venido de la nada, un olor, un sitio conocido— que le devolvía directamente a aquella época hedonista que había sido su introducción a la vida, a la persona que era y a la persona que quería ser.

Era una lástima que no tuviese la cámara en aquel momento, aunque sospechaba que unas fotos de Jerry Fox borracho en compañía de dos estríperes no cubrirían las necesidades de Pete. Mientras miraba a las personas que lo acompañaban, a todas luces miembros de su misma profesión, entre ellos algunas mujeres, todos borrachos hasta las cejas y jaleándole como locos, se dijo que iba a tener que ser algo mucho más escandaloso.

Intentó formular una estrategia.

Fox llevaba muchos años sacando a la luz vergonzosos chanchullos de la élite del mundo del espectáculo, y en la mayoría de los casos las drogas eran un factor importante. Se había hecho famoso, y había amasado una pequeña fortuna, despellejando a los consumidores de drogas. Si se revelase que él también consumía, estaría acabado.

Esa era la información comprometedora sobre Jerry Fox que buscaba.

Aunque a Johnny no le hacía ninguna gracia la idea de acercarse a sustancias ilegales.

Había luchado durante años por desintoxicarse, pero el estímulo final había sido un incidente en particular, hacía relativamente poco. Había tenido lugar ni más ni menos que en una reunión de NA/AA. Oficialmente, llevaba una década sin meterse droga dura, aunque, para ser sinceros, la batalla contra la adicción era un partido de fútbol que basculaba entre dos extremos: festín o hambruna, exceso o fracaso. En aquella ocasión, estaba sentado en un cuarto trasero en el ayuntamiento de Hendon escuchando a una joven de pelo negro sucio y desaliñado contarle al grupo que estaba pasando una semana muy mala. De repente, la chica se había caído al suelo, un puñado de huesos envueltos en una especie de capa oscura; parecía la Bruja Mala del Oeste después de que la empapasen de agua, encogiéndose ante sus ojos hasta desaparecer en forma de volutas de humo. Aunque Johnny había visto de todo durante sus años de adicción, se había quedado impactado.

La chica se había retorcido en el suelo, moviendo brazos y piernas espasmódicamente, pataleando y dando puñetazos al aire. El resto del grupo se había quedado clavado en el sitio, impresionado, así que Johnny se había abalanzado sobre la chica y le había agarrado la cabeza. A esas alturas, la mujer casi había dejado de respirar; tenía los ojos en blanco, el pecho hundido subía y bajaba superficialmente. Le tomó el pulso y vio que lo tenía peligrosamente bajo. La piel se le había quedado de un escalofriante gris translúcido, casi azul. Él sabía lo bastante acerca de las sobredosis como para tener claro que en una situación así solo se podía hacer una cosa: meterle aire en los pulmones, oxígeno en la sangre. Le había sujetado la cabeza con una mano, le había pellizcado la suave punta de la nariz con la otra y se había inclinado a darle el beso de la vida. Entonces, en el mismo instante en que se juntaban sus labios, la mujer tosió y una bocanada de aliento maloliente e impregnado de alcohol entró en la boca de Johnny.

La embestida del sabor rancio del *whisky* mezclado con ácido gástrico casi le tumba.

Incluso ahora se estremeció mientras intentaba sofocar una punzada de náusea.

Todo era una mierda en la actualidad, pero no había palabras para expresar lo contento que estaba de, al menos, haber salido de ese mundo. Y sin embargo, por debajo de la superficie, le acechaba siempre el mismo miedo: si se asomaba a los aseos del local y oía a un montón de imbéciles vociferantes metiéndose rayas de coca en los cubículos, ¿se sentiría tentado a llamar a una puerta y pedir que le dejasen sumarse a ellos? Eso era lo malo de la adicción, que el adicto lo era de por vida. La tentación podía presentarse en cualquier momento y en cualquier lugar.

Por supuesto, en estos momentos la pregunta del millón era: ¿se drogaba Jerry Fox?

Las estríperes, que, acabado el número, volvían a estar vestidas como por arte de magia, soplaban besos en respuesta a los comentarios lascivos. Fox había regresado con sus colegas, y después de echarse al coleto una pinta de *lager* se bebió un chupito de *whisky*. Sin la menor duda, era un borracho, pero eso lo sabía todo el mundo. No iba a tener más alternativa que seguirle furtivamente hasta los aseos, cruzando los dedos para que todo saliera bien.

Y entonces también este plan se fue al garete.

Johnny hizo un esfuerzo por apartar la mirada de las curvilíneas piernas de las estríperes y la dirigió hacia Fox y sus colegas…, y se topó con la mirada de Fox, que se estaba retirando los mechones largos y sudados de la frente y sonriendo de oreja a oreja mientras el barman de la barba pelirroja le susurraba algo al oído.

—¡Johnny Klein! —gritó Fox estridentemente, acercándose—. ¡El jodido Johnny Klein!

—Mierda —murmuró Johnny.

De cerca, Fox apestaba a sudor, canutos y alcohol. Estaba rojo como un tomate y la abultada panza le asomaba por debajo de la camisa. El candidato perfecto a un infarto.

Esto no formaba parte de la estrategia, pero ya no había vuelta atrás. Johnny sonrió.

—¿Qué tal te va, Jerry?

—De puta madre, tío, teniendo en cuenta que hoy cumplo sesenta tacos. Nuestro querido barman Mac me ha dicho que tú y yo habíamos quedado a charlar esta noche, ¿no? —Sin pedir permiso le pasó un pesado brazo por los hombros—. Antes de que digas nada, permíteme que me disculpe por haberme olvidado… La semana pasada estaba como un pollo sin cabeza. Hace días que no veo un puto *e-mail* ni un SMS… Los cabrones estos me han tenido ocupado, tú ya me entiendes…

A Johnny le distrajo una pompa de dióxido de carbono envuelta en saliva que salió de los labios gruesos y húmedos de Fox y estalló contra su moflete. Intentó no inmutarse, aunque tomó nota mental de limpiársela en cuanto Fox saliera de su espacio personal. Aunque no podía quejarse… De hecho, le siguió el juego de buen grado mientras Fox le llevaba al otro lado del local, abriéndose paso entre grupos de bebedores. Esta era su puerta de acceso.

—Ven a conocer a los chicos —le gritó Fox al oído, salpicando más baba sobre la mejilla de Johnny—. Son un puñado de viejos gilipollas ochenteros, pero se van a mear encima cuando te conozcan.

Los colegas de Fox —algunos, copias casi exactas de él— se pusieron de pie para colmar a Johnny de elogios, aunque había varios que no hacían más que aullar como animales. Estaban ciegos de alcohol.

«Dios santo».

Era como una despedida de soltero en Ámsterdam: atrapado con un grupo de gilipollas que en condiciones normales harías todo lo posible por evitar.

Fox dio unos palmaditas al aire para que se calmasen, y a continuación presentó a Johnny como si fuera su nuevo mejor amigo. Johnny le siguió el rollo con una sonrisa. Al apartar el brazo de los hombros de Johnny, el tufo que desprendía el cuerpo de Jerry Fox se quedó flotando en el ambiente durante demasiado rato.

Fox se giró.

—Bueno, Johnny, ya sé que, en teoría, esta noche deberíamos estar aquí trabajando, pero ¿qué carajo importa?

Los muchachos se rieron y abuchearon.

—¡Pero si no da un puto palo al agua! ¡Gordo cabrón, cacho vago!

Fox los llamó al orden a gritos, y después se volvió hacia Johnny con aire de forzada sobriedad.

—Sin embargo, es mi cumpleaños. Y no es moco de pavo, teniendo en cuenta la vida que he llevado. ¿Tú qué crees, eh, Johnny?

Johnny no podía menos que darle la razón. No tenía ninguna garantía de que él fuese a llegar a los sesenta.

—Conque tengo permiso para soltarme la melena un poco —añadió Fox.

—¡Será la melena que te queda, vejestorio! —dijo uno, riéndose.

Fox no le hizo caso.

—Ahí en el escenario, Johnny… —Johnny miró en derredor, perplejo; no se había fijado en que hubiese un escenario—, ahí en el escenario hay una guitarra y un viejo y maravilloso Marshall…

En efecto, Johnny vio que a unos treinta metros a la derecha, al otro lado de una pequeña pista de baile, había un escenario bajo y estrecho. Al fondo colgaban tiras de un material brillante, y justo en medio había un micrófono, un soporte con una guitarra y, detrás, una vieja y maltrecha batería. Tal como había dicho Fox, había también un amplificador a la izquierda del escenario, entre bastidores.

—Aquí somos todos chavales de los ochenta —dijo Fox—. Además, es mi cumpleaños, y todo el mundo sabe que me van las *jam sessions*. Así que ¿me harías el honor de acompañarme, como regalo especial de cumpleaños?

—¿Acompañarte?

Fox sonrió.

—Vale, en realidad no se trata de que me acompañes. Yo me encargo de la batería…, pero si tú pudieras cantar y tocar ese clásico tuyo, «I Feel Fine», los aquí presentes aplaudirían todos con las orejas.

Johnny se rio. Era un chiste, ¿no? Tenía que serlo.

Sin embargo, todas las personas de su alrededor, que eran muchas porque se había corrido la voz de que estaba allí, estallaron espontáneamente.

—¡Joh-nny… Joh-nny… Joh-nny!

Intentó escaquearse torpemente, a la desesperada.

—Venga, tíos… Hace siglos que no toco nada de ese álbum. Ni siquiera me acuerdo de cómo son los temas.

No sirvió de nada. La multitud se hizo más densa y un montón de manos ansiosas le guiaron (más bien le empujaron) hacia el escenario. Una vez allí, no tuvo más remedio que coger la guitarra y pasarse la correa por el hombro. Con el estómago revuelto, miró a la multitud expectante.

¿Cuántas veces había hecho esto?

Un mar de rostros fluctuando en la sudorosa penumbra, desdibujados por el calor y el aire viciado. Y todos los ojos clavados en Johnny como rayos láser. Se levantó un bosque de manos, de puños cerrados o bien con el índice y el meñique formando cuernos de diablo del *rock and roll*. De repente notó que tenía la espalda de la camisa empapada. El corazón le latía con fuerza en la carótida. Fox se acercó y se puso a su lado, con el culo medio escapándose de los anchísimos pantalones. En un alarde de ridiculez, se había quitado la corbata y se la había atado a la cabeza como un pañuelo.

—Damas y caballeros —anunció el periodista, cogiendo el micro entre gritos y comentarios obscenos—. Mi nueva banda… ¡Los Foxes!

La sala volvió a estallar; era como un extraño sueño… o una pesadilla. Apenas pudo hablar mientras Fox volvía a colocar el micrófono en el soporte y se lo ponía enfrente antes de deslizarse al fondo del escenario, sentarse a la batería y levantar las baquetas por encima de la cabeza. Johnny le miraba sin dar crédito. A modo de respuesta, Fox le guiñó un ojo y contó:

—Uno… Dos… Tres…

11

El vórtice

Miércoles

Johnny no tenía ni idea de cómo habían llegado las cosas hasta ese punto.

Se suponía que tenía que haberse colado discretamente en el Hole in the Wall; sin embargo, casi acababa de llegar y ya le estaban aclamando como el héroe conquistador. Su único propósito había sido obtener imágenes de Jerry Fox en situaciones comprometedoras, y no solo había perdido cualquier posibilidad de hacerlo, sino que sin comerlo ni beberlo estaba dando un concierto en el cumpleaños de aquel capullo.

Y, para su sorpresa, mientras estaba al frente del escenario, ebrio de calor y excitación, con una multitud de fieles a sus pies, la vieja canción le había vuelto nota a nota, línea a línea. Para ser justos, Jerry Fox había demostrado ser un batería decente. Vale, solo tenía un compás y un relleno, pero mantenía bastante bien el ritmo; desde luego, Johnny había oído a —y tocado con— otros peores. Mientras, el público, que se sabía las letras, hacía los coros, aplaudiendo al unísono.

Por un instante se imaginó las caras de Pete y de Don, la mezcla de rabia y asombro.

«Pero ¿qué cojones…? —dirían—. No nos referíamos a esto cuando te pedimos que fueras medio James Bond, medio Mata Hari. ¿Johnny Klein? ¡Más bien el payaso de Johnny English!».

Cuando los Foxes empezaron con el estribillo, la sala explotó. Casi todo el público del local se unió a ellos, la adrenalina se disparó por las venas de Johnny y le hizo cosquillas en la piel. Se volvió a mirar a Fox y no pudo evitar sonreír. De hecho, fue una reacción espontánea. Hacía muchísimos años que no experimentaba semejante subidón. Ni el juego, ni las drogas ni el sexo le habían hecho vibrar de esta manera. Cuando atacaron el estribillo final, la multitud tomó el relevo:

—*I feel fine… I feel fine… I feel fine…*

Lo coreaban tan alto y con tanto entusiasmo que Johnny apenas oía a Fox jaleándole desde la otra punta del escenario:

—Johnny…, ¡te quiero, tío! ¡Venga, un final a lo grande! ¡Vamos!

Instintivamente, Johnny le gritó:

—¡Vamos!

Fue una locura. Johnny sentía que estaba creando un vínculo con Jerry Fox, y, sorprendentemente, no podía evitarlo. Pero siempre y cuando Pete no se enterase, ¿por qué no? Perfectamente acompasados, bajaron el tempo y pasaron al clásico final roquero de cinco potentes acordes de quinta.

La clientela del Hole in the Wall estaba eufórica.

—¡Más…, más…, más! —se oía desde los rincones más lejanos.

Los dos músicos se cogieron del brazo al frente del escenario y saludaron como un solo hombre.

—¡Menuda pasada! —dijo Fox, enjugándose el sudor—. La mejor noche de mi vida.

Sus colegas seguían silbando y vitoreando cuando bajó de un salto para recibir a su lado una ovación cerrada. Johnny se quedó arriba, aturdido, preguntándose qué acababa de suceder. Estaba entusiasmado pero a la vez descompuesto, como si le hubiese golpeado un torbellino.

Era una sensación increíble; sin embargo, no había venido aquí por eso.

Quizá lo mejor que podía hacer ahora era escabullirse antes de que le vieran, salir por alguna puerta trasera mirando al suelo. A lo largo de los años había ido a infinidad de estrenos y conciertos —los amigos le habían invitado ilusionados, esperando recibir un prestigioso espaldarazo a tal o cual novedad—, de los que al final se había marchado a hurtadillas porque no se atrevía a decir que, en realidad, le habían parecido una mierda. Pero esta vez no podía. Huyese adonde huyese, seguiría comprometido con Pete y Don, y había visto que varios teléfonos móviles le grababan mientras cantaba y tocaba, de manera que la prueba estaría en YouTube para toda la eternidad. De todos modos, nada más bajar del escenario, mientras un montón de manos le daba palmadas en la espalda, Jerry Fox volvió a llamarle:

—Johnny, tío… ¡No me irás a decir que estás pensando en marcharte! Toma…, bebe y disfruta. —Le encasquetó otro JD doble con Coca-Cola y Johnny se lo ventiló de un trago—. Oye, nos vamos a cenar a un chino un poco picante… Ofrecen un menú, digamos, «especial». ¿Te apuntas?

Johnny se quedó pensando. Se había quedado sin tapadera, pero no era el fin del mundo. Le había caído en gracia a Fox; seguramente no podía estar mejor situado para obtener pruebas comprometedoras sobre él.

Fox le volvió a pasar el brazo por el hombro.

—Venga, colega…, lo cargo a la tarjeta de mi empresa. Así podremos hacer esa entrevista que se suponía que teníamos que haber hecho. ¿Qué me dices?

Johnny había oído ese marrullero «Venga, colega» miles de veces a lo largo de los años, y otras tantas le había metido en todo tipo de líos. Ya tenía motivos más que de sobra para sospechar que, fueran cuales fueran los ingredientes de aquel «menú especial», comida no iba a ser.

—Suena bien —dijo.

—Genial.

Fox se fue despidiendo de sus colegas borrachos a la vez que se ponía la chaqueta y el abrigo Barbour.

—¿No vienen con nosotros? —preguntó Johnny.

—Qué va. Es entre semana. Me dejan en la estacada. Esta noche, el homenaje me lo voy a dar yo solito, que para eso soy el cumpleañero. Bueno, tú también, claro. Mi invitado de honor.

Se dirigieron a la salida mientras Johnny se repetía para sus adentros que, pasara lo que pasara, era un medio para un fin. Sin embargo, una cosa era estar entre un grupo de tíos con Jerry Fox y otra muy distinta irse él solo a cenar con él. Se suponía que tenía que pasar desapercibido, pero esto parecía una estrategia de alto riesgo. ¿De veras era él quien controlaba la situación? En la calle, hacía un viento frío y lacerante. Fox caminaba con paso enérgico, y Johnny tuvo que acelerar para no quedarse atrás. De repente, oyó una voz de mujer que le llamaba…

—¡Oiga, señor! —La joven de recepción se dirigía hacia él con la cámara que le había confiscado el orco al entrar.

A Johnny le dio un vuelco el corazón. Sabía que tenía que actuar con naturalidad; tenía que evitar a toda costa que Jerry supiese que llevaba una cámara.

—Gracias, cielo. —Johnny se metió la Leica en el gran bolsillo interior, maldiciéndose a sí mismo por haberla olvidado. Habría sido el colmo: conseguir la información sobre Fox y no poder fotografiarla.

Ni siquiera esto lo podía hacer bien.

Fox no se había dado cuenta de nada; estaba demasiado ocupado intentando pedir un taxi por el móvil. Johnny le dio alcance en el mismo instante en que un Uber se acercaba silenciosamente.

—Hala, sígueme —dijo Fox, sonriente—. La edad antes que la hermosura, ya sabes.

No hablaron mucho durante el trayecto. Johnny no sabía bien a dónde iban. Las calles se sucedían rápidamente, borrosas y oscuras; conocía perfectamente el centro de Londres, pero después de un día como aquel estaba al borde del agotamiento. Además se había pimplado dos *bourbons* dobles, aparte de los *whiskies* escoceses que habían caído en casa de Jackie. Tampoco es que estuvieran mucho rato en el taxi.

Cuando se bajaron, siguió a Fox por la acera.

—El mejor lugar de toda la ciudad, colega.

A primera vista, era pequeño y parecía más un local de comida para llevar que un restaurante, con luces fluorescentes dolorosamente brillantes en el techo, cinco o seis mesas y un mostrador de formica marrón oscuro. Solo había dos personas: al otro lado de la barra, con los brazos cruzados, un joven corpulento de pelo largo que llevaba una camiseta y un delantal y los miraba receloso con los brazos cruzados; y en el lado de los clientes, un hombre mucho mayor que perfectamente podría ser su padre y llevaba un brillante traje gris plateado y unas gafas gruesas con montura oscura. Era un hombre pálido y de aspecto enfermizo; las mejillas hundidas le recordaron a Johnny a algunas de las víctimas del *rock and roll* que había dejado atrás a lo largo de los años.

El tipo no parecía especialmente amigable, pero no puso reparos a que Johnny se fuese derecho a una mesa del rincón y se apalancase. Mientras, Fox habló con él en voz baja. Lo único que ansiaba Johnny en estos momentos era el glutamato monosódico que le había sido prometido a su estómago. Barruntaba que algo estaba a punto de suceder, y, si estaba en lo cierto, no quería tener nada que ver con ello; hacía mucho tiempo que había dejado las drogas y ya no tenía edad para estas cosas.

—Mierda —masculló.

Comprendió que había llegado el momento. Era esto lo que necesitaba para coger a Fox por los huevos. Pero ¿sería capaz?

Fox le hizo una seña, y Johnny se levantó y se acercó. El hombre del traje y las gafas cruzó el restaurante y abrió una puerta con una llave. Fox pasó primero, volviéndose una vez para asegurarse de que Johnny le seguía. El hombre del traje pasó el último y cerró con llave. Bajaron por una mugrienta escalera de madera y siguieron por un pasillo de ladrillo desnudo en el que una bombilla pelada dibujaba sombras extrañas y distorsionadas.

Johnny no pudo resistirse a tirarle del brazo.

—Jerry, si esto es lo que me imagino que es —susurró—, no quiero.

—Relájate, me estás poniendo nervioso —dijo Fox con un risita sofocada—. Vamos a divertirnos un poco, nada más. ¡Ya verás qué fiestón!

Siguió caminando con calma, claramente sabiendo a dónde iba. Había ya un olorcillo acre y aromático que a Johnny le resultaba inconfundible. Le hizo retroceder muchos años, a una parte de su vida que se había esforzado con uñas y dientes por dejar atrás. Al final del pasillo había una cortina de terciopelo rojo. El señor del traje la apartó y dio unos golpecitos cifrados a la puerta de metal que había detrás. Se abrió una mirilla, un par de ojos los miraron y, a continuación, se descorrieron unos pestillos y la puerta se abrió. El hombre del traje los invitó a pasar, pero él no entró.

Llegaron a lo que a Johnny se le antojó un típico antro de drogas, una red de habitaciones y pasillos que en algún momento había sido un almacén y que ahora, más que una parte del restaurante de arriba, parecía la mítica guarida de Fagin. A primera vista todo parecía respetable, incluso opulento, con lujosas cortinas y divanes cubiertos de mullidos cojines, una iluminación tenue y una música de fondo inidentificable. Pero Johnny sabía que detrás de la fachada había otro mundo distinto. Los clientes eran casi todos hombres y adinerados; llevaban camisas Thomas Pink, joyas y relojes Rolex o Mariner. También había mujeres, pero claramente trabajaban allí y procedían de todas partes del mundo…, casi todas, sin duda, víctimas de la trata.

Al entrar, los dos recién llegados vieron claramente que muchos de los hombres se hallaban en un estado semicomatoso, y que los que no estaban repantigados o tirados sobre los cómodos muebles solo eran capaces de moverse torpemente porque las chicas los sostenían en pie. Por esto mismo, apenas había actividad sexual. Algunas de las mujeres intentaban animosamente tirarse a sus clientes semivestidos o hacerles una mamada, pero, en la mayoría de los dormitorios abiertos por los que pasaba Johnny, los clientes, envueltos en nubes químicas, daban caladas a porros o a pipas o se metían rayas de nieve alineadas sobre estantes, aparadores e incluso sus propios antebrazos.

De vez en cuando, merodeando en un discreto segundo plano, veía seguratas, inevitablemente más jóvenes y fornidos que el resto de los presentes. Johnny iba a tener que ser cuidadoso si quería sacar la cámara. En cuanto a quién estaba al mando de todo aquello, quedó claro cuando una anciana ágil y veloz, con ropa negra y sencilla, se acercó delicadamente a ellos y, sin mediar palabra, cogió del brazo a Fox y se lo llevó por un pasillo lateral. Hasta el último átomo del cuerpo de Johnny le estaba diciendo que todo aquello era una mala idea. Sabía que iba a sucumbir. Era imposible no hacerlo. A saber cuánta droga había inhalado solo de respirar el aire en los pocos minutos que llevaba allí.

En algún lugar de su fuero interno encontró un vestigio de resistencia.

—Jerry… Jerry, colega…

Fox miró atrás. Su rostro rubicundo era ya una máscara de felicidad juvenil.

—Yo paso, tío —tartamudeó Johnny—. He dejado todo esto.

—Venga, venga… —Fox agarró el hombro de Johnny con el pulgar y el índice y se lo pellizcó con fuerza, como haría un cangrejo—. Tengo una cosa especial esperándonos. Venga, Johnny…, no me decepciones. Todo esto me ha costado un puto riñón.

Johnny se estremeció. En los últimos años, se había repetido una y mil veces que lo peor de todos sus viejos hábitos estaba arrumbado en los más oscuros recovecos de su memoria, aquella habitación polvorienta del fondo de su mente que había jurado no volver a abrir jamás.

Y de repente, sin darse cuenta, habían entrado en otro tipo distinto de habitación.

Era grande, pero no estaba ventilada. El aire estaba húmedo y había un fuerte olor a incienso, aunque por debajo había olores más pestilentes: sudor, ropa sucia, incluso puede que vómito. El suelo estaba enmoquetado y no había muebles, salvo ocho colchones desnudos que estaban distribuidos ordenadamente. En esos momentos, había varios ocupados.

A Johnny se le hizo un nudo en el estómago. Sabía de manera inequívoca que no debía estar allí. Tanto esfuerzo para recuperarse, tantas promesas a Laura y a sí mismo… Todo eso estaba punto de convertirse en humo. Mientras se desplomaba sobre el colchón más cercano, sabía que no podía impedirlo. Había perdido el combate en el mismo instante en el que había pasado por la cortina de terciopelo rojo.

Una joven con camiseta corta y pantalones de PVC ajustados, pelo rubio rapado a cepillo y penetrantes ojos verdes que miraban fijamente desde un rostro de piel clara se arrodilló a su lado. Johnny intentó hablarle, pero la chica negó con la cabeza como pidiendo silencio y, acto seguido, con actitud casi reverencial, le acercó una pipa a los labios. Era una pipa de opio de las antiguas, cubierta de una brillante laca negra con un dragón rojo pintado, una sinuosa criatura serpentiforme que se arrastraba hacia la boquilla. Mientras la mujer pasaba un mechero por encima del pequeño cuenco de madera, Johnny miró al fondo de la habitación y vio a Fox en otra cama, tumbado ya en posición fetal mientras era atendido de la misma manera por otra joven con una abundante y oscura cabellera que le caía sobre los hombros y un vestido cruzado de seda.

La mujer rubia le miró con una sonrisa delicada y tranquilizadora mientras Johnny se metía el dulce humo en los pulmones y sentía al instante una reconfortante calidez recorriéndole el cuerpo. La sensación de alivio en lo más profundo de su ser fue intensa. El dragón rojo era ahora un ser físico que daba vueltas y más vueltas alrededor de su cabeza. Sentía la brisa del batir de las alas, el roce de la punta de la cola cada vez que pasaba majestuosamente a su lado antes de hacer ¡pum! y convertirse en una nube de humo rojo.

Por un instante le pareció que la mujer era mayor de lo que había pensado al principio…, mucho, mucho mayor, la pálida piel más parecida a pergamino ajado, agujeros podridos por ojos, la boca llena de dientes ennegrecidos. Habría querido resistirse, echar a patadas a esa arpía impúdica y lasciva que había osado acercarse a él, pero ya no tenía fuerza en las extremidades. Además, de repente la mujer volvía a ser joven, esta vez con piel perfecta, larguísimo cabello que espejeaba y flotaba en torno a su cabeza a cámara lenta y labios de un rojo intenso y destellante. Johnny casi ni se dio cuenta de que ella le ponía de lado.

Y le pareció bien, porque todos sus problemas se habían resuelto.

Había vuelto con el grupo. Con su grupo de hermanos. No solo eso, sino que además estaban otra vez en los años ochenta, en aquella época gloriosa en la que su meteórico ascenso en las listas de éxitos no impedía que siguieran descubriéndose los unos a los otros y comprendiendo lo mucho que se necesitaban. Pero… No, no.

Pasaba algo más.

Estaban sentados en una mesa de madera con forma de bloque en medio de un comedor japonés, rodeados de particiones de papel por las que penetraban difusos rayos de sol. Uno de los rayos centelleó sobre el rostro del batería, Mike Penfold, que estaba sentado justo enfrente de Johnny, pero sus rasgos estaban grotescamente distorsionados. Y era algo que iba mucho más allá de los estragos causados por el tiempo en un rostro de sesenta años. La época de la heroína, a la que había sido adicto desde los veinticuatro años, también le había pasado factura, devorando hasta la última célula de su cuerpo, transformando al joven angelical de antaño en este horror entrecano.

Sentado a su derecha estaba el bajista Tim Carson con su asimétrico cabello rubio, un músico brillante incluso antes de que lo conocieran. Había respondido al anuncio de la banda en la contraportada de *Sounds* y había encajado perfectamente desde el primer día. Él y Johnny tenían el mismo tipo de humor infantil, y los primeros años había sido un amigo cercano con el que se iba de juerga de manera habitual; cada vez que salían, las cosas se liaban. Los años no le habían dejado huella. Era joven otra vez, estaba indemne, y sin embargo no parecía feliz.

El siguiente integrante del círculo de amigos era Russell Withers, el miembro de la banda con quien Johnny había tenido una relación más estrecha, su amigo del alma desde sus días de colegiales. Russell... Había algo que preocupaba a Johnny..., pero, aunque intentaba una y otra vez centrarse en su amigo —aquel chaval que se sentaba a su lado durante las soporíferas clases, con el que hacía planes para dominar el mundo a través del *rock*, con el que practicaba firmas de megaestrellas en las páginas finales de los cuadernos del cole hasta que les dolían los dedos—, su rostro seguía borroso. Quería alargar la mano, tocar aquellos recuerdos; en cambio, su cerebro solo le devolvía una mancha carnosa.

Frustrado, Johnny dirigió la vacilante mirada hacia la estrella del teclado Lee Giles, que a los treinta años ya era un alcohólico en proceso de recuperación. Había dejado que el concepto de la fama se le subiese a la cabeza y se había empeñado en vivir en esa estratosfera superior del *rock and roll* que salía en *Hammer of the Gods,* el relato no autorizado pero tristemente célebre de la época más salvaje de Led Zeppelin, un libro que siempre llevaba encima y que era su biblia en lo referente a divertirse a tope en la vida, por mucho que sus agresivos métodos cabreasen a toda la gente de su entorno.

Johnny frunció el ceño. Siempre había considerado a Lee responsable de sus propios problemas con las drogas. Incluso ahora, Lee se estaba riendo de aquella manera arrogante y burlona tan suya, como dando a entender que le importaba un carajo lo que pudieran pensar los demás.

—Cabrón —gruñó Johnny.

Siempre había sido Lee el que le había incitado. ¿O había sido al revés?

Un canuto más, otra raya, otra noche de juerga que no terminaría hasta las seis de la mañana, cuando ya ni siquiera sabrían dónde coño estaban.

—¿Y no te parece que ya es hora de que aceptes que, cuando uno ya es adulto, cada decisión que toma es suya y de nadie más? —dijo Laura desde algún lugar de la habitación.

—Anda ya, Laura…

La figura que estaba detrás del biombo se dejó ver. No era Laura, era un joven chef que traía una gran campana de cristal sobre una bandeja de plata. Los rayos de sol rebotaron sobre el metal bruñido y estallaron formando cuchillos y astillas de una luz cegadora. Johnny, deslumbrado, entrecerró los ojos, pero solo lo justo para poder seguir viendo.

El chef había dejado la bandeja, y ahora, con una floritura, levantó la campana. Debajo había una cabeza cortada.

Era una cabeza humana, o lo había sido. Ahora estaba tan destrozada que resultaba irreconocible: el cráneo, aplastado, sostenido solo por la carne desgarrada que lo envolvía; el pelo, una maraña carmesí, apelmazada y pegajosa; el rostro lleno de cortes, sin ojos, sin nariz, y la boca una grieta bostezante y sanguinolenta. Johnny se sobresaltó, creyendo reconocerlo —«pero no, no podía ser él»— cuando un par de ojos del revoltijo mutilado se volvieron hacia él. Quería gritar, pero la boca no le respondía… Sí, conocía aquel rostro, aquellos ojos.

Karl Jones.

Retumbó un trueno y se le abrieron los ojos de golpe. Parpadeó para sacarse arenilla o algo así, y acto seguido la realidad fue cobrando forma lentamente ante él.

De nuevo estaba en aquella sórdida habitación del antro. La respiración se le fue entrecortando a medida que el corazón se le aceleraba, y tanto le sudaba el cuerpo que tenía la ropa completamente empapada. Había tenido malos viajes antes, pero ninguno tan lúcido como aquel. Habían sido más una especie de impresión general, una vaga sensación de un terror inminente; sin embargo, este había sido muy distinto, como si hubiese estado metido en su propia película de terror.

Se incorporó para mirar alrededor, pero todavía tuvo que parpadear para aclarar la visión borrosa, como si le hubiesen untado vaselina en los globos oculares. No tenía ni idea de la hora ni de cuánto tiempo llevaba acurrucado en aquel lugar. No muy lejos, Jerry Fox ya había vuelto en sí. La muchacha curvilínea que había sido su acompañante se había quitado la ropa y estaba tumbada bocarriba, desnuda y riendo tontamente, mientras Fox, cual reptil predador, se arrastraba sobre su cuerpo, el cabello cayéndole en mechones chorreantes. Johnny había supuesto que este sería el preludio al sexo, pero enseguida comprendió que aquel capullo autocomplaciente estaba esnifando rayas de coca del vientre liso de la chica, que soltó otra risita a la vez que le sostenía la cabeza con la mano derecha.

Aunque tenía el cerebro como un lodazal, Johnny entendió inmediatamente que no se le iba a presentar otra oportunidad mejor.

La pareja no se había percatado de que Johnny estaba despierto. Miró a su alrededor. La puerta estaba abierta y otros clientes, casi todos indistinguibles en la penumbra rojiza, entraban y salían. Otros estaban tumbados sobre los colchones, atendidos por las trabajadoras sexuales. Si algo no había en este lugar era intimidad, pero al mismo tiempo nadie prestaba atención a nadie.

Johnny se estiró para coger furtivamente la chaqueta, que estaba hecha un gurruño, y sacó la cámara del bolsillo. Se detuvo, conteniendo el aliento. No, no había nadie mirando. En ese momento, Fox se inclinó, cogió una pipa de cristal que había a un lado de la cama y acercó un mechero.

152

Metanfetamina cristalina.

La imagen era espantosa: el cabello lacio pegado al sudoroso rostro rubicundo y abotargado de Fox, la boca babeante mientras inhalaba la pegajosa sustancia, las peludas fosas nasales salpicadas de cocaína, los ojos bien cerrados mientras inhalaba con dolor, con placer o con ambas cosas a la vez. Pero también era una imagen perfecta. Para los fines de Johnny, era, sin duda, perfecta.

Y demasiado buena para dejarla pasar.

Deprisa y con agilidad, a pesar de que estaba echado de lado, se llevó la cámara al ojo, enfocó y sacó varias fotografías rápidas. Pete James no había exagerado cuando había descrito *Road Warriors* como el extraordinario registro de una impresionante gira mundial, y a su creador como un hombre de auténtico talento. Al parecer, era cierto que había otra cosa que a Johnny Klein se le daba bien aparte de escribir canciones y salir al escenario.

Con idéntica rapidez y soltura, volvió a meter la cámara en el bolsillo de la chaqueta. Después, aunque tuvo que hacer un esfuerzo tremendo, se puso en pie.

En ese momento, la anciana delgada se deslizó hacia él.

—¿Quieres más? —preguntó con un acento indeterminado. La lengua se le dividió en dos cabezas de serpiente que azotaban y siseaban.

Johnny la apartó con un gesto de la mano, luchando contra la alucinación.

Se puso la chaqueta, se acercó a la puerta tambaleándose y salió al abarrotado pasillo.

A medida que avanzaba, se iba chocando con personas que al principio le pareció que llevaban máscaras de Halloween. Algunos semblantes parecían derretidos por un ácido; otros eran deformes como gárgolas de iglesia, y también había monstruos cinematográficos fácilmente identificables, como la Momia, el Hombre Lobo o el monstruo de Frankenstein. Se mordió la lengua para no gritar. Al llegar a la puerta metálica, vio que estaba cubierta de arañas fluorescentes que correteaban de un lado a otro. Cerró los ojos mientras un portero la abría, pero aun así seguía viéndolas, como si estuviesen en el interior de sus párpados.

Avanzó torpemente por el pasillo de ladrillos desnudos y después intentó subir por la escalera de madera. Los peldaños chirriaban mucho, demasiado. Y estaban exageradamente empinados. Volvió a tambalearse, imaginándose que había una tromba de agua de río cayendo con gran estruendo, haciendo espuma sobre sus botas. Intentó contenerla mientras intentaba subir. ¿Sería el Támesis? Al mirar atrás, vio que debajo del tramo de escaleras fluía el río en forma de embravecido torrente. Pero la escalera estaba podrida, desvencijada, batida por enormes olas que mecían la estructura entera, amenazando con lanzarle hacia su muerte.

—¡No! —gruñó. ¿Qué coño le habían metido?

Solo era una visión. No era más que la droga, que iba desenterrando pesadillas a medida que desalojaba su abrumado organismo. Cuando llegó al final de la escalera, tuvo que sentarse para recobrar el aliento. Necesariamente tenía que ser el final, porque había una puerta enfrente de él. Con el corazón trepidante, volvió a mirar abajo, preguntándose si aún se vería el río. Por fortuna, lo único que vio entonces fue un hueco de escalera seco, y al fondo una luz rara y distorsionada. Se levantó tembloroso y empujó la puerta. No se abría. Tocó a tientas el contorno, pero no había picaporte. Frustrado, la aporreó. No hubo respuesta.

Se apoyó contra ella, jadeando, sudando. Pero, cada vez más, sentía que había vuelto a un terreno más firme, que iba recuperando poco a poco el equilibrio. Y por eso, cuando miró a la izquierda, se fijó en una segunda puerta que no había visto antes. Estaba cruzada por una barra horizontal, parecía una salida de incendios. Bajó la barra y la puerta se abrió con un sonido metálico.

Salió, y el sol, que asomaba ya sobre los tejados, le irritó tanto los ojos que tuvo que protegérselos con el brazo. Vio que estaba en un pasaje estrecho, con un edificio anodino a su derecha y un murete de su misma altura a la izquierda. Echó a andar, y después de sortear una fila de cubos de basura salió a una calle lateral que no le sonaba de nada. Aun así, siguió caminando, recuperando poco a poco el equilibrio y sintiendo que el ritmo cardiaco le empezaba a bajar a medida que se le llenaban los pulmones de aire fresco y limpio. Tenía la ropa húmeda, incluida la chaqueta, así que de nada servía arrebujarse con ella para protegerse del frío tempranero. Por fin, después de doblar una esquina, se encontró en Sloane Square. Se detuvo para orientarse, dando gracias por saber al fin dónde estaba, a pesar de que desde allí hasta Brick Lane había una buena caminata. Se metió las manos en los bolsillos de los vaqueros, pero estaba sin blanca, cosa que no era ninguna sorpresa.

La víspera se había ventilado buena parte del dinero que le quedaba, primero en el billete de metro hasta Highgate, y después en la desacertada compra de un doble con Coca-Cola en el Hole in the Wall. Johnny recordaba vagamente que le habían cobrado unas treinta libras.

Bueno, no le venía mal darse un paseo rápido hasta el East End.

Arrancó de nuevo. Le dolían las piernas y sentía los pies extrañamente esponjosos, pero tenía tantas ganas de alejarse de aquel infernal garito subterráneo que avanzaba a toda pastilla. Solo vio barrenderos, basureros y personas que salían a correr temprano mientras cruzaba la ciudad. A pesar de que era un frío día de otoño, había sintechos acurrucados en los portales, envueltos con sacos de dormir o con periódicos y cartones viejos.

Probablemente, él mismo habría podido pasar por uno de ellos.

Un par de horas más tarde, Johnny recorrió los cien últimos metros de Brick Lane. El cuero de sus botas de *cowboy* estaba empapado y los calcetines chapoteaban con cada paso cansino.

Se detuvo un momento enfrente de Graceland y alzó la vista. Elvis contemplaba desde arriba sus dominios, pero hasta él parecía haber perdido su brillo; esa mañana carecía de su carisma habitual y el destello de su mirada había desaparecido.

—Sé cómo te sientes, tío…, créeme.

Mona le había dado una llave de la puerta trasera del restaurante. Era una puerta de acero inoxidable que daba a la cocina, en esos momentos oscura y vacía, y las bisagras chirriaron demasiado cuando se abrió. Sin el personal y el ajetreo, la cocina tenía un ambiente extraño; el inquietante silencio era casi ensordecedor.

Johnny pulsó el botón de la máquina de café que había en la barra y puso una tacita blanca en el soporte de metal. La máquina se encendió con un chisporroteo antes de escupir a la tacita los repugnantes posos de café de la noche anterior.

La miró unos instantes, y después dijo «A la mierda» y se tragó todo de una.

La puerta del fondo de la cocina daba al pasillo del que salían las escaleras que llevaban a la habitación de Johnny. Mientras subía lentamente, los peldaños crujían bajo la presión de sus piernas de plomo; parecía que su cuarto estaba mucho más arriba de lo que recordaba, y para cuando llegó el corazón le palpitaba en el cuello y se sentía como si acabase de escalar el Mont Blanc.

Al recostarse sobre la fina almohada de su cama, se permitió una sonrisita. Porque, al menos —se palpó la cámara que llevaba en el bolsillo—, ahora tenía una escapatoria.

Tenía información comprometedora sobre Jerry Fox.

12

Como muerto

Jueves

Johnny, por favor…, llama en cuanto oigas esto. Es grave.

Horas antes, a duras penas se había quitado las botas de *cowboy* de una patada antes de meterse debajo del edredón; ahora, salía de la bañera de estilo victoriano cuyas patas en forma de garra se hincaban en los tablones a semejanza de su propia ansiedad.

Se plantó desnudo delante del espejo; el cuerpo antaño tonificado de estrella del pop estaba fofo y dolorido. Se sentó en el váter con la cabeza en las manos y el olor del pis le agredió las fosas nasales… Estaba deshidratado y lo notaba en los riñones. Pero lo que sobre todo notaba era el cuero cabelludo erizándosele a medida que la sustancia abandonaba el cuerpo y las ansias de más se abrían paso a mordiscos por su conciencia.

Había perseguido al dragón y este había sido el resultado. El dragón le tenía cogido por los huevos.

«Eres un gilipollas, JK».

Tiró de la cadena y volvió al dormitorio. Exhausto, se dejó caer en el borde de la cama y se bebió de un trago un vaso de agua que llevaba allí desde el primer día. Inmediatamente, en la penumbra de la habitación, vio su Motorola. Lo cogió, abrió la tapa y vio la notificación del buzón de voz. Marcó el 222, se llevó el móvil a la oreja y oyó la voz de Laura.

Hola, Johnny, soy Laura... Llama en cuanto oigas esto. *Pulse uno para guardar, dos para borrar, tres para pasar al mensaje siguiente.*

Johnny pulsó el tres.

Johnny, dónde estás, soy yo otra vez... Oye, tengo que hablar contigo... *Pulse uno para guardar, dos para borrar...*

Y así sucesivamente. El último mensaje de Laura había llegado a las cuatro de la madrugada. La amarga experiencia le había enseñado que nadie llamaba a esas horas a no ser que fuese algo muy serio.

Aún no se sentía capaz de hablar con ella, así que siguió un rato en la cama, observando cómo un fino rayo de sol iluminaba poco a poco la habitación. Como mucho habría dormido un par de horas, pero fuera la calle empezaba a cobrar vida. Se levantó y se acercó a la ventana, la abrió de par en par ahuyentando a las palomas que estaban en el alféizar y asomó la cabeza por las gafas tintadas de Elvis. El cielo era una mezcla de tonos rosa y morados y parecía como si un fuego se estuviese propagando por encima de la ciudad.

«Cielo rojo de mañana, aviso para el pastor...».

Johnny aspiró y se llenó los pulmones del nuevo día, sin pensar en lo que pudiese depararle.

Laura no le había dicho qué pasaba. ¿Sería algo relacionado con los estudios de Chelsea? Era lo único sobre lo que se mostraba dispuesta a hablar con él, y el único tema que conseguían abordar sin que aflorasen los viejos rencores.

Nervioso, con la piel cada vez más seca y llena de granos, cogió el auricular y devolvió la llamada. No hubo respuesta, de modo que colgó. Se quedó sentado, tiritando. Después rebuscó en su bolsa y sacó su única muda de ropa seca. En ese momento, el teléfono volvió a sonar. Se abalanzó sobre él.

—¿Johnny?

—Laura, he…

—¿Dónde coño estabas?

—Yo, bueno…

—Da igual. Tengo que verte. —Sonaba disgustada.

—Vale, pero…

—Ahora, Johnny.

—Vale, de acuerdo…

—Estoy por el centro.

—¿Dónde?

—He salido de compras. Te veo dentro de una hora en The Bar.

Johnny asintió con la cabeza. The Bar, en Hanover Street, en el West End, seguía siendo uno de los bares de moda de Londres. Había sido uno de los lugares favoritos de ambos en sus tiempos jóvenes. Sintió un ligero alivio. Laura no habría salido de compras si se tratase de un asunto de vida o muerte.

—Vas a estar, ¿no, Johnny? En serio, tengo que hablar contigo.

—Sí, pero ¿no podrías darme una pista?

—No, porque no quiero darte una excusa para que no te presentes.

—Laura, venga ya…

—Eres el Señor Informal, Johnny. Y tú mismo te has ganado la fama.

—Al menos dime que Chelsea está bien.

—Sí, Chelsea está bien. No tiene nada que ver con ella.

—Gracias a Dios.

—Dentro de una hora, Johnny.

—Allí estaré.

Laura colgó y él terminó de vestirse. Hanover Street estaba a una media hora de distancia, pero solo de viajar por Londres se estaba gastando el poco dinero en efectivo que le quedaba. ¿Podría ir a pie? Seguramente, pero tanto trajín le estaba dejando hecho unos zorros.

Entonces le vino otro pensamiento a la cabeza, igual de importante. Volvió a coger el móvil y llamó a la compañía telefónica para pedir el número de la revista *Maxi*. Anotó los números con el cabo de un lápiz que se sacó del bolsillo lateral de la bolsa, y a continuación llamó.

Respondió una voz alegre:

—*Maxi Mag*, ¿en qué puedo ayudarle?

—Quería hablar con Ray Caldwell, por favor.

—¿Me puede decir quién llama, por favor?

—Johnny Klein.

—Hoy no recibe llamadas.

Ahora sonaba menos alegre, así que Johnny decidió arriesgarse:

—¿Ah, sí? Está esperando mi llamada, soy un viejo amigo… Johnny Klein, ya sabe, el de Klein, la banda.

Casi le pareció oír cómo crujían las sinapsis de la muchacha.

—¡Ah, sí! Ya sé quién es, a mi madre le encantaba el grupo, tiene todos los viejos *singles* en un estuche de plástico… Creo que hasta consiguió que le firmase la camiseta de la gira cuando tocaron en el Hammersmith Odeon. Dice que le escribió con un rotulador encima de las tetas.

La chica soltó una risita.

—Ah, sí, creo que me acuerdo de ella…

—¡Anda! ¡Ay, cuando se lo diga! ¡Se va a mear encima!

Más que contenta, ahora la chica estaba entusiasmada.

«Que Dios bendiga a todas las mamás maduritas».

—Ray no acepta llamadas hoy, pero voy a ver si estaría dispuesto a hacer una excepción.

—Gracias, cielo. Saluda a tu madre de mi parte, ¿vale?

La chica volvió a reírse. No era rigurosamente cierto que Caldwell y él fueran amigos, aunque, desde luego, se conocían desde que Johnny se lo había encontrado cuando él estaba en lo más alto y Caldwell no era más que un fotorreportero novato que trabajaba para «The Buzz», una columna de chismes semanal de *The Sun* que rompió miles de corazones, destrozó miles de matrimonios y puso fin a las carreras de montones de famosos. Buena parte del público general denostaba la columna, pero todo el mundo la leía con avidez, aunque nadie lo reconociera.

Caldwell se puso al teléfono.

—¿Johnny Klein? —Sonaba comprensiblemente cauto.

—¿Qué tal, tío? —respondió Johnny.

—Bien… Oye, ¿de veras eres tú?

—¿Por qué iba nadie a suplantarme, Ray?

—En eso tienes razón… —Pero todavía sonaba receloso—. ¿En qué puedo ayudarte?

—Tengo un carrete de fotos que igual te gusta.

—¿Ah, sí?

—Me gustaría llevártelo y ver qué te parece.

Con esto sí que despertó el interés de Caldwell.

—¿Estamos hablando de una exclusiva, Johnny?

Johnny sonrió.

—Creo que podríamos decir que sí.

Caldwell no respondió inmediatamente. Era receloso por naturaleza y hacía años que no hablaban.

—Voy a tener que presionarte, Ray —dijo Johnny—. Soy un hombre ocupado y hay más peces en el mar.

No dudó de que picaría. El tipo tenía que haber oído rumores de que Johnny Klein, la estrella de antaño, estaba en la miseria, y pensaría que estaba intentando ganar algo de pasta vendiendo secretos profesionales… Seguro que no iba poder resistirse.

Y acertó.

—¿Lo puedes traer a la oficina? —dijo Caldwell—. Esta tarde, pongamos que… ¿sobre las tres?

—Allí estaré —dijo Johnny antes de colgar.

El tiempo no corría a su favor, así que se puso la chaqueta a pesar de que seguía tan húmeda que la notaba a través de los Levi's negros y de la camiseta de Alice Cooper. Pero era su única chaqueta, así que no había más opciones. Tiró de la puerta y casi dio un bote del susto que se llevó.

Al otro lado estaba Mona. También ella estaba ojiplática de la sorpresa.

—¡Johnny! Gracias a Dios que has vuelto.

Johnny volvió a entrar en la habitación, impaciente. Era mal momento, pero bastante arrepentido estaba ya de haber hecho mutis por el foro la tarde anterior.

—¿Qué haces aquí? —preguntó.

Mona miró alrededor con curiosidad, y Johnny supuso que le habría oído hablar por teléfono y se estaría preguntando si había alguien más allí. Otra mujer, quizá.

—Nada, que me voy a currar y me he pasado a ver si estabas bien. —Pareció que se quedaba convencida de que no había nadie más en el piso.

—Anoche llamé al tío Rishi cuando estaba echando el cierre y me dijo que no habías vuelto.

—Ya, bueno…, tenía cosas que hacer. Y lo creas o no —señaló la puerta—, tengo cosas que hacer ahora.

—¿Vas a volver a salir?

Johnny se encogió de hombros.

—Más que a salir, voy a intentar levantar cabeza. Y eso es bueno, ¿no crees? No querrás que siga viviendo a vuestra costa para siempre, ¿no?

Mona frunció el ceño.

—¿Qué te ha pasado en el ojo?

—¿En el ojo? —Johnny se metió en el cuarto de baño y se miró al espejo. La cuenca izquierda aún le dolía, pero ahora vio que además estaba hinchada y muy magullada—. Mierda. —Casi se había olvidado del enfrentamiento con el acosador de Jackie.

—Menudo ojo a la virulé te va a quedar —dijo Mona cuando volvió.

—Será de cuando…

Mona le examinó detenidamente.

—… de cuando me choqué con la puerta esa.

—¿Te chocaste con una puerta?

—Anoche. Al entrar. Ahí fuera no hay luces, ¿sabes? Estaba todo negro como boca de lobo.

Después de una pausa, Mona dijo:

—Johnny, ¿qué coño está pasando?

Johnny pasó por delante de Mona y abrió la puerta con gesto enfático.

—Nada. Está todo bien.

—Bueno, y ¿a dónde vas ahora?

—Laura me dejó un mensaje. Necesita verme. Dice que es urgente.

—¿Y le vas a confesar que anoche estuviste hablando por teléfono con Jackie Phillips?

Johnny suspiró. La posibilidad de que Mona sacase este tema le había preocupado, pero también le molestaba. Hasta ahora, había demostrado ser una amiga de verdad. Pero no era su guardiana, joder.

—¿Sabes, Mona? Tu familia y tú habéis sido muy buenos conmigo. Más amables de lo que me merezco. Pero hay cosas que… En fin, que no son de tu incumbencia.

Mona le miró a los ojos.

—Hay algo que no me estás contando. Algo importante.

—Mira, deja de preocuparte. Ya llego tarde. Intentaré verte luego, ¿vale? —Salió al descansillo, de nuevo con determinación. Vivir bajo el techo de su tío estaba destruyendo su preciosa amistad—. ¿Y si cenamos juntos? Y así retomamos el hilo de la conversación que interrumpimos anoche.

Mona le siguió hasta la salida.

—Me enteraré. Soy periodista.

Johnny cerró la puerta con una sonrisa exagerada, echó la llave y bajó trotando.

—Diviértete, Johnny.

Apoyada en la barandilla, Mona le vio bajar corriendo las escaleras. Desde abajo llegó un murmullo de voces, palabras cruzadas con el personal de limpieza mientras avanzaba por el restaurante. Aunque sabía que era absurdo pensar que Johnny le debía una explicación, tuvo que contener las ganas de dar un zapatazo para desahogarse.

También estaba irritada consigo misma por haberse portado como una novia suspicaz. Ya habían dejado claro que ellos dos jamás iban a ser pareja, y a ella eso le parecía perfecto. Sería una locura liarse con alguien como Johnny. Mona llevaba el tiempo suficiente en la industria musical como para saber que los hombres como él no traían más que problemas. Problemas serios.

Entonces, ¿qué hacía revoloteando a su alrededor como una especie de mariposilla angustiada? Johnny era un peligro para sí mismo, se dijo, y por eso necesitaba que alguien cuidase de él. Alguien que no estuviese intentando acostarse con una leyenda de los ochenta para fanfarronear con los colegas en un grupo de WhatsApp.

Eran amigos, solo eso.

Nada más.

Sin embargo, aquella era la primera vez que él le había dicho que no se metiera en sus asuntos. Pensándolo bien, no podía culparle. Su vida era suya y de nadie más, a pesar de que no quedase gran cosa de lo que había sido.

Pero algo estaba pasando, eso seguro, y había llegado el momento de que Mona descubriese de qué se trataba. Primero, Pete y Don y unos misteriosos tejemanejes con una cámara de fotos de los que Johnny pensaba que ella no sabía nada. Pero Mona tenía ojos y oídos, joder. Después, una llamada a Jackie Phillips, seguida de una desaparición y un ojo morado.

¿Qué demonios estaba haciendo Johnny Klein esta vez?

Johnny se paró en seco enfrente del restaurante y miró detenidamente la fila de motos de reparto que utilizaba la pequeña flota de repartidores del Comandante, cada una con su preceptiva caja térmica rotulada detrás del sillín. Parecían bastante básicas, pero seguro que eran perfectas para moverse con facilidad por el centro de Londres. Echó un vistazo por la ventana. En el interior, el personal estaba preparando el restaurante para la hora del almuerzo, pasando la aspiradora y poniendo las mesas. El Comandante y Ravi aún no habían dado señales de vida, y Mona seguía arriba. Con suerte, aún tardaría unos minutos en bajar.

Volvió a entrar.

—¿Todo bien, Johnny? —dijo Aamir. Era el jefe de camareros del Comandante, un tipo muy guapo con una mata muy bien peinada de pelo gris. No llevaba puesto el uniforme, pero estaba preparando el restaurante para empezar a servir, retocando minúsculos detalles de las servilletas y los cubiertos.

—Todo bien, Aamir…

Johnny se sintió culpable por lo que iba a decir a continuación, a pesar de que en sentido estricto tampoco es que fuese una mentira. El día de su llegada, Mona le había sugerido que podía ganar un dinero extra repartiendo a domicilio. En su momento, Johnny casi había echado la pota solo de pensarlo. Pero ahora, en fin…

—Estaba pensando…

—¿Sí?

Johnny mencionó la propuesta del Comandante, pero explicó que, antes de pensársela seriamente, tenía que ver si era capaz de conducir una de las motos por el barrio sin parecer un idiota o, peor aún, sin matar a alguien.

—¿Puedo coger una para darme una vuelta?

Aamir se mordisqueó la mejilla, considerando la posibilidad de que su famoso invitado, aquel dios del *rock* de otra época, necesitase un poco de dinero extra. O quizá solo estaba pensando que seguramente Johnny se desenvolvía mejor con una guitarra entre las manos que con una moto de reparto.

—¿Seguro que es buena idea? —dijo Aamir con tono de duda.

Johnny se encogió de hombros.

—He pensado que podía ser buen momento para intentarlo, ahora que ya ha pasado la hora punta de la mañana.

—Bueno…, si estás seguro de que al Comandante le parece bien, vale. El personal de repartos llegará dentro de una hora más o menos. —Aamir se volvió hacia la barra y chasqueó los dedos—. Rajesh, un casco para el señor Klein, si eres tan amable.

Este acompañó a Johnny hasta la moto en cuestión y le dio el casco. Johnny le dio las gracias y se lo puso, cruzando los dedos para que Mona no bajase en ese mismo instante. En circunstancias normales habría confiado en que guardaría silencio acerca de sus asuntos privados, pero la había visto muy mosqueada, y lo mismo le daba por poner obstáculos.

Se montó en la moto y puso los pies en los pedales. La enorme caja en la que iba pintado el logo del restaurante con letras de colores chillones hacía que la moto se tambalease, y Johnny se esforzó por mantenerla recta. Por fin, con un poco de empeño, consiguió arrancar, y Graceland y el gigantesco y reluciente retrato de Elvis se fueron empequeñeciendo cada vez más.

Mientras recorría las calles del East End, había recuperado el equilibrio. Serpenteando velozmente entre el tráfico, notó cómo las comisuras de los labios rozaban el interior del casco al curvarse en una ancha sonrisa; se sentía capaz de respirar por primera vez desde hacía semanas. El casco le tapaba la cara; no tenía que preocuparse de que le reconociesen, de que le señalasen con el dedo o de que un taxista le preguntase dónde se había metido durante la última década o si seguía sacando discos…, de ninguna de esas chorradas.

Hacía muchos años que Johnny no montaba en moto; la última vez, en Los Ángeles, cuando él y Russell Jones, el bajista de la banda, se habían llevado un par de viejas Harleys al desierto. Con sus chupas de cuero con flecos, sus gafas de aviador y sus depósitos de gasolina pintados con preciosas barras y estrellas, estaban viviendo su sueño; ante ellos, borrosa por efecto de las ondas de calor del sol, se extendía la autopista 66.

Ahora iba a toda velocidad por Quaker Street, y de nuevo le pareció que su relación con Mona se estaba complicando. ¿Le atraía? Bueno, ¿a quién no? Pero también se preocupaba por ella. Johnny venía de una época en la que las relaciones platónicas cercanas entre hombres y mujeres no eran muy corrientes. Además, se conocía a sí mismo lo bastante como para darse cuenta de que no le hacía ninguna gracia el cambio que había habido en el equilibrio de su amistad, y que le hacía estar irritable con ella. Pero eran colegas, y en estos momentos la necesitaba más como una amiga que como ninguna otra cosa. Sabía que acabaría por descubrir lo que estaba sucediendo, y no quería porque sabía lo que iba a decir.

«Eres guitarrista, no Remington Steele».

«Mona, tienes razón —se dijo para sus adentros mientras entraba en Appold Street—. Y de veras espero que esta gilipollez no ponga fin a nuestra preciosa amistad».

Consiguió llegar a Hanover Street en media hora, muy poco tiempo teniendo en cuenta que para entonces el tráfico del West End estaba a punto de convertirse en el habitual caos del mediodía. Después desperdició cinco minutos buscando un estacionamiento de motos vacío. Así pues, solo faltaba un par de minutos para la hora en punto cuando entró en The Bar jadeante y sudado y vio a Laura sentada a una mesa de un tranquilo rincón con una taza de café y un pedazo de tarta.

Johnny sonrió y se sentó en la silla de enfrente.

—Dime. ¿Qué es tan…?

—Estoy embarazada —dijo ella en voz baja y sin preámbulos. Su rostro no mostraba ninguna expresión.

Johnny se quedó boquiabierto.

—Sí. Me has oído bien.

—Estás de broma… ¿Cómo? Quiero decir…

—Ya ves, ¡un milagro! ¡Una concepción inmaculada! Fue aquella noche que volviste a casa de mi madre y te quedaste.

Johnny movió la cabeza, incrédulo.

—¿Te refieres a aquella noche que Chelsea había estado muy disgustada?

—¿Cuándo si no?

El corazón de Johnny latía con tanta fuerza que por un segundo pensó que se iba a desmayar.

Una noche, habían salido a tomar algo después de que el colegio llamase a Laura para decirle que a Chelsea le estaba costando adaptarse; no era sorprendente que, sumado a todas las demás cosas que estaban pasando, el cambio de su colegio privado del norte de Londres al instituto de la zona se le hiciera cuesta arriba. Laura y él ya llevaban separados unos meses, y a los dos se les hacía insoportable la soledad. La había acompañado a casa, y, como su madre y Chelsea ya estaban acostadas, Laura le había invitado a tomarse la última y una cosa había llevado a otra hasta que… Pero, incluso así…

—Laura, eso fue hace muchas semanas. ¿Cómo no lo has sabido antes?

Laura puso cara de exasperación.

—Johnny, soy una mujer de cuarenta y tantos. ¡Perimenopáusica! Mis reglas son todo menos regulares…

No acababa de creérselo. Como si no tuviera ya suficientes problemas.

—Ya sabía yo que era un error acompañarte aquella noche.

Sus palabras hirieron a Laura y vio que la había decepcionado. Johnny sabía que era un error permitir que aflorase su egoísmo, pero no pudo evitarlo.

Era por esa actitud por lo que Laura le había dejado, era eso lo que no soportaba de él. Durante casi todo el tiempo que habían vivido juntos, Johnny había pensado que el mundo giraba en torno a él. Jamás asumía sus responsabilidades.

Laura movió la cabeza.

—Qué típico de ti.

A Johnny se le había secado la boca.

—Sé que es culpa mía —continuó ella, moviendo la cabeza—. Dejé la píldora cuando nos separamos, no quería tener otra relación con nadie. ¡Dios mío, no me lo puedo creer! Soy demasiado mayor para esto, Johnny. ¡Menudo desastre! —Los ojos se le llenaron de lágrimas y empezó a temblarle el labio inferior.

Johnny se sintió avergonzado y se dijo que tenía que evitar que la situación se le fuera de las manos.

—Venga, no te eches la culpa. —Le acarició la mano y Laura no intentó impedírselo.

¡Qué distinto era este momento de aquel en el que Laura se había enterado de que estaba embarazada de Chelsea! Llevaban años intentando tener hijos, pero no había manera; Laura siempre lo achacaba a su consumo de alcohol y drogas, decía que los espermatozoides no podían nadar en línea recta porque estaban mamados y no paraban de dar vueltas dentro de los huevos, y, lo mismo que él, no tenían ni idea de a dónde iban.

—Bueno —dijo ella—. Tú no te preocupes, ya me haré yo cargo del niño, como siempre.

—¿A qué te refieres con que no me preocupe?

Laura apartó la mirada y dio un sorbo al café.

—He pedido cita en una clínica. Voy a interrumpir el embarazo.

Johnny sintió un escalofrío.

—Un aborto.

Laura asintió con la cabeza.

—Bueno… Si consideras que eso es lo mejor… Es tu cuerpo.

Un destello de rabia cruzó el rostro de Laura.

—Y es tu hijo.

—Y tuyo.

—No me digas. ¿Cómo crees que me siento, teniendo que hacer de Dios con una vida en potencia? Con la vida que está creciendo dentro de mí mientras hablamos…

Johnny se sintió inútil. Una sensación que le era demasiado familiar.

—Yo… Yo solo… No sé qué quieres que diga —balbuceó.

Laura dejó la taza sobre la mesa.

—Mejor que no hables. De todos modos, no cambiaría nada.

Johnny asintió con la cabeza. El silencio se extendió entre los dos.

—No quiero hacerlo —dijo Laura de repente—, pero has conseguido que me sienta así. De haber sido por ti, para empezar ni siquiera habríamos tenido a Chelsea.

—No es justo. Esto es distinto… Míranos ahora.

Pero Laura estaba lanzada y no había quien la parara; años y años de rencor contenido salieron en tromba.

—Sabes que es verdad. Cuando lo estábamos intentando, lo único que decías era «no estoy preparado».

—Pues me equivocaba. Lo hemos hablado un millón de veces. Mira, si tuvieras otro hijo todo saldría bien, estoy seguro.

—¡Porque tú lo digas! —Laura le lanzó una mirada acusadora—. Tú, que apenas te implicarías y dejarías todo en mis manos.

—Intentaría implicarme, si me lo permitieras.

Laura negó con la cabeza.

—Eso lo dices ahora, pero los dos sabemos la verdad.

Y así era. A Johnny nunca se le habían dado bien los compromisos. Hasta el empeño de Laura de quedarse embarazada de Chelsea le había asustado, convencido como estaba de que se sentiría viejo, de que se vería obligado a renunciar a sus sueños demasiado pronto. Laura apartó la mano.

—Habría hablado contigo primero, solo para ver qué pensabas. Pero anoche no me devolviste la llamada. Apenas pegué ojo, así que esta mañana, nada más levantarme, estaba todo decidido.

—Mira, si piensas que es lo mejor…

Laura suspiró como si se hubiese quedado sin ánimos para luchar. Alargó el brazo y le tocó la mejilla entrecana.

—Esto siempre es cosa de dos. Mira, hice el tonto al dejar que pasara lo de aquella noche. No se puede decir que me forzaras, de modo que acepto mi parte de culpa. —Se recostó en la silla—. Por eso he tomado esta decisión. —Sus ojos amenazaban con llenarse otra vez de lágrimas y le temblaban los labios, pero se puso recta—. ¿Qué te ha pasado en el ojo, por cierto?

—Ah, sí… Me choqué con una puerta.

—¿Seguro que no fue con el marco de una ventana? ¿Mientras huías del dormitorio de alguna mujer casada?

Johnny sonrió débilmente y se miraron un momento a los ojos. Se compadeció de los dos. ¿Cómo coño habían llegado hasta ese punto?

—¿Cuándo va a ser?

—El lunes por la mañana. A las diez. Ya tengo cita.

—Te acompaño.

—¡Ni hablar! —Se lo espetó tan bruscamente que Johnny dio

un respingo. De nuevo, Laura hizo un esfuerzo por suavizarse—. Mira…, ya sé que no tenías intención de que pasara todo esto. —Las lágrimas volvieron a aflorar—. Simplemente, me habría gustado que estuvieses localizable anoche… cuando te necesitaba. ¿Qué demonios estabas haciendo a las cuatro de la madrugada, o más vale que no pregunte?

«Más vale, en efecto».

—No lo sé. —Hizo un gesto de impotencia—. Estaba dormido como un tronco.

—Lo mismo de siempre, ¿no?

—Laura…, venga, déjame que te acompañe a la clínica. No está bien que te enfrentes tú sola a algo como esto. Iré a buscarte a casa de Susanna e iremos juntos.

—Dios santo, Johnny… —Empezaron a temblarle los hombros y se le escapó un sollozo.

Johnny rodeó la mesa, se sentó a su lado y la abrazó.

—Voy a acompañarte sí o sí. Nos vemos allí a las diez.

Laura hizo un gesto afirmativo.

—Es que estoy tan asustada…, y tan preocupada… ¿Qué le digo a Chelsea?

—Ya se nos ocurrirá algo, cariño, no te preocupes. —Miró alrededor, de repente agobiado por si algún capullo los había visto y había decidido sacar una foto de aquel momento tan triste—. Venga, vámonos de aquí. Te acompaño a un taxi.

—Vale —dijo Laura, sorbiéndose la nariz—. Espera que pague.

Johnny sintió que se quedaba sin aire mientras salían. Después de aquel despliegue de emociones, ni siquiera podía pagar la cuenta. ¿Conseguirían solucionar todo esto algún día?

13

Viviendo la mentira

Jueves

Después de dejar a Laura en un taxi, se había sentado, aturdido, en un banco de Hanover Square. No había nadie por los alrededores aparte de unos sintechos agrupados cerca de la moderna escultura del centro. Tenían un aspecto desastrado y olían a alcohol y a hierba incluso desde allí. No le estaban haciendo el más mínimo caso y acababan de hablar con un tipo que claramente no era uno de ellos. Tenía más o menos la edad de Johnny, un pelo blanquísimo y muy corto y rasgos suaves pero marcados; y llevaba la ropa limpia.

El hombre volvió la cabeza y, al ver a Johnny, asomó a su rostro un destello de reconocimiento que se transformó en una ancha sonrisa mientras se daba la vuelta y se dirigía hacia él.

—¿Graham? —dijo Johnny mientras el otro se acercaba.

—Sí, soy yo —respondió el hombre a la vez que una cálida expresión surcaba su rostro de arrugas—. ¡Me había parecido que eras tú, Johnny!

Era Graham Dwell, en tiempos el líder de una banda rival de los años ochenta, The Peril. Como era bien sabido, había renunciado a

174

todo para convertirse en sacerdote de la Iglesia anglicana, y en su última entrevista para el *New Musical Express* había dicho que los sintechos de Londres eran ahora su público, «si me aceptan».

—Bueno, y ¿qué te ha traído hasta este banco de parque un jueves por la mañana?

«Ni te lo imaginas».

—Un poco de todo. —Johnny se levantó y se dieron la mano. Inmediatamente se fijó en el alzacuellos que llevaba Graham debajo del jersey y volvió a mirar al grupo de bebedores bulliciosos—. Ya veo que sigues ocupándote de tu grey.

—A eso me dedico, sí. Bueno... Y tú, ¿cómo estás, tío? Pareces...

—¿Uno de ellos?

—Bueno... —Graham ladeó la cabeza—. Siempre has andado un poco en la cuerda floja...

—¡Si lo sabré yo! —Johnny se desplomó otra vez en el banco.

La sonrisa de Graham se había desvanecido ligeramente.

—¿Estás metido en algún trabajo emocionante?

Johnny pensó en la cita que tenía esa misma tarde, en el giro inesperado que había dado su vida. Entonces se acordó de la noche anterior, sintió que las ganas de meterse otra dosis acechaban bajo la superficie de su autocontrol. Había sido un idiota y ahora lo sabía, pero aún no estaba garantizado que no fuese a caer de nuevo en la tentación, considerando que ya lo había hecho. Lo más veraz que podía decir a este respecto fue:

—Tengo un par de cosillas entre manos...

—¿Tienes tiempo para charlar? —preguntó Graham con expresión franca.

«¿Cuánto tiempo tienes tú?».

Por mucho que le apeteciera desahogarse con un viejo amigo de la industria musical que tenía a Dios de su parte, bastante tenía esa mañana con mantener el tipo sin necesidad de abrir las compuertas.

Vaciló antes de decir:

—Ahora mismo no, Graham.

—¿Qué tal si vienes a verme en otro momento? Estoy a dos pasos de aquí, en la iglesia de San Lorenzo Mártir, en Bridle Lane. Todo el mundo es bienvenido, Johnny. Estoy allí casi todos los días…, si alguna vez necesitas hablar…

—Quizá te coja la palabra algún día.

Se dieron otro apretón de manos y Graham volvió con la desolada reunión de bebedores callejeros y personas sin hogar. El hecho de haberse encontrado precisamente aquí con Graham ¿significaría que el universo estaba intentando decirle algo? Tomó nota del nombre de la iglesia por si lo necesitaba en algún momento.

Miró a su alrededor. La capa de nubes grises se había disuelto y se veía un cielo azul atravesado por los rayos del sol del mediodía. Cruzó la calle y echó un vistazo a un reloj de pared que había dentro de una tienda; era cerca de la una. Había quedado con Ray Caldwell a las tres. Le sobraban dos horas, y quiso la suerte que Hanover Square estuviese a tan solo un pequeño paseo de las oficinas de Polydex Records, donde Pete James iba a celebrar el acto de presentación del álbum del que le había hablado Jackie.

Echó a andar. Rodeó la plaza en lugar de cruzarla. Si algo no quería en este momento era tener alguna trifulca con los feligreses de Graham, aunque daba la impresión de que Graham estaba solucionando las cosas a las mil maravillas. Tenía la moto justo a la vuelta de la esquina.

Nada más enterarse de la presentación del álbum, se había resistido a la idea de asistir. Como había dicho Jackie, el acto estaría lleno de rostros de su pasado. Pero la noticia de Laura hacía que quisiera ocupar la cabeza con otra cosa… Daba igual con qué. Además, puede que su autoestima hubiese sufrido un revés y que estuviese sin blanca, pero poseía algo que todavía tenía valor: su desfachatez.

Johnny aparcó la moto cerca de las oficinas de Polydex. ¿Cuántas veces había entrado y salido de lugares como ese? ¿Cuántas veces había esnifado coca de las mesas acristaladas y había pasado ratos peloteando con los pies puestos sobre el escritorio del jefe de la compañía? Observó la entrada del edificio de Brewer Street y el grupo variopinto de trabajadores y periodistas musicales que estaban entrando, a la vez que se fijaba en los hombres menudos de pelo largo que salían discretamente de una pequeña cola de Bentleys y limusinas. ¿A cuántos conocía?

Sentado en la moto, se preguntó cómo podría colarse él. ¿Bastaría con su cara para que le dejasen pasar? ¿Con su nombre, quizá? ¿Respondería Jackie por él? Tal vez, pero ¿por qué iba a saber que al final había ido?

Con todas estas preocupaciones en la cabeza, no reparó en que un conocido se acercaba por la acera. Hasta que ya fue demasiado tarde.

Era Stevie Lewis, el cantante de Chow, otra banda de los ochenta. Sus integrantes eran todos de Birmingham y tenían un sonido de sintetizador de batería electrónico que no se había pasado de moda…, desde luego, en Europa no, y menos aún en Alemania, donde el verano anterior se habían hecho de oro con una gira de reencuentro por los estadios.

Johnny miró a los ojos a Lewis, que iba derecho hacia él. En tiempos había sido el tipo más elegante de la industria musical: pelo rubio peinado hacia atrás en un enorme copete estilo Tommy Steele, camisa blanca con volantes bajo un estiloso esmoquin de seda cada vez que salía al escenario. Ahora, solo se le veía con jerséis y vaqueros, y tenía una pelambrera canosa como la de Johnny. Pero, a diferencia de él, conservaba un físico ágil, enjuto, y siempre iba acompañado de alguna roquera rubia, esplendorosa y como mínimo diez años más joven que él. A punto estaba Johnny de quitarse el casco y saludar a su viejo colega cuando percibió algo en la manera de acercarse de Lewis que le hizo detenerse.

—Lo menos falta media hora para que empiece esta mierda —dijo Lewis, sin hacer siquiera amago de presentarse—. Y me comería un curri antes de entrar. ¿Tienes algo de sobra en la caja esa?

Señaló con la barbilla la caja de la moto que servía para mantener los pedidos calientes.

Johnny se quedó sin habla.

Lewis movió la cabeza.

—¿No puedes? Mira... Vamos al puto grano. Te doy ciento cincuenta por todo.

Johnny se distrajo fugazmente al ver detrás de Lewis a Jackie, que estaba despampanante con un resplandeciente traje chaqueta blanco de Gucci que se abrazaba a su figura, el pelo recogido en un moño francés y aquella sonrisa suya de mil vatios que deslumbraba a todo el mundo a su alrededor. Tampoco ella le había reconocido bajo su disfraz. De hecho, ni siquiera le había visto; estaba demasiado ocupada con el equipo de filmación que le pisaba los talones cual entusiasta jauría de perros falderos.

—Venga, colega, ¿qué me respondes? —insistió Lewis—. Estoy que me muero de hambre.

Si no era el momento más extraño de la vida de Johnny, por ahí debía de andar. La última vez que había estado cara a cara con

Stevie Lewis había sido en 1989 en el bar de la BBC, después de *Top of the Pops*. En aquella época, los dos estaban en lo más alto de las listas de éxitos, brindando por su dominio de los Top 10. A pesar de que la correa del casco no tapaba la cara de Johnny, era evidente que Lewis no le reconocía; aunque, visto de cerca, también él había cambiado. Tenía arrugas alrededor de los ojos y de la boca, la nariz colorada y las mejillas hundidas.

—¿Entiendes el inglés? —dijo Lewis.

Johnny se encogió de hombros, negó con la cabeza y abrió la caja para mostrar que estaba vacía.

—No pasa nada, colega. Toma, para ti. —Lewis le tendió un billete de cinco libras.

Johnny no sabía qué le resultaba más humillante: que hubiese podido suceder esto, o que hubiese aceptado el dinero. Mientras, Lewis se alejó tranquilamente hacia la entrada, y la niña mona, con su vestidito de lunares y sus taconazos repiqueteando sobre la acera, fue tras él contoneándose. Al entrar, se incorporaron a una muchedumbre de recién llegados. Johnny esperó unos instantes antes de quitarse el casco, lo metió en la caja vacía y les siguió los pasos. Sabía que estaba corriendo un riesgo. No figuraba en ninguna lista de invitados, pero de algo tenían que servir la fama y la amistad de antaño.

—¿Cómo te va, Marv? —preguntó, acercándose con aire despreocupado.

El segurata, que, de cerca, era más viejo de lo que parecía, sonrió.

—Muy bien, gracias, señor Klein. Me alegro de volver a verle.

Pete James y The Whack habían estado con Polydex desde el inicio de sus carreras, pero Klein también había sacado un par de álbumes con el sello discográfico antes de que discutieran y cada uno siguiera por su camino. Había sido tiempo más que de sobra para que pasasen a formar parte de la «familia» Polydex, al menos hasta que todo se fue al traste. Marv no se molestó en mirar la lista; dio por hecho que estaría su nombre, y se apartó para dejarle pasar.

Johnny entró en el edificio y llegó hasta un gran vestíbulo en el que resonaba un murmullo de voces. A primera vista, casi todos eran periodistas de la prensa musical. Le tranquilizó ver que Stevie Lewis y su flamante conquista estaban en la otra punta de la habitación. Johnny no quería verse obligado a explicar por qué, cinco minutos antes, había estado repartiendo comida rápida.

Miró por toda la sala con la esperanza de que Mona no estuviese, y al no verla se sintió aliviado. Se le acercaron dos chicas, relaciones públicas de Polydex, con el típico uniforme de roquera: tatuajes, ropa de All Saints, botas Dr. Martens. Le dieron la bienvenida alegremente, a pesar de que no le habían reconocido.

«No pasa nada, es otra generación…».

Le dieron a elegir entre una bandeja llena de cócteles de brandi y de champán y otra de zumos de frutas. Johnny se decidió por el zumo, y a continuación las siguió obedientemente. La sala tenía un reluciente diseño modernista, con un techo de cristal y frías paredes blancas.

La mayoría de los invitados estaban charlando en grupitos. Inmediatamente reconoció a Paul Young, Chris Watson y Mel C. A su vez, Pete James, de lo más elegante con un traje a medida de Armani, estaba cerca de la barra, enfrascado en una conversación con dos tipos más jóvenes a los que se les notaba a la legua que eran ejecutivos de Polydex. Pete vio a Johnny, y una fugaz expresión de irritación le cruzó el semblante. Después, volvió a la conversación.

Johnny se dio una vuelta. En otro momento quizá se habría sentido cohibido por su aspecto desaliñado, sobre todo teniendo en cuenta el aspecto elegante pero informal del resto de los presentes, pero estaba demasiado ocupado buscando a Jackie. Le sorprendía no verla por allí.

Empezaba a preocuparle que nadie más quisiera charlar con él. ¿De veras le habían olvidado todos? En la otra punta del área de recepción había una puerta abierta a un pasillo que bajaba a lo que se imaginó que sería el auditorio. Jackie debía de estar ya allí, y seguro que había conseguido el mejor asiento.

—Bueno, bueno…, pero si es el mismísimo Dios del *rock* —dijo una voz que conocía bien.

Johnny se giró y vio dos rostros muy muy familiares. Dos antiguos colegas a los que hacía siglos que no veía, pero que de repente desencadenaron un alud de recuerdos que le hicieron estremecerse.

—¿Mat? —tartamudeó—. ¿Qué hacéis…?

—¿Que qué hacemos nosotros aquí, Johnny? Lo mismo que tú, supongo. Están sacando a los muertos.

Johnny movió la cabeza, presa de un batiburrillo de emociones. Estaban más viejos, más flacos y mucho más arrugados, y llevaban el pelo sensatamente corto y elegante ropa informal de Paul Smith. Pero el sustituto —más viejo y adusto— de Russell a la guitarra rítmica, Mat Cookson, era inconfundible, por no hablar del único tipo con el que Johnny jamás se había enemistado durante todo el tiempo que estuvieron en lo más alto: el bajista, Tim Carson.

Tim le miró con una sonrisa juvenil.

—Qué alegría verte, tío.

Por fin, Johnny recuperó el habla.

—Sí, lo mismo digo, me alegro muchísimo de veros.

Era incapaz de traducir a palabras el subidón de sincera alegría que le dio encontrárselos en medio de aquella melé de desconocidos que, o bien no sabían quién era, o no les importaba. Abrazó a los dos a la vez y después se dieron la mano y palmaditas en la espalda.

—¿Cómo te va, colega? —dijo otra voz, acercándose también. Este hombre llevaba una chaqueta de cuero y su famoso pelo casco rubio estaba prácticamente blanco y cortado al uno. Era Lee Giles.

—¡Lee, colega! —Johnny también le agarró la mano.

Cualquier rencor que hubiese podido albergar en su fuero interno por la mala influencia de los excesos de Lee en la banda quedó olvidado ante el placer de volver a verle. Johnny buscó en la sala al otro miembro de la banda que seguía vivo.

—¿Y Mike?

—No. —Lee movió la cabeza—. Está al otro lado del charco…, en Aspen, Colorado. Otra vez en rehabilitación. En un refugio de montaña; no he visto un sitio más lujoso en mi vida.

«Debía de ser maravilloso, seguir teniendo tanto dinero».

—Bueno… Más vale que vayamos a chocar los cinco por ahí, que a eso hemos venido, ¿no? —dijo Mat con voz formal. Era muy tenaz; en eso no había cambiado.

Lee hizo una mueca.

—Sí, más vale.

El dúo se alejó y Johnny se quedó a solas con Tim.

—Bueno, ¿cómo te va de verdad? —preguntó Tim, cambiando la expresión de agradable sorpresa por una de interés sincero.

Johnny se encogió de hombros, sin saber cuánta información tenía.

—No me va mal.

—¿Tienes algún curro bueno entre manos?

—Un poco de todo.

Tim asintió con la cabeza.

—Entiendo. Un proyecto secreto.

—Algo parecido. ¿Y tú?

Tim se encogió de hombros.

—Los bares van bien. ¿Sabes que Fiona y yo abrimos otro?

—No tenía ni idea. —Johnny recordaba vagamente que Tim había invertido un montón de dinero en un club exclusivo de Brighton que le había reportado enormes beneficios—. ¿En algún sitio chulo?

—En Miami.

—Ah…, guau.

«Ah, joder».

—Pero lo echo de menos… La banda, la escena musical… Es decir, lo echo de menos mucho, Johnny. —Tim parecía nostálgico—. Mat está ganando un dineral como músico de sesión, y Lee sigue amenazando con escribir sus memorias; está intentando aclararse para aburrir al mundo con sus rollos. Pero creo que ellos también lo echan de menos.

—Yo volvería a meterme en este juego si pudiera. Al menos, lo intentaría…

Tim ladeó la cabeza.

—¿Un reencuentro? ¿Una gira, quieres decir?

—Tal vez…

Tim exhaló lentamente.

—Ni se me había pasado por la cabeza que estuvieras dispuesto.

—¿Seguís cotorreando? —dijo Lee, volviendo a su lado.

Mat también se acercó.

—Acabo de estar en la sala de audio. Está Jackie.

Johnny asintió.

—Me lo imaginaba.

—La vi en Dover Street la semana pasada —dijo Tim—. Sigue bien guapa, eso hay que reconocerlo.

Lee miró de reojo a Johnny con expresión pícara.

—He oído que vuelve a estar libre como el viento…

Johnny levantó las palmas de las manos.

—A mí no me mires.

Lee frunció el ceño.

—En realidad no estás tan jodido como dicen por ahí, ¿a que no?

—¿Yo, jodido? Bah, ya me las apañaré.

Pareció que a Tim también le picaba la curiosidad.

—¿Por eso quieres que volvamos a juntarnos todos? ¿De veras hablas en serio?

Johnny volvió a encogerse de hombros.

—Tampoco perdemos nada por ver si todavía somos capaces, ¿no?

Tim hizo una mueca.

—No sé, Johnny. Tendría que haber un motivo mejor que el aburrimiento. Para empezar, yo no me aburro. Segundo, dudo que tenga la energía necesaria. Joder, mira qué pintas tengo.

—Estás en mejor forma que yo.

—Sin ofender, chaval… —dijo Lee—, tampoco es que sea muy difícil.

«Encantador».

La banda de Johnny se fue con el resto de la multitud.

Johnny, su gozo en un pozo, cambió el zumo por un cóctel de brandi que pasaba en una bandeja, y lo apuró de un trago antes de coger otro y saltar a la palestra. Pero aún no había recorrido ni la mitad del pasillo del auditorio cuando le salió al paso Don Slater, inusitadamente elegante con un traje bien cortado, aunque de cerca se veía que no le ajustaba bien del todo.

—¿No tendrías que estar haciendo otras cosas? —preguntó en voz baja Slater, con el pretexto de darle la mano—. Se está agotando el tiempo para que cumplas con tu parte de nuestro pequeño trato.

Johnny soltó un bufido.

—Si me hubieses pagado decentemente, a lo mejor podría acelerar las cosas.

Slater estaba serio.

—No nos jodas. Por el bien de todos nosotros…, pero sobre todo por el tuyo.

Cada vez más nervioso, Johnny siguió a los otros al sótano. Era un estudio de grabación bastante típico, con su sala insonorizada y sus cabinas de control, pero también había un pequeño auditorio, accesible por una puerta situada a la izquierda, con unas cien localidades y un escenario central. En él, Pete y Lennie Rice, su productor de toda la vida, estaban esperando detrás de los micrófonos. La mayoría de los invitados ya había tomado asiento, incluidos los demás miembros de Klein. Así pues, a Johnny le tocó sentarse en la fila de atrás, lo cual le pareció perfecto.

Tal y como esperaba, vio a Jackie. Estaba en primera fila, enfrascada en una conversación con Glen Matlock, a un lado, y Mick Jones al otro. Por casualidad, echó un vistazo a su alrededor y su mirada se cruzó con la de Johnny, pero no le concedió más que una breve sonrisa.

Johnny sabía por qué: lo mismo en esta sala le salía una oferta mejor que él.

«No descartes ninguna posibilidad, Jacks».

Cuando por fin arrancaron con la música, Johnny se quedó impresionado. Estaba muy en línea con el nuevo estilo de Pete, un potente *rock* duro fusionado con un firme fondo gótico. Pero apenas acababa de empezar cuando alguien bajó por las escaleras y se agachó a su lado. Era uno de los jóvenes ejecutivos con los que había estado hablando Pete nada más llegar él. Tenía el pelo teñido de rubio y lucía una frondosa barba de hípster.

—¿Podemos charlar?

—Sí, claro.

Le siguió por el estudio de grabación contiguo y enfilaron el pasillo hasta llegar al vestíbulo de la planta baja, donde el tipo se giró.

—No has sido invitado —dijo secamente.

«¿En serio?».

—Tío —dijo Johnny con algo más que una pizca de cansancio—. Seguramente tenga yo más derecho a estar aquí que tú.

—¿Ah, sí? —El joven ejecutivo, que tendría veinticinco años como mucho, sonrió con sarcasmo y gritó—: ¡Marvin!

El segurata entró con paso decidido.

—Tranquilo, Marv, ya me voy —dijo Johnny.

—Me alegro de volver a verle, señor Klein —respondió Marv.

—Gracias, tío. Nos vemos.

Johnny intentó olvidarse del tema mientras salía al frío aire otoñal, pero no era fácil; sabía que no tenía que haber ido. Aspiró el aire cargado del Soho, se acercó a la moto y fue a sacar el casco de la caja térmica. Al abrirla, vio algo en lo que no se había fijado hasta ahora: una gorra de béisbol con la palabra Graceland estampada con pedrería. La cogió y la miró con detenimiento..., el Comandante no había escatimado en gastos de *marketing*. A punto estaba de subirse a la moto cuando echó un último vistazo al edificio de Polydex... y se quedó helado.

Un tipo de aspecto familiar estaba merodeando por la entrada del edificio. Casi inmediatamente, Johnny supo por qué.

El joven, de veintipocos años, era alto y delgado, con una pelambrera pardusca, un bigote fino y perilla. Todo esto no habría bastado para que Johnny le identificase como el tipo del jardín trasero de Jackie si no hubiese llevado una gorra de lana muy parecida a la que le había quitado de la cabeza.

Se quedó a horcajadas sobre la moto con el casco puesto,

mirando de tapadillo mientras el hombre, más bien el chaval, caminaba hacia él. No le había reconocido, pero Johnny, al verle de cerca, ya no tuvo ninguna duda: el muy capullo tenía un cardenal amoratado sobre el puente de la nariz. En su momento Johnny no había sido consciente, pero le había arreado uno bueno. A la luz del día, el tipo no daba ningún miedo. Pero el asunto de Jackie le había incordiado la otra noche y ahora volvía a incordiarle.

No cabía duda de que el muy cabrón la estaba acosando. No era un simple mirón que se excitaba espiándola cuando estaba desnuda. Había ido a su lugar de trabajo. Y después ¿qué? ¿Atacaría a Jackie?

Johnny se bajó de la moto, se quitó el casco, lo guardó en la caja térmica, cogió la gorra de Graceland y se la encasquetó antes de cerrar la caja con llave y dirigirse hacia él.

El chaval estaba ahora a unos cincuenta metros y no sabía que le estaban siguiendo.

Por una vez, Johnny se alegró de permanecer en el anonimato.

14

Heridas del pasado

Jueves

—¿Laura Hall? —preguntó Mona.

Laura, que acababa de llegar a casa de su madre en Muswell Hill y estaba metiendo la llave en la cerradura, se dio la vuelta. Inmediatamente, Mona vio a una mujer atractiva y arreglada que llevaba una gabardina Burberry, pero por debajo de su lustre se la veía cansada y estresada. Hacía años de la última vez que había visto a la ex de Johnny; debió de ser cuando fue a Mill Hill a entrevistarle. Nada más llegar se había cruzado con ella. Estaba saliendo con su coche rumbo a los estudios de televisión y le había parecido guapísima, relajada y dueña de sí misma. Ahora parecía menos segura, más vulnerable.

—Disculpa —dijo Laura—. ¿Te conozco?

Mona le dio su tarjeta.

—Mona Mistry. Revista *Classic Rock*.

La expresión de Laura se endureció.

—Entonces, esto tendrá algo que ver con Johnny, ¿no? —Reculó hacia la puerta—. Lo siento, cielo…, él ya no es problema mío.

—Todo lo que le pregunte será estrictamente extraoficial.

—Entonces, ¿para qué me vas a preguntar? —Laura terminó de abrir la puerta.

—No tiene nada que ver con el hecho de que le acaben de quitar la casa —se apresuró a decir Mona—. Eso no es una noticia. Además, todo eso lo sé de buena fuente, es decir, por el propio Johnny. En estos momentos soy su casera.

Laura se dio la vuelta con cara de escepticismo, tanto que casi dio la impresión de que se estaba divirtiendo.

—¿Su casera? ¿Te crees que soy tonta?

Mona se encogió de hombros, ligeramente cohibida.

—Las apariencias engañan.

—Me da que en tu caso no engañan mucho.

Laura dio un paso para darle con la puerta en las narices.

—Laura… —suplicó Mona—. Tengo que hablar con usted. Estoy preocupada porque creo que Johnny se ha metido en un lío.

—Sí, lo normal. Se cae en la mierda y sale oliendo a rosas.

—Esta vez no, lo digo en serio. Creo que necesita ayuda.

Laura esbozó una sonrisa irónica.

—Y permíteme que lo adivine… ¿Esa ayuda implica que volvamos a estar juntos? ¿En serio que no te ha enviado a que me des este mensaje?

—Ni siquiera sabe que estoy aquí. Seguramente pondría el grito en el cielo si se enterase.

Laura la miró detenidamente y suspiró.

—Bueno, pero que sepas que no tengo mucho tiempo. Aunque puede que tú no, yo estoy muy liada.

Laura se metió dentro, pero dejó la puerta abierta. Mona cruzó el umbral con paso vacilante.

Desde luego, esta no era la Laura Hall relajada y superguay de las tertulias matinales de la tele, aunque era fácil imaginarse a la prensa hostigándola desde su ruptura con Johnny. Por no hablar del regodeo de la prensa sensacionalista, sobre todo a costa de ella, cuando habían salido a la luz las historias de las infidelidades —nada infrecuentes— de Johnny. ¿No se habría hecho Mona falsas ilusiones al pensar que Laura iba a estar dispuesta a escucharla?

Entró. Ya no había vuelta atrás.

Lo había visto montones de veces en películas y en la tele, pero hasta entonces Johnny no había caído en la cuenta de lo difícil que era seguir a alguien por Londres en la vida real. No podía bajar la guardia ni medio segundo si quería evitar perderle de vista.

Pero cuando entraron en Oxford Street, Johnny tuvo que redoblar la atención. Si a su objetivo le daba de repente por parar un taxi, y había montones, él ya no podría hacer nada y perdería el rastro del acosador de Jackie.

Johnny cruzó la calle y se puso a seguirle desde la acera de enfrente, perdiéndole de vista de vez en cuando y teniendo que cambiar el paso discretamente para no quedarse atrás. Pero el siguiente problema se presentó cuando, en el cruce con Davies Street, el muy cabrón giró a la izquierda de manera completamente inesperada y se metió por la boca de metro de Bond Street.

—¡Mierda! —dijo Johnny, apurando el paso y mirando a ambos lados para cruzar en cuanto se lo permitiese el tráfico.

La oportunidad llegó enseguida, aunque, al ver que el tipo desaparecía de su vista en la estación abarrotada, supo que no tenía nada que hacer.

Echó a correr, con la sensación de que la estación de metro todavía estaba a varios kilómetros de distancia.

—¡Me cago en la leche!

Otra vez dando gracias por tener la tarjeta de transporte de Mona en el bolsillo, Johnny cruzó el concurrido vestíbulo y pasó rápidamente por el torniquete.

¿Hacia dónde había ido su objetivo?

Se detuvo un instante, indeciso, antes de apostar a que se dirigía hacia Highgate, donde vivía ella. De ser así, habría cogido la línea Central o la Elizabeth, para hacer transbordo con la Northern. Se decidió por la línea Central y bajó de dos en dos por la escalera mecánica.

Al salir al andén que iba en sentido oeste, miró la pantalla que colgaba del techo. Faltaban dos minutos para que pasara el próximo tren. El tipo tenía que seguir allí.

Sin embargo, aunque recorrió con la mirada la curva extensión del andén, consciente de que estaba respirando con dificultad y de que le caía el sudor por la cara, no le vio por ninguna parte.

«Bueno, Johnny, ¿y qué coño vas a hacer ahora?».

De repente el tío apareció por detrás y se paró a su lado. A menos de medio metro.

Johnny se quedó paralizado. Sintió que se le cortaba la respiración. El tío también se quedó mirando al fondo del andén.

«¿Me habrá calado?».

Se arriesgó a mirarle de reojo.

Seguía con la vista clavada en el andén, aparentemente absorto en sus pensamientos. Johnny se mantuvo firme, girándose sutilmente y fingiendo indiferencia a pesar de que parecía que se le iba a salir el corazón del pecho. El tío avanzó un poco, sin mirar una sola vez a Johnny.

Con un suave gruñido, envuelto en una cálida brisa, llegó el siguiente tren.

Johnny intentó serenarse. La persecución no había terminado.

* * *

A decir verdad, Laura no sabía qué pensar de la inesperada visita. Por un lado, la chica que decía llamarse Mona era una preciosidad, la típica grupi, y vestía con el descaro habitual de las roqueras. Sería propio de Johnny hacer llegar un mensaje a través de alguien así, incluso de alguien a quien se estuviera tirando. Pero, por otra parte, la tal Mona Mistry parecía una persona honrada.

—¿Cómo quieres el café? —preguntó Laura con tono brusco mientras se quitaba la gabardina, la colgaba del respaldo de una silla y ponía agua a hervir.

—Esto…, sin leche, por favor. Y sin azúcar. —Mona entró en la cocina con cautela y miró alrededor, como para asegurarse de que estaban solas.

—Tranquila —dijo Laura. Su plan de comer fuera se había ido a pique después de ver a Johnny; se le había quitado el apetito y había empezado a sentirse indispuesta, así que había decidido volver temprano a casa. Ya se había recuperado un poco, y su madre y Chelsea se habían marchado al cine. Al menos, de este modo tendrían la casa para ellas solas—. No hay nadie más.

—Quiero dejar bien claro, señora Hall…

—Todavía soy la señora Klein. Hasta cuándo, no lo sé. Por cierto, siéntate, me estás poniendo nerviosa.

Mona se sentó delante de la barra.

—Quiero dejar bien claro que Johnny y yo no estamos liados.

Laura resopló.

—Por decisión de Johnny no será, eso seguro.

—De hecho, sí fue suya… Mejor dicho, lo sigue siendo. —Mona se encogió de hombros, incómoda—. Seguro que hay un montón de gente que le encuentra irresistible.

—¿Y tú?

Mona no respondió inmediatamente.

—Yo era muy joven cuando Johnny era una estrella.

—Todos lo éramos.

—La nuestra es una relación de amistad —explicó Mona, moviendo la cabeza en señal de agradecimiento a la vez que Laura le dejaba enfrente una taza humeante.

—Qué interesante, no sabía yo que Johnny conociera el significado de esa palabra en lo que respecta a las mujeres. —Laura se apoyó en el fregadero y bebió de la taza—. Normalmente no necesita que le tiren ellas los tejos. Bueno, ¿qué intentas decirme? ¿Que de veras ha hecho borrón y cuenta nueva?

Mona se encogió de hombros.

—No lo sé. Ni siquiera sé dónde está. Incluso para lo que es Johnny, me está costando entender con exactitud lo que está haciendo.

—La verdad es que me sorprendes. —Laura cogió aire. Aún no sabía si creerse toda aquella historia, pero decidió seguirle el juego—. Vale, Mona…, no os estáis acostando. No voy a decirte que esto último no resulte difícil de creer, teniendo en cuenta que eres un bombón. Pero no me queda más remedio que creerte a pies juntillas. Conque, dime, ¿a qué has venido?

—He venido a hacer unas preguntas sobre Jackie Phillips.

Fue como un puñetazo en el estómago. La mera mención de aquel nombre bastaba para que a Laura le hirviera la sangre.

—¿Jackie Phillips? ¿Esa sabandija?

—Parece que no le tiene mucho afecto, ¿no? —aventuró Mona.

—Considerando que fue la primera famosa con la que los *paparazzi* pillaron a Johnny follando mientras estábamos casados, pues no, mucho afecto no le tengo.

—Pero eso fue hace mucho, ¿no?

—Por lo que a mí respecta, parece que fue ayer.

—¿Rompió el matrimonio?

—¿Por qué iba yo a contarte todo esto?

—Es extraoficial, lo prometo.

Laura suspiró.

—Jamás superé la traición, y minó nuestro matrimonio. —Dio un sorbo al café—. La primera regla no escrita de la esposa roquera: no hagas preguntas si no te gustan las respuestas. La segunda: lo que pasa en las giras se queda en las giras. Los viejos tópicos son ciertos, por desgracia. Esto fue diferente.

—¿En qué sentido?

—Hay otra regla que dice que no cagues donde comes. —Laura se estremeció de rabia—. Ojalá pudiera decirte que la respuesta es sencilla. Pero déjame que te asegure una cosa, Mona Comotellames… Jackie Phillips es una perra intrigante. Y una golfa de primera categoría. ¿Sabías que la de Johnny no fue la primera polla famosa en la que la pillaron montando?

—Sí. Tiene (o tenía) cierta fama…

—¿Fama? Engullía a una estrella del *rock* tras otra con la misma facilidad con que los demás engullimos pasteles. Y eso sin contar todos los aspirantes con los que se fue al catre. Chavalines que intentaban abrirse hueco en la industria musical y pensaban que ella los iba a ayudar.

—Sí, ya lo sé…

Curiosamente, Mona sí que sabía algo. Cuando aún estaba empezando como periodista, la prensa había sacado a la luz una historia muy sonada sobre Jackie, y le había tocado cubrirla brevemente durante su primer trabajo como editora adjunta. El caso tenía que ver con una estrella emergente que había caído en desgracia con los tabloides después de enrollarse con ella. Mona intentó recordar su nombre.

—Aunque tampoco es que Jackie pudiese sacarles gran cosa —continuó Laura—. Aparte de dos o tres orgasmos más que el orgasmo y medio que probablemente conseguía arrancarles a imbéciles agilipollados por las drogas, como Johnny. Pero casi todas las muescas que marcaba en el cabecero de su cama eran de pollas VIP.

—Sí...

—Conque si has venido a hablarme de Jackie Phillips, Mona..., más vale que sea para darme la noticia de que un ejército de esposas y novias cabreadas la han cubierto de brea y plumas y la han expulsado de la ciudad, porque en estos momentos nada por debajo de esto me alegraría.

Johnny se metió en el siguiente tren de la línea Central y se situó de manera que podía ver a su objetivo por las puertas de unión entre los vagones. Se dirigían hacia el centro de la ciudad. El gentío aumentó de forma espectacular al llegar a Oxford Circus; iban como sardinas en lata. Los bruscos movimientos del tren interrumpían la visión a través de las puertas, impidiéndole mantener los ojos clavados en el joven.

Al entrar en Tottenham Court Road, no cabía un alfiler en el andén, y Johnny tuvo que empujar con fuerza para salir mientras las puertas se abrían resoplando. No había visto bajar a su objetivo, pero había dado por hecho que lo haría. Al menos en eso no se había equivocado.

Hubo otro momento estresante cuando el tío fue derecho hacia él, abriéndose paso a empujones entre el gentío. Tampoco esta vez pareció fijarse en que Johnny le había estado siguiendo desde Brewer Street.

Tenía una expresión desdeñosa, como si le molestase compartir el planeta con el resto de la gente.

Johnny acababa de meterse en un cruce de pasillos cuando entraron por la izquierda montones de estudiantes vociferantes y se lo tragaron, haciéndole perder de vista a su presa. Frenético, pero esforzándose por mantener las formas para no llamar la atención, se abrió paso a través del grupo. Pero el tipo se había esfumado.

Tembloroso y vacilante, miró las distintas direcciones que podía haber seguido. Tenía que ser la de la línea Northern. Seguro. Obedeciendo a su instinto, serpenteó entre los estudiantes y se fue a las escaleras mecánicas. También estaban abarrotadas; apenas había sitio para pasar por la izquierda. Al llegar abajo, se fue derecho al andén en sentido norte, donde en ese mismo instante estaba entrando un tren. Johnny corrió los treinta últimos metros, agachándose y esquivando a los demás viajeros con una agilidad que a él mismo le sorprendió. Al llegar al andén, echó un vistazo a la pantalla más cercana y vio que el tren se dirigía a High Barnet, de manera que pararía en Highgate.

Tuvo que abrirse paso a la fuerza para entrar en el vagón más cercano en el mismo instante en el que las puertas se cerraban a sus espaldas. Los siguientes momentos fueron angustiantes: Johnny se quedó emparedado entre turistas que no paraban de parlotear y reírse. Tanto le estaban espachurrando que ni siquiera podía agarrarse a la barra en las curvas, y se resignó a bambolearse en la confianza de que sus compañeros de viaje le sostendrían. Al menos, era evidente que nadie se fijaba en aquel hombre con una gorra de Graceland, y gracias al anonimato del metro nadie alzó la vista y le reconoció. Pero no tenía ni idea del paradero del mirón.

Solo lo iba a saber con seguridad cuando llegase por fin a High-gate.

—Incluso a pesar de la mala conducta de Johnny, estaba segura de que había sido Jackie la que lo había seducido a él —dijo Laura, aunque con menos vehemencia que antes. Era evidente que seguía habiendo dolor, pero en general parecía que lo tenía controlado—. No me malinterpretes, Mona. Johnny siempre fue muy promiscuo, pero dudo que Jackie se hiciera la dura. De todos modos… —titubeó—, no creo que la viera más de dos o tres veces. En cuanto se acabó la historia, ella desapareció de su vida.

—Bueno, pues ahora ha reaparecido —observó Mona.

Laura se quedó pensando. No parecía muy afectada.

—¿A esto te referías con lo de que está metido en un lío?

—Lo único que sé es que Jackie está otra vez en contacto con Johnny, y por parte de él no creo que sea una buena decisión.

—Si le quedase algo de dinero en el banco para que esa cazafortunas le echase el guante, no lo sería, desde luego.

Mona negó con la cabeza.

—Me temo que puede ser algo más serio. —Le contó que la noche anterior Johnny había desaparecido de Graceland de repente y no había vuelto hasta primera hora de la mañana, luciendo un ojo morado.

—Ya he visto el ojo morado —dijo Laura—. No me ha parecido muy grave.

—No, pero le habían dado una paliza.

—Cariño, hay gente haciendo cola para eso.

Mona la miró.

—¿En serio?

Laura suspiró.

—Bah, no me hagas caso… Me dijo que se estampó contra una puerta.

—¿No te lo creíste?

Laura no dijo ni que sí ni que no y dio otro sorbo al café.

—¿Y tú cómo sabes que fue a ver a Jackie? ¿Le seguiste o algo?

Mona explicó que se había encontrado el número de teléfono en el cubo de la basura, garabateado en un papel, y que había averiguado que se correspondía con la dirección de Jackie Phillips. Lo sacó de la chaqueta y se lo ofreció como prueba.

Otra vez pareció que Laura se estaba divirtiendo.

—A lo mejor Jackie ya está saliendo con alguien que pensó que tres son multitud.

Mona también había considerado esta posibilidad. A cualquiera que aspirase a liarse con alguien como Jackie Phillips más le valía asegurarse de que no se iba a presentar algún novio despechado, o incluso un marido, en el momento más inoportuno.

—Podría ser eso —dijo—. Pero conozco a bastante gente en la industria musical… He estado preguntando, y todos están bastante seguros de que en estos momentos Jackie está sola.

Laura dejó la taza vacía sobre el escurreplatos.

—Para no estar liada con Johnny, pareces muy interesada…

—Voy a ser clara: Johnny está en contacto con unos tipos repugnantes.

—Sé que ha ido a ver a Pete James y a Don Slater.

—Me refiero a gente peor.

—Mona, supongo que eres consciente de que Johnny es una persona adulta, y perfectamente capaz de afrontar las consecuencias de situaciones que él mismo se ha buscado.

Mona se preguntó hasta qué punto tenía que ser cruel una persona con el supuesto amor de su vida para que este pensase que se merecía todo lo malo que pudiera pasarle.

—¿Quieres saber más cosas sobre Jackie Phillips? —dijo Laura—. Pues habla con alguna de sus verdaderas víctimas. ¿Te suena de algo el nombre de Ben Randall?

«Bingo», pensó Mona.

—¿Un actor..., un cantante?

—Las dos cosas. Un tipo bien guapo, al menos por aquel entonces.

Mona se acordó de repente. Un hombre alto, con buena percha. Pelo muy moreno y mirada penetrante. Esta era la historia que le había tocado cubrir en sus comienzos. Ben Randall había empezado en los escenarios, participando en producciones como *Miss Saigon* y *El fantasma de la ópera,* antes de pasar al cine y a la televisión, donde su intensa presencia de macho le había procurado papeles de villano o de tipo duro. Recordaba que le había parecido un tío majo.

Hacía tiempo que no veía la cara de Ben Randall en la pantalla.

—El pobre diablo tuvo una relación formal con Jackie durante bastantes años —explicó Laura—. Al parecer, estaba colado por ella. Esto fue después de Johnny, claro..., pero hubo muchos otros hombres... Y al final él no pudo más. Tuvo una especie de crisis nerviosa.

—Pobrecillo...

Laura arqueó una ceja.

—O qué afortunado, según cómo lo mires. Conque si quieres enterarte de todo lo que hay que saber sobre Jackie Phillips, de todo el mal que ha hecho en su vida y del que hará en el futuro, habla con la persona a la que más daño ha hecho en el mundo.

—Pensaba que eso había hecho.

Laura soltó una risita amarga.

—Ni hablar, cariño. Para nada.

Cuando el tren de la línea Northern entró en la estación de Highgate, la muchedumbre de pasajeros se había reducido a un puñado. Johnny estaba agotado; hacía siglos que su cuerpo desentrenado no hacía tanto ejercicio.

Vaciló un instante antes de bajarse.

Solo tres personas más se bajaron con él, y el tío era una de ellas. Cegado todavía por la vanidad a la presencia de los demás, avanzó a zancadas hacia la salida, permitiendo de este modo que Johnny volviese a seguirle a una distancia de cincuenta metros más o menos. Una vez en la calle, era evidente que no podía ir más que a un solo lugar, aunque a Johnny le costaba creerlo.

«¿Vamos a la casa de Jackie? ¿Por qué coño no me sorprende?».

¿Qué demonios estaba tramando aquel tío?

Pero cuando llegaron a la calle de Jackie, Johnny se paró a mirar en la esquina y vio que el tipo había cruzado a la acera de Jackie y había pasado de largo por delante su casa.

Y a continuación había entrado en la casa de al lado.

«¡Pero si es su puto vecino!».

Se quedó atónito. Despacio, con expresión incrédula, echó a andar. Así se explicaba el fácil acceso que había tenido el muy cabrón al jardín de Jackie a través de la valla desvencijada del fondo. Que desapareciera de repente cuando llegaba la policía.

Johnny siguió caminando por su acera sin perder la casa de vista. Era del mismo tamaño que la de Jackie, de tres plantas, aunque no estaba tan bien mantenida. A ojo, no era improbable que hubiese sido dividida en apartamentos.

Siguió caminando, absorto en sus reflexiones.

Si aquel cabroncete vivía allí, la cosa se simplificaba. Lo único que tenía que hacer Johnny era ponerse en contacto con Jackie y contárselo todo. En cuanto a él… Bueno, ahora ya podía dedicarse otra vez a sus asuntos.

—¡Mierda! —exclamó, apretando los ojos.

¡La cita con Caldwell! Habían quedado a las tres en el edificio de la agencia de prensa Reuters. Johnny no tenía modo de saber qué hora era —por no tener, no tenía ni reloj, y se maldijo por no llevar encima el Motorola—, pero debían de ser bien pasadas las dos.

Aunque estaba cansado, volvió enérgicamente por donde había ido. Lo mismo daba ya que el tipo le viera. De hecho, nada tenía mucha importancia…, salvo ir a la cita.

«Total, solo hay cinco mil putas libras en juego».

15

En la otra punta de la ciudad

Jueves

El cielo estaba oscuro y amenazador, y Johnny sintió una extraña presión en la coronilla mientras corría hacia el final de la calle de Jackie. Había comenzado a llover, y, a pesar de que se estaba gastando las quinientas libras de Pete a toda velocidad, sabía que no había otra manera de cruzar Londres sin volver a subirse al metro, una perspectiva que le abrumaba. Se subió el cuello de la chaqueta en el mismo instante en que un taxi negro se detenía un poco más adelante y bajaba una mujer. Johnny cruzó la calle, y antes de que ella cerrase la puerta ya se había acercado a la ventanilla del conductor.

—A Canary Wharf, al edificio Reuters…

El taxista hizo un gesto afirmativo y Johnny subió. Tenía la sensación de que la cabeza estaba a punto de estallarle; lo único que quería era estar en silencio mirando por la ventanilla como cualquier persona, y tratar de entender lo que acababa de pasar…, pero él no era como cualquier persona.

El interfono se activó con interferencias y oyó al conductor.

—No me equivoco, ¿verdad?

Johnny no respondió.

«Mierda».

—Le vi hace siglos. En el estadio de Wembley, un concierto genial. Fui con mi señora, nuestra primera cita. —No había manera de evitar al taxista, cuyos ojos se cruzaban con los suyos en el espejo retrovisor—. Anda que no ha llovido desde entonces, Johnny. El otro día llevé a su compañero… ¿Cómo se llama? A ver si me viene el nombre… Lee no sé qué más.

—Lee Giles, nuestro teclista —respondió Johnny con cara de póquer.

—Sí, eso. Parece que le va muy bien, ¿no? Menudo Armani que llevaba…

Lee Giles había dejado el alcohol y había terminado casándose con la heredera de una potente marca de ropa a comienzos de los noventa; la marca había salido a bolsa y habían amasado una fortuna. Durante toda su vida, Lee siempre había tomado las decisiones adecuadas.

—Sí, le dejé en la puerta de su casa, en Holland Park. ¡Menudo casoplón! En fin, me dio veinte libras de propina, ¡una pasada!

El taxista siguió cotorreando durante el resto del trayecto; Johnny asentía y sonreía mecánicamente, intercalando oh y ah cuando lo veía conveniente, aunque no parecía que al otro hombre le importase demasiado.

Le dio tiempo a dar vueltas a lo sucedido por la mañana. Si el mirón de Jackie vivía en la casa de al lado, ¿se estaría cruzando con él a diario sin saberlo? Esperaba que lo que había descubierto fuese suficiente para que Jackie se animase a hablar con la policía. No entendía por qué era tan reacia. ¿De veras esperaba que él resolviera el problema, si casi ni sabía en qué día de la semana vivía?

Para cuando el taxista hubo terminado de soltar su rollo sobre lo bien que se lo había montado Lee Giles, sobre aquella vez que había llevado a Liam Gallagher y sobre la propina de mil libras que le había dado Joan Collins cuando la llevó al Savoy, el trayecto había finalizado y habían llegado a Canada Square. Johnny interrumpió el parloteo *cockney* del taxista:

—Déjeme aquí en esta esquina, por favor.

El taxi se detuvo y Johnny se bajó.

—Treinta libras, Johnny.

Rebuscó en los bolsillos y sacó un billete arrugado de veinte libras, un clínex usado y una vieja púa de guitarra con su cara pintada. Había encargado un montón de púas en la época de su última gira por los estadios para tirárselas al público.

El taxista veía que empezaba a aturullarse mientras se repasaba los bolsillos en busca de las diez libras que faltaban.

—Johnny, acepto tarjetas, por si sirve de algo —dijo el taxista, con el tono de un hombre que ya lo ha visto todo en esta vida.

—No, no tengo. El banco me la ha cancelado.

El taxista le miró y percibió su vergüenza.

—Leí lo de su divorcio en *The Sun*. Mi mejor amigo se divorció de su mujer y acabó jodido y sin blanca. Ahora está en casa de su madre, en su antiguo dormitorio.

Johnny se encogió de hombros.

—Le podría haber ido mucho peor, créame.

—Mire, le propongo una cosa —dijo el taxista después de una pausa—. Me da esa púa y nos quedamos en tablas, ¿qué le parece?

Johnny sintió que acababa de recibir una lección de humildad y tuvo remordimientos por no mostrar más interés por el tipo, que sin duda era buena gente. Sonrió y le dio el plectro.

El taxista le guiñó un ojo.

—A mi señora le va a flipar. Cuídese, amigo. —A continuación, pisó el acelerador.

Había dejado a Johnny en la puerta del imponente edificio Reuters, una de esas impersonales construcciones de hormigón que habían empezado a brotar como setas al norte de la Isla de los Perros cuando él era joven. Al entrar en la aséptica zona de recepción de cristal y acero, una afable mujer de mediana edad que le reconoció al instante anotó su llegada y le habló con aire despreocupado, como si hablar con los ricos y famosos fuese su pan de cada día. Y seguramente lo era.

—Johnny... ¿Estás aquí para una entrevista? ¿Con quién has quedado?

—Con Ray Caldwell, por favor.

—Sexta planta, Johnny. —Señaló los ascensores.

Las puertas se abrieron y, visto y no visto, Johnny estaba en la sexta planta..., y en el reino de Ray Caldwell.

16

Con el culo al aire

Jueves

Durante el corto trayecto en ascensor, Johnny se concentró en lo que estaba a punto de hacer. Jamás había vendido a un periódico una historia sobre alguien, tampoco había tratado directamente con periodistas porque siempre había recurrido a los relaciones públicas de las discográficas para que hicieran de intermediarios. La prensa siempre le había parecido el enemigo al que había que mantener a distancia como si fuera un fuego artificial que sabías que acabaría estallando, pero no cuándo exactamente.

Al abrirse las puertas del ascensor, se topó con Ray Caldwell, el director de la revista *Maxi*.

—Joder…, pero si es el cabrón de Johnny Klein —exclamó Caldwell—. Una cara que conozco bien, sí señor.

Mientras se daban la mano, Johnny se repitió para sus adentros que tenía que ser práctico. Si *Maxi* no lo quería, otro habría que sí.

En muchísimos aspectos, Caldwell era perfecto para este tipo de trabajo. Hasta tenía aspecto de buitre. En otra época, los directores de periódicos estaban todos cortados por el mismo patrón:

mangas de camisa, tirantes, gafas gruesas, puros a medio fumar y el indomable cabello gris. Pero Caldwell prefería ir en vaqueros y camiseta... Johnny estaba seguro de que en este momento llevaba la misma camiseta que había llevado en los ochenta. Además, era bajo y flaco y tenía una calva que se había jibarizado con los años, una nariz picuda y unos ojillos —dos puntos negros y duros— que brillaban con una curiosidad permanente y malsana.

—Pasa a mi guarida. —Acompañó a Johnny por una red de pasillos y despachos, de los que solo unos pocos parecían ocupados.

Entraron en un estudio de fotografía vacío. Caldwell cerró la puerta y se frotó las manos.

—Bueno... Querías que le echase un vistazo a unas fotos, ¿no?

Directo al grano, pensó Johnny. Habría sido un detalle que le ofreciese un té o un café, pero seguramente era mejor así.

Johnny le dio el carrete.

—¿Aquí todavía podéis revelar fotos analógicas?

Caldwell soltó una risita.

—Vaya si podemos. Espero que me merezca la pena, ¿eh? De manera —un oscuro destello le asomó a los ojos— que más vale que no sean las putas fotos de tus vacaciones.

—Digamos que... —Johnny se quedó pensando—. Digamos que es alguien que está haciendo algo que no debería. Las saqué anoche.

Caldwell sonrió satisfecho.

—Suena bien. —Cruzó la habitación, abrió la puerta presidida por una bombilla roja e hizo pasar a Johnny a lo que en tiempos había sido un cuarto oscuro.

Era un cubículo de unos tres metros cuadrados, y, aunque apenas cabían los dos juntos, daba la sensación de que estaba vacío. Johnny estaba seguro de que debería haber más instrumental.

Caldwell siguió charlando:

—Hace siglos que no uso este cuarto. Y suerte que nos queda líquido revelador. Se me olvidaba lo mucho que me gustaba esto… Me sacaba un rato del despacho y, además, le daba un toque artístico al día, ya me entiendes: revelar fotos… David Bailey y todo eso. Entonces llegó la puta digitalización.

Dio a un interruptor. La luz del techo se apagó y se activó el piloto rojo, que arrojó un resplandor carmesí sobre las paredes vacías. Rápidamente se puso manos a la obra; primero, con el ampliador, proyectando un haz brillante sobre los negativos que estaban en la base. Johnny dio un paso atrás y se puso a esperar pacientemente, escuchando con interés mientras su anfitrión rememoraba los viejos tiempos.

—Teníamos el puto mundo en nuestras manos. Si no había una historia de portada para la fecha de cierre, te la inventabas y todos tan contentos.

Johnny observó embelesado cómo se producía la magia mientras Caldwell movía las fotos en el líquido revelador, las sacaba una a una con unas pinzas de plástico y las enganchaba con pinzas a un alambre tendido de un lado a otro del cuarto, justo por encima de sus cabezas.

—Sé que te considerabas un fotógrafo —dijo Caldwell—. Pero me sorprende que aún no te hayas pasado a la fotografía digital. ¡Joder, con la pasta que tienes me imaginaba que estarías al día con la tecnología! Échale un vistazo a *The Gadget Show,* tío. Lo mejor que hay en la tele. Te sacan lo mejorcito de las últimas novedades digitales.

Johnny se encogió de hombros.

—Bah, soy más de la antigua escuela.

Caldwell asintió con la cabeza.

—Te entiendo, amigo. Pero ¿sabes? Los tiempos han cambiado. Quiero decir, aquí estamos, encerrados en mi pequeño santuario charlando sobre tiempos mejores…, cuando me dedicaba a despellejarte en las páginas centrales de esta puta revista. Eso sí, si era capaz de hacerlo era porque las estrellas de tu generación erais roqueros como Dios manda. Le dabais absolutamente a todo: folleteo, coca, noches de juerga, drogas, redadas policiales… y andabais con algunas chicas que para qué… Hoy en día es todo yoga y *smoothies* y terapeutas. —Silbó—. Oye, ¿te acuerdas de cuando te llevaron a juicio por meterte unas rayas en el Palacio de Buckingham, en el aseo privado de la reina? ¿Cómo fue…? Ah, sí, estabas entregando unos premios en el jardín trasero y te escoltaron hasta la salida delante de todos los críos. —Caldwell soltó una risotada—. Virgen santa, nos partíamos de risa. Qué descojone.

Johnny sonrió; aquella historia aún le hacía reír. Durante años había sido una de sus anécdotas favoritas.

Pero Caldwell tenía algo más que decir.

—Debí de esperar más o menos una semana enfrente de tu casa hasta que por fin conseguí aquella foto tuya sacando la basura en bata. ¿Te acuerdas? —Soltó una risita—. Se te abrió la bata y se te vio el paquete…, gané un dineral con la foto. Aunque no tenías muy buen aspecto… Vamos, que estabas hecho un asco.

La sonrisa de Johnny se desvaneció. De todas las fotos robadas que le habían sacado a lo largo de los años todo tipo de fotógrafos, muchas de ellas testimonio de sus peores momentos, esa era la que más detestaba. En su momento había querido demandar a la revista, pero su discográfica le dijo alto y claro que la necesitaba. Que no obtendría la cobertura de prensa necesaria para promocionar su siguiente álbum si se enemistaba con ellos. Era una mierda, pero así funcionaban las cosas, todos tenían que cumplir las reglas del juego.

En retrospectiva, seguramente tenían razón. Aun así, le habría gustado presentar una demanda contra la revista.

—Menos mal que teníais píxeles suficientes para taparme la polla —gruñó Johnny—. Si no, me habría muerto de la vergüenza.

Caldwell se encogió de hombros.

—No tienes nada de lo que avergonzarte, colega. —Rio para sus adentros—. Eso sí, en Alemania publicaron la versión sin retocar.

—No llegué a verla.

—A veces se gana, a veces se pierde. —Caldwell se encogió de hombros, sin asomo de disculpa en su voz.

Hacía lo que hacía, y no se avergonzaba. Todos jugaban al mismo juego.

—*C'est la vie,* Johnny... *C'est la* puta *vie...* —Caldwell encendió la luz del techo—. Venga, JK, vamos a echar un vistazo a tus borrones.

Extendió las fotos recién reveladas sobre una gigantesca mesa de luz. Johnny se acercó, aunque no demasiado. Se quedó consternado al ver que las dos primeras estaban demasiado granuladas y borrosas para que se reconociera nada interesante. La luz de aquel sótano tan sórdido era, en efecto, pésima, pero después la cámara debía de haberse ajustado, porque las dos siguientes eran clarísimas: eran imágenes de una persona en un estado de deterioro tal que parecía más un animal que un hombre. Era Jerry Fox, erguido sobre la voluptuosa forma de una mujer desnuda y postrada en cuyo vientre plano se veían todavía unas rayas de coca. También había coca en las fosas nasales de Jerry, que estaba chupando una pipa con los ojos cerrados.

Johnny se puso tenso, pero se estremeció de satisfacción al ver que el desconcierto de Caldwell se transformaba lentamente en una ira fría y contenida. El director miró de reojo a su invitado, pero no dijo nada.

—Así es… Jerry Fox, vuestro reportero número uno —dijo Johnny, intentando sonar despreocupado—. El mismo periodista que ha construido toda su carrera poniendo en la picota a famosos con problemas de adicciones…

Caldwell volvió a mirar la foto y el brillo de la mesa de luz se reflejó en su calva. Sin hablar, sacó una pequeña lente redonda de un cajón.

—Te va a dar lo mismo —dijo Johnny—. Es él, vuestro reportero jefe. Puedo garantizarlo.

Caldwell había enrojecido, pero aun así mantuvo la calma.

—Vaya, así que dejaste la música para convertirte en un capullo, ¿eh?

—No. Sería un capullo si lo hiciera para ganarme la vida. Solo lo hago esta vez.

Caldwell enrojeció aún más.

—Bájate del pedestal, Klein. —Plantó un dedo en la imagen—. ¿Te piensas que a este payaso nunca lo habían pillado con el culo al aire?

—Pero no es solo lo del culo, ¿no? Tiene suerte de no haber muerto de sobredosis.

—Y ¿qué coño hacías tú allí? ¿Me quieres decir que tú no participaste?

—Yo no soy el que sale en las fotos, ¿no? —Johnny sintió que el picor de la adicción le erizaba el cuero cabelludo y se esforzó por ahuyentarlo.

—¿Qué? ¿Se trata de una especie de venganza tardía, Johnny? ¿O solo es que estás desesperado por sacarte unas libras? —Su ira se transformó en una sonrisa dura y amarga—. Claro, es eso… Sabemos perfectamente que te has convertido en un perfecto donnadie. Que estás pelado.

—No he venido por el dinero…

—Bien, porque no vas a sacar ni un puto céntimo, cabrón, desgraciado. Estás acabado. —La rabia contenida de Caldwell por fin se estaba manifestando—. Ojalá tú fueras noticia, ¿eh, Klein? ¡Ojalá al público británico le importases una mierda! Pues que sepas que ni siquiera nos mereció la pena pagar por el soplo de que estás viviendo en el piso de arriba del Bengal Palace o como carajo se llame. ¿A quién le iba a sorprender, teniendo en cuenta cómo te cargaste tu carrera?

—Te propongo un trato, Ray…

—¡No va a haber ningún trato, pringado!

Johnny se mantuvo firme.

—Estás pensando sacar información comprometida sobre Pete James la semana que viene…

—¿Cómo? —Caldwell pareció sinceramente sorprendido—. ¿De eso se trata entonces? ¿Ahora resulta que te encargas de hacerle el trabajo sucio a Don rarito Slater? ¿Esa puta reliquia de los setenta? Ingenuo de mí, que pensaba que por fin habías tenido un arranque de ingenio. Eres todavía más patético de lo que pensaba.

—Pete es un viejo colega…

—Pete no es colega de nadie. Y mucho menos, tuyo. ¿Cómo te crees que se mantiene en forma, si no es porque se aprovecha de idiotas útiles como tú?

—Si te olvidas de la historia de Pete, no se hable más: te los doy. —Johnny cogió los negativos de las fotos de Jerry Fox y se los mostró—. Si no, ya me encargaré yo de que los vean todos los periódicos. El país entero sabrá que sois un hatajo de hipócritas. Incluido tú, Ray. Eres el puto patriarca. Dirán que todo viene de ti.

Caldwell observó a Johnny con detenimiento.

—Lo dices completamente en serio, ¿no?

—Tú y tu revista perderéis toda la credibilidad. Cero, nada, *zilch*.

—¿Sabes qué? —Caldwell soltó una carcajada—. Te miro y es como si viera un pelotón ruso al que han enviado a primera línea de fuego sin balas que disparar.

—Parezca lo que parezca, el caso es que estamos donde estamos.

—¿En serio crees que en esta industria nadie conoce a Jerry Fox? No hay ni un solo hombre en este edificio que no se haya ido de juerga con él en algún momento. Ni un hombre, ni una mujer. Ni queriendo podría perjudicarse a sí mismo. No vas a conseguir que nadie toque esas fotos, te lo prometo. Estás perdiendo el tiempo. Y si de verdad crees que vas a cargarte la credibilidad de *Maxi*, tengo noticias que darte, colega: hace años que la perdimos. No tenemos. La única razón de que vendamos millones de ejemplares cada fin de semana es que no tenemos absolutamente ninguna credibilidad. Si quieres credibilidad, compra *The Times*. Y, ahora, vete a tomar por culo.

Johnny sintió que perdía el control de la situación.

—¿Qué, además de corto eres sordo? —dijo Caldwell, señalando la puerta—. Largo de aquí.

Johnny se metió los negativos en el bolsillo y salió del cuarto oscuro con el rabo entre las piernas, como un niño perdido en un mundo de hombres. Abrió la puerta y salió lentamente al estudio fotográfico, presa de una creciente sensación de absoluto fracaso. De repente se sintió tan humillado que tuvo ganas de salir corriendo.

Pero ¿a dónde? ¿Con quién?

¿Con Pete y Don? ¡Como si eso fuese a servirle de algo!

—Klein…, ¡espera!

Johnny se detuvo con aire indeciso y volvió la cabeza. A través de la puerta aún se veía el cuarto oscuro. Caldwell estaba agachado sobre las copias, con la lente pegada al ojo izquierdo mientras las estudiaba de cerca.

—¡Vuelve, coño! —gritó el periodista. Con cautela, Johnny se acercó a la entrada—. ¡Que entres! —volvió a gritar Caldwell—. ¡Entra de una puta vez! ¡Y cierra la jodida puerta!

Desconcertado, Johnny obedeció. ¿Había sido todo un pulso, y Caldwell el primero en dar su brazo a torcer?

—Venga, Ray, seguro que no te cuesta mucho dejar que pase de largo esa historia de Pete James.

—Cállate, quiero enseñarte una cosa —murmuró Caldwell, sin apartar la vista de las fotos.

Caldwell miró alrededor. La rabia se le había esfumado por completo y estaba muy pálido. Ofreció la lente a Johnny, que, confuso, la cogió y se inclinó para seguir con la mirada aumentada el rechoncho dedo índice de Caldwell.

El dedo se detuvo en la esquina superior derecha de la imagen fotográfica, en particular en dos figuras que estaban al fondo y en las que Johnny, drogado en su momento, no se había fijado. Una era un hombre de mediana edad vestido con un traje y una camisa sin corbata y desabrochada por el cuello. Tenía la cabeza rapada y la cara fina y con un bigotito. El otro tipo era como poco un par de décadas más joven y llevaba un gorro de lana negro y pantalón de chándal Adidas de tiro bajo. Aunque era bastante más alto, parecía sinceramente asustado y estaba mostrando las palmas de las manos en señal de paz.

Entrecerró los ojos y echó otro vistazo a través de la lente al tipo rapado del bigote.

—Joder —susurró.

—Exacto —dijo Caldwell con tono adusto y satisfecho—. Parece que no has estado completamente enterrado en vida en ese casoplón ruinoso de Mill Hill.

—Karl Jones.

—Correcto.

Johnny recordó el artículo del periódico.

—Hace años que no le veo en persona —murmuró Johnny—. No le habría reconocido, pero…

—¿Conoces a ese cabronazo?

Johnny asintió mudamente.

—Somos del mismo barrio.

—¡Ja! —Caldwell parecía encantado—. Entonces, tienes un problema mucho más serio de lo que me imaginaba. —Se apoyó en la mesa de luz—. No puedes enseñarle estas fotos a nadie, Johnny, colega. Harías bien si ni siquiera se las enseñaras a Slater y a James, porque son lo suficientemente estúpidos como para intentar sacarle partido a esto.

La cabeza de Johnny iba a mil por hora.

—¿Cómo? ¿Gánster famoso visto en un burdel? ¿En un antro de drogas? ¿Se va a sorprender alguien por eso? ¿A Karl Jones le va a preocupar? Si todo el mundo sabe cómo es. —Caldwell arqueó una ceja—. Entonces, ¿estarías dispuesto a publicarlas? Bueno…, pues no te detengas ahí. ¿Por qué no las subes a la red? Que el mundo entero las vea gratis.

—Haré lo que quiera con ellas, Ray. A no ser, como ya te he dicho, que abandones esa historia de Pete James.

Ahora, el periodista pareció sinceramente sorprendido.

—¿Eres gilipollas o qué te pasa? Mira otra vez la foto. Dime qué ves. ¿Sabes quién es ese chaval?

En vista de la expresión vacía de Johnny, la respuesta era obvia.

—Menos mal que has acudido a mí, Johnny, tío. Porque estoy a punto de salvarte de cometer el mayor error de tu vida.

—¿Quién es? —preguntó Johnny, tenso.

—¿En serio no has oído hablar de Sean Rogers?

Johnny negó con la cabeza.

—Rogers sonó fuerte durante una breve temporada en el sur de Londres. Era un productor discográfico independiente, trabajaba con artistas de *grime* emergentes. Pero hará más o menos un año y medio le detuvieron por tráfico de drogas. Estuvo ocho meses en Pentonville; no creo que lleve en libertad más de dos o tres. Quién sabe si habría podido encauzar de nuevo su carrera legal, pero no parecía muy probable después de que una mañana le sacasen del Támesis con los brazos y las piernas rotos, el cráneo fracturado.

Johnny se estremeció, horrorizado, pero Caldwell aún no había llegado al final de la historia.

—Ya sabes cómo va esto, amigo. O bien tenía una deuda que no podía pagar, o se había ido de la lengua antes de que le enchironasen…, quizá para que le rebajasen la condena. Aunque a la larga no le sirvió de mucho, ¿no? Y ahora mira con quién estaba la noche misma en la que esto ocurrió. Ha quedado capturado para la posteridad.

—Mierda —susurró Johnny.

—Como te decía…, no puedes enseñarle a nadie estas fotos. Ni venderlas. Excepto a mí.

Johnny negó con la cabeza.

—Ni de coña. Tú tampoco las puedes usar. A no ser que quieras que Jones y los suyos te echen los perros.

—Tú déjame, que ya me preocupo yo solito por eso —dijo Caldwell.

Johnny movió la cabeza.

—Si las fotos tienen valor para ti, entonces tienen valor para nosotros.

—No tenéis los contactos que tengo yo. —Caldwell le tendió la mano abierta para coger los negativos.

Johnny dijo que no con la cabeza y dio un paso atrás.

—¿En serio crees que Jones te va a ofrecer dinero por estas fotos?

—Desde luego, a alguien tan desprestigiado como tú no le va a pagar, eso te lo garantizo.

—Pete y Don tienen pasta…

—Pete es un pretencioso cantante pop que se cree que es un hombre duro. Don piensa que forma parte del mundo de Jones, pero solo lo simula. En cambio, yo… Yo estoy metido en esto hasta el cuello. Conque este el trato que te propongo, Johnny: te llevas quinientas libras en mano y dejas aquí estos negativos. No solo eso, sino que además no volvemos a hablar de este asunto. Tú no me los diste.

—No… —Johnny retrocedió hasta la puerta—. Ni hablar.

—Vale, escucha: dos mil y ya está. Oferta definitiva. Y añado al paquete la historia de Pete James; total, es una sandez. Más justo no puedo ser, ¿no?

Los pensamientos de Johnny se arremolinaban. Por un lado, sonaba razonable, se dijo. Y encima, como decía Caldwell, sacaría un dinero que no tenía por qué declararles a Pete ni a Don. Total, los muy cabrones le estaban racaneando.

«¿En serio? ¿Vas a darle las fotos a un tipo como este…, sabiendo lo que sabes ahora? ¿A cambio de un dinero que es poco menos que calderilla?».

Algo hizo clic en la cabeza de Johnny.

—Olvídalo. Si me lo ofreciese otra persona, cogería los dos mil. Y también me llevo estas. —Johnny alargó el brazo, retiró de un plumazo las fotos de la mesa de luz y cogió las que seguían colgadas del alambre de secado. Salió corriendo al estudio—. Me juego demasiado, colega. *C'est la* puta *vie.* —Volvió la cabeza y dijo—: Lo siento, Ray.

—Desde luego que lo vas a sentir, y mucho.

Johnny miró atrás antes de marcharse y vio que Caldwell cogía el móvil.

—Si estás llamando a quien creo que estás llamando, recuérdale que somos nosotros los que tenemos el material.

—Seguro que se caga de miedo.

—Oye, Ray…, el negocio es el negocio, esto no es nada personal.

Caldwell no levantó la vista del teléfono.

—Has estado viendo demasiadas películas de gánsteres, Johnny. Siempre es algo personal.

17

Pasarse de la raya

Jueves

Johnny salió de debajo del toldo del edificio Reuters a un furioso aguacero. Se metió las fotos y los negativos en un bolsillo interior y cruzó la plaza, tropezando y calándose hasta los huesos. Cuando por fin llegó a una calle, ni siquiera se fijó en el vehículo que se dirigía hacia él bajo el chaparrón. Solo en el último segundo vio el fulgor de los faros y oyó el largo chirrido de los frenos.

—¡Johnny! —dijo Ravi, asomándose por la ventanilla del conductor—. ¿Qué haces aquí? ¿Estás bien?

Johnny asintió mudamente y subió por la puerta del copiloto; ni pensó en disculparse por las gotitas que fue dejando la chaqueta empapada.

—Vengo de Billingsgate, de recoger unas langostas frescas para el Comandante —dijo alegremente Ravi, señalando con el pulgar la parte de atrás de la furgoneta.

La vieja lonja de pescado estaba a la sombra del One Canada Square, el emblemático rascacielos de los Docklands de Londres. Johnny se imaginó las cajas llenas de langostas con sus pinzas negras atadas con gomas y destinadas a la cazuela de Graceland. Al menos ellas estaban pasando peor día que él.

—¿Qué haces por aquí, Johnny? Ese edificio del que acabas de salir ¿es el de Reuters? ¿Has ido para algo relacionado con la publicidad de algún proyecto nuevo? Tiene que ser superemocionante, salir siempre en la prensa.

Siguió parloteando mientras se deslizaban por West India Avenue a través de cortinas de lluvia, y finalmente se metieron en un atasco más lento en Westferry Road.

—Dice el Comandante —dijo Ravi, adoptando un tono ligeramente más serio— que… En fin, que esas lecciones de canto que me ofreciste… Bueno… Parece que piensa que deberíamos quitárnoslas de encima lo antes posible. Para que esté listo para grabar a la primera oportunidad.

—Sí, puede que tengas razón, Ravi —murmuró Johnny.

—¿A lo mejor podríamos empezar esta tarde?

—Hmmm…

Ravi sonrió tímidamente.

—Voy a probar suerte con unas canciones nuevas. Nunca me he enfrentado a «In the Ghetto», por ejemplo, ni a «A Little Less Conversation». Y tenemos las pistas de acompañamiento de las dos, así que… ¿por qué no? Hay que cazarlas al vuelo, como digo yo.

«Relájate un poco, Ravi…». Johnny desconectó. Estaba pensando en la reunión con Ray Caldwell, tratando de entender en qué punto estaban ahora.

Caldwell había dicho que la historia de Pete James era una estupidez. Y en cierto modo eso encajaba con lo que había dicho el propio Pete; lo que más le inquietaba era que distrajese del lanzamiento del nuevo *single,* en ningún momento se había mencionado nada tan drástico como que pudiese destrozar su reputación.

Llegados a este punto, la pregunta era: ¿qué iba a pensar Caldwell de la historia ahora que iba cargada de todas esas otras bombas en potencia? Había dejado bien claro que él no era de los que se dejan chantajear, pero Johnny no podía tener la certeza de que la amenaza de Karl Jones los disuadiría de publicar las fotos de Jerry Fox.

Desde luego, si él estuviera en el pellejo de Ray Caldwell no publicaría la historia de Pete James. No solo porque era una gilipollez, sino porque no merecía la pena el riesgo.

—¿Tú qué crees, Johnny?

Johnny volvió a sintonizar.

—Esto… La verdad es que no sé si hoy es buen día, Ravi.

Caldwell se había jactado de que formaba parte del turbio mundo de Karl Jones. «Estoy metido hasta el cuello». La sola posibilidad de que Johnny pudiese tener algo con lo que chantajear a Jones le había impulsado a ofrecerle dos mil libras en el acto…, incluso a renunciar a la exclusiva de Pete James.

¿Cómo debía interpretarlo?

—Mira, me gustaría ayudarte, Ravi… En serio. Pero estoy liado con otras cosas, ¿sabes?

Ravi no pudo ocultar su desilusión.

—No te lo tomes a mal, no me refiero a que no te vaya a ayudar nunca —dijo Johnny—. Tú tranquilo, pronto nos pondremos manos a la obra. Te lo prometo. Pero durante un par de días o así voy a necesitar un poco de espacio.

—Sí, claro. —Ravi asintió con gesto sobrio, claramente intentando comportarse como un adulto.

Seguro que Mona le había dicho lo mismo en más de una ocasión.

Fue entonces cuando se acordó de la moto de reparto. Se había dejado el maldito trasto en el Soho.

* * *

Ravi le dejó enfrente de Graceland antes de irse por detrás al garaje del restaurante. Al entrar, Johnny se encontró con que el local estaba abarrotado.

—¡Johnny, Johnny! —gritó el Comandante, cruzando el comedor—. ¡Mira qué maravilla! ¡Estás en todos los periódicos!

Johnny vio que el Comandante llevaba un periódico enrollado, que se apresuró a abrir antes de pasárselo a Johnny. Era el *Standard* de ese mismo día, y más o menos en la quinta página había una reproducción granulada de una captura de pantalla, seguramente cortesía de alguno de los presentes en el Hole in the Wall la noche anterior. En la foto salía Johnny en la parte delantera del escenario, con la guitarra en una mano y saludando con la otra a un público arrebatado. Detrás de él se veía a Jerry Fox sentado a la batería. El titular rezaba:

¡Ídolo de los ochenta da la talla!

A Johnny se le cayó el alma a los pies.

El Comandante le sonrió de oreja a oreja.

—¡Vuelves a los escenarios! Pensaba que te habías jubilado. ¡Menuda noticia! A lo mejor podrías cantar para mis clientes… mientras sigas aquí, quiero decir.

«Vale, perfecto. Justo lo que necesitaba yo en este momento».

—Ya sabía yo que estabas tramando algo. —El Comandante batió palmas de alegría—. Y ahora que has emprendido el camino de retorno, podrías hacer una actuación especial aquí. ¡Imagínate si anunciase que vas a cantar con Elvis! ¡Nuestros clientes se volverían locos!

—Vale… Aunque todavía no, obviamente.

—Ah, claro, obviamente —dijo el Comandante, que parecía sinceramente de acuerdo con él—. Pero ¿pronto? Podría encargar unos pósteres y ponerlos en las ventanas. Y también folletos, para repartirlos por Brick Lane…

Johnny asintió con la cabeza, deseando escapar.

—En cuanto podamos, lo hacemos, ¿vale?

—Sí, por supuesto…

El Comandante volvió a aplaudir.

Johnny subió las escaleras medio tambaleándose, sin soltar el ejemplar arrugado del *Standard*. El olor que le envolvía durante el ascenso era la habitual mezcla de especias aromáticas y dulces con la que en otro momento se le había hecho la boca agua, y sin embargo ahora se le antojaba asfixiante, pegajosa, abrumadora. Fue un alivio entrar en el piso, cerrar la puerta y abrir la ventana para que entrase aire fresco por el enorme ojo de Elvis.

Se asomó. Abajo, desdibujado por la malla, Brick Lane estaba sumido en su caos habitual. Había juerguistas chillones pasando ininterrumpidamente. En la acera de enfrente, un vagabundo borracho meaba contra una pared.

A menudo se había preguntado cómo podía alguien acabar así: roto, en la indigencia. Muertos vivientes que no tenían a nadie a quien le importase un carajo que estuvieran vivos o muertos.

Pero eso se lo preguntaba antes. Ya no.

Se acercó a la cama, se quitó la chaqueta y se apoyó sobre el tacón de la bota derecha para poder quitársela de un puntapié. Después de hacer lo mismo con la izquierda, se sentó en la cama. ¡Qué tentación, acostar sus doloridos huesos de cincuenta y siete años, cerrar los ojos y dormirse! Pero todavía no. Cogió el móvil de la mesilla, sacó una tarjeta del cajón y marcó el número.

Al cuarto tono, Don Slater respondió.

—¿Sí?

—Don… Soy Johnny.

Se hizo un breve silencio.

—Nos preguntábamos cuándo ibas a llamar. —No es que Slater fuera el tipo más agradable del vecindario, pero hoy estaba aún más borde que de costumbre—. Nos preguntábamos si esas quinientas libras habrían sido una mala inversión. Y si quieres que te diga la verdad, Johnny…, nos lo seguimos preguntando. ¿Qué coño has estado haciendo?

—Espera… Ya tengo la mierda que queríais sobre Jerry Fox.

—¿Tu nuevo amigo del alma, quieres decir? ¿O solo es tu batería? Estamos un poco confusos.

—Vale, entonces ya habéis visto el *Standard*…

—¿El *Standard*? ¿También ha salido ahí?

—Mira, puedo explicarlo todo… La cosa se salió un poco de madre… Don, conseguí lo que querías, una foto muy comprometedora de Jerry Fox.

—Joder, ¿nos está diciendo que no nos preocupemos? —oyó que decía al fondo una chillona voz con acento de Yorkshire, seguramente Pete—. ¡Dame eso!

Hubo un pequeño alboroto mientras el teléfono cambiaba de manos, y a continuación fue la boca de Pete la que se pegó al auricular.

—Johnny, eres un cabronazo.

—Pete, colega…

—¡De colega, nada! Lo único que quería era que consiguieras información comprometedora sobre Jerry Fox, solo eso. Dime qué tiene eso de complicado. Ya te lo digo yo: nada. Me descuido un momento y lo siguiente que veo es que salís los dos juntos en YouTube, dando un concierto.

—Fue una gilipollez, en el club de prensa —protestó Johnny.

—YouTube, Johnny. Y ahora también en todas las portadas de la prensa sensacionalista.

Johnny se puso nervioso.

—Lo único que podía utilizar para acercarme a él era el hecho de ser quien soy, que fue por lo que me hiciste el encargo y por lo que quiso que subiese con él al escenario. Y esto me dio la oportunidad de sacarle unas fotos después.

Pete no respondió inmediatamente.

—¿De qué tipo de fotos estamos hablando?

—De las buenas. Aunque nadie lo diría a juzgar por la reacción de Ray Caldwell.

—¿Ray Caldwell? ¿De *Maxi*?

—Era a él a quien querías que se las llevase, ¿no?

—¡No quería que se las llevases a nadie, gilipollas! ¡Es Don el que decide qué se hace con ellas! —gritó Pete—. Dios mío, Johnny..., ¿tú sabes la presión a la que estoy sometido, intentando terminar este *mix* para el álbum antes de marcharme? Aún me queda por preparar el material gráfico y estoy agobiado por todo el tema de relaciones públicas... Y, ahora, encima, resulta que tengo que preocuparme por este problema...

La voz de Slater le interrumpió de nuevo.

—Déjame hablar a mí con él. ¿Para qué quieres un perro si al final te toca ladrar a ti? —Farfullando con tono de descontento, cogió el teléfono; al fondo todavía se oía gritar a Pete—. ¿Qué ha pasado que no sepamos?

Johnny se lo detalló escena por escena: que había conseguido colarse en el Hole in the Wall, que le habían soplado a Jerry Fox que estaba allí antes de que pudiese hacer nada por evitarlo, que Fox le había invitado a tocar con él y que después le había llevado a un antro de consumo de drogas en el que se las había apañado para fotografiarle en medio de actividades muy cuestionables.

—El tipo es un drogata de cuidado —concluyó Johnny—. No sé cómo sigue vivo.

—¿Y luego fuiste y se las llevaste tú mismo al jefe de Fox?

—Pensé que era lo que querías.

—¡Dile que es un gilipollas! —se oyó decir a Pete a poca distancia.

—¿Qué dijo Caldwell? —preguntó Slater.

Johnny titubeó. Era un momento importante. Con lo mal que había salido todo hasta ahora, no se atrevía a mencionar lo de Karl Jones.

—Un montón de chorradas —dijo—. Con un tonillo de «tú no sabes con quién estás hablando» y de «a mí nadie me hace chantaje», etcétera, etcétera.

«Sí, me propuso un trato tipo palo con zanahoria: la zanahoria eran dos mil libras y la garantía —no muy convincente— de que se olvidaría de la historia de Pete, y el palo —seguramente uno muy grande— la posibilidad, si no le entregaba las fotos, de que Karl Jones viniese en persona a buscarlas».

Tenía que admitirlo: las fotos no servían para nada. Y si quería cobrar, Don y Pete iban a exigirle que saliese en busca de otra historia distinta, algo prácticamente imposible ahora que Jerry Fox estaba en guardia.

—Pero ¿todavía tienes las fotos y los negativos? —respondió Slater—. Consérvalos.

—Descuida.

—Guárdalos en algún lugar seguro. ¿Desde qué número nos llamas?

Johnny bostezó.

—Desde el mío.

—Vale. Pues este es el número al que te llamaremos cuando estemos listos para recibir visitas. ¿Entendido?

—Sí, vale.

—En serio, Johnny. No la cagues.

De no haber sido por la remota posibilidad de que Pete pudiese cumplir su vaga promesa de intentar meterle de nuevo con calzador en la industria musical, Johnny tal vez se habría desahogado y les habría dicho que los inútiles eran ellos. Deberían haberse rascado el bolsillo con un detective privado como Dios manda, y no contratar de baratillo a un gilipollas que ni siquiera podía permitirse coger un taxi.

Sin darle tiempo a responder, Slater puso fin a la llamada.

Agotado, Johnny hizo el esfuerzo de levantarse y se metió tambaleándose en el cuarto de baño, donde lo menos soltó medio litro de orina al váter.

Volvió al dormitorio y abrió el *Standard* otra vez. No se reconoció de inmediato; en su rostro había algo distinto que la cámara del teléfono había captado. Los píxeles habían pillado una mirada que hacía años que no estaba ahí, una mirada que solo podía ser fruto del subidón de estar sobre un escenario. Ni se acordaba de cuándo había visto aquella sonrisa por última vez; era la de un hombre más joven. Uno que vivía en un mundo en el que nadie pensaba que las cosas les fueran mejor a los demás, en el que ninguna carretera llevaba a lugares más emocionantes que aquel al que él se dirigía. Era la mirada de quien se encuentra completamente a gusto.

Aquella mirada había desaparecido a medida que pasaban las décadas y él se volvía cada vez más dependiente del alcohol y de las drogas… Y desde luego no estaba en el rostro que acababa de mirarse al espejo del baño.

Johnny detestaba la sensación: era como toparse con un hermano gemelo que había nacido con buena estrella, que había ganado la lotería a los veintipocos años y seguía viviendo a tope. Esa era la persona que le miraba desde aquella foto granulada. Le producía una sensación de fatalidad, un hormigueo de angustia. Cerró los ojos para aislarse de su entorno, intentando calmarse, pero la noche que había pasado con Jerry Fox le seguía golpeando en forma de incesantes *flashbacks* con la fuerza de una tonelada de ladrillos. Cuanto más intentaba relegarla al fondo de su memoria, más levantaba su fea cabeza. Johnny sabía que solo había una manera de olvidarla; solía ser su respuesta para todo, y era bien sencilla: hazlo otra vez. Pero ya había recorrido ese camino con anterioridad y sabía que iba a tener que volcarse con toda su alma en evitar resbalar de nuevo.

«¿Y para qué vas a molestarte, si total ya estás jodido?».

Se dejó caer cuan largo era sobre la cama, hundiendo la cabeza en la almohada. El ruido de la calle se fue desvaneciendo poco a poco. Oyó la sirena de un coche patrulla que pasaba de largo, pero no se movió. De hecho, el resonante lamento del coche patrulla le fue empujando hacia lo más profundo del vacío… Y de repente estaba en Italia y le estaban llevando al Megadome Palace de Roma en la parte de atrás de un coche patrulla.

El resto de la banda, por supuesto, iba detrás en el minibús.

Fue el principio del fin de Klein. La fama individual de Johnny había superado con creces la del resto de los miembros de la banda. La histeria alcanzaba su punto álgido cuando él salía al escenario. Era su autógrafo el que pedían sus fans a gritos. Fue durante aquel viaje a Italia cuando empezó a dar vueltas a la idea de una carrera en solitario. Pero ¿qué sería de los demás si dejaba la banda? Puede que dijeran que ya no la necesitaban, que tenían a sus mujeres y a sus hijos, pero a él no podían engañarle: Klein seguía siendo el centro de sus vidas, su única fuente importante de ingresos. Sin la banda, sin él, ¿dónde estarían?

El resbaladizo empedrado hacía zigzaguear al coche patrulla mientras recorría la Via Apia a toda velocidad. Apartó la mirada de Laura, que había cogido un vuelo de fin de semana para ver el concierto y estaba sentada a su lado, y miró por la ventanilla. El coche iba dando volantazos por la vetusta carretera, y Johnny cada vez se sentía más inestable.

En vez de cipreses a cada lado de la Via Apia, veía altas cruces de madera con los cuerpos torturados de hombres desnudos crucificados, que gemían y se retorcían con los brazos extendidos y las muñecas clavadas en postes de madera por los que chorreaba sangre fresca. «No es real», se dijo. Solo son los efectos secundarios de un mal viaje. Y, sin embargo, parecía terriblemente real. Tanto, que no quería que Laura lo viera. Intentó decirle que no mirase por la ventanilla, pero no le salían las palabras. Entonces, el coche pasó por un bache y derrapó por el empedrado... Johnny agarró a su mujer.

—¡Otra vez no! —chilló.

Laura no parecía asustada, ni siquiera alarmada. Le pasó dulcemente un brazo por los hombros mientras le susurraba al oído:

—Tranquilo, cariño...

A Johnny se le abrieron los ojos de golpe cuando vio dónde estaba realmente.

En la estrecha cama había un cuerpo de mujer acurrucado contra su espalda, el sensual contorno fundido con el suyo, un brazo enganchado a su pecho.

—Mona —susurró—. ¿Qué...? ¿Qué estás...?

—¿Estás bien, cielo? —le susurró ella al oído—. Estabas temblando, intentando hablar..., como si te hubieras llevado un susto de muerte. Me tenías preocupada. Nunca te había visto así.

Johnny se dio la vuelta para verla y notó que la almohada estaba húmeda, probablemente de lágrimas.

—Solo… Solo estaba…

Intentó explicarle que había tenido una pesadilla, pero ella le tapó la boca con sus labios. Suave al principio, con ternura, y después cada vez con más urgencia, enrollando la lengua entre los labios de Johnny.

Fue un *shock,* pero no desagradable, ver que estaba completamente desnuda.

PUM… PUM… PUM…

Sonaron tres impactos atronadores, tan fuertes que parecían disparos.

Esta vez, a Johnny realmente se le abrieron los ojos de golpe.

Se incorporó en la cama, demasiado confundido para pensar con claridad, aunque era obvio que estaba solo en la habitación.

PUM… PUM… PUM…

Estaban llamando a la puerta. Ya no sonaba tan fuerte, pero habría sido imposible que no le despertase.

Despacio, dolorido, se puso en pie y abrió.

Era Mona. La Mona verdadera, no la fantasía desnuda de sus sueños, aunque llevaba, como de costumbre, su uniforme de roquera: chaqueta vaquera sobre un vestidito corto de algodón, botas de *cowboy.*

—¿Te he despertado?

Johnny asintió con expresión confusa, rascándose la pelambrera gris.

—Más o menos.

—Ostras, Johnny… —Los preciosos ojos de Mona se abrieron de par en par—. Estás hecho polvo.

—Esto… Sí… Tengo la sensación de que hoy he estado en todas partes.

—Te dejo un rato a solas para que te repongas. —Retrocedió hacia la escalera.

—No, estoy bien. —Johnny se hizo a un lado para que pasara.

—¿Tienes…? ¿Tienes hambre? —preguntó Mona, parándose delante de la ventana. Parecía recelosa, como si estuviese hablando con alguien que no estaba del todo allí.

«Sí, pero no de comida».

—No sé —respondió Johnny, incapaz de calmarse y recordando de repente que su ropa seguía arrugada y húmeda, lo cual debía de explicar que la almohada también lo estuviese—. Igual no me vendría mal darme un baño primero. Aunque ya me di uno esta mañana. Y después me di otro en la Isla de los Perros.

Mona frunció el ceño.

—¿Has ido a la Isla de los Perros?

Johnny la miró y se dejó caer de nuevo en la cama. Ya está otra vez fisgoneando, pensó, irritado.

—Es que… Ya sabes. —Se encogió de hombros—. No te preocupes, Mona.

—Me preocupo por ti.

—Sí, ya me lo has dicho esta mañana.

—¿Qué tal con Laura? —preguntó, escudriñándole.

—¿Laura?

—Anoche tuviste que salir disparado por algo urgente.

—No era nada importante. Le debía dinero.

—Pero si no tienes dinero…

Johnny suspiró, molesto.

—Mona, venga ya…

—Vale, vale. No debería fisgonear, pero ya sabes: las penas compartidas…

—Debe de ser la frase más tonta que se le haya ocurrido jamás a nadie.

Mona frunció el ceño.

—¿Cómo dices?

—Que eso de que las penas compartidas son menos penas es una estupidez —respondió Johnny, pasándose otra vez la mano por el pelo.

Y de repente salió todo a borbotones, y fue incapaz de contenerse: que si aquel supuesto refugio que le habían dado parecía una sala de castigo en la que le controlaban cada paso, que si no paraban de exigirle cosas ridículas…

—Es una excusa para meterte donde no te llaman —dijo con tono cansino—, esto de fingir que te importa una mierda cuando en realidad lo único que quieres es enterarte de todos los detalles sórdidos de la vida privada de los demás. Para eso te pagan, ¿no? ¿Acaso no has venido a eso?

Mona se quedó de piedra y le miró horrorizada. Se abalanzó hacia la puerta.

Johnny se levantó de un salto.

—Mona, espera…

No le hizo caso. Tiró de la puerta y salió al descansillo.

Johnny, arrepentido ya, la siguió.

—Mona, no lo decía en serio.

Mona se giró, los ojos brillantes de lágrimas.

—¿Y entonces, qué necesidad había de decirlo?

—Es solo que… Mira, las cosas me están superando un poco, ¿sabes?

—No me gusta decir esto, Johnny, pero estarían mucho peor si no fuera por mí.

—Sí, oye, mira, tienes razón, lo sé, pero… —Se acercó a trompicones al pasamanos, temiendo por un instante que se iba a caer a la negrura de abajo—. Pero eso no te da derecho a controlarme día y noche. Estoy bien.

—No lo estás. Y mi tío y yo tenemos un interés personal en esto. —Le dio un toque en el hombro para que se volviera y la mirase—. Si estás metido en algún lío, Johnny (y me refiero a un lío serio), no quiero que lo traigas aquí, al restaurante de mi tío.

—Sí, de acuerdo. —Asintió con la cabeza—. Me parece justo.

—Puede ser, pero aun así me dijiste que no me metiera en lo que no me importa. Y de manera muy grosera, si se me permite decirlo.

Johnny jamás le había oído ese tono.

—Mona, venga. Escucha… Se supone que íbamos a cenar juntos esta noche.

—Ah, claro, no quería privarte de otra cena gratis.

—Mona…

Alargó el brazo, pero Mona retrocedió.

—Aléjate de mí, Johnny Klein. Puede que me tomes por una de esas fans que babean cada vez que abres la boca, pero en estos momentos soy la única amiga que tienes en este mundo que no quiere nada a cambio. ¡Y tienes el atrevimiento de llamarme puta fisgona!

Le apartó de un empujón y empezó a bajar.

—Yo no he dicho eso.

—No hacía falta. Y, por cierto, ¿dónde está la moto de reparto de mi tío?

—Ah, sí… Quería decirte que…

—Que te den, Johnny. —Y dicho esto, desapareció por la planta baja del restaurante.

Johnny sabía que tenía que ir tras ella, y cuanto antes. No era cierto que su breve diatriba no hubiese ido dirigida contra Mona. Era obvio que sí. Pero no lo había dicho en serio. Drogarse con Jerry Fox lo había jodido todo, había dado paso a todo tipo de malos rollos que había estado intentando mantener a raya. De no ser por Mona, probablemente estaría viviendo en la calle. Si de veras la había ofendido, el próximo yonqui en mear contra una pared de Brick Lane podría ser él.

Regresó con paso pesado al dormitorio, se calzó las botas y bajó a buscarla.

Mientras salía corriendo por la parte de atrás del restaurante y cruzaba por el patio abarrotado de trastos en dirección al lavadero, oyó a Ravi tarareando para sí mismo. Al igual que la otra vez, sonaba mucho más suave y melodioso ahora que no estaba ante un público. Pero no había tiempo que perder.

Johnny entró en el callejón, donde oyó a Mona antes de verla. Había salido del patio y a los veinte metros o así se había detenido. Estaba de cara a la pared, llorando bajito.

—Mierda —murmuró Johnny, avanzando hacia ella—. Mona…, te aseguro que no estaba hablando de ti. No hablaba de ti en concreto.

Ella se estremeció, sacó un clínex del bolsillo de la chaqueta vaquera y se sonó. A punto estaba Johnny de volver a hablar, quizá de intentar ofrecerle una disculpa más sincera y profunda, cuando le distrajo otra cosa.

El sol se había puesto por detrás de los edificios de alrededor y una penumbra azul gris se había extendido por la estrecha callejuela, pero no tanto como para ocultar una figura que se acercaba hacia ellos. Era un hombre enfundado en un abrigo largo, y, aunque estaba a unos cien metros de distancia, era tan alto que parecía ocupar el callejón de lado a lado.

El tipo debía de tener el tamaño de un oso. Además, caminaba con seguridad, como si ahora que los había visto estuviese acelerando.

Una fea semilla vino a plantarse al fondo de la mente de Johnny: ¿serían estos los matones de Karl Jones?

—Caldwell, cabronazo —dijo entre dientes—. ¿No habrás…?

—Rápidamente puso la mano sobre el hombro de Mona—. Oye, cielo…, tenemos que volver a entrar, ¿vale?

Mona se zafó de él.

—Déjame en paz, Johnny. —Otra vez se sorbió la nariz—. Hoy has metido la pata hasta el fondo. Pensaba que al menos éramos amigos.

—Somos amigos. Por eso… —Los ojos de Johnny volvieron a posarse sobre el hombre, que ahora estaba lo suficientemente cerca como para que se viera una barba negra poblada, un abrigo abierto de cuero negro, un jersey negro y vaqueros y botas con punteras de acero en las que se reflejaba la luz—. Por eso quiero que te metas dentro inmediatamente. —Le tiró del brazo con insistencia.

El hombre estaba ahora a menos de cincuenta metros e iba derecho hacia ellos. Una sonrisa animal dividió la abundante mata que cubría la mitad inferior de su rostro.

—¡Johnny!

Mona, con el rímel surcándole las mejillas, miró en derredor. Y de repente se quedó paralizada, los ojos abiertos de par en par.

Johnny se volvió. Otros dos tiarrones habían entrado en el callejón. También llevaban abrigos largos y pesados, y eran como armarios. Uno de ellos tenía el pelo negro y lo llevaba recogido en una coleta, y el otro, que era más joven, pero tenía rasgos inquietantemente parecidos, lo llevaba rapado al estilo militar. Los dos estaban lo bastante cerca como para que pudiese verles bien las caras. Llamarles neandertales habría sido injusto con aquella raza prehistórica.

—Tenemos que entrar ahora mismo —dijo Johnny, llevando a Mona hacia la verja abierta que daba al patio trasero de Graceland en el mismo instante en que el par de inmensas botas con puntera metálica del barbudo echaban a correr.

—¡Johnny! —gritó Mona.

—¡Deprisa! —chilló él con voz estridente, pero ya sabía que no iban a poder entrar a tiempo en el restaurante porque los otros dos iban a llegar antes a la verja.

Se detuvo y abrazó a Mona, girando sobre sus talones sin soltarla mientras trataba de averiguar por dónde amenazaba el mayor peligro. Aunque eso lo descubrió medio segundo más tarde, cuando un poderoso puño —literalmente un puño americano de hueso con soberanos de oro para añadir metal— se estampó contra su cara. Mona volvió a gritar y reculó tambaleándose.

Johnny rodó por el suelo. El cráneo le zumbaba.

—¡Cabrones! —oyó gritar a Mona—. No lleva dinero. Ninguno llevamos.

—Quita de en medio, guapa —respondió uno de ellos—. Contigo no va la cosa.

Johnny alzó la vista. Era el motero. En un solo movimiento, cogió a Mona y la tiró a un lado como si fuera una muñeca de trapo. Ella se estampó contra la pared y gimió de dolor a la vez que resbalaba hacia al suelo. El motero y el pelo pincho se dirigieron hacia Johnny, acompañados del barbudo.

—Tíos, esperad… —Levantó una mano, desesperado.

—Parece que tienes algo que necesitamos —se rio el barbudo, dándole un puntapié.

La punta de acero se hundió en el riñón izquierdo de Johnny como una jabalina abrasadora y el dolor se extendió por todo su cuerpo.

—¿Ah, no lo tienes? —El pelo pincho le dio otra patada, que en esta ocasión cayó en la sien derecha de la víctima.

Hasta este momento Johnny nunca había comprobado que, en efecto, uno podía ver las estrellas.

—Mirad —gimoteó a través de la boca sanguinolenta—, no lo… No lo he…

—A ver si lo adivino…, ¿no lo llevas encima? —El barbas le levantó agarrándole del cuello de la camiseta—. Qué aburrido es que digan esto. Sobre todo para ellos. —Le dio un cabezazo en el puente de la nariz.

Johnny se dejó caer como un montón de gelatina. La bota izquierda del motero arremetió de nuevo, esta vez desde atrás, y le golpeó entre los hombros como una almádena. Pelo pincho también le dio con la bota.

—Primero te vamos a arrancar la ropa —dijo el barbas—. Hasta la última costura. Para comprobarlo con nuestros propios ojos. Y si lo que dices es verdad, vamos a llevarte al lugar donde lo tienes guardado, sea donde sea, en pelota picada, y nos lo vas a dar.

Johnny solo pudo gruñir a modo de respuesta antes de que una rodilla se estrellase contra su cabeza y le hiciera caer del todo.

—Venga, chicos —dijo el barbas con una risita—. Arrancadle la…

Pero intervino una voz nueva:

—¡QUE OS JODAN, HIJOS DE PUTA! —aulló.

Johnny alzó la vista, como aturdido, y vio que cuatro empleados de la cocina de Graceland habían salido por la verja trasera del restaurante blandiendo cuchillas, un bate de béisbol y otras armas que habían podido encontrar. Al frente estaba Ravi, con un compacto tupé, gafas de sol envolventes y mono de lentejuelas. Era bajito, pero en estos momentos parecía poderoso y preparado para cualquier cosa con su patada de kung-fu al estilo Elvis Presley.

Al igual que todo lo sucedido durante la última semana, era surrealista, y fue lo último que recordó Johnny antes de que la oscuridad se lo tragase.

18

Hermano de otra madre

Russell Withers y Johnny habían sido amigos desde su primer día de clase en el instituto. Por casualidad, se habían sentado en dos pupitres de madera idénticos y contiguos; en ellos se habían quedado grabados a lo largo de los años los nombres y los logotipos de estrellas pop y bandas de *rock* de todas las épocas, desde Cliff Richard hasta los Beatles.

Había sido, sin duda, cosa del destino, que quiso que fueran los dos últimos chicos que quedaban en pie cuando la nueva clase entró por primera vez en el aula. No se parecían en nada. Johnny era tímido, retraído, y aún no había encontrado su verdadera personalidad, mientras que Russell era extrovertido, bullanguero y gracioso. Era un descarado, el típico Artful Dodger, el payasete de la clase al que todo el mundo quería, pero que nadie pensaba que llegaría lejos en la vida.

Pero si una cosa tenían en común, era la guitarra.

Ambos habían recibido lecciones y ambos tocaban. Los ayudó a crear un vínculo rápidamente, y a poco de conocerse ya quedaban los fines de semana para acompañar a la guitarra los discos de la colección del hermano mayor de Russell, Vince: Bowie, T. Rex and the

Stones y, más adelante, los New York Dolls o los Velvet Underground. Disco que compraba el hermano de Russell, disco que Russell y Johnny se aprendían. Como la mayoría de los chavales de su edad, hacían cambios de acorde un poco lentos y sus voces carecían de profundidad, pero lo que les faltaba de madurez lo compensaban con entusiasmo. La cariñosa madre de Russell, Carol, pegaba la oreja a la puerta del dormitorio y sonreía con ternura mientras los chicos lo daban todo con sus voces adolescentes, pero aún tendría que pasar un poco más de tiempo para que la invitasen a oírles tocar.

Eso sucedió unas semanas más tarde en la sala de estar de Carol: los chavales de espaldas al radiador eléctrico, la madre de Russell en el sofá de terciopelo rojo con una taza de té entre las manos. Era su primer directo, y mientras soltaban sus propias versiones de «Honky Tonk Women» y de «Stay With Me» de The Faces, Carol escuchó con una sonrisa y marcando el ritmo con el pie, y seguramente dudando si sabían en verdad lo que decían las canciones, aunque no era eso lo importante.

A Carol le sorprendió la fuerza y la pasión con que Russell y Johnny hacían sonar las cuerdas. Después del espectáculo del cuarto de estar, los había abrazado como si los dos fueran hijos suyos.

—Felicidades, chicos…, la espera ha merecido la pena. Ahora, id a que os oigan los padres de Johnny. Seguro que les encanta —los animó cariñosamente con su cálido acento irlandés.

Johnny puso cara larga, y Carol comprendió que había metido la pata.

—Bah, Johnny, solo era una idea. Podéis convertiros en estrellas del *rock* aquí en mi casa, y quizá algún día pongamos una placa azul en la fachada.

El problema era que la madre y el padre de Johnny se habían pasado casi toda la joven vida de Johnny chillándose el uno al otro.

Incluso en su más tierna infancia, Johnny había oído todos los «mierda», «joder» y «zorra» que salían de sus bocas. Las paredes de la pequeña casa de protección oficial de Crouch End eran de papel, y Johnny tenía por costumbre desaparecer debajo de las mantas, linterna en mano, a modo de huida. Al despertarse el día de Navidad de 1972, vio una pequeña guitarra española mal envuelta al pie de la cama. Su desilusión al no recibir los juguetes que había pedido ese año se esfumó a medida que estallaba la habitual discusión mañanera, y no tardó en descubrir que el sonido de la guitarra era perfecto para ahogar los insultos. Cuanto más agresivas eran las riñas de sus padres, con más fuerza rasgaba las cuerdas. No tenía nada de sorprendente que pronto se hubiese distanciado de su familia y se hubiese acercado mucho más a la de Russell.

A los dieciséis años, cuando terminaron el colegio, los chavales ya eran más como hermanos que amigos. Los padres de Johnny se habían divorciado, así que la casa estaba más tranquila, pero su madre empezó a ahogar sus penas en ginebra y se encerró en sí misma. Lo más fácil para todos era que Johnny se mudase a casa de Russell.

Hubo momentos en sus vidas en los que sucedieron pequeñas cosas que lo cambiaron todo, que pusieron orden en todo lo que sabían; una línea recta que aclaraba la confusión, las preguntas, los porqués y los para qués, y que a veces incluso les daba las respuestas.

Uno de aquellos momentos fue diciembre de 1976.

De repente, el hermano de Russell dejó de comprar discos de *pub rock* de bandas como Dr. Feelgood y Eddie and the Hot Rods y empezó a coleccionar a Pink Floyd. Puede que él estuviese tan contento, pero no así los otros dos, cuyas vidas musicales estaban construidas en torno a la colección de discos de Vince. Acompañar a la guitarra la poética prolongada y de ensueño del *rock* progresivo profundo era prácticamente imposible, de modo que perfectamente podría haber terminado todo en ese momento. Y de repente, un martes por la noche mientras cenaban —empanadillas de Birds Eye, puré de patata y guisantes de lata—, sucedió algo en la televisión, para ser exactos en el programa *Today:* el presentador Bill Grundy presentó a una joven banda que habría de cambiar todo.

Johnny, Russell y Carol vieron cómo los Sex Pistols trituraban siete minutos de televisión vespertina, escandalizando a la nación con el lenguaje obsceno y la actitud «jódete» de una interpretación anárquica sostenida por la ira y la antipatía. Pero lo que más impresionó a Johnny y a Russell fue el efecto que tuvo en Carol, que estaba atónita e indignada al mismo tiempo. Ella siempre había sido una madre guay, de miras amplias para la mayoría de las cosas, pero esto fue un mazazo que abrió inmediatamente una brecha entre su generación y la de los chicos. Y así tenía que ser..., a ellos les encantó.

Durante las siguientes semanas, los dos punkis en ciernes recabaron toda la información posible sobre los Sex Pistols, los Damned, los Clash, los Buzzcocks. Había sido una de esas revelaciones en las que de repente todo encaja. Lo suyo era el punk *rock* y estaban decididos a disfrutar a tope: rasgaban las camisetas y volvían a juntar las piezas con imperdibles, se rapaban el pelo el uno al otro, salpicaban pintura sobre sus guitarras, se ponían *eyeliner,* pintarrajeaban «PU» con letras muy grandes en la guitarra de Johnny y «NK» en la de Russell, cosa que solo tenía sentido cuando estaban el uno al lado del otro. Pero por encima de todo estaba la música. Era veloz, emocionante, desvergonzada, no rendía cuentas a nadie, y no tenías que ser el mejor músico del mundo para tocarla.

Tenían dieciséis años cuando cogieron el autobús para ir a Londres a ver su primer concierto: Johnny Thunders and the Heartbreakers. Los dos llevaban vaqueros negros reglamentarios, camisetas de manga casquillo y maquillaje de ojos. La cola del Roxy de aquella primera noche se extendía por toda Neal Street; había un expectante runrún en el ambiente. The Heartbreakers eran de Nueva York, pero eran una punta de lanza para el movimiento punki y este era su debut londinense. Por consiguiente, todos los punkis de la ciudad tenían que estar allí, incluidos Russell y Johnny, que a juzgar por su aspecto nadie habría dicho que alguna vez habían sido otra cosa distinta.

Como habían llegado tarde, habían tenido que colocarse al final de la cola. Pero entonces sucedió algo, otro de esos episodios trascendentales que se dan en la vida...

Un Rolls-Royce blanco se detuvo en el bordillo, justo a su lado. Nunca habían visto un coche tan largo; era interminable, y relucía con el reflejo de las luces de neón. Era de esos coches en los que uno se espera que vaya la realeza, ya sea la británica o la variedad hollywoodiense.

Mientras lo miraban fascinados, la ventanilla eléctrica tintada bajó con un suave ronroneo y Johnny y Russell se inclinaron para asomarse a un interior destellante: el lujoso cuero blanco, la brillante madera de teca de color naranja, la barra de bar en la consola central. Y tranquilamente recostado en el asiento de atrás como un dios, envuelto en un largo abrigo blanco de piel, con gafas de sol negras, una copa Queen Anne llena de champán en una mano y un bastón negro de ébano en la otra, estaba ni más ni menos que Keith Moon, el roquero salvaje de los Who.

Los muchachos se quedaron boquiabiertos mientras la ventanilla volvía a subir y el coche seguía su camino, pero aquel momento único y fugaz tuvo que ser necesariamente una intervención divina. Todo lo que tuviera Keith Moon ellos lo querían, y el punk los iba a ayudar a conseguirlo.

Durante las siguientes semanas trabajaron febrilmente, ensayando a conciencia, escribiendo sus propias canciones y, de crucial importancia, reclutando al batería Mike Penfold y al bajista Tim Carson a través de pequeños anuncios que ponían en las páginas finales de *Melody Maker, Sounds,* el *New Musical Express* y, cómo no, en los escaparates de las tiendas de venta de periódicos. Los seis meses siguientes estuvieron tocando para un público imaginario en el garaje de Carol, y después en *pubs* medio llenos, por lo general como teloneros de bandas que no tenían ningún futuro. Pero ellos sabían que eran buenos. Sus canciones eran pegadizas, con letras ingeniosas y estimulantes estribillos corales. Aunque, sobre todo, ellos tenían una presencia increíble: cuatro chavales que habían dejado atrás el acné y la piel grasa y que atacaban ahora sus instrumentos como estrellas pop de pleno derecho. No tardó en correrse la voz de que el siguiente fenómeno podrían ser ellos, y además a una velocidad de escándalo, a pesar de que en realidad su éxito era el fruto de muchos meses de trabajo duro, ensayos a tope y noches en vela. Y un buen día, EMI les ofreció un contrato de grabación.

No necesitaban más. Un contrato de dos álbumes con opción a la compra del segundo les daría la oportunidad y tiempo de sobra para demostrar su valía.

Pero sus tres primeros lanzamientos se quedaron tímidamente en los últimos puestos de los Top 40. No bastaba para ir a *Top of the Pops*, ni, desde luego, para evitar que EMI perdiese interés. Eran diferentes y novedosos, y ya poseían eso que no tardaría en reconocerse como el elegante aunque ostentoso estilo ochentero, pero había algo que no acababa de funcionar.

Entonces tuvo lugar otro de esos momentos que cambian las reglas del juego, el momento definitivo tras el cual su vida jamás volvería a ser la de antes.

Tres días después del lanzamiento de su cuarto *single,* estaban tocando en un pequeño club de Stoke. Era la última parada de la gira. Aún no habían escalado en las listas de éxitos y sabían que las cifras de ventas estaban cayendo en picado. Incluso aquel concierto se les estaba haciendo cuesta arriba. Una vez más, el local solo estaba medio lleno, y cuando el promotor había intentado darle un aire respetable llenando los huecos con mesas y sillas, no había hecho más que empeorarlo.

Al acabar, cansados y sudorosos y acompañados por tímidos aplausos, desfilaron hacia el pequeño camerino, en el que lo primero que hizo Johnny fue abrir una botella de Jack Daniel's y lanzar la tapa de plástico contra la pared.

—Total, no la vamos a necesitar.

Los muchachos asintieron con la cabeza. En vez de cerrar la gira con un subidón, estaban disgustados. ¿Qué había fallado? ¿Qué coño había pasado?

No hizo falta preguntar a nadie si quería un trago. Iban a apurar hasta la última gota de aquella botella de JD. Incluso Russell dio un par de tragos. Hasta entonces, no había bebido nada durante la gira. Había utilizado su parte del anticipo para comprarse un Ford Mustang rojo último modelo, y había seguido a la banda de bolo en bolo en lugar de ir con ellos. Siempre le habían gustado los coches, y el orgullo que sentía por aquel bellezón americano superaba con creces su deseo de empinar el codo.

Hasta aquella noche.

Hacía rato que había pasado la medianoche cuando salieron tambaleándose por la entrada de artistas y se encontraron con que se había levantado una niebla heladora. El mánager de la gira, Derek Potts, que también era su chófer, su ayudante, su técnico de sonido y su terapeuta, se subió a la furgoneta y arrancó el gélido motor. Mientras el viejo cacharro se ponía en marcha entre estertores, apestando a combustible y gases de escape, Johnny, agotado y borracho, se imaginó el frío, la mugre y el tufo que tenía que haber allí dentro. Se volvió a mirar a Russell, que estaba ocupado firmando autógrafos mientras jugueteaba con las llaves de su Mustang.

Sin pensárselo dos veces, Johnny se escabulló hacia él.

—Me voy con Russ —les dijo a los otros—. Me siento incapaz de hacer otro viaje en ese trasto.

—Sube —dijo Russell.

El motor de cuatro litros rugió y salieron estruendosamente del aparcamiento envueltos en el humo del tubo de escape. Johnny le ofreció la botella a Russell.

—Gracias, tío, pero no. Ya he bebido más de la cuenta, y el viaje es largo.

—Tú mismo. —Johnny apuró la botella mientras Russell giraba rápidamente a la derecha y entraba en la carretera principal antes de doblar a la izquierda en el cruce.

Después, aceleró por la autovía helada con los cilindros a toda pastilla.

Johnny se recostó en el asiento. La adrenalina del concierto estaba remitiendo, y el JD le había sumido en un estado de ánimo pesimista.

—¿Qué vas a hacer si EMI nos deja? —preguntó.

—Cuando nos deje, querrás decir —contestó Russell.

—¿Tú crees?

—No te engañes. No están ganando pasta con nosotros. ¿Para qué iban a mantenernos?

Johnny se quedó mirando la penumbra por la ventanilla.

—Lo que más me va a costar es decírselo a mi madre —añadió Russell.

—Es la única que ha creído en nosotros. —Johnny bajó la ventanilla a la vez que se sacaba dos pitillos del bolsillo de la chaqueta.

Se los encajó entre los labios para encenderlos. Pero las ráfagas de viento que entraban por la ventanilla eran demasiado fuertes. Al prender, el cigarrillo izquierdo se soltó, dio un par de vueltas en el aire y aterrizó entre las piernas de Russell. Russell gritó al sentir que la ardiente punta le quemaba a través de la tela del pantalón.

—Mierda, Johnny… ¡Joder! Sácalo de ahí, ¡joder, que lo saques! —Se dio manotazos en la entrepierna, gritando otra vez al oler el terciopelo quemado—. ¡Joder! Mierda…

La reacción de Johnny fue lenta, entorpecida por el alcohol y el bajón, pero finalmente se inclinó y pasó la mano entre las piernas de Russell en busca del pitillo encendido. Russell bajó la vista; debió de ser una milésima de segundo, pero una milésima que bastó para que apartase los ojos de la carretera, y que duró una eternidad; fue como un momento a cámara lenta en el que el cerebro de Johnny absorbió muchísima más información de la que era capaz de procesar; una cámara que grababa mil fotogramas por segundo en lugar de veinticuatro. Johnny y Russell se miraron en el preciso instante en que chocaron contra la mediana. Ambos sabían lo que iba a pasar.

El Mustang, que iba casi a ciento treinta kilómetros por hora, salió volando como un elegante pájaro, trazando silenciosamente una curva en el aire. Después, el coche se estrelló de frente contra el asfalto. El impacto fue como un choque de trenes. Johnny siempre habría de jurar que en aquellos últimos segundos Russell se volvió hacia él y sonrió.

19

Hospital

Lo único que sabía Johnny con certeza era que estaba tumbado en una camilla que alguien empujaba a toda velocidad por un pasillo esterilizado. La sucesión de luces fluorescentes del techo le deslumbraba a través de la pegajosa gasa roja que le cubría los ojos. Un dolor intenso le tenía paralizado. No podía moverse, hablar, gemir ni chillar.

—Todo va a ir bien —dijo una voz tranquilizadora—. En cuanto hagan efecto los medicamentos, se te irá el dolor.

Pero no todo iba bien. Por alguna razón, Johnny lo sabía. ¿Dónde estaba Russell? ¿Había sobrevivido? Intentó preguntarlo, pero descubrió que le habían puesto una máscara de oxígeno sobre la boca. En lugar de intentar comunicarse, se centró en mantenerse consciente. Recordaba vagamente que un técnico de emergencias había insistido en esto cuando estaba tirado sobre el asfalto, cubierto de sangre y gasolina, a pocos metros del enorme amasijo de restos retorcidos y llameantes.

Johnny sabía que todo aquello era culpa suya. Le había ofrecido el Jack Daniel's a Russell, le había pasado el cigarrillo encendido. Había empezado a notar que le tumbaban en una camilla y le metían en una ambulancia, después todo se había desdibujado.

Le vino a la cabeza una frase que solía decirles Carol cuando eran niños: «Cuidad el uno del otro..., y la vida os cuidará».

Carol y Russell le habían cuidado a él, en cambio él no había cuidado a Russell, y ahora estaba a quince metros de distancia, tumbado bocarriba... Un cadáver ennegrecido. Su mejor amigo. Su hermano.

—Quédate conmigo... Venga, tío, quédate conmigo.

¿Era eso lo que le había dicho?

Pero entonces intervino otra voz:

—Sé que puedes oírme, Klein. Te estoy metiendo algo en el bolsillo. Es un número de teléfono, y más vale que llames... o volveremos.

Estaba confuso, y demasiado absorto intentando entender el dolor que le atravesaba todo el cuerpo como una única vena helada para concentrarse en lo que le decían. Quédate despierto. Esa era la clave. Si estabas consciente, no podías morirte. La camilla chocó con algo y se detuvo; entonces, la mirada teñida de rojo de Johnny se posó sobre la fuente de luz que tenía justo encima. Era deslumbrante, una mancha de fósforo en reacción con el aire, y sin embargo podía mirarla directamente mientras una cascada de hermosas chispas doradas caía a su alrededor.

Daaaaamas y caballeros, la banda más grande del mundo... ¡KLEEEIIIN!

A la vez que caían las chispas, el hielo seco iba subiendo, formando en torno a Johnny densas nubes blancas que parecían cojines, almohadas, mantas mullidas.

—Al menos le dimos una buena despedida —dijo Lee, sentado a horcajadas en la butaca, desde la otra punta de la habitación.

—Obviamente, con el ataúd cerrado. Dios, Johnny, no sabes la suerte que tuviste de salir despedido del coche. Todo el mundo está preguntando por ti. A nadie le sorprendió que estuvieses allí.

«¿Qué coño dices, Lee?».

Johnny aún no era capaz de sacar las palabras.

—Dicho esto, hay una buena noticia hoy.

«¿Una buena noticia?».

—Aunque también es una noticia de mierda. No es para ir pregonándola por ahí.

«¿Una buena noticia que es una noticia de mierda?».

—Somos el Número Uno, colega.

—Número... ¿uno? —dijo al fin, con voz ronca.

—El nuevo disco. Va el primero. Es por toda la publicidad que le ha dado el accidente. Nadie quería que salieran así las cosas, claro. Pero ha sido portada en todas partes.

—Pero... Russ... —Incluso en su precario estado, un tsunami de emociones arrolló a Johnny, que, horrorizado, apenas llegó a farfullar—: Pero... Russell... quemado.

—Ya, colega, pero, oye..., por mala que sea, la publicidad siempre es publicidad.

Johnny oyó un grito desgarrador, y comprendió que estaba saliendo de él.

—¡Johnny, Johnny! —dijo alguien con tono de urgencia, agachándose y envolviéndole en un abrazo.

—Lee, no me... Joder, que no...

—Lee no está aquí, Johnny, soy yo.

Parpadeó, cayendo por fin en la cuenta de que no era Lee Giles.

Era Mona.

* * *

Viernes

—Russ… Russell —tartamudeó Johnny, intentando incorporarse, aunque el agarrotamiento y el dolor le tenían prácticamente inmovilizado—. Era… Era Russell…

—Johnny, soy yo —dijo Mona—, recostándole con delicadeza sobre la almohada.

—Sí, pero… —De nuevo sintió dolor: en la espalda, en el pecho, en el cuello… Dios, le daba vueltas la cabeza, tenía la boca sequísima, la lengua como de esparto—. Russell… se murió.

Mona le sonrió preocupada mientras le tapaba con la manta.

—Eso fue hace muchos años, Johnny. En los ochenta.

—Todo lo que tenemos es por-porque Russell se murió… Y yo tuve la culpa.

—¿De qué estás hablando?

—La he… —Los recuerdos de lo que le había sucedido empezaban a venir en tromba. Quién era él, por qué estaba allí, por qué se sentía como si le hubiesen tirado a una trituradora industrial—. La he cagado bien, ¿verdad?

Mona se enderezó.

—Johnny, lo que dices no tiene sentido.

Johnny lo sabía y se esforzó por concentrarse.

—Mona, ¿qué pasó… exactamente?

—Que te molieron a palos, eso fue lo que pasó.

—Mierda…, sí. —Se acordó de la somanta, del impacto explosivo de cada golpe. No era de extrañar que hasta respirar le causara dolor en las costillas—. Pero…, bueno, es evidente que he sobrevivido. A no ser que seas un ángel…

—Tu ángel metementodo. Sí, Johnny, has sobrevivido. Sobre todo gracias al personal del Royal London Hospital.

—¿Ah, sí?

Johnny miró en derredor. Estaba en un pabellón general, con camas a la izquierda, a la derecha y al fondo. Justo enfrente, un anciano en pijama se incorporó, rodeado de sus familiares. Entre ellos había una mujer de cincuenta y pico años con una permanente beis que miró de manera fugaz a Johnny, seguramente no por primera vez. La desagradable realidad de la situación le impactó como otro puñetazo. El Royal London Hospital. De modo que no era un hospital privado. Claro que no. La atención médica privada, tan importante para las estrellas del *rock* que consumían alcohol y drogas hasta la destrucción, había sido una de las primeras víctimas de que se quedase sin blanca.

—¿Cuánto tiempo llevo aquí?

—Nos atacaron el jueves a media tarde —dijo Mona—. Y estamos a viernes por la tarde.

—¿Viernes? Dios, no puedo quedarme aquí tirado, tengo que… —Trató de incorporarse, pero estaba dolorido y desorientado. Con cautela, se llevó la mano a la cabeza y tocó una gruesa capa de vendas sujetas por una tira de esparadrapo.

—Ahora mismo no puedes ir a ningún sitio, Johnny —le reconvino Mona—. Estuviste inconsciente muchísimo tiempo, y después te sedaron. Tienes que darle tiempo a tu cuerpo para que se recupere.

—¿Me ha visto Laura?

—Laura no sabe nada.

Dio la impresión de que a Mona le incomodaba decirle esto, pero Johnny sintió alivio. En su situación actual, lo último que necesitaba Laura era que le diesen otra mala noticia más sobre su ex.

—Mejor que no se lo digamos. Aún no.

—Si eso es lo que quieres, vale.

—Pero aquí no puedo estar, Mona. Los *paparazzi* no van a tardar en descubrirlo.

Mona negó con la cabeza.

—Johnny, ahí fuera no estás a salvo.

—¿A qué te refieres?

—Venga, sabes perfectamente que aquello no fue un atraco cualquiera.

Johnny intentó reflexionar sobre lo sucedido, aunque era difícil. Se sentía como si le estuviesen clavando una punta de hierro en un lado de la cabeza.

—No me acuerdo de mucho, si quieres que te diga la verdad.

Lo único que recordaba era confuso, fragmentario: el suelo sucio del callejón, botas golpeando.

A modo de respuesta, Mona contuvo un sollozo. Johnny la miró, sorprendido.

Mona se sacó un clínex del bolso y se sonó.

—De verás pensé que iban a matarte. No paraban de darte patadas. Menos mal que salieron Ravi y el personal de cocina y se largaron. Pero antes de irse, uno de ellos se agachó, te dijo algo y te metió un papelito en el bolsillo.

«Sé que puedes oírme, Klein...».

—¿Qué está pasando, Johnny? —preguntó llorosa.

«Es un número de teléfono, y más vale que llames... o volveremos».

—Por favor, dímelo...

Johnny solo podía mover la cabeza. Un escalofrío le recorrió el cuerpo.

—¿Señor Johnny Klein? —interrumpió una voz, demasiado alta para el gusto de Johnny.

Él hizo una mueca; si alguna duda había habido entre los otros pacientes de que era una vieja leyenda de los escenarios, acababa de disiparse.

—¿Señor Klein? —repitió el doctor, acercándose.

Un enfermero con ropa de quirófano le iba pisando los talones.

Mona se apartó de la cama.

—Bueno…, ha vuelto con nosotros —dijo el médico. Era una afirmación más que una pregunta.

Johnny asintió débilmente.

—Mire, llámeme Johnny a secas y cierre las putas cortinas.

El médico no pareció impresionado.

—Es que en tiempos fue famoso —explicó Mona—. Se cree que todo el mundo está hablando de él.

Sin inmutarse, el médico le hizo un gesto con la cabeza al enfermero, que obedientemente cerró la cortina de plástico en torno a la cama de Johnny.

El doctor le dio el portapapeles al enfermero, se inclinó y alumbró los ojos de Johnny con una linterna tamaño bolígrafo.

—Constricción completa de la pupila —dijo, en parte para sus adentros, pero también al enfermero, que estaba tomando notas velozmente—. Buena reacción. ¿Dolor de cabeza, náusea, escalofríos descontrolados?

Johnny tenía todos esos síntomas. No solo se sentía hecho una mierda, se sentía como una mierda pisoteada. Y más de una vez. Pero tenía que salir de aquel escaparate tan expuesto a todas las miradas.

—Me encuentro bien —dijo débilmente—. En plena forma.

—El médico parecía escéptico, así que Johnny se agarró el cuello de la bata del hospital y dijo—: Me encontraré mucho mejor en cuanto me quite esto, me ponga mi ropa y vuelva a mi propia cama. Mire…, ¿lo ve?

Se incorporó con esfuerzo y trató de bajar las piernas al suelo, pero un dolor infinitamente peor que todo lo que recordaba de la víspera se extendió por su ingle como mil fuegos artificiales estallando al unísono. Miró incrédulo el largo tubo de plástico de una sonda que asomaba por debajo de la bata y volvió a caer sobre el colchón, retorciéndose de dolor y comprendiendo que la sonda salía de su pene y desembocaba en una bolsa que colgaba a un lado de la cama.

El médico negó con la cabeza.

—Mire, va a quedarse con nosotros unos días para que podamos echarle un ojo. Ayer sufrió una conmoción cerebral muy grave, y estas cosas no nos las tomamos a la ligera.

—Me quedo hasta mañana, pero después me largo.

Al médico le era indiferente que las palabras de Johnny fueran una promesa, una advertencia, una amenaza o la habitual fantasía de cualquier paciente.

—Veremos cómo está mañana por la mañana. —Añadió algo a las notas—. Hasta entonces, acuéstese y relájese. Deje que la naturaleza siga su curso.

—Vale —refunfuñó Johnny, observando alarmado cómo caía un chorro de orina por el tubo—. ¡Y quítenme este maldito chisme!

Johnny debió de dormir más aquella noche de lo que pensaba, aunque en su momento no se lo pareció.

Las enfermeras le iban trayendo puntualmente la medicación, pero la cabeza y las costillas le palpitaban de dolor, y pasó unas horas que se le antojaron eternas a la deriva en sus propios pensamientos atormentados, mirando sin entusiasmo un techo recorrido por una tenue iluminación, envuelto en su sarcófago de cortina de plástico, oyendo las toses, los pedos y los ronquidos de desconocidos.

En su duermevela, le parecía que Laura estaba sentada a su lado, dándole la mano. Se preguntaba qué hacían los dos juntos en el hospital. Sería por Chelsea, que acababa de nacer, ¿no? Sí, eso era. Y él había llegado con la lengua fuera desde Italia, adonde habían ido de gira, para verla coger su primera bocanada de aire.

Pero había merecido la pena. Era la cosa más maravillosa que había visto en su vida: su bebé berreando, cubierta de sangre y moco y retorciéndose como una campeona en los brazos de la matrona.

—Bienvenida al mundo, peque —recordó que había dicho.

«Pues sí. Por suerte todavía no tienes ni idea de la cagada que va a ser todo».

Se le abrieron los ojos de golpe.

Laura no estaba allí, claro.

Ni tampoco Chelsea. Ni la Chelsea de quince años ni la de quince segundos. Estaba solo en aquel espacio vacío y solitario rodeado por la cortina de plástico, con el constante pitido de un monitor, el dolor de su cuerpo magullado y la interminable y sepulcral quietud de la noche de hospital.

Sábado

Cuando la luz de la mañana empezaba a filtrarse en el pabellón, Johnny ya estaba vestido, aunque haciendo muecas de dolor mientras se calzaba las botas camperas. Al otro lado de la cortina, el resto del pabellón había cobrado vida, y el personal de día parloteaba alegremente intentando despertar a los pacientes aletargados. El desayuno del hospital olía a vísceras putrefactas más que a comida.

Johnny se sobresaltó cuando Mona abrió la cortina de un tirón. Se quedó helada.

—Vaya, es evidente que estás mejor, ¿no? —observó al fin.

Johnny movió la cabeza mientras rebuscaba en los bolsillos de su chaqueta.

—Da igual. Tengo que salir de aquí.

—No da igual. ¿Alguna vez te han dado un alta hospitalaria?

—Han dicho que puedo irme —mintió—. Oye, Mona…, uno de esos gorilas me metió algo en el bolsillo de la chaqueta y ha desaparecido.

—¿Te refieres a esto? —Ella le enseñó un papelito.

—¿Lo has cogido tú? —dijo Johnny.

—Quería ponerlo a buen recaudo —respondió ella, a la defensiva.

Johnny le tendió la mano, y Mona, a regañadientes, se lo puso en la palma. Había un número de teléfono garabateado.

«Es un número de teléfono, y más vale que llames… o volveremos».

Johnny movió la cabeza.

—Tonterías.

—Lo que es una tontería es que no me cuentes qué está pasando.

—Mona —se guardó el número—, ¿por qué iba a contártelo? Es mi vida, ¿vale? Si me he metido en un buen fregado, el fregado es mío.

Los ojos de Mona echaban chispas.

—¿Y si vuelven esos matones a Graceland para la segunda ronda? Johnny, somos un restaurante, no un club de lucha.

—¿Te crees que a mí esto me apetece?

—Nadie quiere líos, pero parece que algunos los atraemos más que otros. Y no quiero que el orgullo de mi tío, el restaurante al que ha dedicado toda su vida, se haga famoso por malos motivos.

Johnny echó un vistazo al mueble auxiliar para asegurarse de que no habían metido allí más cosas suyas. ¿Qué más podía decirle? No es que aquello no fuera de su incumbencia; a ella también le habían dado una paliza. ¿Acaso no veía que no quería arrastrarla a todo esto?

—¿Debes dinero a esos tipos? —preguntó Mona—. ¿De eso se trata?

—Es mejor que no lo sepas.

—Genial. El tipo de lógica que dice que es mejor no ver el autobús que te atropella. Ya sabes…, como si no tuviese ninguna importancia que quizá hubieras podido apartarte…

Johnny se volvió bruscamente.

—Ya que te empeñas en saberlo… —Hizo una pausa. Sus voces habían llamado la atención de unas cuantas personas que estaban mirando y pegando la oreja—. Ya que te empeñas en saberlo —repitió más bajito—, tiene que ver con… Bueno, tengo algunas cosas entre manos, ya sabes. Digamos solamente que no están siendo fáciles.

—¡No me digas! Como si no me hubiese dado cuenta.

—Mira, soy consciente de que te hicieron daño y sé que tuviste miedo, pero fue una casualidad. Estabas en el lugar equivocado en el momento equivocado, y ya está. Punto final.

—Eres un cretino condescendiente.

—¿Sabes? Tienes razón en una cosa, Mona —dijo él, cada vez más desbordado por su propia frustración—. Sí, necesito salir de Graceland. No tengo ni idea de a dónde voy a ir, pero allí no puedo quedarme.

—La noche del jueves la pasé entera en una silla de ese pasillo —dijo Mona entre dientes—. Eso, cuando no estaba arrastrándome a la máquina de café del vestíbulo para mantenerme despierta por si había alguna novedad.

—Mona, lo único que quiero es recuperarme. Y no podré mientras siga siendo el mono de feria de tu tío.

Se quedó boquiabierta.

—Johnny, ¿cómo puedes decir eso?

—Y respecto a Ravi, tampoco puedo hacer milagros. Es majete, pero es un cantante de *pub*. Es lo máximo a lo que puede aspirar, y cuanto antes se dé cuenta, mejor para todos…, incluido él. Deberías habérselo dicho ya. Tú trabajas en la prensa musical, no deberías haberle dado falsas esperanzas.

La mirada de Mona se había endurecido.

—No te molestes en volver jamás a Graceland —escupió—, en vista de cuánto nos detestas. Jamás.

Giró sobre los talones de sus Dr. Martens y echó a andar muy tiesa, pero, antes de cruzar el pabellón, se dio la vuelta, rebuscó en el bolso, sacó algo y se lo lanzó. Rebotó en el pecho de Johnny y cayó sobre la cama.

Era su móvil. Lo cogió.

—Por si acaso Chelsea está intentando dar contigo —dijo Mona a través de las lágrimas—. Al fin y al cabo, eres el único padre que tiene.

—Mona, yo…

Pero se iba alejando a grandes zancadas, y al esforzarse por seguirla Johnny estuvo a punto de caerse. La tensión sanguínea de su cabeza tardó unos instantes en estabilizarse; después, siguió andando a trompicones. Mona estaba en el descansillo de abajo cuando por fin la alcanzó.

—Mona, espera… Mira, estás en todo tu derecho de echarme, soy un gilipollas. Pero primero tengo que coger unas cosas.

Apenas había nada: una muda de ropa y unos cuantos artículos de tocador. Pero luego estaba también el asuntillo de las fotos arrugadas y sus negativos…

—Cuando vengas, asegúrate de que no estoy —dijo Mona con

rabia—. Pensaba que eras un buen tipo, pero eres igualito que toda esa panda de capullos arrogantes de la industria musical.

—Ojalá siguiera en la industria… —murmuró él, incapaz de mirarla a los ojos.

—Ya basta de autocompasión. Es aburridísima.

20

Tocando fondo

Sábado

Mona pasó el resto de aquel sábado en su piso de Shoreditch intentando ponerse al día con el trabajo que había descuidado durante la semana, pero no se le iba el mal humor.

No era la primera vez que Johnny y ella tenían un conflicto. Por mucho que se hubiesen instalado en una amistad incómoda, él seguía siendo dueño de sí mismo y no soportaba la idea de que nadie le controlase. Se imaginaba lo que debía de haber sido ser su mujer.

«Bueno, pero es que tú no eres su mujer».

Resopló sobre el ordenador portátil. Qué maleducado había sido. No solo con ella, sino también con el tío Rishi: el alojamiento y las cenas gratis, la barra libre en el bar..., aunque de esto último no se había aprovechado como habría podido.

—Johnny —se dijo para sus adentros, separándose del escritorio—. Eres un puto desastre.

Johnny Klein había dejado atrás el mundo normal cuando todavía era un adolescente. Se había convertido en un mito cuando ni siquiera era un adulto y había llegado a la mediana edad sin asumir responsabilidades, dejando que le hiciesen siempre las cosas. Ahora, el mundo al que había sido escupido de vuelta era un lugar oscuro y hostil.

No era de extrañar que estuviese hecho un lío, pero no era excusa para que se portase como un cretino.

Ya se estaba arrepintiendo de haberle dicho que no volviese a Graceland. En su estado, ¿a qué otro lugar podía ir?

Contempló la posibilidad de llamarle al móvil y decirle que no iba en serio, pero se resistió.

—Aún es pronto para dar marcha atrás —murmuró—. Mereces sufrir un poco, caballero.

Sin embargo, esa misma tarde su determinación había hecho aguas, y puso rumbo a Brick Lane. Como era sábado, el restaurante estaba abarrotado. Le dijeron que con tanto ajetreo no habían visto a Johnny.

Ravi estaba interpretando la segunda y última serie de la noche, deleitando al público con su inarmónica versión de «In the Ghetto». La acusación de Johnny de que le estaba dando falsas esperanzas seguía molestando a Mona, sobre todo porque sabía que era verdad. Ojalá hubiera sido más franca con Ravi…, pero en estos momentos estaba de rodillas, llorando y sudando mientras rogaba por la vida del chiquillo que acabaría siendo un delincuente y moriría sin haber conocido el amor. Se quedó en la barra, y cuando sonó su móvil lo sacó a toda prisa del bolsillo, esperando que fuese Johnny.

Pero no. Era Ted Travis, compañero de plantilla de *Classic Rock*.

Treinta años mayor que ella y considerado por la mayoría como el sabio de la oficina, a lo largo de su vida Ted había salido de fiesta con todo quisque: de Iggy Pop a Bruce Springsteen, de Tina Turner a Julie Andrews.

El mensaje decía: «Llámame. Da igual la hora».

Mona salió por la puerta de atrás y le llamó.

—Mona, nena —dijo Travis—. ¿Cómo te va?

—Ya ves, viviendo la vida loca —respondió ella—. ¿Tienes algo para mí?

—Vaya si tengo. Me preguntaste por Ben Randall, ¿no?

—Sí, ¿por?

—Bueno, he estado indagando por ahí y resulta que es otra reliquia del pasado.

—¿En serio? ¡Pero si no puede tener más de cuarenta años!

—Cuarenta y cinco, ¡prácticamente de mediana edad! Bueno, el caso es que su historia es para echarse a llorar… ¿Quieres oírla?

—No te cortes.

—Bueno, ¿sabías que tenía el mundo a sus pies? Estuvo en el West End, en *El fantasma de la ópera* y en *Los miserables.* Tuvo un papel en *The Music Man,* en Broadway. En la tele no ha parado: polis, miembros del Servicio Aéreo Especial… Lo señalaban como un futuro James Bond, y, de repente, va y desaparece…

—No estará muerto, ¿no?

—No, pero su carrera profesional sí. ¿Sabías que estuvo un tiempo viviendo con Jackie Phillips?

—Sí, lo había olvidado, pero alguien me lo recordó. A ver si lo adivino: ¿Jackie le exprimió bien exprimido y después tiró la cáscara?

—Exacto. Le llevó a la bebida, al parecer. Pero, al final, él la dejó, conoció a otra y se casó.

Al mencionarlo Ted, Mona se acordó.

—¿Con Sasha Jakeman, si no recuerdo mal?

—Sí, una actriz guapísima. Empezó en las telenovelas, pero era demasiado sexi. Desde el inicio se le notaba a la legua que acabaría en Hollywood.

—¿Y?…

—Y rompieron. Muy amargamente, hará dos años. Parece que él seguía bebiendo… Creo que siempre tuvo problemas con el alcohol. En fin, el caso es que Sasha no estaba dispuesta a tragar con eso. Le dio la patada y todo se le vino abajo. Ella ahora vive en Los Ángeles, mientras que él es un alcohólico deprimido que vive anónimamente en Edmonton, en un piso de protección oficial. El sitio se llama Daffodil Court.

—Interesante. Otra víctima de la industria del espectáculo.

—Eso es. Si quieres te puedo enviar la dirección de Randall, pero te advierto que el sitio es un poco chungo.

Había otra cosa dándole vueltas, algo que no acababa de recordar… hasta que lo hizo:

—Ted, ¿Jackie ha tenido alguna vez problemas económicos? Cuando empecé a preparar aquella historia sobre Randall, recuerdo que corrían rumores de que estaba sin blanca.

—Pues eso es lo raro —dijo Ted—. Me dijeron que *The Sun* iba a publicar que Jackie estaba a punto de declararse en quiebra. Que iba a perder la casa, los coches, todo, y que el banco iba a extinguir el derecho de redimir la hipoteca.

—¿Y?

—Y nada. Parece que la historia se fue desvaneciendo, y poco después Jackie estaba pavoneándose por ahí como si nadase en la abundancia. Se presentó con Meg Mathews y Kate Moss en Saint-Tropez para la fiesta millonaria del cuarenta cumpleaños de no sé quién, y aquí paz y después gloria.

—Interesante. Gracias, tío.

—Venga, nena, nos vemos el lunes.

—Sí, hasta luego.

Algo no encajaba, pero no conseguía unir las piezas. ¿Qué podía hacer ahora? Nunca había estado en Daffodil Court, pero sabía que Edmonton tenía zonas peligrosas, lugares en los que tenías que andarte con ojo. No pensaba ir a no ser que fuera estrictamente necesario, aunque tampoco estaba de más tener la información.

Echó un vistazo al reloj y vio lo tarde que era. La lluvia caía a mares por el ventanal del restaurante. Aunque solo fuera eso, tenía que conseguir que Johnny volviera. No estaba pensando con claridad y seguía sufriendo las secuelas del golpe de la cabeza. No deberían haber discutido, estando como estaba. Tenía que conseguir que Johnny volviese antes de que desapareciese para siempre por las oscuras calles de Londres.

Hacía ya varias horas que había salido del hospital, horas transcurridas en las calles de Whitechapel viendo cómo el ruidoso desfile de la vida pasaba de largo sin él. Se había arrancado la venda de la cabeza para no llamar la atención, pero no tardó en preguntarse para qué se habría molestado, si total ya era invisible para casi todo el mundo. El anonimato era algo que había anhelado en tiempos, en cambio ahora que lo había encontrado no sabía si le gustaba demasiado. Lamentaba haberse dado de alta del hospital London Royal. Allí habría tenido comida gratis, cama gratis e incluso drogas gratis a placer.

No sabía a dónde iba a ir ahora. No tenía nada. Ni Mona, ni un piso, ni curri gratis, y a última hora de la tarde el cielo de octubre estaba cada vez más gris y el aire mucho más húmedo y frío. A pesar de todo, había seguido caminando sin rumbo, arrebujado en su vieja chaqueta caqui. Quizá fuera efecto de la conmoción cerebral, pero se sentía desconectado del mundo, sus pensamientos eran incapaces de penetrar la niebla o decidir qué hacer a continuación. Y estaba atrapado en su autocompasión.

Habría podido telefonear a Laura, pero ¿cómo le iba a explicar a Chelsea que no tenía dónde caerse muerto? Jackie quizá le entendería, pero, aunque le dejase pasar la noche en su casa, ¿qué pasaría a la mañana siguiente? Siendo como era Jackie, seguro que no disponía de una habitación a largo plazo para un examante sin blanca. Llamaría a Mona y se disculparía, pero ¿para qué, si seguro que la volvía a decepcionar en un abrir y cerrar de ojos?

Se sentía como si estuviese dentro de su burbuja y no pudiese reventarla, como si el mundo siguiese su curso a su alrededor y él no pudiese incorporarse. Ni siquiera estaba seguro de que si le dirigía a alguien la palabra, le fuese a oír.

Había caído ya la noche cuando sus pasos le llevaron hasta Smithfield. La temperatura había bajado tanto que su vieja chaqueta militar no le iba a servir de nada. Se sacó una pequeña capucha de lona de la parte trasera del cuello, un accesorio de moda que se había convertido en un artículo de primera necesidad para sobrevivir.

En la siguiente esquina había una pequeña furgoneta con la puerta de atrás abierta de la que salió una mujer que se puso a dar tazas de té de poliestireno a las personas sin hogar. Ironías del destino, en otros tiempos Johnny había recaudado fondos para organizaciones benéficas haciendo eso mismo, alegando que estaba «devolviendo algo a la sociedad», aunque en realidad utilizándolo como un instrumento más para hacer relaciones públicas. Se encaminó fatigosamente hacia la furgoneta.

La mujer tenía un rostro amable que le cautivó. Había algo en ella que le recordaba a la madre de Russell, Carol.

—Hola, corazón —dijo ella con una sonrisa alentadora—. Toma, bien calentito.

Johnny tardó un momento en reparar en la taza de té que le

estaba ofreciendo, pero al final la aceptó sin hacer ningún comentario y sin importarle que le pudiese reconocer.

«Pero cómo te va a reconocer, si pareces un pordiosero».

Cerca había varias personas harapientas agarradas a sus tazas de té mientras otro trabajador social hablaba con ellas. A Johnny le habría encantado sumarse al grupo, sentir un poco de bondad humana, pero sabía que tenía que mantener la cabeza gacha si no quería llamar la atención. Junto a la furgoneta había un montón de cartones y mantas que habían sido donadas.

Cogió una manta y un cartón. Le vino a la cabeza una pesadilla que tenía cuando estaba empezando: que sin saber cómo, casi de la noche a la mañana, le despojarían de todo —de su fama, de su fortuna, de su dignidad— y tocaría fondo.

—Ahora no es una pesadilla —murmuró, alejándose con paso torpe de la furgoneta y de la hoguera, un animal herido en busca de un lugar discreto donde lamerse las heridas.

Había empezado a caer una lluvia ligera y se metió en el primer hueco que encontró, un simple recoveco en un muro de ladrillo negro. Después de comprobar con la tenue luz del móvil que no había nada peligroso, como jeringas usadas, puso el cartón en el suelo, se tumbó encima y se subió la manta hasta la cabeza. Un hedor a lejía le envolvió. Era evidente que la manta había estado a remojo.

Fue entonces cuando sonó el móvil, vibrándole en el bolsillo y atravesando el aire nocturno con su tono de llamada excesivamente alegre. Aturdido, Johnny se lo sacó y vio el nombre de Mona en la pantalla. Era obvio que había añadido su número antes de llevarle el móvil al hospital.

No respondió. Ya no servía para nada, era un pelele andrajoso, humo y paja. Una persona tan llena de vida como Mona no debería andar por ahí persiguiendo a un gandul pasado de fecha como él.

El móvil dio un pitido.

Mona había enviado un SMS.

«Johnny, vuelve a Graceland. Ya sé que hemos discutido, pero en estos momentos es tu hogar. M xxx».

Johnny se guardó el móvil. Era bonito saber que alguien se preocupaba por él lo suficiente como para perdonarle su conducta, pero no se veía capaz de ponerse en pie, menos aún de volver andando a Brick Lane.

A los pocos instantes, Johnny estaba dormido, hecho un ovillo bajo la manta descolorida. No hubo sueños, no hubo ninguna huida agradable de su situación, solo oscuridad, un mundo semejante a la muerte.

Johnny no tenía ni idea del tiempo que llevaba allí, no sabía si había dormido cinco minutos o una hora, pero lo que sí sabía era que alguien se había tumbado sobre su espalda y le estaba aplastando el cuello con el pliegue del codo, y que tenía una cuchilla pegada al rabillo del ojo. Le era imposible moverse.

Intentó defenderse, pero apenas podía respirar y el hedor a alcohol y a sudor rancio le ahogaba.

—Dame ese puto móvil o te corto el suministro de oxígeno —gruñó su atacante.

Johnny dijo entrecortadamente que de todos modos no podía respirar, y el hombre aflojó un poco la llave al cuello.

—Cógelo —jadeó Johnny a la vez que le tendía el teléfono, meneándolo—. No vale nada.

El hombre lo cogió, soltó a Johnny y dejó que se cayera de culo, pero después simplemente se quedó clavado en el sitio, dando vueltas al teléfono.

—¿Qué eres? ¿Un camello? —Tenía acento *cockney*.

—¿Eso parezco? —Johnny alzó débilmente la mirada.

Era otro sintecho; el olor a falta de higiene y a alcohol no dejaban lugar a dudas. Él también llevaba ropa caqui, pero en su caso pantalones y una vieja chaqueta de combate con insignias de dagas aladas en los hombros. Era alto y delgado, y tenía una pelambrera apelmazada y barba y bigote canosos y duros. Tenía pinta de llevar mucho tiempo en la calle, pero a pesar de ello se le veía ágil y lleno de energía. Aún estaba empuñando el arma, una navaja plegable, pero al ver que Johnny estaba deslomado la cerró con una sola mano, se la guardó y se puso a juguetear otra vez con el móvil.

Sus ojos volvieron a posarse en su víctima.

—¿Qué más tienes?

—Millones de libras —respondió Johnny, medio grogui—. Pero ¿tú qué te crees, joder? Mira dónde estoy durmiendo.

—Cuidado con esa boquita, colega. He matado a más hombres que... ¡Un momento! —El tipo se puso de cuclillas y le miró más de cerca—. Tú no serás... Sí eres, ¿no? Me acuerdo de ti. —De repente estaba inquieto, recorriendo la calle mojada y desierta con la mirada—. ¿Esto es un juego o algo así? ¿Un programa de la tele? ¿Estás aquí para ver cómo viven los pobres?

Johnny se frotó la frente dolorida con los nudillos.

—Ojalá.

—Pero tengo razón, ¿a que sí? Eres Johnny Klein.

—Encantado de conocerte.

—¡Joder! Os oíamos a todas horas. Siempre os ponían en Forces Radio. ¿Qué coño ha pasado, tío?

—Pasan cosas malas, ¿no? A todo el mundo.

—Sí, es verdad. —El tipo se quedó pensando—. Os llamabais Duran Duran, ¿no?

—Eso es —respondió Johnny.

—Lo sabía. Pero ¿cómo coño has acabado aquí?

Johnny miró el cielo nocturno, de un negro azabache. No se veía ni una estrella.

—Es una larga historia, tío. De verdad, es demasiado larga y demasiado aburrida. ¿Y tú?

—Lo típico. Me destinaron al extranjero y volví tocado. Traté de superarlo emborrachándome todos los días. Al final, mi mujer me echó de casa.

—Pero ¿no hay gente que…, ya sabes, terapia para excombatientes?

El tipo hizo una mueca y mostró los dientes, que alternaban entre el marrón y el negro.

—Para eso tienes que querer que te ayuden, ¿no? Y lo único que he querido yo siempre y quiero ahora es un puto trago. —Dicho lo cual se sacó una botella de vodka del bolsillo. Estaba llena de un líquido claro, pero cuando desenroscó el tapón el olor delató de qué se trataba. No era un vodka que Johnny conociera. Olía más bien a parafina—. Te vas a morir aquí fuera, Johnny —dijo el veterano como quien no quiere la cosa—.Te lo garantizo. Eres demasiado blando para las calles, te van a merendar vivo.

Johnny se pasó la mano por el pelo. La herida que tenía en el cuero cabelludo seguía abierta y sangrando, aún le dolía. Una parte de él deseaba que aquel chalado le hubiese matado.

—¿Cuánto tiempo llevas en la calle? —le preguntó finalmente Johnny.

—No sé…, cinco años.

—¡Cinco años!

—Por ahí. ¿Para qué coño iba a contarlos?

—¿Cómo te llamas?

El veterano esbozó una sonrisa satisfecha. De cerca, lo que a Johnny le habían parecido dientes negros eran en realidad huecos.

—¿Y eso qué importa? Tú estás solo. Por eso no vas a salir adelante.

—Sí, ya me lo has dicho.

—Te estoy hablando sinceramente, tío. Podría haberte abierto en canal. Y puede que lo hubiera hecho si no te hubiese reconocido. —Volvió a mirar el móvil y le dio con el dedo. Cuando la diminuta pantalla led se encendió, leyó y dijo—: ¿Quién es Mona?

—Alguien que se preocupa por mí más de lo que me merezco.

El veterano le devolvió el teléfono.

—Será mejor que la llames. Estará inquieta.

Johnny se lo volvió a guardar en el bolsillo.

—Cinco años en la calle son muchos años —comentó, y acto seguido le hizo una pregunta de corazón—: ¿Cómo sobrevives? En serio…, ¡cinco años!

El veterano se encogió de hombros.

—Haz que la calle te tenga miedo a ti. Házselo tú a ellos antes de que ellos te lo hagan a ti.

—¿No acabaste harto de eso en el ejército?

—Verás, Johnny, la vida en la calle es dura, pero también tiene su lado positivo dormir bajo las estrellas, no tener que rendir cuentas ni mantener a nadie. Vivir cada día minuto a minuto, sin recibos, sin facturas. Sin que a nadie le importe si estoy vivo o muerto. —Miró a Johnny. La agresividad se había esfumado, dejando entrever al tipo que había sido en otros tiempos: marido, amigo, héroe de guerra…—. Escúchame: yo en tu lugar volvería con esa tal Mona mientras pudiera. Antes de que sea demasiado tarde. Porque te aseguro, Johnny, que aquí fuera se hace demasiado tarde enseguida.

—Voy a intentar echar un sueño y ya me pensaré mañana por la mañana si vuelvo.

El veterano se puso en pie.

—No sé qué ha pasado para que pienses que tu sitio está aquí fuera. —Se alejó con pesadez—. Y en cuanto salga el sol y ya te hayas echado un sueñecito, mueve el puto culo y lárgate.

21

Añicos y astillas

Domingo

El viaje en autobús hasta Brick Lane a primera hora de la mañana —de nuevo gracias al abono de transportes de Mona— fue duro. Desde Smithfield solo había dos kilómetros y medio, pero ni siquiera eso habría sido capaz de recorrerlo a pie. Ahora, cada bache de la carretera le daba una patada en el culo, cada badén hacía que su confuso y exhausto cerebro se chocase contra las paredes de su cráneo. Al bajarse del autobús, y aunque solo eran las seis de la mañana, una ambulancia pasó rozándole a mil por hora con la sirena a todo volumen y le desencadenó un ataque de *tinnitus,* secuela de su antigua costumbre de colocarse demasiado cerca del enorme amplificador Marshall.

Echó a andar penosamente en dirección a Graceland.

En Brick Lane, los barrenderos habían pasado, pero había ya bastante tráfico, el personal había llegado y los preparativos para la jornada estaban en marcha, a pesar de que era domingo. Sin embargo, nada de eso explicaba la aglomeración que había a la puerta de Graceland. Johnny se detuvo.

—¿Qué coño…? —murmuró.

No solo había gente arremolinándose confusamente, también había coches patrulla con luces azules. Johnny se acercó. Cuando comprendió que el tono que estaba oyendo en las voces de los reunidos era de consternación, echó a correr.

—Mierda… Mierda… ¡MIERDA!

Acababa de ver los enormes ventanales del restaurante o, más bien, lo que quedaba de ellos, que era poco más que esquirlas de vidrio rodeadas por marcos astillados. Se abrió paso a empujones y otra vez se detuvo en seco al ver la puerta principal, que estaba destrozada. La preciosa marquetería con imágenes de Ganesha, el dios con cabeza de elefante, estaba llena de manchurrones de pintura rojo chillón.

Johnny siguió adelante, pero un policía uniformado que estaba en la entrada levantó la palma de la mano.

—Lo siento, caballero —dijo sombríamente—. Solo familiares y empleados, por ahora.

—Soy… —Johnny se trabó con las palabras—. Vivo aquí.

El poli miró al tipo que tenía delante con los ojos entrecerrados, claramente pensando que debajo de las magulladuras y la mugre le sonaba de algo.

—¿Vive usted aquí? —Parecía dudoso; su mirada se posó sobre el pegote de sangre coagulada de la pelambrera de Johnny—. ¿Le conozco de algo? No sabrá nada de este asunto, ¿no?

—No. Mire, ni siquiera sé lo que ha pasado, vivo aquí y… Y necesito saber qué pasa. Son mis amigos. —Johnny sintió que se le hacía un nudo en el estómago, y, presa de la angustia, tuvo que esforzarse para no vomitar.

El policía se lo pensó antes de hacerse a un lado.

—Más vale que no me despidan por esto, amigo.

A Johnny le traía completamente sin cuidado.

Al pasar, el vidrio roto le crujió bajo los pies y casi resbaló.

Lo que vio fue una escena de absoluta devastación. Habían echado más pintura roja por todo el interior, sobre todo por el enorme mural que representaba la vida india rural. Algunos de los asientos lujosamente tapizados habían sido rajados, el relleno sacado. Los adornos estaban hechos añicos, las mesas y las sillas habían sido lanzadas contra las paredes y la barra del bar y también estaban rotas e inservibles.

Dio un respingo.

—¿Qué es lo que…?

—Un regalo de esa gente…, de esos amigos tuyos. —Era Mona la que hablaba, su voz entrecortada por las lágrimas.

Estaba sentada en uno de los reservados de terciopelo abrazando a su tío, que se estaba sujetando la cabeza con las manos y tenía los ojos vidriosos.

—Mona…, ¿cómo que mis amigos?

—Ya sabes a quién me refiero. —Su mirada, aunque enrojecida por las lágrimas, era dura, y el tono acusador—. Sean quienes sean…, sean lo que sean. Volvieron esta madrugada. Y mira lo que han hecho. Lo han destruido todo.

Johnny solo era capaz de mover la cabeza. No conseguía asimilarlo.

—¿Seguro que eran los mismos tipos?

—Creo que sí. —Mona se secó las lágrimas con las puntas de los dedos—. Yo no estaba. Pero Ravi…

Se le quebró la voz.

—¡Ravi! —exclamó Johnny, presa de una desgarradora sensación de alarma—. Ravi…, joder… ¿Ravi está herido?

Las lágrimas empezaron a caer de nuevo por las mejillas de Mona.

—Había venido temprano para ensayar un poco. Dijo que le habías dado un consejo muy útil.

—¿Ah, sí? —Johnny no se acordaba; los pensamientos se mezclaban confusamente en su cabeza—. Pero… Ravi…, ¿está bien?

—Estaba ahí fuera, en el cuarto de lavado. Ya sabes que le gustaba ensayar ahí, a solas. Y oyó que estaban destrozando el local. Creemos que entró corriendo, y, por lo que me han dicho, se alegraron mucho de verle. —Las lágrimas le caían a mares, se le quebraba la voz—. Supongo que no les gusta que la gente les plante cara.

A Johnny le llamó la atención el trasiego que se veía a través de la puerta abierta de la cocina. Vio gente vestida con EPI moviéndose por todas partes.

—¿Está grave?

—Johnny, le dieron una paliza terrible… Fue hallado inconsciente.

—Sé que sobrevivirá —interrumpió el Comandante, moviendo la cabeza con vehemencia—. Conozco a mi primo.

—¡Señor Klein! —gritó alguien—. ¿Señor Klein?

Johnny se giró.

—Soy yo.

Una mujer de treinta y muchos años se acercó. Debajo del EPI que acababa de quitarse iba vestida con un elegante traje sastre. Era guapa y llevaba el pelo recogido en largas trenzas africanas. Fue directa al grano y le enseñó la placa.

—Subinspectora Lorna Thomas. ¿Podemos hablar?

Mientras se alejaba con la subinspectora, Johnny sorprendió a Mona mirándole fijamente.

Cuando encontraron un rincón tranquilo, la subinspectora Thomas se volvió hacia él y dijo:

—Por lo visto, puede que usted tenga alguna pista acerca de la identidad de los atacantes, ¿es así?

Johnny se encogió de hombros.

—Francamente… Francamente, no. —De nuevo tenía la boca seca.

Su instinto le aconsejaba que fuera parco con la verdad. Para empezar, si les contaba que Karl Jones había estado en el garito de drogas tendría que reconocer que también él había estado allí; antes que su conciencia estaba su autoprotección.

—A Mona y a mí… —dijo, trastabillando un poco mientras intentaba pensarse bien lo que iba a decir—. Mona es la sobrina del propietario… Nos atacaron en el callejón de atrás el jueves por la tarde. No sé por qué razón. Ravi y otros miembros del personal echaron a aquellos cabrones…, pero, por lo que se ve, han vuelto.

La subinspectora Thomas le miró con reservas.

—¿Usted no conocía personalmente a ninguno de los atacantes?

—No, para nada.

—¿Y no le dieron ninguna pista de por qué les estaban pegando?

—Es que… he estado en el hospital desde el jueves por la noche hasta el sábado por la mañana. No lo recuerdo bien.

La subinspectora Thomas frunció los labios.

—En ese caso, es de agradecer que la señorita Mistry pudiese darnos descripciones. Pero supongo que usted se acordaría si alguno le hubiese hablado, ¿no? O si le metieron algo en el bolsillo…

Johnny volvió a encogerse de hombros. Mona debía de habérselo contado, pero él no tenía ningún derecho a sentirse traicionado, ni siquiera delatado. Ante todo, Mona era leal a su tío, y ¿por qué no iba a serlo? La influencia que ejercía sobre su vida era mucho más positiva que la que había ejercido Johnny.

—Estaba fuera de mí, tengo un recuerdo muy vago.

—Mire, señor Klein —suspiró la subinspectora—. Sé que esto ha sido un *shock* tremendo y que todo el mundo está muy disgustado, pero tengo que ser franca con usted. —Le taladró con la mirada—. El East End de ahora no es el East End de antaño. Lo sé porque me crie aquí en los años setenta, cuando te tiraban ladrillos por la ventana si eras negro o asiático. Los incidentes de violencia e intimidación como este nunca son tan claros como parecen. Y estoy cien por cien segura de que ni usted, ni la señorita Mistry ni el restaurante del señor Mistry fueron atacados al azar.

—¿Y cómo quiere que yo lo sepa?

—A veces el mundo del espectáculo y el mundo del crimen son compañeros de cama, seguro que lo sabe. Confíe en mí, he visto de todo. En este momento, todo el mundo es sospechoso.

—Oiga. Yo jamás he estado metido en asuntos turbios.

—¿Cómo sé que me está diciendo la verdad?

—Si alguien le ha dicho otra cosa, miente. —Al menos a ese respecto, Johnny decía la verdad. Nunca había andado en malas compañías. Sabía de otros a los que les pirraba codearse con gánsteres, pero a él no. A demasiados había conocido cuando era un chaval—. No sé nada que pueda servirle de ayuda —añadió con firmeza.

Sin apartar la atenta mirada de su rostro, la subinspectora asintió con la cabeza.

—Aun así, me gustaría que prestase declaración sobre el ataque de la otra noche, si no tiene inconveniente.

—Claro.

—Y no omita nada, señor Klein. —A continuación sacó una tarjeta y, sin pedirle permiso, se la metió en uno de los bolsillos de la chaqueta—. Me puede localizar aquí, si su memoria se recupera milagrosamente.

Se fue y dejó a Johnny con las tripas revueltas.

Mona no tardó en acercarse a él.

—¿Qué ha dicho? —preguntó en voz baja.

Johnny se quedó pensando.

—Bueno, aún es pronto… No han avanzado mucho…

—¡Por el amor de Dios, Johnny, deja de escaquearte! No es el momento. Y antes de que se te pase siquiera por la cabeza mentirme, piensa una cosa. —Señaló al Comandante, que estaba recostado al fondo de la sala con la cabeza entre las manos; lo que menos parecía era un militar—. El tío Rishi no está tan joven como parece. Todo esto está asegurado, pero pasarán siglos antes de que vuelva a funcionar con normalidad. Suponiendo, claro, que esos capullos no vuelvan. Tiene setenta y bastantes años; no sé si va a ser capaz de superarlo.

Turbado, Johnny miró al despojo del hombre que le había dado un techo sin pedirle nada a cambio. Aterrorizar a la familia y los amigos de un enemigo era una típica estrategia del hampa, y puede que todos estuvieran en peligro. Sin embargo, él necesitaba tener alguna esperanza, por poco realista que fuera, de que volver con Laura y Chelsea era posible, cosa que jamás podría suceder si todo esto salía a la luz.

En definitiva, una persona había sufrido una agresión y había unas cuantas ventanas rotas. Ravi era joven, se recuperaría. Era poco más o menos lo mismo que sucedía en toda Gran Bretaña cada viernes por la noche.

—Háblame con sinceridad —dijo Mona—. ¿Tiene esto algo que ver con Jackie Phillips?

—¿Jackie? —exclamó Johnny. Se quedó de piedra.

—¿Se ha metido esa zorra en algo de lo que no puede salir? ¿Por eso te escabulliste hasta allí la otra noche y volviste con un ojo morado?

—No… Mira, te lo prometo, no es eso lo que está pasando aquí. —Al igual que antes, le gustó poder decir algo que era verdad—. Mira, Mona…, lo único que puedo contarte es que cuando era un chaval, había otro chaval que… En fin, que era malo. Se hizo mayor y fue un hombre malo. Un par de veces, cuando yo tenía la banda, intentó arrimarse… Vamos, que intentó sacar tajada.

—Eso era cierto; incluso de joven, su *modus operandi* había consistido en apretarles las clavijas a todos los conocidos a los que pensaba que podía exprimir en beneficio propio. Lo había intentado con Johnny.

—Por aquel entonces, podía quitármelo de encima; teníamos guardaespaldas y representantes que se encargaban de ahuyentar a los lobos. Pero —Johnny no podía contarle a Mona lo de las fotos, aún no— el tipo todavía quiere meter la cuchara… Sigue pensando que hay un dineral para compartir. Todavía quiere vengarse.

Mona le miró con recelo.

—¿Eso es todo?

—Sí, y bastante malo es. Este tipo solo trae problemas.

—¿Y sabes con certeza que es él quien ha enviado a los matones?

—Saber saber, no lo sé. Con certeza, no.

—¿Y qué me dices de ese número de teléfono que te dieron?

—Esto… Bueno, se me ha perdido —confesó, avergonzado.

—¿Se te ha perdido? —El pasmo de Mona duró medio segundo y dio paso al desdén. Lo mismo de siempre: Johnny el drogota alelado, Johnny el fracasado.

—¡Mona! —protestó—. Anoche estuve durmiendo en la calle. Me desperté con una navaja pegada al ojo; era de un exparacaidista psicópata que me habría matado de no ser porque le encantaba Duran Duran.

—¿Duran Duran?

—Déjalo, ni te molestes en intentar entenderlo. Y lo siento si en esas circunstancias no pude conservar un papelito más pequeño que un puto billete de autobús.

—Vale. —Mona reculó un poco—. ¿Le has contado todo esto a la subinspectora Thomas?

—¿Para qué, si no tengo pruebas? Lo único que podrían hacer es hablar, y esto me pondría todavía más en el punto de mira de personas que ni tú ni yo queremos conocer. Escucha… —adoptó un tono de voz más conciliador—, al final, la razón de que vinieran soy yo, no puedo negarlo. De manera que voy a encontrar el modo de arreglarlo. Y lo voy a encontrar, Mona, que no te quepa la menor duda. Te lo prometo.

Mona negó con la cabeza.

—¿Por qué ibas a poder arreglar todo esto —abarcó el destrozo con la mirada— cuando ni siquiera eres capaz de conservar un papelito? —Volvió al lado de su tío, deshecha.

Como era de esperar, hasta Mona estaba dejando de creer en él. El orgullo de su tío había quedado reducido a un armazón destrozado.

En medio del desastre, sonó un móvil. Aamir, que había estado sentado en un rincón con aire taciturno, se levantó y se abrió paso entre los escombros para cogerlo. A su vez, Johnny subió un tramo de las escaleras, se sentó, cogió su Motorola —que, por fortuna, el exparaca chalado le había devuelto voluntariamente— y sacó el papelito sobre el que había mentido a Mona al decirle que lo había perdido. Se quedó mirando el número garabateado…

«A la mierda. ¿Qué son unos pocos miles de libras entre colegas?».

Marcó el número.

La llamada fue respondida inmediatamente.

—¿Sí? ¿Quién es? —La voz tenía un bronco acento *cockney*.

Johnny tragó saliva antes de responder.

—Creo que lo sabes.

La voz soltó una risita.

—El puto JK en persona. ¿A qué debo este honor?

—No sé quién eres tú, pero tengo unas fotos que a tu jefe le gustaría tener.

—Sí, no lo dudo.

Johnny se imaginó la sonrisa que estaban esbozando los labios de su interlocutor.

—¿Qué tal tu cabeza? —continuó el tipo.

—Si quieres que te diga la verdad, mi señora me ha pegado con más fuerza. —Johnny oyó otra risita, menos complacida esta vez—. Aunque me la suda lo que me pueda pasar a mí —añadió Johnny—. Me la suda a mí y se la suda a todos. Si se tratase solo de mí, nada de esto tendría importancia. Pero habéis hecho daño a personas inocentes, y por ahí no paso.

—Tu pequeño Elvis Kung-fu necesitaba que le dieran una lección, colega.

Johnny sentía el corazón bombeando sangre por sus venas, le estaba subiendo la tensión, y sabía que tenía que colgar antes de decir algo de lo que pudiese arrepentirse. Los Mistry no eran sus únicos seres queridos.

—Tengo esas fotos —dijo—. Y los negativos. Son todo tuyos si me garantizas que se acaba toda esta historia.

Antes de que el tipo pudiese responder, se armó un jaleo tremendo en la planta baja, con gritos y lamentos. Al mirar abajo, vio que Mona se acercaba tambaleándose al pie de la escalera. Se miraron a los ojos; los de Mona volvían a estar llenos de lágrimas.

—Era el hospital —dijo medio sollozando, medio gritando—. Es Ravi… Johnny, ha muerto… ¡Ravi ha muerto!

Johnny se quedó petrificado. Su respiración se volvió superficial a la vez que sentía un hormigueo en el cuero cabelludo y el corazón desbocado. Si había tenido la boca seca, ahora era un desierto. Hasta le parecía que la escalera estaba dando vueltas.

De repente, se sintió más espabilado de lo que se había sentido desde hacía semanas, meses, incluso puede que años.

—¿Sabes qué, colega? —respondió lentamente—. Que te jodan. Y al capullo de tu jefe también. —Colgó.

En un terrible instante, todo había cambiado.

22

Bebé

Lunes

El ataque a Ravi era ahora asesinato, de modo que detrás de Graceland habían instalado una carpa forense y un bastidor de luces de arco voltaico. La madrugada siguiente, aún había varios técnicos forenses trajinando por ahí mientras Johnny intentaba dormir. Oyó que clavaban tablones para tapar las ventanas rotas. Una o dos veces por hora, parecía como si el llanto del Comandante hiciese vibrar lo que quedaba del edificio. Un coche patrulla impedía la entrada del tráfico a esa sección de Brick Lane, y Johnny, tenso y sudoroso, veía girar desde la cama la luz azul que se proyectaba sobre su dormitorio.

Por supuesto, no era solo la presencia policial lo que le mantenía despierto.

Era también el absoluto horror de todo lo que había terminado siendo su vida.

Ravi había muerto por su culpa. Y por su culpa el crimen no se iba a resolver. Los culpables eran gánsteres curtidos que sabían lo que hacían, pero la única persona que habría podido identificarlos ya no iba a poder decir nada. Al parecer, el ataque había desencadenado un derrame mortal en el cerebro de Ravi, y para cuando llegó al hospital ya era demasiado tarde a pesar de todos los esfuerzos por salvarle.

—No puedo… No puedo, Ravi, colega —murmuró Johnny, fluctuando entre la consciencia y la inconsciencia—. ¿De qué serviría? Para hacerte volver, no… Y a mí me jodería la vida, y a Laura y a Chelsea, y puede que también a Mona.

Sobra decir que en ningún momento apareció el fantasma de Ravi en un rincón, ni siquiera envuelto en su traje de Elvis hecho jirones y ensangrentado, a decir que no pasaba nada, que lo entendía, que todos tenían que seguir viviendo, por mucho que él no.

Por si esto no fuese suficiente tormento, estaba a punto de despuntar el alba del lunes, el día de la cita de Laura en la clínica. Johnny se decía que tenía que ser fuerte para ayudarla, que no podía cargarla con sus problemas, con aquel terrible sentimiento de culpa que se había apoderado de él.

Se obligó a levantarse, se plantó delante del lavabo del minúsculo baño, se afeitó, se lavó la cara y se pasó un peine con varias púas rotas por el pelo, pero por mucho que hiciera no conseguía tener un aspecto ni siquiera vagamente humano. Le angustiaba el recuerdo de aquel perfecto espécimen que había sido en otra época, aquel hombre estiloso, guapo e irresistible, cuya mera presencia en el escenario había intimidado a decenas de miles de personas. Enseguida había aprendido a adoptar esa pose, a interpretar a ese personaje fascinante, en cuestión de veinte minutos. A solas en su camerino, con una caja de maquillaje. Y, sin embargo, ahora llevaba media hora intentándolo y seguía hecho un asco.

Se puso la chaqueta caqui, sacó del cajón todas las pruebas fotográficas y se las metió en un bolsillo. En vista del ritmo que llevaba el equipo forense en la planta de abajo, no tardarían en subir. Tenía la sensación de que se estaba equivocando de bando. Pero le habían acorralado; no lo había elegido él.

Bajó atropelladamente las escaleras y se dirigió hacia la salida. Un par de inspectores le siguieron con la mirada. ¿Se estarían preguntando qué hacía él viviendo de prestado en un ático de Brick Lane?

—Buenos días —dijo al salir.

No le devolvieron el saludo.

Al sur del río, en Battersea, nada más pasar los rascacielos de Nine Elms y detrás de la nueva embajada de los Estados Unidos, había una clínica discretamente especializada en los efectos reproductores no deseados de los ricos y los famosos. El letrero que presidía la puerta principal era un insulso tablón blanco con el nombre St Mary's estampado en sencillas letras plateadas. La entrada misma estaba disimulada en parte por un precioso roble gigante, que alfombraba la acera de alrededor con hojas doradas.

Al llegar, Johnny tenía los nervios de punta. Se dijo que esa experiencia de la vida era nueva para él; había estado metido en su burbuja de superestrella, lejos de la desagradable realidad de los turbulentos problemas de la vida. Al menos el lugar era tranquilo y apacible. Con las manos hundidas en los bolsillos de los vaqueros, se fue derecho a las puertas de cristal de la entrada.

El ambiente esterilizado e impersonal de la clínica le envolvió nada más abrirse las puertas automáticas. Dentro había una pequeña zona de recepción con cinco o seis sillas, colocadas a una distancia respetuosa unas de otras. Detrás del mostrador había una joven con unas gafas de montura gruesa que se sujetaban mal al puente de su naricilla pecosa mientras tecleaba con brío.

Johnny aún no había llegado hasta ella cuando oyó una voz que le llamaba desde la otra punta del vestíbulo.

—Papá… ¡Papá!

Se giró y vio a Chelsea corriendo hacia él desde una máquina expendedora. Prácticamente se abalanzó sobre él. Johnny estaba demasiado sorprendido para pensar con claridad, en primer lugar por el hecho de que Chelsea estuviese allí, pero también porque Laura había dicho que no quería que se enterase.

—Chelsea…, ¿qué pasa?

—¿Tú qué crees? —Su hija se apartó de él con una mirada de dolor—. No estabas ahí para apoyar a mamá, así que he tenido que venir yo con ella.

Johnny se quedó perplejo.

—¿Que no estaba…?

—¡Ni siquiera me habría enterado de esto si tú hubieras hecho lo que dijiste que ibas a hacer!

Había parecido que Chelsea se alegraba muchísimo de verle, pero ahora, de repente, estaba enfadada. Johnny había prometido que se pasaría a primera hora por casa de la madre de Laura para que no tuviese que ir sola.

—Ay, joder —gruñó.

A pesar de lo sucedido la víspera no podía decirse que no habría podido cumplir su promesa, porque de todos modos se había despertado al despuntar el alba.

—¿Dónde estaba la abuela? —preguntó.

—¿Dónde estabas tú?

—Yo… —Una vez más, no podía darle una respuesta que tuviese sentido para ella. Su hija no sabía nada de su vida en Graceland, por no hablar del terrible suceso.

—La abuela no sabe nada de esto —dijo Chelsea—. Del… Del

bebé, quiero decir. Y yo me he enterado porque esta mañana mamá estaba superalterada y la obligué a contármelo.

—¿Ya ha entrado? —preguntó Johnny con tono vacilante.

—La hicieron pasar nada más llegar…, hace diez minutos.

—Lo siento muchísimo, Chelsea…

—¿De qué sirve que me digas a mí que lo sientes? —dijo Chelsea con los ojos brillantes de lágrimas—. ¿Sabes? Mamá haría cualquier cosa por ti. Pero tú siempre haces lo mismo que hoy. No solo con ella, también conmigo.

A Johnny se le secó la boca. Había intentado evitar conversaciones de adultos con Chelsea, pero era obvio que su hija había tenido puesta la antena, y tenía razón a este respecto.

Johnny miró a la recepcionista, que se había enfrascado deliberadamente en su ordenador.

—Chelsea, escucha… Siéntate un momento.

Su hija le fulminó con la mirada.

—No quiero sentarme.

—Hay cosas que no sabes…

—Me da igual. Seguro que son excusas, como siempre. Tú solo apareces cuando te conviene a ti. Cuando tú quieres algo. Mamá no es tu terapeuta, ¿sabes? Solo la ves cuando quieres que te dé palmaditas en la espalda…

—Chelsea, yo quiero mucho a tu madre…

—Entonces, ¿por qué no lo demuestras?

Johnny sintió que se marchitaba por dentro. Su grado de ensimismamiento no llegaba al punto de cegarle al hecho de que su relación con Laura había sido desigual. Incluso cuando estaban felizmente casados, la línea que dividía a la Laura esposa de la Laura relaciones públicas había estado desdibujada. Daba mucho que pensar que su hija se hubiese fijado en todo esto. Chelsea, su niñita, la única persona en cuyo amor incondicional había podido confiar…, y también a ella le había hecho daño con su conducta.

—¿Qué pensabas, papá? —dijo ella entre lágrimas—. ¿Que si no podías venir hoy porque se te complicaban un poco las cosas ya me encargaría yo? Sí, claro, Chelsea siempre puede. Qué más da si pierde otro día de colegio, si tiene que ayudar a su madre a curarse el corazón porque tú se lo has roto…

—Chelsea, venga —tartamudeó Johnny—. Ya sabes que yo nunca… —Le tendió la mano, pero Chelsea se apartó, mirándole como si fuera un desconocido.

—Ni siquiera apareciste el sábado en casa de la abuela. ¿Sabes lo que ha sido para mí ser tu hija? —bufó—. ¿Criarme no como una persona normal, sino como la hija de Johnny Klein? Ojalá tuviese una libra por cada vez que he oído a la gente decir cosas feas…, gente que ni siquiera me conocía. «¿Quién se cree que es? Una princesita. Una niña consentida. ¿Y a esa qué le importa, si total le dan todo lo que quiere?». Pero claro que me importaba, papá. Bueno, aunque tampoco es que tuviese un padre, tenía un póster pegado con papel celo a la pared de mi cuarto. Cada noche me imaginaba que esa persona venía a arroparme. Lo miraba mientras mamá me leía cuentos antes de dormir, deseando que estuvieras allí para escucharlos tú también…

—Vale, ya te he entendido…

—No, papá, déjame acabar. Me sentía sola, frustrada… Todo lo que una niña no debería sentir nunca, yo lo sentía siempre. Eso era ser tu hija.

Se miraron a los ojos. Chelsea se sonrojó, temblando visiblemente, y Johnny, indefenso, se quedó sin habla.

En ese momento, Laura salió de uno de los pasillos interiores con la cara muy pálida y tiritando, ayudada por un joven enfermero. Al principio miró a Johnny y a Chelsea como si fueran dos desconocidos. Tenía ojeras muy marcadas.

—No…, no he podido —dijo con voz quebrada—. No he podido…

El enfermero se apartó mientras los tres se abrazaban. Durante unos segundos fugaces, volvieron a ser una familia.

—No te preocupes, mamá —dijo Chelsea con tono tranquilizador—. No te preocupes. Todo va a ir bien, te lo prometo. Te he dicho que te ayudaré y pienso hacerlo.

Johnny apoyó la barbilla en el hombro de su mujer y añadió:

—Todo va a salir bien. Siempre y cuando estés segura de que es esto lo que quieres…

—¿Qué has dicho? —le espetó Laura, apartándose de él antes de continuar con voz frágil—. ¿Siempre y cuando yo esté segura? ¿Acaso porque esperas que exista la posibilidad de que no lo esté?

—Laura, escúchame. —Levantó las manos—. No quería decir…

—¿Que si estoy segura, Johnny? ¿No te das cuenta de que estas últimas semanas, a medida que se acercaba el día, todo esto me ha estado desgarrando? He removido cielo y tierra intentando resolverlo de la mejor manera posible. ¿Cuántas veces has pensado tú en esto?

De nuevo intentó Johnny protestar, pero los ojos de Laura echaban chispas. Incluso Chelsea, que a menudo había sido una presencia moderadora en sus discusiones, se agarró a su madre y miró a su padre con expresión desolada, como si hubiese tanta verdad en las palabras que acababa de oír que sobraba su intervención.

—¡A ver si lo adivino, Johnny! —continuó Laura—. Ni una sola vez. Que se encargue Laura, ¿verdad? Esto no tiene nada que ver conmigo, no es problema mío. Bueno, pues ¿sabes qué, Johnny? Al menos a este respecto, tienes razón. No va a tener nada que ver contigo.

—Laura, te juro que no quería… —Casi estuvo tentado de poner su cara de súplica, la que tantas veces había utilizado a lo largo de los años. Pero era un truco muy viejo, y Laura y Chelsea no se lo merecían.

—¿Quieres saber la verdadera razón por la que no podía tener este bebé? —Laura seguía tan enfadada que tuvo que coger aire para serenarse—. Eras tú, Johnny…, tú.

—Laura…

—Siempre era lo mismo. Mi única razón para hacer las cosas eras tú. ¿Le parecerá bien a Johnny? ¿Estará contento? ¿Podrá soportarlo? Bueno, pues esta vez no. Esta vez lo voy a hacer por mí… y por Chelsea. Y, por primera vez, me da igual lo que pienses.

Johnny seguía aturdido cuando Laura se dirigió a su hija:

—Vámonos, cielo. Larguémonos de este maldito lugar.

—Voy… Voy a por un taxi —farfulló Johnny.

—¡Ni se te ocurra! —Laura le interrumpió, menos enfadada, pero hablando todavía con una seguridad venenosa—. No hagas nada. Este es mi bebé. No quiero que tengas nada que ver con él.

Johnny se quedó mirando mientras su exmujer y su hija, prácticamente sosteniéndose la una a la otra, salían despacio por las puertas correderas. No podía fingir que no había tenido la esperanza de que el problema simplemente desapareciera, de que Laura interrumpiese el embarazo…, aunque solo fuera para quitarse de encima otro problema inminente.

Porque iba a ser un problema muy serio. Estaba sin blanca, viviendo encima de Graceland y dependiendo del Comandante para alimentarse; ahora, además, era responsable de la muerte de Ravi, y dentro de poco iba a ser padre de nuevo. Aunque parecía imposible, las cosas se habían puesto aún más feas. Echó un vistazo a la recepcionista, que evitaba cruzar la mirada con él. A continuación, salió atropelladamente a buscar a Laura y a Chelsea.

Estaban ya en el bordillo de la acera, subiéndose a un taxi. Echó a correr torpemente y llegó cuando el coche ya empezaba a alejarse.

Chelsea le miró con desolación por la ventanilla empañada.

—Chelsea…, ¡al menos llámame! —Pegó la mano al cristal—. Por favor, Chels…

Por un angustioso instante, el taxi se detuvo. Laura ni siquiera se volvió a mirar. La ventanilla de Chelsea se bajó un par de centímetros y su hija le cogió la mano fugazmente.

Y de repente ya no estaban. El taxi se alejó definitivamente con la imagen de su familia recortada en el cristal de atrás. Ninguna de las dos se volvió a mirar. Tan profunda era la desolación que se apoderó del corazón de Johnny que no se fijó en que a su lado se detenía otro coche, un rutilante Mercedes negro clase E, hasta que un hombre se bajó y echó a andar hacia él.

El hombre llevaba un grueso abrigo de cuero y tenía el pelo recogido con una cola de caballo y una sonrisa cruel.

Johnny reculó y sintió una segunda presencia, esta vez a su espalda. Al volverse, vio otra de las caras de ogro de la noche del callejón. Esta, con el pelo a cepillo.

Antes de que pudiera escabullirse, oyó una voz procedente del coche, cuya puerta trasera se había abierto.

—Deja de hacer el gilipollas, Johnny —dijo la voz—. Y sube.

23

Los hermanos

Lunes

—Si habéis venido a darme otra paliza, cabrones —dijo Johnny—, me haríais un favor.

—Sube al coche —repitió la voz.

Johnny miró a Pelocepillo, que señaló la puerta abierta del Mercedes.

Al ver que no tenía alternativa, se agachó y se subió detrás a la vez que la puerta se cerraba de golpe. Karl Jones estaba en la otra punta del asiento. A pesar de que hacía siglos que no le veía, el macarra de barrio de su juventud era inconfundible. Sí, era mucho más viejo, tenía la cabeza rapada y rasgos afilados y como de buitre, pero sus ojos aún eran un par de balas frías y grises. Ahora llevaba traje, lo mejorcito de la zona de Savile Row, y lucía un bigote entrecano recortado con esmero. Llevaba «maleante» escrito en la frente.

—¿Sabes que el tipo al que apalearon tus gorilas se ha muerto? —dijo Johnny, yendo al grano.

Le hervía la sangre. Las manos le temblaban, la adrenalina iba aumentando a medida que se activaba la reacción de lucha o huida.

—Lo cual —respondió Jones, mirando al frente— no deja lugar a dudas de lo serio que es este asunto.

Sus dos secuaces se subieron. Pelocepillo se puso al volante y Motero a su lado, y sin mediar palabra arrancaron.

—En primer lugar —dijo Jones con voz inexpresiva—, no te vayas a pensar que me importa un carajo lo de tu camarerito cantante. No estaba planeado que muriera, pero así son las cosas a veces. Daños colaterales.

Johnny no respondió. Se preguntaba a dónde se dirigían. Era como ese momento de las pelis de policías en el que se llevan a alguien a los muelles vestido con un traje de cemento hecho a medida.

—En segundo lugar —dijo Jones—, no creas que la pasma nos va a desbaratar los planes solo porque se haya puesto a investigar esto.

—¿A dónde vamos? —preguntó Johnny con voz tensa.

—A hacer una pequeña excursión —dijo Jones con gesto indiferente.

—Pues yo preferiría bajarme aquí mismo.

—Conservas tu sentido del humor —respondió Jones—. Impresionante, teniendo en cuenta en qué lugar te hemos recogido. Bueno, ¿y hoy a quién le toca perder a su bebé? ¿A otra fulana con pocas luces que se pone cachonda follándose al hombre de ayer?

—No te lo tomes a mal, Karl, pero vete a tomar por culo —respondió Johnny.

—Veo que estás disgustado, y lo respeto. Los asuntos de familia son dolorosos, ¿verdad?

—Como te acerques a mi familia… —saltó Johnny.

—Puede que no me creas, Johnny, pero no quiero hacer daño a nadie. Menos aún a ti y a los tuyos. ¿Te quieres creer que fui fan tuyo? Recuerdo el día que compré tu primer álbum. Había una tienda de discos en Upper Street, en Islington. Fui con mi hermano, los dos más chulos que un ocho, esperamos a que la dependienta se alejase… y entonces me incliné sobre el mostrador y me agencié uno.

—Ah, vaya… Así se explica que aquel disco nunca llegase al número uno.

Jones soltó una risita.

—Sí, es posible. No lo había pensado. El caso es que llevo siguiéndote la pista durante todos estos años, Johnny. Ya sabes que siempre he sentido curiosidad por ver cómo progresabas en la vida.

—Me halagas.

—En fin, lo que sí que me he estado preguntando, Johnny querido, es si estás en condiciones de darnos lo que queremos. Es decir, ahora mismo, en este momento.

Johnny, en efecto, podía darles lo que querían. Y unos días antes quizá no habría dudado en darles todos los negativos y las fotos que tenía en el bolsillo. Pero ahora sabía que, en cuanto tuvieran las pruebas que vinculaban a Jones con el asesinato de Sean Rogers, no dudarían en prescindir de él. Sabía que Jones había sido una de las últimas personas en ver a Rogers con vida. Sabía que eran los hombres de Jones los que habían apaleado a Ravi. Lo cual significaba que él, Johnny Klein, podía delatar a Karl Jones por dos asesinatos. ¿Por qué no iba a matarle también a él?

«Arriésgate».

—Evidentemente, no lo llevo encima en este momento.

—No lo dudo —dijo Jones—. Así que vas a tener que ir a buscarlo a donde lo hayas escondido, o a pedírselo a quien sea que te lo esté guardando.

Johnny se puso tieso.

—Vas a tener que darme tiempo.

Los ojos de Jones no se apartaban de la carretera.

—No estarás jugando conmigo, ¿no, Johnny?

—Pues claro que no. No soy tan tonto. —«Sí, sí que lo eres».

—O sea, si tus piernas, tus caderas y tu espina dorsal siguen enteras es en consideración a los viejos tiempos. —El gánster miró alrededor con expresión pétrea, pero dijo con voz sedosa—: Por cierto, conoces a los hermanos Taylor, ¿no?

Johnny miró a Coladecaballo y a Pelocepillo.

—¿Dónde se ha metido hoy tu otro cavernícola?

—Somos un equipo muy ocupado, Johnny, hay trabajo de sobra para todos. Por cierto, están deseando repetir —añadió Jones.

—No estoy jugando contigo, Karl —dijo rápidamente Johnny—. Ni siquiera quiero la puta foto. La saqué sin querer.

—Pues entonces, perfecto. Todo encaja. Porque te aseguro que, mientras te aferres a esa foto, el coste humano va a seguir subiendo. Esa que he visto subiéndose a un taxi es tu exmujer, ¿no? No te molestes en negarlo. ¿Cómo debería interpretarlo? ¿Fue tu polla la que la preñó? ¿O una polla nueva? A saber, ¿verdad? Con las mujeres ya se sabe: cuando tú vas, ellas ya han ido y han vuelto. Uno no sabe cómo tratarlas adecuadamente.

—Karl —dijo Johnny, esforzándose para que no asomase a su voz el tonillo de súplica—, no metas a Laura en esto. Venga, tío, por favor.

—Tú decides, Johnny. Danos lo que queremos y ninguno volveréis a vernos. Por otro lado… —suspiró—, si me fallas, eso de «por los viejos tiempos» no será más que un puñado de palabras sin sentido. —Hizo una pausa para que hiciera efecto y acto seguido aplaudió con fuerza, sobresaltando a Johnny—. En fin…, como has dicho que necesitas un poco de tiempo, te daré un par de días. Después, cualquier cosa puede suceder. Bueno, ha llegado el momento de la despedida.

Johnny miró fuera, sorprendido. Debían de haber cruzado el río por el puente de Lambeth, porque ahora iban por Whitehall.

—Ah, y una última cosa, Johnny —dijo Jones mientras rodeaban Trafalgar Square—. A los tipos como yo, los cargos de asesinato nos resbalan. Tengo colegas por todas partes, ¿sabes? Así que si hablas con la pasma (porque seguro que lo estás pensando), descuida que me enteraré. —No añadió nada más, y ni siquiera miró a su pasajero mientras se detenían enfrente de Scotland Yard, en Victoria Embankment.

Jones le dirigió una sonrisa burlona y señaló la entrada a la sede de la Policía Metropolitana.

—Amigos en todas partes, Johnny. Que tengas un buen día, y no olvides nuestro pequeño trato, ¿vale?

Motero se bajó del asiento del copiloto y le abrió la puerta.

—He visto vídeos tuyos de cuando eras cantante —dijo Taylor, el hermano del pelo largo—. Parecías un maricón de mierda.

Johnny le sostuvo la mirada y dijo:

—Era un icono de la moda, colega.

Se miraron unos segundos más. Johnny pensó que el tipo iba a intentar golpearle, pero se limitó a sonreír de nuevo antes de subirse al coche riéndose por lo bajo.

Johnny se quedó mirando mientras el coche se alejaba. Se sentía como si le hubiesen dado un puñetazo en el estómago. Aturdido, se dirigió hacia St Martin's Lane, bordeando el Soho. Era como si sus pies se moviesen con voluntad propia mientras tiraban de él hacia Bridle Lane.

Solo cuando llegó al porche principal de San Lorenzo Mártir, una iglesia victoriana de ladrillo rojo encajonada entre las destartaladas entradas traseras de dos centros comerciales, cayó en la cuenta de dónde estaba.

Igual de sorprendido se quedó al reconocer a Graham Dwell, de nuevo enfundado en su parka, despidiéndose de dos sintechos en las escaleras de la iglesia.

—¿Johnny? —dijo Graham, acercándose—. No esperaba que fuéramos a volver a vernos tan pronto.

—Yo tampoco —admitió Johnny.

—Bueno —Graham sonrió—, ¿qué puedo hacer por ti?

—¿Podemos entrar? —preguntó Johnny—. Siempre me siento un poco desprotegido en la calle.

—Aún no te has aclimatado a la vida normal, ¿eh?

—Voy a serte sincero, Gray… No estoy seguro de que quiera aclimatarme. Aún no.

—¿De eso quieres hablarme?

—No. De algo un poco más grave.

Graham le dio una palmadita en el hombro.

—Sea lo que sea, vamos a ver si podemos ayudarte a solucionarlo.

Entraron juntos en la iglesia. Johnny se dijo que solo Dios en las alturas podía solucionar aquel lío.

«Pues tú no es que goces mucho de su favor, ¿no?».

24

Cielo e infierno

Lunes

Aquella tarde, mientras se dirigía hacia el norte en el tren suburbano, Mona se alegró de estar lejos de Graceland. Seguía lleno de policías, por no hablar de parientes y amigos desconsolados, lo cual solo servía para acentuar la sinrazón de lo sucedido y su propio desamparo.

Al menos, eso era lo que se decía a sí misma.

En realidad, se había hartado de las tácticas evasivas de Johnny. Por consiguiente, iba a tener que husmear por su cuenta, y la única pista que tenía era esa arpía problemática, Jackie Phillips. Además, iba a tener que hablar con el último tipo al que había dejado: su exnovio Ben Randall.

Echó un vistazo al móvil y al pantallazo que había guardado. Representaba a Randall en uno de sus programas televisivos de más éxito, *Brigada Cero*. Había interpretado a un agente del Servicio Aéreo Especial que estaba siguiendo la pista de una célula terrorista en Europa del Este. Su físico le había venido como anillo al dedo al personaje: pelambrera negra, ojos azulísimos, mandíbula cuadrada.

Pero Randall no era ningún ángel. Después de Jackie, se había dado a la bebida, se había descuidado y, en medio de su relación con la actriz Sasha Jakeman, el edificio entero se le había desplomado.

En cualquier caso, no iba a ser fácil.

Mona no había sido capaz de ponerse en contacto con Randall. En la actualidad no se le conocía ningún número de teléfono ni ninguna dirección de email, y brillaba por su ausencia en las redes sociales. Al menos Ted le había conseguido la dirección de su casa, pero no le hacía ninguna gracia ir sola. Se había vestido con un *look* informal: vaqueros, deportivas y una vieja chaqueta Wrangler encima de una camiseta de los Ramones, y un bolso *vintage* de ganchillo de los años setenta al hombro. También había reducido el maquillaje a mínimos. Mona sabía que podía atraer miradas, pero ese día se trataba de pasar desapercibida.

Acababan de dejar atrás Seven Sisters. Faltaban cuatro estaciones para llegar a Edmonton Green, y después ya no había vuelta atrás.

El interior de la iglesia estaba en silencio y lleno de sombras, pero los ojos de Johnny se adaptaron enseguida. Vio obras de arte medievales en las paredes, un púlpito bellamente labrado. Más que oscuridad había penumbra, pero era una penumbra suave, fresca, serena.

—Siéntate —dijo Graham, señalándole un banco.

Johnny volvió a mirar a su alrededor. Detrás del altar se elevaba una vidriera arqueada. Representaba a Cristo en la cruz, agonizante, la cabeza coronada de espinas, la Virgen María a sus pies, contemplándole. Los ojos de Johnny lo recorrieron y se posaron en el alto techo abovedado, que estaba pintado de azul claro y salpicado de estrellas doradas.

Hacía décadas que no entraba en una iglesia; siempre se había considerado ateo, la religión era algo que necesitaban otras personas, no él, y era la causa de demasiadas peleas y guerras. Su religión había sido el *rock and roll*, pero actualmente la frase le sonaba manida. Tal vez el *rock* no había causado guerras, pero problemas desde luego que sí.

Graham volvió. Se había quitado la parka, dejando al descubierto la camisa oscura y el alzacuellos.

—Bueno…, ¿qué pasa? —Graham le puso una cálida mano sobre el hombro—. Puedo ayudarte, Johnny. Déjame entrar.

Johnny negó despacio con la cabeza.

—No creo que puedas, no creo que nadie pueda.

—Ponme a prueba —respondió el sacerdote, sentándose de cara a él en otro banco.

De pronto, el intento de impedir que se desmoronase la fachada de su vida en ruinas fue demasiado para él. Además, quien le hablaba era Graham Dwell, un hombre que ya estaba de vuelta de todo… Había ido, lo había hecho y se había comprado la camiseta de Vivienne Westwood.

—Estoy a unos pocos céntimos de distancia de tu congregación.

Graham le miró con detenimiento.

—Bueno, la verdad es que siempre se te ha dado de maravilla tirar el dinero como si fuera papel de váter. Puede que no estés trabajando, Johnny, pero estarás cobrando *royalties* de unas cosas y otras, ¿no? Hasta yo los cobro.

Johnny negó con la cabeza.

—No tantos como cabría pensar. Y la mayoría salen nada más entrar.

Graham guardó silencio por unos instantes y después dijo:

—¿Para Laura? Leí en el periódico que os habíais separado.

Johnny se encogió de hombros.

—De todas mis deudas, la más grande es la que tengo con Laura.

—Por lo menos lo reconoces.

Johnny suspiró.

—Hay deudas que no se pueden saldar ni con todo el dinero del mundo. Perdona, Graham, colega…, voy y te suelto todo esto cuando acabamos de encontrarnos después de sabe Dios cuántos años… ¿Veinte?

—Te lo he preguntado yo. Estás respondiendo honestamente, nada más. Me imaginaba que acabarías viniendo a verme.

—Si quieres que te diga la verdad, ha sido terrible. Pero seguro que te enfrentas a este tipo de cosas a diario, así que… no voy a aburrirte con esto ahora.

—No hay duda de que la gente con la que trato lo pasa mal. Pero todo es relativo, Johnny. El hecho de que en otra época lo tuvieras todo no significa que tus problemas sean menos verdaderos. En cierto modo puede que sea peor, porque no estás acostumbrado a este tipo de vida.

Johnny le miró con atención.

—¿Tú no piensas que me lo merezco?

Graham sonrió.

—Esto no tiene nada que ver con merecérselo o no, Johnny.

Johnny estaba desconcertado.

—¿No crees que el Jefe está castigándome por mis pecados, que son muchos?

—Eso es una tontería —respondió Graham—. La vida es dura, y todos podemos tener mala suerte o equivocarnos en nuestras decisiones. Nadie es perfecto, Johnny, ni siquiera yo.

—Pensaba que eras creyente.

—Creo en Jesús —confirmó Graham—. Pero vino a la Tierra a salvar a los pecadores, no a condenarlos. Estás pasando por una mala racha, Johnny. Pero considérala más como una lección que como un castigo. Y no lo olvides, eres un hombre de muchos talentos. Talentos que te ha dado Dios. Si hay alguien que puede salir de esto, eres tú.

A punto estaba Johnny de responder que estaba limpio, que estaba completamente desenganchado, cuando se acordó de la noche con Jerry Fox y sintió la llamada de otro colocón acechando bajo la superficie. Había sido un imbécil y ahora lo sabía, pero nada garantizaba que no fuese a caer de nuevo en la tentación, teniendo en cuenta que ya se había dejado llevar una vez.

—Estoy luchando contra mis demonios con todas mis fuerzas, Graham. Pero ¿lo más difícil sabes qué es? No es ir a una clínica de desintoxicación ni dejarlo a pelo. Es fingir ante el resto del mundo que sigo siendo el tipo que era. Sé que suena estúpido. O sea, tú dejaste todo eso hace años y eres feliz, ¿no?

—Lo hice voluntariamente. No me fue arrebatado.

Johnny consideró detenidamente estas palabras.

—Incluso ahora, cuando paseo por Londres, la gente me reconoce. Quieren hacerse selfis conmigo, me gritan letras de canciones desde la acera de enfrente. La otra noche fui a un club como cliente y me hicieron salir al escenario.

—¿Tan terrible es? Suena como si todo pudiera ser mucho peor.

—¿Por qué lo hiciste? —Johnny quería saberlo—. ¿Por qué renunciaste a todo?

Graham ladeó la cabeza.

—¿Te digo la verdad? Me acobardé.

—¿Pánico escénico?

—Sí. Empecé a ponerme hecho un flan antes de salir al escenario. Al final, me automedicaba con alcohol y drogas y me estaba afectando a la salud.

Johnny arqueó las cejas. Había oído hablar de artistas que sufrían un pánico escénico paralizante, de series de conciertos programadas que se cancelaban con poco tiempo y de galas en Wembley que se venían abajo en el último momento por culpa de «cuerdas vocales en mal estado». Él nunca había tenido este problema; de hecho era todo lo contrario, le costaba bajarse del maldito escenario.

—No es que me cayera del caballo, ni nada por el estilo. Recuerda que The Peril jamás llegó a las alturas a las que llegasteis vosotros. Y entonces vinieron los años noventa y el *britpop:* Oasis…, Blur… Nosotros ya éramos el pasado. Vosotros erais bastante versátiles, pero nosotros no, y yo ya estaba cansado. Se nos había acabado el tiempo.

—Dios mío…

Graham se rio.

—Siempre supe que no era para toda la eternidad. Nunca tuve tantas expectativas como tú. ¿Sabes por qué? Porque no era tan bueno como tú. Tenía lo necesario para salir adelante. Más que lo necesario, en realidad. Y en mi fuero interno siempre había sido un cristiano. Supongo que simplemente pensé que ya era hora de devolver algo aparte de oraciones de agradecimiento.

Johnny decidió que no tenía sentido preguntarle si le hacía más feliz que la fama y el dinero. Lo que le convenía a Graham no tenía necesariamente que convenirle a él. La sola idea de la iluminación espiritual le daba repelús, si el precio a pagar era el aburrimiento. Puede que a él sí que le hiciera falta caerse del caballo.

Se inclinó y se quedó mirando la expresiva imagen de la crucifixión.

—Eso que me has dicho…, que Dios no nos castiga en la Tierra por nuestros pecados… ¿Lo crees de verdad?

Graham frunció el ceño.

—Nadie en el mundo conoce la mente de Dios. Según las Escrituras, seremos juzgados todos juntos el último día.

—Es que ha muerto una persona… Un amigo mío… Yo debería haber sido mejor amigo. Ha muerto por ciertas cosas que hice…, o, más bien, que no hice.

Graham no pareció escandalizarse.

—¿Por ejemplo?

—Digamos que me metí en líos. Me refiero a líos muy serios. Este amigo intentó ayudarme, y no debería haberlo hecho porque se puso en la línea de fuego. Murió, cuando debería haber sido yo.

Graham frunció el ceño.

—Los actos tienen consecuencias, Johnny. A lo largo de la historia han muerto montones de hombres y mujeres haciendo heroicidades. Intentando salvar a otros o sufriendo martirio por causas buenas. Si estas personas, tu amigo incluido, murieron por mano de otro, esa no es la voluntad de Dios, es la voluntad de la persona que les dio muerte.

Johnny asintió con la cabeza, pero el dolor emocional le corroía por dentro. Se recostó, cansado.

—Todo ha desaparecido, Graham. He perdido absolutamente todo lo que alguna vez fue importante para mí. Pero esto sucedió completamente de sorpresa. Ni siquiera lo vi venir. Elvis…

—¿Elvis?

—Era su apodo. Se lo cargaron, pero debería haber sido yo quien muriera.

Graham miró a Johnny con ojos bondadosos.

—Johnny, por lo que me has contado, veo que estás pasando

por el peor bache de tu vida. Hay muchísimas cosas que van mal. ¿Será que estás tomando malas decisiones?

—Supongo…

—Se toma una mala decisión en un frente, otra en otro… Salen mal cosas distintas, pero, por supuesto, están conectadas. No es Dios, Johnny, eres tú.

Johnny bajó la cabeza. Le dolía escucharlo, a pesar de que lo había sabido desde el principio.

—¿Al menos podrías decirme qué ha pasado esta mañana? —preguntó Graham.

Johnny suspiró e hinchó las mejillas. Si no era capaz de abrirse a este tipo, ¿a quién iba a abrirse?

Daffodil Court no tenía tan mal aspecto como había dado a entender Ted. Pero a veces las apariencias engañan. Mona cruzó la calle; aquel lugar no solo estaba entre los primeros puestos en lo que a robos callejeros y domiciliarios se refiere, sino que además era un centro neurálgico del tráfico de drogas.

La urbanización consistía en fila tras fila de bloques de pisos de mediana altura, todos ellos, sin duda, con pasos y aparcamientos subterráneos que repetían bajo tierra el laberinto de la superficie. Al entrar, parecía un lugar tranquilo —solo era media tarde—, pero ya empezaba a distinguir las señales con las que las pandillas delimitaban sus zonas en muros y aceras. En un banco del parque había un nutrido grupo de adolescentes de aspecto amenazador que se quedaron mirándola con recelo mientras pasaba de largo.

La mayoría de los residentes se estaban ocupando de sus actividades cotidianas, pero Mona no veía señales callejeras por ningún sitio y se dedicó a deambular sin ton ni son, examinando los edificios cuadriculados, subiendo y bajando tramos de escaleras, caminando sin rumbo por pasarelas de hormigón.

En un vestíbulo se encontró con un anciano que cojeaba.

—Disculpe —dijo al cruzarse con él. El hombre miró en derredor, sobresaltado—. Esto no será Primrose House, ¿no?

El hombre se relajó.

—¿Primrose? —Señaló la ventana más cercana, por la que se veía un bloque residencial varios pisos más alto que buena parte de los restantes. Estaba en la otra punta que la mayoría, a varios centenares de metros—. Lo más rápido es volver a bajar y cruzar el aparcamiento. —Indicó una entrada que estaba al fondo del vestíbulo. No tenía puerta y al otro lado no había ninguna luz, aunque Mona intuyó que había un tramo en descenso de escalones de hormigón—. Ve derecha. No te entretengas.

—No se preocupe.

El hombre se alejó trabajosamente con sus torpes andares oscilantes.

Mona se acercó a la apertura sin puerta y se asomó. Había acertado en lo de los escalones. Bajaban un par de pisos, y por la mitad había una curva en horquilla. Parecía que había luz abajo del todo, pero era muy tenue.

—Vaya por Dios —murmuró.

Pero de todos modos bajó. Era periodista, ¿no? Jamás se lo perdonaría si no echaba un vistazo.

En cuanto Johnny empezó a contarle lo sucedido a Graham, fue como si se abrieran las compuertas, y salió todo en tromba. No solo lo de la clínica, sino también sus años de infidelidades y cómo había decepcionado a Chelsea desde el preciso instante en que nació. Ravi. Mona.

Todo.

Era fácil ver por qué las ovejas descarriadas de Graham estaban tan dispuestas a seguir a su pastor; escuchó con paciencia hasta que Johnny se quedó exhausto.

—Así que ya ves que la cagué… —Johnny miró a Jesús y a María—. Ay, perdón…

—Tranquilo, no le vas a escandalizar; ya lo ha oído todo. Mira, tú y yo hemos cometido errores en algún momento, por eso estamos los dos donde estamos. Johnny, el modo en que nos criamos no fue fácil, en su momento parecía que sí, pero hasta qué punto nos afectó como personas, como seres humanos… Ese ya es otro tema.

Johnny asintió con la cabeza gacha.

—Ya veo que todo esto te tiene muy angustiado, Johnny. Pero solo piensas en ti mismo, ¿no?

Johnny le miró.

—Laura se encontraba mal —dijo Graham—. Tú empeoraste las cosas, no solo porque no supiste ver que en realidad no quería interrumpir su embarazo, sino porque no estabas presente cuando tuvo una última oportunidad de decidir.

—No es que no estuviese presente… Es que… llegué tarde.

—De nada sirve llegar tarde. De hecho, agrava las cosas, porque era importante que llegases a tiempo. Pero hay más ejemplos. Quiero decir, hoy has venido aquí a hablar conmigo… sobre ti.

Johnny se tensó, incómodo.

—Dijiste que podíamos hablar.

—Y eso es lo que estamos haciendo. Pero la ayuda psicológica no se reduce a coger a alguien de la mano. Tu amigo, Elvis, murió… Y tú solo piensas en ti mismo. ¿Tenía una familia?

—Sí.

—Y ¿cómo lo están llevando?

—Les cuesta.

—Pues claro. —Graham se inclinó hacia él—. Pero te apuesto diez contra uno a que lo están pasando mal porque están pensando en Elvis, no en sí mismos. No están diciendo: «Mira, Dios, yo he perdido a un amigo. ¿Por qué me castigas, a mí, de esta manera?».

Johnny cerró los ojos.

—No era mi intención que se entendiese así.

—Las personas egoístas casi nunca tienen esa intención. Ni siquiera se dan cuenta. —Graham sonrió—. Pero es una enfermedad curable. Mira, Johnny, la vida que llevábamos en aquellos tiempos (y a ese respecto yo no te iba a la zaga) era pura codicia, puro exceso. Vivíamos exclusivamente por y para el placer que podíamos extraer de cada minuto. Entiéndeme, a veces escribíamos buenas canciones y organizábamos conciertos muy guais, pero eso era un pago mínimo por lo que obteníamos. El verdadero coste fue el daño que nos hizo como individuos. Vivíamos en un mundo de tentaciones, y seguimos pagando el precio.

Las palabras de Graham le sonaban, vaya si le sonaban. Dijo en voz baja:

—¿Te acuerdas de aquella gira que hicimos juntos por Alemania? ¿De aquella noche que salimos después de grabar aquel programa de televisión, *Musikladen*? Reconoce que tú tenías tantas ganas de juerga como mi banda, y mira que nosotros éramos juerguistas.

Graham sonrió al evocarlo.

—Yo no era ningún ángel, tienes razón, y sigo sin serlo. Todavía hay montones de personas que jamás nos perdonarán cómo las tratamos.

—Yo nunca he pasado página, ¿a que no? Sigo atrapado en 1984.

Graham sonrió con tristeza.

—La paradoja es que la superestrella Johnny Klein… no eras realmente tú. Era una fachada que habías creado. En realidad, no eres un dios y jamás lo fuiste. Pero quien lo está pagando ahora es tu verdadero yo.

Johnny negó con la cabeza.

—No soy el único que lo está pagando.

Graham tenía razón: durante años, solo había pensado en sí mismo. Laura, Mona, Pete, el Comandante, Jackie y hasta el maldito Don Slater habían intentado ayudarle desde que tuvo que dejar su mansión, pero o bien les había creado problemas, o se lo había recriminado.

—Y ¿sabes una cosa? —añadió Graham—. Entender todo esto es solo el inicio de la batalla, no el final. Perdona si no es lo que querías oír. Has venido aquí y eso está bien. Pero Dios no da pases libres. Tienes que arreglar las cosas tú solito.

Johnny asintió enérgicamente.

—Quiero hacerlo.

—De alguna manera, tienes que cambiar tu rumbo.

—El problema es que ya no tengo más rumbos alternativos —dijo Johnny—. He tocado fondo.

—En ese caso, solo hay uno: hacia arriba.

Johnny intentó sonreír. Era la primera cosa que decía Graham que sonaba a topicazo.

—Te voy a ser sincero, Gray. No puedo dejar de pensar cómo sería subirme al puente de Chelsea, sentir el cálido reflejo de esas preciosas luces brillantes sobre el agua mientras salto al abismo, a la libertad de las aguas oscuras… Me pregunto por qué sigo aquí, por qué he salido adelante cuando tantos amigos míos no lo lograron.

—No creo que tengas ganas de suicidarte. Además, ese sería el acto más egoísta de todos. Porque todavía hay personas que se preocupan por ti, y lo único que conseguirías sería provocar un desastre que las perseguiría el resto de sus días.

—Entendido… Estoy volviendo a hablar de mí mismo. Pero es que el problema soy yo. El desastre soy yo, Graham. Es mi ego el que se desbocó. A todas las personas que me mostraban su corazón, se lo rompía. Sin mí, sus vidas solo podrían mejorar.

—Claro, y encima tú ya no tendrías que preocuparte más por esto, ¿verdad? —Graham le dedicó su mirada más sincera hasta el momento—. Johnny, me preguntaste por qué lo deje. Bueno…, he sido un poco parco con la verdad. Te dije que me parecía que nuestra buena estrella estaba en declive, que me invadió el pánico escénico, pero había otra cosa más.

»A finales de los ochenta todavía lo estábamos petando, pero en mi fuero interno yo sabía que estaba pasado de coca, hecho un guiñapo, siempre colocado. Entonces, en el verano de 1990, fui a hacer surf a Cornualles. Iba pedo, colocado y pasadísimo, todo a la vez; llevaba varios días a tope. Era la caída de la tarde, el sol se estaba poniendo y parecía como si la costa entera estuviese en llamas… Supongo que estaba alucinando un poco. Me subí a la tabla y remé hasta la rompiente de las olas, y entonces, antes de que me pudiese dar cuenta, me vi atrapado en una contracorriente que me arrastró. Cada vez me llevaba más lejos, así que solté la tabla y traté de volver a nado. Pero lo único que conseguí fue cansarme. Al cabo de unos minutos apenas veía la tierra, y empecé a hundirme porque estaba demasiado cansado para mantenerme a flote. ¿Y sabes qué? Acepté mi destino. Lo único que era capaz de pensar era: "Me parece justo. El todopoderoso hace tiempo que está hasta las narices de mí, y está reclamando su deuda. Ha llegado mi hora".

Pero una voz me dijo al oído: "En realidad, no te ha llegado la hora. Ya te diré yo cuándo te llega. Conque mueve el culo, sal de este apuro y arregla las cosas".

Graham hizo una pausa, torció la boca con gesto reflexivo.

—¿De quién era la voz, Johnny? —preguntó—. ¿De un ángel? ¿De Dios? ¿De mi yo interior? —Se encogió de hombros—. No lo sé. Pero el mensaje quedó claro, porque de repente mi único pensamiento era que tenía que enmendar las cosas con la gente. Me di cuenta de que no quería morirme, porque en ese momento ni siquiera sabía quién era realmente. En fin, el caso es que volví a la superficie, pero estaba muy lejos de la orilla. Así que le propuse a Dios un trato: sácame de esta y enmendaré todo lo que he hecho mal, y más. Y, bueno…, en un abrir y cerrar de ojos, me estaban subiendo a bordo de un bote salvavidas.

—No es de extrañar que después de aquello te recompusieras —dijo Johnny.

Graham se encogió de hombros.

—Seguro que tú has tenido experiencias parecidas. Ya es hora de que las identifiques.

—¿Avisos?

—No. Segundas oportunidades. —Graham sonrió animosamente—. Ha llegado el momento de salir otra vez ahí fuera, Johnny, pero no para que te obsesiones con volver a conquistar el mundo. Esta vez, limítate a conquistar tu ego. Mira a la gente que te rodea y pregúntate qué puedes hacer por ellos, más que qué pueden hacer ellos por ti. Y cuando estropees las cosas, arréglalas.

Johnny esbozó una sonrisa sardónica.

—Va a ser difícil, romper el hábito de toda una vida.

—Paso a paso, JK.

—¿Y si es imposible?

—No. Lo imposible es lo que hiciste antes. —Graham le dio un apretón en el hombro—. De chaval de un hogar roto al megaestrellato. En comparación con aquello, esto va a ser coser y cantar.

Al pie de la escalera, Mona entró en un espacioso subterráneo que el anciano había dicho que había sido un aparcamiento, aunque los dos o tres coches que vio eran armazones apoyados sobre ladrillos. Había unas cuantas cajas aquí y allá, y muchas bolsas de basura amontonadas alrededor de unos grandes contenedores con ruedas.

Todo bastante normal.

Con el bolso al hombro, Mona se fue en la dirección que le había dicho el hombre.

A mitad de camino vio unas figuras andrajosas en torno a algo que parecía un brasero con fuego. Recostadas contra las columnas circundantes, arrebujadas en sacos de dormir, había más personas.

—Mierda —murmuró.

Calculó que podría pasar de largo si se pegaba a la pared derecha, pero podía que incluso así la vieran. ¿Quién iba a ayudarla allí abajo si se metía en líos? Se sacó el móvil del bolso y se quedó sobrecogida al ver que no tenía cobertura.

—Mira que eres tonta —se dijo—. Estás bajo tierra.

Ninguno de los miembros del grupo había mirado hacia ella todavía, así que se aventuró a seguir. Arrimándose a la pared, avanzó deprisa mientras los miraba de reojo, y, al comprobar que aún no se habían fijado en ella, aceleró el paso.

Cruzó rápidamente el aparcamiento pasando por varias puertas desvencijadas que daban a cámaras húmedas y oscuras llenas de maquinaria vieja, cisternas y hornos cubiertos de polvo y telarañas.

Giró a la izquierda. Empezó a respirar más despacio y se le estabilizó pulso.

Siguió hasta llegar a un punto en el que se veía un pasaje que desembocaba en un espacio abierto. Se veía el cielo, pero ahora estaba rodeada de coches rotos, montones de coches apiñados y amontonados unos encima de otros.

Mona miró al frente y vio una figura borrosa que avanzaba hacia ella. Era un hombre corpulento e imponente, vestido con una gabardina raída y pantalones chinos. En una mano llevaba una bolsa de deportes por cuya cremallera abierta asomaban dos cartones de leche.

Cuando estuvieron más cerca, soltó la bolsa, y Mona tuvo que sofocar el impulso de salir corriendo; el hombre era un armario y si la perseguía no tenía nada que hacer.

Entonces le vio la cara, y cayó en la cuenta de quién era.

—¿Te has perdido, cielo? —La voz era sonora y profunda, más propia del escenario del National Theatre que de una urbanización medio en ruinas del noroeste de Londres.

—No exactamente. Soy Mona Mistry. De la revista *Classic Rock*.

El hombre arqueó una ceja. Su rostro había sido apuesto, bien definido, pero ahora era un rostro flácido de mediana edad.

—Entonces debes de estar buscándome. Soy...

—Sé quién es. Ben Randall.

—Mucho interés tendrás, cuando has venido a buscarme hasta aquí —dijo Ben Randall, abriendo la puerta del número 48—. ¿Qué historia tienes entre manos? ¿Otro artículo de fondo con el tema «dónde están ahora»?

Mona recorrió con la mirada el grafiti del pasillo, las bombillas parpadeantes y los papeles desparramados por el suelo.

—En cierto modo, sí.

—Bueno, al menos valgo para algo. Llámame Ben.

Se apartó y la invitó a pasar a su casa.

Mona no se sintió del todo segura hasta que el hombre cerró la puerta y echó el cerrojo.

—Has aparecido en buen momento —dijo Mona.

Randall se quitó la gabardina y soltó la bolsa de deportes.

—Lo que has visto ahí fuera no es tan terrible como parece; aquí hay personas buenas que cuidan las unas de las otras.

—Bueno saberlo.

La invitó a pasar a una salita minúscula.

—En cierto modo me viene bien vivir aquí, es fácil desaparecer, pero tampoco tiene sentido fingir que vivo aquí por gusto. Siéntate, voy a poner el hervidor de agua.

Mona miró alrededor mientras Randall abría una puerta corredera y entraba en la pequeña cocina. Habían pasado por un cuarto de baño y un dormitorio, y el salón era más o menos del tamaño que se imaginaba que tendría una celda. Había una única ventanita que daba a la esquina superior de una pared de hormigón, detrás de la cual se veían austeros bloques de torres. El cuarto estaba bastante ordenado, aunque lleno de cosas: estanterías abarrotadas de libros, macetas de plantas con ramas colgando por todas partes, un revistero lleno hasta rebosar y demasiados cojines que no pegaban repartidos por el sofá y la butaca. En la cocina oyó correr el agua y el clic de un interruptor.

—Si me permites que te lo diga, Ben —dijo Mona, sentándose—, eres muy confiado.

—Y tú también. ¡Podría ser una asesino en serie! —respondió desde la cocina.

—Yo sé que eres Ben Randall. Pero tú no tienes ni idea de quién soy yo. Ni siquiera me has pedido que te enseñe el carné de prensa. ¿Y si fuera mentira que soy periodista?

Randall asomó la cabeza.

—Podría ser. Pero, en mi experiencia, no creo que eso fuera mucho peor que si fuera verdad. ¿Cómo quieres el té?

—Leche, por favor. Sin azúcar. Debería levantar la mano y reconocer que en realidad no he venido a preguntarte por lo que te pasó.

Randall había vuelto a meterse en la cocina.

—Esa historia ha sido explotada hasta la saciedad, cielo, ¿no te parece?

—Lo que no entiendo es que ahí fuera todavía tienes una carrera, estoy segura. Eras magnífico… Mi tía me llevó a verte en *Chicago,* fue una interpretación electrizante.

Randall volvió a asomarse y se apoyó contra el marco de la puerta.

—Mona, la vida de un actor profesional solo es viable si puede actuar.

—Hmm… —Mona no había tenido intención de meterse en sus problemas, aunque quizá había sido inevitable. En cualquier caso, no parecía enfadado—. Bueno…, tus problemas con el alcohol están bien documentados.

—En cuyo caso, ¿por qué no estoy borracho ahora? Al fin y al cabo, está atardeciendo. Ya debería haber empezado, ¿no? La respuesta, Mona, es que no bebo… Lo he dejado… Estoy sobrio. —Observó su reacción con interés—. Hace meses que asisto a reuniones de Alcohólicos Anónimos, 271 días para ser exactos; me está funcionando, pero hay que ir paso a paso, y tengo que ser más fuerte. Por el momento (como se dice ahora, mientras «me lo trabajo»), Daffodil Court me conviene.

Mona se quedó impresionada.

—Mira, yo no he… No he venido a hablar contigo de esto. Pero tenías un talento increíble, una gran carrera… Espero que te recuperes pronto.

Ben se quedó pensando.

—El alcoholismo no era más que un síntoma de la verdadera causa de mi hundimiento. La puntilla de mi destrucción. O sea, siempre me ha gustado beber, pero este tipo de hábitos pueden empeorar mucho si hay otra cosa que te está chupando la vida, y harás todo lo que puedas para compensar. Perdona, todo esto debe de sonarte a palabrería psicológica —sonrió—. Me imagino que habrás visto desaparecer a unos cuantos famosos, quemados antes de tiempo por los excesos y los vicios, y culpando siempre a otra cosa…, o a otra persona. Por supuesto, este tipo de excusas no convencen al común de los mortales. Ya sabes, a las personas normales y corrientes que luchan a diario para pagar la hipoteca y la cesta de la compra.

Volvió a desaparecer y enseguida volvió, esta vez con dos tazas humeantes y un plato con galletas digestivas. Mona le dio las gracias y cogió la taza y una galleta. Randall se sentó en la butaca de enfrente, con la taza pegada al pecho.

—Como ya te he dicho, Ben, no he venido a escribir una historia sobre ti. No he venido a escribir ninguna historia.

Ben arqueó una ceja.

—Para ser una visita de cortesía, has hecho un largo viaje.

—Tampoco es eso. Necesito tu ayuda con una cosa. —Le miró sin pestañear.

Ben Randall conservaba la fachada de tipo duro. Pero era, ante todo, un actor. En los estantes que veía Mona por el rabillo del ojo había libros de poesía, las obras reunidas de Shakespeare. Para él tenía que haber sido un gran revés verse obligado a vivir en aquella caja de hormigón, enterrado en aquella urbanización gris de viviendas sociales. Aunque solo estaba a veinticinco minutos en metro de Teatrilandia, perfectamente habría podido estar a millones de kilómetros de distancia.

—La verdad —dijo Mona— es que es un amigo mío el que necesita ayuda. Y, por lo que me has dicho —dejó la taza en una mesita y se puso derecha, decidida a coger el toro por los cuernos—, creo que he acudido a la persona perfecta.

25

Presa

Lunes

—Restaurante Graceland.

—Aamir, soy Johnny —dijo, deteniéndose al final de Carnaby Street.

—¿Estás bien?

¿Había cierta frialdad en su voz? ¿Se habría corrido la voz de que era él quien había traído a los matones a Graceland?

—Solo llamaba para saber… Bueno, ¿cómo van por ahí las cosas?

—Bastante mal, si quieres que te diga la verdad.

—¿Sigue lleno de polis?

—Sí. Creo que todavía van a seguir rondando por aquí bastantes días.

Johnny no pensaba que fuesen a arrestarle hoy, pero aquella subinspectora de la víspera no era nada tonta.

—¿Se ha pasado Mona por ahí?

—Esta mañana, no. Eso sí, había un mensaje para ti. Ha llamado alguien al restaurante. Una tal señorita Phillips. Dijo que te pusieras en contacto con ella lo antes posible.

—Vale…, gracias, Aamir.

Antes de llamar a Jackie, Johnny reflexionó un poco más sobre el consejo de Graham. «Deja de ser un capullo autocomplaciente, haz lo que tienes que hacer». Pero con Karl Jones vigilándole de cerca, Graceland destrozado y la policía husmeando en su dormitorio, la idea de pasar el resto del día y, quién sabe, quizá también de la noche en el entorno seguro y acogedor de la lujosa casa de Jackie era muy tentadora.

Hizo la llamada.

—Jackie…, soy Johnny.

—¡Johnny! Gracias a Dios. Mira…, el tipo ese ha estado merodeando otra vez. Anoche le vi cruzando el jardín sigilosamente, se activó la nueva luz de seguridad.

Johnny se llevó una pequeña desilusión; volver a enredarse entre las malas hierbas del fondo del jardín de Jackie no entraba en sus planes.

—¿Estás en la calle? —Le pareció oír ruido de tráfico de fondo.

—Estoy de compras. En Harvey Nicks.

Por mucho Jackie ya no estuviera en la cima del éxito, no permitía que fruslerías como el dinero la estorbasen.

—Estoy en el Soho —respondió él—. Si voy para allá, podríamos compartir un taxi de vuelta a tu casa, ¿quieres?

Pareció que se alegraba.

—No se me ocurre nadie mejor para compartir un viaje.

—¿Tienes hambre? —dijo Jackie, abriendo la imponente puerta principal e invitándole a seguirla a la cocina.

—La verdad es que sí.

Ella le pasó un par de menús, uno de comida tailandesa y otro de comida italiana.

—Pero primero tenemos que hablar de este mirón tuyo.

—Dime.

—El otro día le seguí hasta su casa.

Jackie palideció a ojos vistas.

—¿Cómo dices?

—Le vi. Estaba en Polydex, siguiéndote los pasos.

—¿Estás…? —Se quedó boquiabierta—. ¿Estás seguro de que era el mismo tipo?

—Apostaría mi casa, si todavía la tuviese.

—Vale, cuéntame.

—Jackie, vive en la casa de al lado. —Señaló la casa en cuestión.

Se puso todavía más pálida.

—¡Dios mío!

Johnny dio un paso y abrazó su cuerpo tembloroso.

—Escucha, no creo que sea tan terrible. Es un capullo insignificante. No creo que te vaya a hacer nada. Pero ahora que sabemos quién es, podemos llamar a la policía.

Jackie asintió con la cabeza.

—Sí, sí, tienes razón. Me dieron un número de teléfono… —Se acercó deprisa a un cajón, lo abrió, escarbó entre un montón de baratijas y sacó una tarjetita. Después arrastró una silla hasta la mesa de la cocina, se dejó caer y cogió el móvil.

Johnny la observaba desde el otro lado de la cocina.

—Hola… ¿Hola? —dijo Jackie—. ¿Es…, es usted el subinspector Collins? Soy Jackie Phillips. La de Dunmoor Close, en Highgate. Sí…, sí, eso es, la mujer que cree que hay un tipo que la sigue. —Miró a Johnny arqueando una ceja con expresión irónica—. Está conmigo un amigo que no solo vio al tipo, sino que además tuvo un pequeño encontronazo con él…

Johnny se puso tenso y rezó para que no mencionase que le había dado algún que otro puñetazo, sobre todo ahora que estaba en el radar de la policía.

—No, no —dijo Jackie con tono tranquilizador—. No hay heridos, pero… después volvió a ver al hombre, y resulta que vive en la casa de al lado. El número 17… No, nunca he hablado con él. No sé cómo se llama ni nada… Pero ¿no pueden simplemente llamar a su puerta?… Ya… Vale, ya entiendo. —Interrumpió la conversación cubriendo el móvil con la mano—. ¿Te quedas aquí esta noche, Johnny?

El tono era de pregunta, pero sonó a invitación.

—Vale —respondió él tranquilamente—. Si es eso lo que quieres, me quedo.

—Sí, voy a estar acompañada esta noche —le dijo al policía—, conque estaré bien hasta mañana… Sí, desde luego… Entonces, ¿mañana a las diez?… No creo que haya ningún problema. —Echó otro vistazo a Johnny—. Quieren que les demos algunos detalles antes de pasar a la casa del vecino.

Johnny asintió.

—Sí, perfecto —dijo Jackie—. Muchísimas gracias. —Puso fin a la llamada y relajó los hombros, aliviada.

—Era el subinspector Collins. Está a cargo de este caso. —Echó un vistazo al jardín—. Maldito capullo. ¿Cómo se puede ser tan cutre? Seguro que estoy *online,* dando vueltas por ahí en bragas y sujetador. O menos.

—Si fuera así, creo que ya nos habríamos enterado —dijo Johnny.

Después de comer algo, se sentaron frente a frente en dos sillones del lujoso salón, cada uno con su *whisky* de triple destilación entre las manos. Jackie, envuelta en un holgado pijama de seda rosa, se acurrucó como un gatito. La capacidad para resultar seductora le salía de manera natural. Al verla en la puerta de Harvey Nichols, donde habían quedado un rato antes, le había parecido despampanante con su traje pantalón rojo de Joseph, su blusa blanca de seda que apenas escondía nada y la espléndida melena rubia a capas. Cada tío que pasaba había lanzado una mirada celosa a Johnny.

—Bueno —dijo Johnny, tratando de centrarse—. Mañana a estas horas, todo habrá terminado.

Jackie asintió con aire pensativo.

—He sido un manojo de nervios, no me importa admitirlo. Incluso antes de que la luz de seguridad se encendiese anoche, yo… En fin, sabía que estaba ahí fuera. Como si hubiese desarrollado otro sentido. —Le brillaban los ojos—. Dicen que todos los animales de presa lo tienen.

—Tú no eres un animal de presa.

—¿Crees que no?

—Sé que no.

—Oigo lo que dice la gente. «Jackie Phillips, esa antipática, esa caradura, esa puta zorra». —Le temblaba el labio inferior—. Pero cuando… cuando estás sola… noche tras noche… y sabes que… sabes que ahí fuera hay alguien que quiere hacerte daño… —Se le descompuso el rostro y los ojos se le llenaron de lágrimas.

—Oye… —Johnny dejó la copa, cruzó la habitación y se acomodó a su lado en el enorme sillón, estrechándola entre sus brazos—. No va a seguir ahí mucho tiempo.

—¿Y si no consiguen demostrar nada?

—Aun así, le darán un buen susto.

—¿Tú crees?

—Recuerda que le he visto. Se va a llevar un buen susto, sin ninguna duda.

Jackie apoyó la cabeza contra él.

—Gracias por haber venido. —Alargó la mano y le tocó la mejilla—. No te merezco, Johnny. Destrocé tu matrimonio.

—Agua pasada no mueve molino.

Le dolía pensarlo, pero quizá Graham había acertado al decir que tenía que afrontar su vida de manera realista. Quizá Laura le había dejado para siempre, y, en tal caso, su deber con ella y con Chelsea era renunciar a tener esperanzas y pasar a ser, simplemente, un amigo. Además, con una mujer tan espectacular entre sus brazos, lo mismo tenía sus compensaciones...

Jackie le rozó los labios con los suyos, y de repente se estaban besando.

En el pasado habían disfrutado el uno del otro, pero aquellos momentos robados habían sido apresurados, fogonazos de una pasión ilícita. Tanto en el caso de él como en el de ella, el deseo de revivir los viejos tiempos había seguido ardiendo en un segundo plano. Se levantaron del sillón y subieron las escaleras de la mano. Una vez arriba, se quitaron la ropa y se metieron debajo de las sábanas sin decir palabra. Vinieron a continuación momentos de éxtasis; el cálido y oscuro dormitorio daba vueltas mientras Johnny encontraba la respuesta a una pregunta que los dos llevaban décadas preguntándose: ¿cómo sería tener la libertad para estar juntos?

«Una gozada».

Varias horas más tarde, Jackie dormía profundamente con un brazo sobre el torso de Johnny y la cabeza hundida en el pliegue de su cuello.

Johnny, sumido en una agradable sensación de calor, tenía la mirada perdida en la luz moteada que proyectaban las farolas en el techo.

¿Estarían destinados a unirse?

Había conocido a Jackie un nevado día de diciembre allá por

los años noventa, en Newcastle. Era la nueva presentadora, la rubia de mirada inocente que volvía locos a los productores con su manera fresca y seductora de presentar. Todo el mundo quería ser entrevistado por la chica nueva del barrio.

Solo iba por su segundo programa cuando le tocó entrevistar a Johnny Klein, y enseguida quedó claro que eran tal para cual: coquetos y competitivos, entregados a un incesante intercambio de insinuaciones, casi como un partido de tenis. La química había estado ahí desde el inicio. En cuanto terminó la entrevista, Johnny fue arrastrado al escenario para interpretar su último éxito, durante el cual no pudo apartar los ojos de Jackie. Cada movimiento, cada pose que adoptaba eran los de un pavo real desplegando su cola iridiscente en un descarado juego de «ven a por mí». Jackie tampoco le había quitado los ojos de encima.

Le había dado un pase de acceso a todas las zonas para el concierto de esa noche en City Hall, pero, aunque se había pasado la mayor parte del espectáculo lanzando miradas a bastidores y al foso de los fotógrafos, Jackie no había aparecido. Su ausencia no había hecho sino intensificar su deseo por ella.

Johnny no había comprendido hasta ahora lo mucho que había echado de menos la sensación de tener a una mujer a su lado. El vínculo humano. Aunque no le gustaba reconocerlo, se había sentido solo.

¿Sería esta la nueva página que tenía que pasar ahora? ¿Estaba escrito que sucedieran así las cosas? Imposible saberlo, pero de repente el futuro ya no tenía un aspecto tan sombrío.

Fuera, una fresca brisa hacía susurrar las hojas de los arces y el cristal de la ventana temblaba. La vieja casa de estilo georgiano crujía. Johnny cerró los ojos para conciliar el sueño, pero cuando estaba a punto de volver a dormirse oyó un crujido que le pareció que venía de la tarima de la planta de arriba.

Abrió los ojos de golpe. Aunque Jackie seguía durmiendo a pierna suelta a su lado, Johnny se había espabilado y era incapaz de serenarse.

Se desenredó de las piernas de Jackie y se sentó al borde de la cama para ponerse los calzoncillos, que estaban tirados en el suelo del dormitorio junto al resto de su ropa.

Salió al pasillo sin hacer ruido y puso rumbo a la cocina. Le sonaban las tripas. Abrió la nevera Smeg de Jackie y se llevó un chasco al ver que solo había leche, apio y yogur bío. Sus pensamientos volvieron al dormitorio. Al crujido que había oído arriba. Y entonces su mirada se posó sobre otra cosa.

En la estantería que había junto a la ventana de la cocina, sobre todo había plantas, pero también había un par de libros de cocina y un libro de bolsillo. Al ver el título que estaba escrito en el lomo se acercó a examinarlo con más detenimiento.

Alargó la mano y lo cogió.

Era un libro viejo y manoseado.

El volumen seis de los *Misterios del inspector Collins*.

Exactamente el mismo nombre con el que se había dirigido Jackie al policía al que había llamado antes.

Johnny volvió al dormitorio y se quedó mirándola por unos instantes. Seguía dormida; las negras pestañas eran tan largas que casi le rozaban las mejillas y tenía las piernas bronceadas estiradas de un lado a otro de la cama como si fuera una gata dorada.

¿Quizá el nombre del inspector era una simple coincidencia? En estos momentos, eso quería pensar Johnny.

Una suave lluvia de polvo cayó de uno de los focos situados encima de la cama. Después, otra, y otra más, a la vez que se oía otro crujido en el piso de arriba. Johnny alzó la vista.

«No estamos solos».

26

Le caigo mal a ese de ahí arriba

Martes

Johnny se quedó donde estaba, escuchando y observando. Sonó otro crujido, esta vez más cerca. Sin duda, alguien estaba moviéndose por el piso de arriba. Despacio, Johnny volvió sobre sus pasos y localizó los sonidos delatores en el rellano. Cuando por fin cesaron, estaba debajo de una trampilla que daba al desván. Apoyada contra la pared había una barra de metal.

Sorprendido por su sangre fría, pero a la vez nervioso, encajó una punta de la barra en la ranura de la trampilla, y suavemente soltó el seguro. La trampilla quedó colgando de las bisagras y una escalerilla se desplegó hasta el suelo del rellano; a continuación, oyó unas pisadas apresuradas que volvían a alejarse por el techo. Subió atropelladamente por la escalerilla y, al asomar la cabeza por el hueco, vislumbró al fondo del desván a un hombre que estaba cerrando una puerta de madera que conectaba con la casa contigua. El corazón se le aceleró mientras aupaba el cuerpo semidesnudo entre las vigas. Cuando se le hicieron los ojos a la penumbra, vio que por algunos puntos alguien había levantado el aislamiento térmico entre las viguetas y que los soportes de los focos habían sido complementados con *webcams*. Unos cables negros serpenteaban hasta la puerta de la pared, que, vista más de cerca, estaba hecha de tablones envejecidos y desalineados. Parecía más la entrada a una ratonera que una puerta que daba a otra casa.

«Nuestro mirón se ha puesto las botas».

Con la respiración agitada y ladeando la cabeza para evitar los aleros, cruzó corriendo. La puerta provisional no tenía cerrojo, solo un trozo de cuerda para abrirla, y entre las rajas de los tablones distinguió el contorno de un cuerpo al otro lado. Por lo que podía oír, la persona estaba toqueteando un pestillo, intentando encajarlo. Johnny se abalanzó y estampó el hombro contra la puerta, que se abrió lo suficiente como para permitirle meter un brazo y enganchar una sudadera y después un puñado de pelo. Agarrando con todas sus fuerzas, tiró hacia atrás una vez, dos veces, tres, golpeando cada vez la cabeza de su oponente contra la madera.

Se oyeron gemidos de dolor. Era, sin duda, el individuo al que había seguido desde el Soho. Johnny volvió a abalanzarse sobre la puerta, que se abrió del todo e hizo caer de espaldas al tipo.

Estaban ahora en el desván de la casa vecina. Era casi todo de pladur, pero había una pequeña zona de almacenamiento hecha de tablones. En este momento, más bien parecía el octágono de un Campeonato de Lucha Extrema, con ambos combatientes cara a cara y de rodillas. Johnny tenía ventaja.

El tipo no intentó bloquearle cuando Johnny le propinó el mejor gancho derecho de su vida. Le dio en plena barbilla, catapultándole hacia atrás. Johnny se arrastró sobre el fino suelo y cayó encima del chaval, que a su vez se había recuperado lo suficiente para defenderse un poco.

—Maldito mequetrefe, ¿cuánto tiempo llevas grabando a Jackie? —dijo con la mandíbula apretada.

El chaval parecía aturdido. Tenía un corte en la sien izquierda y le sangraba.

—¡Quítese de encima! —dijo el chico con voz gutural—. ¿Es usted bobo o qué le pasa? Jackie lo sabe todo, fue idea suya.

—¿Qué?

Rodaron por el suelo y cayeron desde el entablado al pladur del techo de debajo. Las manos del chaval estaban cerradas sobre la garganta de Johnny y apretaban, hundiendo unos dedos como garras en su nuez. A Johnny se le saltaban los ojos, una especie de niebla le empañaba la córnea.

—Mierda —boqueó entrecortadamente.

Pero entonces, en lo que a ambos les pareció una sucesión de fotogramas a cámara lenta, el techo cedió. Cayeron enredados como si fueran una sola persona mientras la masa de escayola y papel reventaba explosivamente, y después dieron un tumbo en el aire y atravesaron una niebla de polvo blanco. Se estamparon contra el suelo enmoquetado con un impacto estremecedor. Johnny cogió impulso y se levantó, dando manotazos al polvo. Pero el chaval no se movió. Johnny se puso en cuclillas al ver que su contrincante estaba fuera de combate y que le caía un reguerito de sangre por un lado de la boca. Pegó la oreja a los labios del chico; seguía respirando.

Volvió a levantarse, y al mirar alrededor se fijó en que allí no había muebles de dormitorio. Poco a poco, fue cayendo en la cuenta de que las cuatro paredes estaban cubiertas por un montón de fotografías satinadas.

Se fue hasta la pared más cercana y los ojos casi se le salieron de las órbitas. Todas las imágenes —y la mayoría parecían impresiones de capturas de pantalla— representaban a Jackie en la cama de su dormitorio, en diversas posturas comprometedoras y con distintos hombres. Johnny se giró para ver mejor la habitación. No había ni un centímetro libre en las paredes, las fotos estaban superpuestas en montones compactos. En el rincón había un escritorio con un ordenador portátil y dos monitores. En la pantalla de la izquierda, congelada, había una imagen nítida, un primer plano de Johnny y Jackie en pleno arrebato sexual.

¿Qué diablos había pasado allí?

Aturdido, tuvo que sacar una silla de debajo de la mesa para dejarse caer en ella.

El corazón le martilleaba sin control a causa del *shock*. Esforzándose por concentrarse, abrió un par de cajones y sacó lo que contenían. Encontró un cuaderno de cuero muy sobado, pasó las páginas y vio que contenía listas de nombres escritos a mano, algunos de ellos nombres conocidísimos —presentadores de televisión, actores, músicos—, todos con números de teléfono móvil y cantidades de dinero garabateadas al lado, a veces más de una y a menudo también con fecha.

«Fue idea suya».

Jackie.

—A ti no te despierta ni un bombardeo —dijo Johnny mientras Jackie salía poco a poco del sueño y se estiraba lánguidamente.

Jackie todavía tardó unos segundos en incorporarse y frotarse los ojos.

—¿Qué hora es? —preguntó, desconcertada al ver que fuera aún reinaba una oscuridad total.

Johnny se encogió de hombros; tenía el pelo cubierto de polvo y rasguños en los brazos y en la cara.

—No sé, de madrugada. He perdido la cuenta.

Se había sentado en una silla y se había vestido, incluso se había puesto la chaqueta caqui. Empezó a tirar el alijo de imágenes fotográficas a la colcha, una a una.

Jackie le miró primero a él, confusa, y luego a las fotos, después se le heló la expresión. Despacio, casi con cautela, cogió un par de fotos para mirarlas más de cerca.

—Más vale que sepas que, cuando llegue la policía, no va a ser al inspector Collins al que vas a ver —dijo Johnny—. O sea… porque no existe. Vendrá la subinspectora Thomas, una agente con la que he tenido bastante trato últimamente.

No era del todo cierto. Johnny no había avisado a la policía ni había estado en contacto con la subinspectora Thomas. Pero, desde luego, era una posibilidad.

—Johnny… —Jackie, el rostro tensado por el pánico, levantó una mano—, escucha, no lo entiendes.

—Ponme a prueba.

Jackie cerró los ojos y movió la cabeza.

—Te deseaba, Johnny, te deseaba muchísimo. Siempre te he deseado.

—Entonces, ¿qué es lo que está pasando con el mirón de ahí arriba, quiénes son todos esos tipos?

Jackie respiró hondo y dijo con voz temblorosa:

—Se llama Kyle Green. Si insistes en saberlo, le pillé grabándome por la ventana y sacándome fotos desnuda. Es informático, vive en la casa de al lado. Podría haberle denunciado en ese mismo momento, pero…

—¿Por qué no lo hiciste?

—Me lo suplicó, dijo que si no le denunciaba haría lo que fuese por mí.

—¿De manera que se te ocurrió algo mejor, sacarle partido? ¿Es ahí donde entran todos estos tipos?

Los ojos de Jackie se llenaron de lágrimas.

—No tienes ni idea de lo que ha supuesto para mí, Johnny. De estar en la portada de todas las revistas para hombres del país, he pasado a que me sustituyan por versiones de mí más recientes, más jóvenes, en cuanto me salen unas patas de gallo; intentar seguir trabajando, pagar las facturas, conservar esta casa… En fin, ha sido un infierno. Y resulta que las estrellas del *rock* también pueden ser mala gente, Johnny. La mayoría de los tíos con los que estuve me dejaron sus calzoncillos sucios, el corazón roto y un descubierto bancario cada vez más grande. Solo quería lo que me correspondía.

—¿Pidiéndole a tu mirón que subiese a sacar unas cuantas fotos guarras con las que chantajearles?

—Estaba desesperada, al borde de la ruina. —Las lágrimas le caían a borbotones, su cara era una máscara angustiada.

—¿Y yo he sido uno de tus pardillos?

—¡No! Bueno…, puede que al principio sí. Pero la primera noche que viniste me di cuenta de lo a gusto que estábamos. —Jackie dio un paso hacia él—. Le dije que a ti no quería hacerte eso, pero era demasiado tarde, no pude impedírselo. —Jackie se acercó a él con lágrimas en los ojos—. Tienes que creerme, Johnny.

Johnny dio un paso atrás.

—Me desviví por ayudarte, Jackie, y no esperaba nada a cambio.

—No, Johnny. —Jackie esbozó una sonrisa tensa, y por un instante Johnny vio a aquella chica dura que sabía valerse por sí misma en cualquier circunstancia. Jackie negó con la cabeza—. No, Johnny…, tú viniste aquí buscando sexo.

—Vine como un amigo, ¿y tú vas y me castigas? —le espetó él con todo el dolor de su corazón.

—Esto no es un castigo. —Jackie plantó los pies en la moqueta y se subió la colcha para tapar su desnudez—. O sea, para ti no es un problema…, pero yo necesito dinero, ¿vale? Lo necesito para poder seguir con mi vida…, con esta vida.

Johnny movió la cabeza.

—Mírame, Jacks. Yo he perdido la casa de Mill Hill… ¡Lo he perdido todo! ¡Estoy de okupa en un ático, joder! Entiendo mejor que nadie lo que es estar completamente tirado.

—Lo sé, Johnny, pero no estaba dispuesta a hundirme. Tú te has estado saliendo con la tuya durante años antes de que todo se te viniese abajo. Te acostabas con quien te daba la gana y nadie tenía peor opinión de ti por ello. En cambio, yo lo hacía y era una puta, una fulana. Te he dicho que para ti no es un problema y tengo razón, te recuperarás.

—Jacks, lo lamento mucho por ti —dijo Johnny, sintiendo que era cierto—. Pero tengo mis propios problemas, y quiero que sepas una cosa: me niego a que esto que estás haciendo aquí sea uno de ellos.

—No es verdad que vayas a delatarme a la policía, ¿verdad que no? —preguntó ella con labios temblorosos.

Sentada en la cama, tapada solamente por un edredón… Dios, seguía siendo despampanante.

—En el momento en que alguna de esas fotos o películas se haga pública, Jackie… En fin, hasta ese momento tienes bula. Pero, Jacks. —Movió la cabeza—. Basta de gilipolleces. Aquí dentro tengo todo lo que necesito. —Sostuvo en alto el cuaderno lleno de nombres, fechas y sumas de dinero—. Es increíble, la cantidad de caras famosas que hay en esa pared. Hombres que quizá estarían dispuestos a hablar si supieran que no son los únicos.

Jackie se levantó y la colcha se deslizó con un susurro.

—Puede que no me creas, pero recibieron su merecido. Todos y cada uno de ellos vinieron aquí en busca de sexo… Eso es lo único que los tíos quieren de mí, Johnny, incluso tú. ¿Tan mala soy por querer sacarle partido?

Johnny se acercó a la puerta.

—Quién sabe. —Se metió el cuaderno de cuero en el bolsillo y se fue al descansillo.

Jackie le siguió, desnuda.

—Johnny, espera… ¡Johnny! —Era casi una súplica—. ¡Johnny!

Johnny se volvió en lo alto de la escalera.

—Seguimos siendo amigos, ¿no? —preguntó Jackie—. Johnny, necesito un amigo.

Se la veía desesperada, pero ¿cómo iba a ser capaz de confiar nuevamente en ella?

—No estoy seguro, Jacks. Por cierto, ponte la bata y ve a ver si tu mirón está bien.

Jackie frunció el ceño.

—¿A qué te refieres?

—¿Pensabas que no iba a oponer resistencia?

Jackie se alarmó.

—¿Qué le has hecho?

—¿Cómo era eso que has dicho antes?… Que a la gente hay que darle su merecido, ¿no?

Jackie corrió hasta la escalerilla.

—¿Kyle? —gritó, presa del pánico.

—Llama a una ambulancia.

Jackie le miró horrorizada.

—Johnny, esto es…

—¿Muy grave? Lo sé. —Se fue hacia la salida—. Qué lástima que no lo pensaras antes.

27

Un golpe de más

Martes

Por los altavoces empotrados en el techo alicatado de la sección de bebés y maternidad sonaba un suave hilo musical, éxitos de la década de los 2000 seleccionados para las mujeres de veintimuchos años que se paseaban por la tienda, blanca cual nave espacial, en busca del cochecito, el tacatá o el balancín perfectos.

Laura se sentía vieja mientras iba y venía por los pasillos. Había clientas que no acababan de saber si la mamá era esa señora de mediana edad o Chelsea, con su uniforme escolar. En cualquier caso, la familia Klein estaba aumentando. Ahora que la primera reacción de *shock* se había desvanecido, Laura estaba intentando adoptar una actitud positiva. Había dejado de preguntarse por los pros y los contras de seguir adelante con aquello, y no sufría las náuseas matinales que la habían aquejado durante el embarazo de Chelsea.

Esa mañana se había maquillado más que de costumbre, no tanto para parecer más joven como para disimular las ojeras. No estaba durmiendo bien; sus hormonas estaban tardando en adaptarse a la nueva rutina. Un largo impermeable y una sudadera extragrande disimulaban las primeras señales de su barriga de embarazada. Chelsea, que siempre había pensado que sería hija única para el resto de su vida, estaba encantada con la idea de un hermanito.

Mientras se paseaban por la tienda, Chelsea se fijó en un precioso cárdigan minúsculo.

—¿Qué te parece? ¿Se lo puedo comprar?

—Claro que sí —sonrió Laura—. Échalo a la cesta.

—No, ya voy yo a la caja. Quiero comprárselo yo porque si no al final lo pagarás tú. Y es mi regalo.

Después de la bronca de la víspera con Johnny, no había pensado ver a su hija tan contenta. Era como si por fin fuesen un equipo. Por primera vez desde hacía años, no estaba preguntando constantemente por su padre. La vio alejarse con paso resuelto.

Tuvo la agradable sensación de que iban a lograr que todo saliera bien, de que incluso podrían ser felices. Y de repente, en el momento justo, la música cambió.

La canción que se oía ahora por los altavoces era «Let's All Love», el último *single* que había sacado Klein antes de disolverse. La versión original era una balada alegre, mientras que esta, interpretada por una mujer joven con una voz preciosa y angelical, era más suave, más delicada. Si la memoria no le fallaba, Johnny la había escrito solo, y eso que por aquella época estaba hecho un asco: el cuerpo devastado por el alcohol, el cerebro prácticamente reventado después de tantos excesos con las drogas. Y, a pesar de todo, ¡qué canción más bonita había creado!

A Laura le sorprendió verse pensando en Johnny y sonriendo al mismo tiempo; debía de ser cosa del caudal de endorfinas que circulaba por su cuerpo. Dejó que sus pensamientos volvieran a los buenos tiempos con su ex: la locura de los conciertos, las glamurosas vacaciones, las montañas de regalos, la juerga y el disfrute generales… Casi todo lo había olvidado durante el caos que vino después.

La canción se terminó.

El final fue más abrupto de lo que Laura recordaba: la guitarra acústica tocó un acorde que parecía fuera de lugar, una nota que empezó a realimentarse, como si el guitarrista se hubiese acercado a los amplificadores Marshall y estuviese agitando la guitarra eléctrica justo enfrente del altavoz.

Laura se llevó una mano a la sien. El acople era ensordecedor y le estaba taladrando el oído medio. ¿Qué diablos estaba pasando? ¿Y por qué no reaccionaba nadie más?

Se estremeció y, tambaleándose, le tendió el brazo a una anciana regordeta de aspecto afable que estaba cerca y empezaba a darse cuenta de que le pasaba algo. Y entonces la mujer gritó. Fue un grito desgarrador, a pleno pulmón, y hendió la tienda como una cuchilla. Chelsea volvió corriendo al pasillo, donde se topó con un espectáculo horroroso. Laura estaba sentada en el frío suelo de vinilo. Se había desplomado como una especie de muñeca y entre sus piernas se iba formando un charco de sangre color burdeos, empapándole el elegante abrigo negro.

Chelsea soltó el bolso y se abalanzó hacia su madre.

—¡Mamá…, mamá…, mamá! —Sus gritos se contagiaron entre los clientes y hubo un momento en el que casi ni se la oía—. ¡Llamen a una ambulancia, por favor! —gimió, envolviendo a Laura en un abrazo ferozmente protector—. Que alguien llame a una ambulancia, mi madre necesita ayuda…

Johnny estaba en Graceland, tirado en la cama a pesar de que era casi mediodía. Estaba completamente vestido; las deformadas botas camperas coronaban los dos postes del piecero. Sonó una notificación del buzón de voz del móvil, y se quedó mirándolo sin verlo a través del culo de la botella casi vacía de Jack Daniel's. Estaba mamado, tenía la boca seca, un sabor agrio en la garganta. Hacía meses que no estaba en un estado semejante... Le sabía mal el aliento, el ácido que le quemaba las tripas con cada eructo de gas pútrido. El teléfono volvió a sonar.

—Joder..., dejadme en paz —gruñó.

Le parecía mal no responder, sobre todo en vista del empeño que tenían en ponerse en contacto con él. Pero seguro que solo era Jackie justificándose una vez más. Johnny había vuelto a pie desde Highgate en mitad de la noche. A la vez que daba vueltas al asunto de Jackie, la sensación de culpa por la muerte de Ravi seguía carcomiéndole de manera tortuosa.

Nada más llegar a Graceland, había sacado una botella de *whisky* de debajo de la cama y poco a poco se la había bebido entera. Y ahora se arrepentía.

Las rodillas le crujieron mientras se levantaba y se arrastraba hasta el cuarto de baño, donde clavó la vista en el grotesco rostro que le devolvía la mirada desde el espejo manchado.

—Capullo de mierda. ¿Por qué no lo viste venir? ¿Por qué?

En el dormitorio, el móvil sonó de nuevo. Esta vez, más alto, como una barrena. Johnny volvió, se inclinó sobre la cama y cogió el aparato con gesto cansino.

Y vio que era Chelsea la que llamaba.

Se despejó inmediatamente y se pegó el teléfono a la oreja.

—Papá, ¿dónde coño estabas? —lloró la chica—. He estado intentando dar contigo.

—Chelsea..., espera, más despacio, ¿qué ha pasado?

Le contó todo lo que fue capaz de articular entre sollozos inconsolables.

—¿Y mamá dónde está ahora? —tartamudeó por fin Johnny.

—Estamos en casa, tiene que descansar. Papá, fue horrible.

—Voy para allá.

El trayecto en taxi a Muswell Hill fue eterno. Johnny había confiado en que tendría suficiente dinero para pagar al taxista. Además de las fotos, había cogido varios billetes de veinte libras del cajón de la mesilla del capullo aquel de Kyle Como Cojones Se Llamase. Consideraba que eso era lo menos que le debía aquel par de sabandijas, pero se lo había fundido casi todo en el taxi de vuelta a Brick Lane a las tantas de la madrugada. Por desgracia, en estos momentos el tráfico de Holloway Road era muy denso y avanzaba muy lentamente. Johnny miraba con fijeza el taxímetro, que se iba comiendo sus fondos.

El taxista no paraba de mirarle por el espejo retrovisor. Era obvio que sabía quién era el pasajero, pero estaba tan desastrado y olía tan mal que su interés era más bien un espanto malsano. El tesoro nacional de antaño podía perfectamente ser un primate del zoo de Londres.

Johnny empezó a tirar del forro de algodón de sus bolsillos vacíos en busca de cambio.

—Me quedo aquí —dijo, a pesar de que estaban bastante lejos de su destino.

—¿Seguro, amigo? Aún falta un kilómetro y pico.

—Sí, aquí vale.

En lugar de detenerse a un lado, el taxista se le quedó mirando por el espejo.

—Tranquilo, amigo. He parado el taxímetro. Conocí a mi mujer en un concierto tuyo. Llevamos ya casi cuarenta años juntos.

Estaba de pie en el asiento de delante. Mide poco más de metro y medio, pero tiene un corazón de oro. Guárdate el dinero, hijo, invita la casa.

Johnny no sabía dónde habría acabado esa semana de no haber sido por la bondad de los taxistas de Londres. Había recibido duros ataques desde que había vuelto de sopetón al mundo real, pero también la sencilla generosidad de la gente corriente, toda una lección de humildad. Se recostó en el asiento mientras bajaban por un lado de Queen's Wood.

—Te lo agradezco, amigo.

Mientras le decía adiós al taxista con la mano, vio que la casa de Susanna parecía tranquila. Pero preveía alboroto al otro lado de la puerta, de modo que en lugar de entrar directamente se sopló en la palma de la mano para asegurarse de que no le apestaba el aliento a alcohol y llamó al timbre. Segundos más tarde, la vieja puerta de pino con vidriera azul se abrió de par en par, y Chelsea le estaba abrazando hecha un mar de lágrimas.

—Papá, ha sido horrible…, justo en medio de la tienda.

—Tranquila, peque. Ya ha pasado… Ya ha pasado. —Entró con ella y cerró.

—No me puedo creer lo que ha pasado…, y ahora hemos perdido al bebé.

—Hay cosas que no podemos controlar, Chels. Por mucho que queramos algo.

—Lo sé, pero pobre mamá.

—Esto… ¿Dónde está? ¿La abuela está con ella?

—No, creo que a la abuela todo esto la supera. Mamá está arriba, en su dormitorio. Me ha dicho que te diga que subas.

Johnny la miró con una de esas cariñosas sonrisas paternales que había olvidado que era capaz de esbozar, y le dio un clínex de una cajetilla que había sobre el aparador para que se enjugase las lágrimas.

—Ve poniendo agua a hervir mientras subo, ¿vale? Me muero por un café.

Chelsea asintió valientemente con la cabeza mientras Johnny se daba la vuelta para subir. El dormitorio de Laura estaba al fondo del descansillo. La puerta estaba entreabierta, pero aun así llamó suavemente con los nudillos.

—Johnny, ¿eres tú? —Su voz tenía un tono suave y tierno que hacía muchos años que no le oía.

Laura estaba echada sobre la cama en camisón, la almohada aún mojada de lágrimas. Johnny se arrodilló a su lado y la besó en la cabeza.

—Cielo, cuánto lo siento.

Una lágrima cayó por la mejilla de Laura.

—Soy yo la que lo siente, Johnny. Siento todo lo que ha pasado. Johnny le acarició el pelo.

—No tienes nada por lo que disculparte.

Pero Laura negó con la cabeza.

—Me preocupa que… Bueno… —Solo sacar las palabras le suponía ya un esfuerzo—. Me preocupa pensar que lo mismo me quedé embarazada solo para fastidiarte. Que no es que quisiera tener un bebé, sino crearte problemas.

—Seguro que no fue por eso. —Volvió a acariciarle el pelo—. Mira… Nos pilló a todos por sorpresa. Fue un *shock* tremendo. Pero…, no sé, quizá el destino no tenía reservado esto para nosotros.

Laura se quedó pensando, y Johnny se preguntó si estaría a punto de arremeter otra vez contra él.

—Tienes razón, Johnny —dijo finalmente—. Ha sido lo mejor. Mírame, a mi edad y aquí metida en casa de mi madre, con una hija adolescente a mi cargo. Y nuestra situación…

—Te voy a decir quién eres tú —dijo Johnny, intentando tranquilizarla a la vez que le hablaba con total sinceridad—. Eres una persona que se merecía que la vida la tratase mejor. No te merecías que yo te tratase como lo hice. Éramos una pareja, pero la única vida que contaba era la mía. A veces te trataba como si fueras mi asistente personal, no mi mujer ni mi alma gemela.

Laura volvió a mover la cabeza.

—También yo tengo mi parte de culpa. Sabía quién eras cuando nos conocimos; en lugar de intentar cambiarte, debería haber marcado mis límites con un poco más de fuerza. Tú eras un crío que estaba viviendo una fantasía, y yo... Bueno, yo debería haber vivido mi vida por mí, y no por ti. —Su rostro se crispó en un gesto de dolor. Entrecerró los ojos a la vez que apretaba los labios.

—¿Estás bien? —preguntó Johnny—. ¿Te traigo algo?

—No, estoy bien. Ayúdame a incorporarme. Quiero quedarme sentada.

Johnny le pasó un brazo por debajo de la cintura y Laura se enganchó a su cuello con el hueco del codo.

—Uno, dos y tres —susurró él antes de levantarla y colocarla en una postura más cómoda.

Por un instante, sus caras estuvieron a escasos centímetros de distancia. Se miraron a los ojos y los años se esfumaron como por arte de magia; volvían a ser compañeros y amantes. Johnny la abrazó y permanecieron así unos minutos.

«Seré mejor amigo, me portaré mejor con vosotras. Lo prometo».

Esta vez iba en serio. En ese momento Chelsea, que había estado escuchando detrás de la puerta, irrumpió en la habitación y se fundió con ellos en un abrazo.

Johnny fue el primero en apartarse.

—Tu madre tiene que descansar, Chelsea, así que será mejor que me vaya.

Laura le miró y sonrió.

—Antes de hacer lo que vayas a hacer, aséate un poco. Hueles como una fábrica de cerveza.

Johnny asintió y volvió a abrazarlas.

—Cuida a tu madre, Chelsea. Luego os llamo.

—¿Está todo bien, papá? —preguntó Chelsea, percibiendo su estado de ánimo.

«La verdad es que no».

—Sí, todo bien —le aseguró, diciéndose que ojalá fuera cierto—. Todo está bien.

28

Último compás antes del *crescendo*

Martes

Johnny casi se frotó los ojos de puro asombro. Después de los acontecimientos de los últimos días, encontrarse la motocicleta de Graceland aparcada a la puerta de las oficinas de Polydex le supo a victoria. Abrió la caja térmica, sacó el casco y puso rumbo a Brick Lane.

Al menos iba a poder devolverle la moto al Comandante.

El húmedo viento otoñal soplaba en rachas mientras aceleraba por las callejuelas, y nada más meterse por Brick Lane le llegó el olor de los hornos de *tandoori* precalentándose, la familiar combinación de especias, el acre curri con comino y cúrcuma, el apetitoso olor de los panes *naan* mientras se elevaban formando burbujas.

Habría sido maravilloso si de verdad todo hubiese sido tan normal. Pero, naturalmente, no lo era.

Brick Lane era una pálida sombra de su ser habitual, como si alguien le hubiese quitado el enchufe y lo hubiese dejado colgando, como si le hubiesen desconectado el corazón. En medio se alzaba Graceland, el restaurante más grande de la calle, el centro de la comunidad. Pero hasta el inmenso mural de Elvis había perdido su brillo. A medida que se acercaba, Johnny se fijó en que la calle de enfrente ya no tenía la cinta policial que marcaba la escena del crimen, y en que el coche patrulla que había estado estacionado allí se había marchado. Pero ahora había algo que no había visto antes. Aturdido, paró la moto.

Alguien había dejado un mensaje con espray rojo en las vallas negras que cubrían provisionalmente el escaparate:

Tictac, tictac

—¡Joder! —maldijo entre dientes.

—¡Johnny! —dijo Mona desde la puerta.

Aparcó la moto en la parada de enfrente del restaurante y señaló el grafiti.

—¿Qué hostias es esto? —«Menos coña, colega. Sabes perfectamente lo que es».

—Lo debieron de escribir en mitad de la noche —respondió Mona—, mientras tú estabas… «por ahí».

Johnny pasó por alto el comentario.

—¿Qué ha dicho la policía? De hecho, ¿dónde está?

—Todavía hay algunos polis en la parte de atrás, pero ya casi han terminado. A partir de hoy a la hora de comer, podremos volver a usar el interior.

Le hizo pasar al estropicio de cristales rotos y madera astillada. Algunos empleados estaban manos a la obra con escobas y recogedores, y los pequeños rayos de luz plateada que asomaban por los tablones de las ventanas iluminaban las nubes de polvo. El Comandante, desconsolado, estaba sentado en uno de los reservados con la mirada perdida.

Mona entró derecha a matar.

—Qué, habrás pasado una noche estupenda con Jackie, ¿no?

Johnny seguía grogui y no subió la voz.

—¿Qué?

—Jackie Phillips te dejó un mensaje en el restaurante. Sé que la has visto.

—¿Y qué?

—Ay, Johnny…, y encima, a la vez que estaba pasando todo esto. —Sonaba muy decepcionada con él.

—Mona…

—Sí, ya lo sé: es tu vida. Pues, de hecho, esta vez no podía ser más cierto. —Dejó que sus palabras quedasen flotando unos instantes en el ambiente—. Verás, Johnny, me preocupaba que el lío que te estuvieses trayendo con esa mujer fuese el mismo lío que mató a Ravi. Pero parece que no.

—Mona, escucha…

—¿Sabes dónde he pasado la tarde?

—Vas a tener que darme una pista.

—En el apartamento de Ben Randall.

—¿Ben Randall?

—El cantante. El actor de televisión. He estado varias horas con él.

Johnny se preguntó por qué aquel nombre le sonaba tanto, y entonces se acordó del cuaderno secreto de Jackie. En la lista había un nombre tachado, y a su lado no había ningún pago escrito. Ben Randall.

—Habrás oído que estaba felizmente casado con esa reina de los culebrones que se largó a California convencida de que iba a ser la gran revelación de Hollywood. Después, todo se desbarató.

—Pero… él no era más que un borracho, ¿no?

—¿Me quieres escuchar? El matrimonio iba bien. La bebida no era nada con lo que no pudieran lidiar. Y entonces, de repente, se pone en contacto con él una exnovia. ¿Adivinas quién?

Johnny suspiró.

—De manera que Randall acabó otra vez en la cama con Jackie, y eso fue lo que puso fin a su matrimonio con Sasha, ¿no? ¿Por qué me cuentas todo esto?

—Jackie le hizo ir a su casa de Highgate porque decía que estaba teniendo problemas con un merodeador.

A Johnny se le pusieron los pelos de punta.

—Por lo visto, un vídeo lo había grabado todo desde lo alto del dormitorio de Jackie —dijo Mona—. No tuvo reparos en admitir que todos los hombres de su vida la habían dejado en la estacada y que estaba hasta las narices. Estaba haciendo la ronda de todos sus examantes, obteniendo lo que consideraba que le correspondía; con chantaje si era necesario. Randall me dijo que Jackie pedía pagos regulares en efectivo (cantidades considerables, por cierto) a cambio de que el vídeo en el que salían los dos follando no llegase nunca a su mujer.

—Continúa... —susurró Johnny.

—Randall dijo que ni hablar. Él mismo se sinceró con su mujer. Ella le echó de casa y cortaron, pero al menos no se quedó arruinado. Resultó que no pudo sobrellevar la situación, y su carrera va de culo. Pero supongo que ganó una victoria moral. Escucha, Johnny...

Él decidió dejarle creer a Mona que no sabía nada de todo aquello, que lo había descubierto ella. Al igual que Laura, Mona ya tenía fichada a Jackie.

—Sigue.

—A eso se dedica Jackie, Johnny. Ya no tiene veintisiete años, y esas inyecciones de bótox no son baratas, ni la ropa de diseño, y los tabloides ya no se interesan por ella. Esa es la verdadera Jackie Phillips con la que te has liado.

Mona no tenía ni idea de lo que era la fama vivida desde dentro; sí, había visto caer a muchas estrellas, pero ¿tan distinto era lo de Jerry Fox de lo que estaba haciendo Jackie? Puede que Jackie y él se parecieran más de lo que la propia Laura había pensado.

Johnny se acordó también de Graham Dwell, y en lo que había dicho.

«Tienes que arreglar cosas tú solito…».

—Mira, Mona, enhorabuena por haber calado a Jackie, y te agradezco que estés tan pendiente de mí, de veras. Pero lo que me has contado no tiene nada que ver con Ravi, ¿verdad?

Mona, negando con la cabeza, se sentó al lado de su tío con aire abatido.

—Quizá no, y no nos ayuda a saber por qué iba a haber querido nadie hacernos esto. —Miró a Johnny a los ojos—. ¿Por qué?

«Menudo embrollo».

—Hola, Comandante —dijo Johnny.

El anciano saludó con la cabeza, intentando sonreír. Estaba macilento y tenía los ralos rizos blancos enmarañados.

—Hola, Johnny… Dicen que pronto nos van a devolver el cuerpo de Ravi. Entonces podremos… —Tragó saliva—. Podremos hacer planes.

Mona le cogió una mano y se la estrechó con fuerza.

—Lo siento, Johnny —dijo, aunque, fuera lo que fuera que pensara decirle, no parecía sentirlo especialmente—. Vas a tener que buscarte otro lugar donde vivir. El tío Rishi va a vender esto.

—¡No! —saltó Johnny, sinceramente impactado—. Quiero decir… No, no vendas. Rishi, esto es Graceland, eres tú. Has dejado huella, la gente quiere que estés aquí, no puedes marcharte.

El Comandante sonrió con tristeza.

—El seguro cubrirá más o menos los daños —explicó Mona—. Pero apenas quedará dinero para nada más. Además, mira cómo está este lugar. El tío Rishi no puede enfrentarse a todo esto a estas alturas de la vida.

—Además, es obvio que hay alguien que quiere que me vaya —añadió desanimado el Comandante—. No sé por qué. Pero ese mensaje de la entrada… Tictac… Hasta le han puesto un tiempo límite. Fueran quienes fueran esos tipos que os atacaron la otra noche, está claro que tampoco quieren que esté yo aquí.

—Y al tío Rishi no le conviene esta preocupación —dijo Mona, mirando fijamente a Johnny—. Menos aún a su edad.

—Cuánto lo siento, Johnny —dijo el Comandante—. Te di un hogar y ahora tengo que quitártelo. Me vuelvo a la India.

Los ojos, enrojecidos, volvieron a llenarse de lágrimas.

—Venga… —dijo Johnny—. Tiene que haber una manera. Este es tu hogar, Brick Lane.

Mona habló suavemente, pero con seguridad:

—Lo hemos repasado veinte veces. Lo tiene claro.

—Esto no significa nada sin Ravi —dijo el Comandante.

A punto estuvo Johnny de mesarse el pelo, y dijo:

—Solo hay una persona responsable de todo esto, y una persona que puede arreglarlo.

El Comandante, absorto en sus pensamientos, no reaccionó, pero Mona le dirigió a Johnny una mirada tan penetrante que pareció que le atravesaba el cráneo.

El Comandante dio un abrazo paternal a Johnny.

—Tenemos que ultimar los detalles para el funeral de Ravi, cuando nos lo devuelvan. Mientras tanto, puedes quedarte aquí todo el tiempo que quieras. Gracias por todo lo que has hecho.

—Sí, gracias, Johnny —dijo Mona con expresión pétrea.

De vuelta en el piso de arriba, Johnny cerró la puerta del dormitorio antes de acercarse al lado de la cama y coger la botella de Jack Daniel's que todavía estaba allí.

Ya había apurado hasta la última gota.

Se puso a andar de un lado para otro de la habitación. Poco a poco, la ansiedad que le producían los remordimientos fue aumentando hasta el punto de darle náuseas. Entró tambaleándose en el cuarto de baño y vomitó en el váter la comida para llevar que había cenado la noche anterior; después, retrocedió a trompicones. Tenía arcadas y sudaba como un cerdo. Cogió una toalla para limpiarse la boca, pero de repente, sin poder evitarlo, estaba chillando a pleno pulmón, y lo único que sofocaba el grito gutural era la sucia tela acolchada.

De nuevo en el dormitorio, volvió a desplomarse sobre la cama, echó un último vistazo a la botella de JD por si acaso se le hubiese pasado por alto una gotita del líquido ámbar y metió la mano en el cuenco de cobre que había en la mesilla de noche. Rebuscó entre el popurrí pasado de fecha y sacó un llavero. Aún tenía un par de llaves, además de una guitarrita de plata con la firma de Johnny en medio y un mando a distancia blanco.

Los apretó con el puño, se tumbó y apoyó la cabeza en la almohada. Después cogió el teléfono e hizo una llamada. Pareció que pasaba una eternidad hasta que por fin alguien respondió.

—¿Diga? —La voz era vagamente reconocible.

—Soy Klein.

La voz soltó una risita.

—Parece que al final no te has olvidado de nosotros.

—Dile a tu jefe que quiero verle. Tengo lo que quiere.

—Se va a poner muy contento.

—Pero solo se lo voy a dar a él, en mano. A nadie más.

—¿De veras?

—Sí, de veras. Todo esto ha causado muchos problemas. No pienso perder el tiempo con energúmenos. Quiero saber con certeza que esto ha terminado.

—¿Dónde y cuándo? —preguntó la voz.

—Esta noche. —Johnny miró las llaves—. En mi casa de Mill Hill. Número 271. Imposible no verla. El caserón blanco que hay detrás de los portones eléctricos. Estaré allí a las nueve.

La voz colgó.

Johnny siguió tumbado, rígido y frío.

Se acabó, se dijo. De la manera que sea, se acabó.

29

Mill Hill

Martes

Mona, lo siento. Lo último que quería era haceros sufrir a ti y a tu tío. Os habéis portado mejor conmigo en poco tiempo de lo que me he portado yo con nadie en toda mi vida. Voy a ser mejor amigo para ti, así que esta misma noche pienso solucionar todo esto. Mañana por la mañana, este problema ya no será tuyo. Te lo prometo.

Por cierto, cojo prestada la moto por última vez. JK.

Johnny envió los mensajes y se fue por Archway Road.

Media hora más tarde estaba en Mill Hill.

La gran casa que en tiempos había sido su hogar brillaba bajo el resplandor de los focos de jardín. Era más ostentosa incluso de lo que recordaba, con sus chimeneas altas, sus vetustas estatuas de piedra que flanqueaban el sendero de gravilla y aquella puerta hecha de la mejor madera de caoba y con una aldaba de bronce en forma de rayo.

«¿Cómo pudo ser esta mi casa? ¿Quién coño me pensaba yo que era?».

En el cielo solo quedaba una fina trozo de luna, la típica luna por la que se deslizaría hacia el escenario una corista enfundada en un brillante corsé y medias de rejilla.

Johnny tenía la irresistible sensación de que estaba en casa, aunque su cabeza le decía lo contrario. No tenía que hacer ningún esfuerzo para imaginarse la familiar calidez de su sillón reclinable con control remoto, ni cómo el suave cuero se había amoldado a su trasero; podía sentirlo. Pero ya no era suyo, y jamás volvería a serlo.

Pulsó el mando a distancia y los portones se abrieron hacia dentro con un gemido de engranajes. Johnny pasó con la moto al camino de entrada y escondió el mando detrás de una hortensia. Echó otro vistazo a su móvil: las ocho y media de la tarde en punto. Se dirigió hacia la casa; el corazón le latía con fuerza.

Cuando metió la llave en la cerradura y abrió la puerta, de nuevo tuvo la sensación de haber vuelto a su hogar. Olía a todo lo que más apreciaba: cumpleaños, Navidades, la vida familiar, aunque nunca la había valorado como es debido hasta que le faltó. Ahora era como si alguien hubiese repasado sus fotos personales en la nube y, después de expurgarlas de todo lo malo, se las hubiese devuelto solo con los buenos recuerdos.

El pitido repetitivo de la alarma le estaba taladrando los oídos. Se acercó al teclado de pared y dio a los botones.

1-2-0-8. Pero la alarma seguía sonando.

«¡Joder! ¡No me digas que ya has cambiado el código!».

Lo intentó de nuevo, con idéntico resultado.

—¡Mierda!

Si la alarma seguía sonando, los polis iban a aparecer de un momento a otro. El pitido repetitivo subió de tono y empezó a sonar cada vez más rápido.

—Joder, joder… ¡Pero si era el cumpleaños de Chelsea! ¡1208!

«¡No fue ese día, payaso! Pensábamos que iba a nacer el doce, pero fue el trece. Se retrasó, pasaban unos minutos de la medianoche…».

Tecleó el número: 1-3-0-8.

La alarma se quedó en silencio al instante.

Temblando de alivio, Johnny buscó a tientas un interruptor, encendió y miró el vestíbulo. Estaba exactamente como lo había dejado, pero habían barrido los restos de la obra de arte de cristal. Entró en el salón. Habían tirado las cajas de *pizza* vacías; la enorme televisión y los altavoces seguían en su sitio, al igual que su centro de control del sillón reclinable. No pudo resistirse a sentarse, a volver a ocupar su viejo puesto de mando.

Miró la hora: 20:45.

Cogió el mando y lo apuntó hacia el televisor. La pantalla gigante se iluminó de golpe y la imagen se dividió en varias secciones que retransmitían las grabaciones de sus respectivas cámaras de circuito cerrado, localizadas en distintos puntos del inmueble. Una de ellas enfocaba el portón de la entrada, que seguía abierto.

Johnny volvió a comprobar la hora. Las nueve en punto.

Con siniestra puntualidad, un gran Mercedes negro clase E se detuvo en la entrada antes de enfilar el camino de grava.

Johnny había sabido que iba a llegar este momento desde el mismo instante en que el capullo de Ray Caldwell había revelado las fotos y había derribado todo el castillo de naipes.

Le vinieron a la cabeza los acontecimientos de los últimos días: el momento en el que había cerrado la puerta de su casa, dejándose todo; el fatídico encargo que le habían hecho Don y Pete; el antro de drogas, el mirón de la casa de Jackie y, por último, la muerte de Ravi y la violenta destrucción de Graceland.

Y tanto caos, ¿para qué?

Mil veces se había preguntado Johnny cómo había llegado su vida a este punto: estaba acabado, jodido y metido en un lío bien gordo.

Oyó la voz de Graham.

«¿Sigues pensando solamente en ti, Johnny?».

Vio que Karl Jones, enfundado en un grueso abrigo, se bajaba del asiento trasero del Mercedes. Los hermanos Taylor, que seguían vestidos con su ropa oscura de siempre y abrigos de cuero negro, salieron del coche y se fueron con Jones hacia la entrada.

Johnny se levantó, se acercó al interfono mientras venían los hombres y pulsó un botón. Con suerte, estarían tan concentrados en la casa que no se fijarían en que el portón electrónico que estaba al pie del camino se cerraba silenciosamente.

—¡Klein! —gritó Jones desde el vestíbulo.

Johnny fue a la entrada del salón.

Los tres se volvieron como un solo hombre al notar su presencia.

—Vaya… Conque este es el estilo de vida de las estrellas del *rock*, ¿eh? —dijo Jones, mirando en derredor—. ¿Esta es la jaula de oro? ¿Es verdad que tienes una piscina cubierta? ¿Una piscinita de diez metros?

—Está en la parte de atrás.

Jones miró al fondo.

—¿Y eso qué es? —Entró en el salón con los hermanos a la zaga—. ¿Una tele, o un cine privado?

Johnny los siguió.

—Karl…, tengo lo que quieres. Los negativos, el rollo de película, todo. Pero antes de dártelo, me tienes que dar tu palabra de que esto está zanjado.

Los ojos de Jones recorrieron la enorme pantalla compartimentada. Movió la cabeza con gesto de admiración.

—Esto sí que es nadar en la abundancia, ¿eh?

—Karl…, prométeme que Laura y Chelsea jamás sabrán nada de ti, y que no volverás a tocar Graceland.

—No soy muy de promesas, Johnny. No somos unos putos niños, ¿no? —dijo Jones—. ¡Chicos! —Al unísono, los hermanos Taylor se sacaron sendos bates de béisbol de debajo de los abrigos de cuero—. ¿Por qué no te sientas a disfrutar del espectáculo?

Johnny se recostó en el sillón y los dos rufianes se marcharon. En la pantalla de televisión vio a Pelocepillo dirigiéndose hacia la cocina y a su hermano subiendo las escaleras de dos en dos.

—¡Disfruta del visionado, Johnny! —La voz de Jones sonó como un restallido.

La pistola grande y cuadradota que acababa de sacarse del traje centelleó. La boca se le contrajo en una desagradable medio sonrisa.

En la pantalla vio que los hermanos Taylor empezaban a dar golpes con los bates a diestro y siniestro: Pelopincho, a las encimeras de la cocina, y su hermano al precioso mobiliario lleno de espejos del dormitorio principal, a sus mesitas, sus armarios y sus lámparas.

—Pensaba que habíamos hecho un trato —dijo Johnny, sintiendo que el miedo se le agarraba al estómago.

—Qué va. —Jones sonrió—. El trato era que tú me das a mí lo que yo quiero. Nada más. Verás, Johnny, aquí el verdadero problema es lo que me hiciste sufrir. Si te hubieses limitado a darme el material después de aquella primera llamada, nada de esto habría sido necesario.

Ya no quedaba nada de la cocina. El dormitorio era un montón de escombros humeantes. Los dos hermanos se fueron a los cuartos de baño, el uno a los de arriba y el otro a los de abajo.

—Lo has dejado bien claro —dijo Johnny, su voz un susurro estrangulado.

—Ni siquiera me has dado aún el material.

Johnny se metió la mano en el bolsillo y sacó un fajo de negativos y película.

—¡Toma, joder, todo tuyo!

—¿Lo ves? —Jones se metió otra vez la pistola en la funda que llevaba bajo la axila—. ¡Si era pan comido! —Revisó el material—. ¿Por qué no me lo diste al principio, en lugar de hacerte el gallito? Para demostrarte mi agradecimiento, voy a intentar acelerar un poco las cosas.

Se acercó a los dos juegos de altavoces, se puso detrás y los volcó. Los cables del reverso ondearon como anguilas eléctricas, pero siguieron conectados mientras los Marshalls se estrellaban contra el suelo, soltando más polvo y astillas.

Johnny retrocedió en el mismo instante en que se encendía el aparato de vídeo. Las imágenes del circuito cerrado se esfumaron y apareció en la pantalla el Johnny Klein de 1988, cantando el número uno de las Navidades de aquel año mientras la nieve falsa se arremolinaba en el estudio de *Top of the Pops*.

—¡Joder, menudo peinado! —se rio Jones, y acto seguido sacó la pistola, apuntó con ambas manos a la pantalla y disparó, abriendo tres agujeros enormes en el aparato.

Encantado, se giró y se puso a disparar a otros enseres de la habitación, incluidos el panel del interfono, que estalló en una cascada de chispas, y la cámara web del techo.

—Me da que no vas a poder llevar a la policía las grabaciones del circuito de seguridad…

—Ya, aunque, total, no es mía…

El gánster le miró con los ojos entornados.

—¿Cómo dices?

—Esta casa ya no es mía. ¿No te habías dado cuenta? Nada de

esto me pertenece. Si no, ¿por qué te crees que estoy viviendo encima de un puto restaurante?

A Jones se le congeló la sonrisa en los labios.

—¿Y esa monada india? ¿No te la estás tirando?

—Es una colega, nada más. Mi casera.

La mejilla del gánster se crispó. Enseñó los dientes.

—Eres... Eres un puto cabrón. Nos has traído aquí adrede.

Jones recorrió con la mirada la parte alta de la habitación. El ojo rojo de la lente de una cámara ocupaba una de las esquinas superiores. Se acercó corriendo a la puerta y vio otra en el vestíbulo.

—¿Adónde van estas imágenes del circuito cerrado?

—Ni idea. ¿A la comisaría del barrio, quizá?

—¡Chicos! —rugió Jones—. ¡Bajad inmediatamente!

Unas pisadas fuertes bajaron las escaleras.

—Nos largamos —gruñó Jones cuando aparecieron. Señaló a Johnny—. Traedle aquí.

Johnny opuso resistencia, pero Motero le enganchó por el hombro de la chaqueta, le sacó a empujones al vestíbulo y le hizo salir por la puerta principal.

—No compliques las cosas más de lo necesario, Johnny —dijo Jones—. Porque si no, lo que le hemos hecho a esta casa se va a...

—El puto portón está cerrado —interrumpió Pelocepillo.

Se detuvieron y se quedaron mirando los portones de hierro forjado. Estaban cerrados, y el Mercedes de Jones se había quedado atrapado en el interior.

—¿Dónde está el control remoto? —dijo Jones, mirando a Johnny.

—Hecho añicos. Le pegaste un tiro.

El gánster apretó los dientes.

—Venga, otra vez para adentro. —Se metieron y cerraron la puerta principal—. Tiene que haber otra salida, ¿no?

—La puerta de servicio. Está detrás —dijo Johnny—, cruzando la zona de la piscina.

Volvieron atropelladamente por la casa vacía, y, al pasar por unas puertas de cristal, la alfombra de pelo dio paso a un suelo de baldosas de mármol. Al fondo estaba la piscina, una lámina de terso cristal azul. Unas luces tenues brillaban por debajo.

—Tú descuida, que conseguiremos las imágenes —dijo Jones—. Ya te he dicho que conozco gente en todas partes.

Johnny guardó silencio mientras le llevaban a la carrera hasta el fondo.

Y de repente se lanzó de lado con todo su cuerpo, encajando el hombro derecho bajo la axila de su fornido captor para asegurarse de que los dos se caían a la piscina.

Motero se puso a hacer aspavientos y chilló como un niño al entrar en contacto con la superficie del agua. Johnny se sumergió más, pero era buen nadador y rápidamente se zafó del tipo, que no paraba de forcejear. Y entonces, girándose, se apoyó sobre sus hombros para darse impulso y le hundió todavía más.

A un lado de la piscina, Pelocepillo dio un grito, tropezó y se chocó contra Jones, que dio un traspiés mientras intentaba sacar su pistola. Johnny salió a la superficie en el mismo instante en que Jones se caía gritando en el borde de la piscina y soltaba el arma, que se deslizó por el suelo. En el mismo instante en que Pelocepillo se tiraba al agua, Johnny se abalanzó hacia la escalerilla del otro lado.

—¡Klein! —oyó gritar a Jones mientras salía con esfuerzo de la piscina—. ¡Klein!

Al volver la cabeza vio que Jones había recuperado el arma y le estaba apuntando. Johnny clavó la vista en el cañón de la pistola mientras Jones empezaba a apretar el gatillo.

De repente, las luces se fueron y se quedaron sumidos en la oscuridad.

«Gracias, Dios».

—Pero ¿qué coño…? —susurró Jones.

Johnny se puso en cuclillas, sin saber lo que estaba pasando, pero agradecido por el indulto. Las luces de la piscina también se habían apagado, pero los tragaluces del techo dejaban pasar el tenue resplandor de las farolas. Así pues, el corte de luz no era de la calle, sino solo de la casa. Pero gracias a esta luz difusa Jones no iba a tardar en localizarle.

Johnny se giró y salió rápidamente por la puerta abierta que había detrás de él. Se detuvo. En la zona de la piscina todavía reinaba la confusión, aunque sonaba como si Pelocepillo hubiese conseguido arrastrar a su hermano al borde de la piscina.

—Cabrón de mierda… —balbuceó—. Le voy a matar…

Johnny se metió corriendo en el gimnasio, donde las baldosas se terminaban y daban paso a madera pulida. Allí las botas camperas retumbaban, de manera que se dejó caer de culo, se las quitó y se puso a gatear. Al llegar a una fila de sogas colgantes, se agachó y contuvo la respiración.

Veía vagamente la imponente figura de Motero, cuyas botas de goma chirriaban sobre la madera. Johnny buscó a tientas algo que agarrar en la oscuridad, y por fin sus dedos se cerraron sobre la barra de una mancuerna. No es que fuera enorme, nueve kilos, pero serviría.

—Sé que estás aquí, cabrón.

Jones no podía estar a más de un par de metros de distancia.

Johnny alzó la mancuerna y la dejó caer, asestando tal golpe al pie izquierdo de Motero que se oyó un crujido de huesos y carne.

Soltó un aullido largo y angustiado mientras se alejaba tambaleante, perdía el equilibrio y se caía.

Liberando adrenalina, Johnny se levantó de un salto y salió disparado hacia el parche de oscuridad en el que estaba la salida de incendios. Se abalanzó sobre la puerta, bajó la barra y abrió. Mientras corría hacia la puerta del garaje, vio que una de las ventanas del pasillo estaba abierta. Palpó el borde. Había sido forzada. Siguió avanzando en dirección a la pared derecha, donde estaba el cuadro eléctrico principal de la vivienda. Al llegar, vio que alguien lo había abierto y que habían desconectado todos los interruptores de la casa.

Alguien había cortado la luz.

Karl Jones estaba huyendo. Tenía lo que había venido a buscar, y Johnny Klein iba a recibir su merecido, de una manera o de otra.

Mientras volvía torpemente con Pelocepillo por la mansión oscurecida, se palpó el bolsillo interior de la pechera del abrigo de cachemira para asegurarse de que las películas y los negativos seguían allí.

Entraron en el vestíbulo, y su secuaz se rezagó.

—No sé dónde está mi hermano —murmuró.

—Puede cuidarse él solito —dijo Jones. La puerta principal se hizo visible poco a poco—. Si está cortada la corriente de aquí, tampoco llega a los portones.

Pero en cuanto bajaron los escalones que daban al camino, al final del cual, en efecto, los portones eléctricos estaban abiertos, vieron un vehículo distinto aparcado al otro lado. Jones entrecerró los ojos al ver el logotipo de Graceland en un flanco.

Ninguno se fijó en la figura menuda que se les acercaba por detrás blandiendo un taburete de cocina de madera de pino, estilo victoriano. Lo estampó estrepitosamente contra el cráneo de Jones, que cayó de rodillas.

—¡Por matar a mi amigo, cabrón! —escupió Mona—. ¡Y por arruinar el negocio de mi tío!

Pelocepillo soltó un rugido y blandió el bate. Mona se agachó para esquivar el golpe; él siguió blandiéndolo, y ella retrocediendo hasta que de repente tropezó y cayó de culo.

—¡Zorra!

El otro hermano Taylor se alzó sobre ella cuan largo era, pero alguien le arrancó el bate de las manos por detrás. Se giró, furioso.

Johnny jamás había estado tan dispuesto a pelear como en el momento en el que vio caer a Mona.

Intentó dar una patada a Pelocepillo en los testículos, pero falló, y recibió un potente derechazo en la cara que le hizo perder el equilibrio. A continuación, otro trastazo, y otro más.

—¡Johnny! —gritó Mona, intentando levantarse.

Johnny se puso a dar estacazos al aire con el bate. Le cayeron más golpes, pero él también consiguió dar unos cuantos.

Jones, bamboleándose y a trompicones, consiguió levantar el corpachón. Apuntó el arma hacia la oscuridad y apretó el gatillo. Uno, dos, tres destellos cegadores.

Sorprendido, Pelocepillo miró a su alrededor, y soltó a Johnny para acudir junto al cuerpo postrado de su hermano.

—¡No! —Pelocepillo cayó de hinojos al lado del cuerpo. Su voz se quebró, se volvió aguda—. ¡No!

Jones se abalanzó sobre Mona, la agarró de un brazo y apretó la boquilla caliente de la Glock 17 contra su cuello.

—Tú y yo nos vamos. Ya mismo.

Tiesa como un palo, Mona se dejó llevar hasta la puerta y de allí al camino de acceso. Pero ahora, además de la furgoneta de reparto de Graceland, había tres coches patrulla obstruyendo el final del camino, y una fila de policías que apuntaban a Jones con sus pistolas.

Jones se quedó boquiabierto, sobre todo cuando diez brillantes gotas color cereza cayeron sobre su pecho.

—Suelte el arma de fuego —dijo una seca voz de mujer, amplificada por un altavoz. Jones tardó un instante en reconocer a la subinspectora Lorna Thomas—. Karl Jones…, ¡está usted detenido!

Se hizo un breve silencio, y a continuación un alarido rasgó el aire. Lo último que vio Johnny fue a Pelocepillo levantando un viejo jarrón chino, que de algún modo había sobrevivido a la destrucción, y lanzándoselo a la cabeza. Mientras el jarrón daba vueltas en el aire, Johnny reconoció los intrincados dibujos, el vidriado de porcelana agrietada, la hermosa muchacha china con su túnica dorada y escarlata, el dragón con sus escamas verdes y amarillas, la boca cada vez más grande a medida que se acercaba, la mandíbula inferior dislocándose, las fauces abriéndose de par en par para tragarse la cabeza de Johnny.

Indefenso, se hundió en un vórtice, en un agujero negro giratorio que tiraba de él sin tregua a la vez que un denso y acre hedor ahogaba su sentido del olfato, y siguió bajando, y bajando…

Hasta que sintió que una luz blanca le envolvía.

Johnny estaba de nuevo en su camerino, mirándose al espejo. La cara que le devolvía la mirada no era vieja, ni estaba cansada, ni hastiada. Esta cara estaba en su apogeo, veinticinco años, piel perfecta, ojos brillantes. Sonrió para sus adentros, atónito por el buen aspecto que tenía.

—Cinco minutos, señor Klein —dijo alguien al otro lado de la puerta.

Johnny se acercó a su Gibson dorada, se la echó al hombro, la enchufó a un microamplificador Marshall y comprobó la afinación.

Varios acordes de potencia más tarde, salió. Paso a paso, fue avanzando por el blanco pasillo. A medio camino, apoyado contra la pared, estaba Russell.

—¡Colega! —dijo Johnny, abrazándole efusivamente.

Su mejor amigo tenía un aspecto impresionante: sonriente, feliz, perfecto.

—¿Qué concierto es este? —preguntó Johnny.

—Tú tranquilo, JK. Solo sígueme.

Con las guitarras bajas, pavoneándose, salieron al escenario el uno al lado del otro. Miles de voces empezaron a chillar. Johnny se acercó al micrófono. Estaban todos: Mike a la batería, Tim al bajo, Lee al teclado y Russell otra vez con la guitarra rítmica. Pero nada más tocar el primer acorde, Johnny fue presa del pánico. No recordaba las palabras.

Russell le habló al oído.

—Johnny, tío, no te preocupes. Tenemos un invitado especial.

Y desde bastidores, abriéndose paso por una nube translúcida de vapor de hielo seco, cubierto de pedrería centelleante, con rotundas botas camperas de punta de plata, Ravi Sharma salió y se colocó en el centro del escenario.

Guiñó un ojo a Johnny y empezó a cantar, pero ahora tenía voz de ángel, y cada nota, cada vibrato y cada trino eran puro Presley. Era fascinante. Ni siquiera era necesario que la banda tocase, él se bastaba y se sobraba cantando como un dios del *rock*. Al llegar al *crescendo*, su voz se volvió arrebatadora. Y de repente Johnny olió de nuevo el acre hedor de antes.

Y tenía un sabor horrible en la boca. Ácido, con un toque metálico. ¿Sangre, quizá?

Gritó. Por encima de la divina canción de Elvis, oyó tres estallidos ensordecedores.

No era un bombo, eso seguro...

30

Elvis se ha ido

El silencio había caído sobre Brick Lane la mañana del funeral de Ravi.

Uno de los crisoles culturales más animados de Londres, por lo general tan bullicioso, había hecho un alto solemne. Hasta se oía respirar a los centenares de personas que flanqueaban la calle, y eso que casi todo el vecindario estaba presente: el personal de los restaurantes, los floristas de Columbia Road, los barrenderos y, cómo no, montones de parroquianos, esos fieles clientes de Graceland a los que tantas veces había amenizado Ravi mientras daban cuenta de la *masala raita*.

Incluso algunos de los locales de moda que estaban invadiendo el East End estaban cerrados por respeto a un hombre a quien todo el mundo había querido, uno de los muchos personajes del barrio, tan famoso en la zona como el rey y la reina nacarados —siempre dispuestos a que les sacasen una foto— o el vejete nonagenario del bombín que llevaba toda la vida asando castañas en la esquina y al que todos llamaban Charlie a pesar de que no era su verdadero nombre. El mero espectáculo de Ravi pavoneándose por la calle con su atuendo de Elvis, las puntas plateadas de las botas blancas tintineando a cada paso, había provocado gritos, saludos y palmaditas cada pocos metros; y él, en señal de gratitud, había respondido marcándose un *moonwalk* o un movimiento de kárate a lo Presley. Era cierto que en su fuero interno había deseado un escenario más grande que Brick Lane, pero durante todo el tiempo que había vivido allí había sido como un chaval disfrutando de una tienda de chucherías para él solo. Su amor a la vida era contagioso, era el hombre más jovial del mundo, un tipo cuya sonrisa te alegraba el día.

No era de extrañar que aquella mañana fría pero despejada de noviembre todos los presentes hubiesen enmudecido, anonadados. El día había amanecido neblinoso, pero empezaba a despejarse y un matiz rosa teñía las nubes que se desplazaban sin rumbo sobre el Shard. Los ánimos también estaban cambiando, y se percibía la creciente expectación en los murmullos apagados. Y entonces, casi al unísono, en un único movimiento coreografiado que recordaba el barrido de una inmensa ola, todas las cabezas se volvieron.

Por la esquina del fondo asomó lentamente un motociclista solitario, vestido con el mono American Eagle de 1973 de *Aloha from Hawaii,* botas camperas blancas, peluca negra y gafas de sol con montura dorada. Iba solo, avanzando con aire sereno y majestuoso por el centro de la calle. Instantes después, un enorme coche fúnebre blanco apareció por detrás de él. Iba abarrotado de guirnaldas multicolor, entre las cuales yacía el ataúd abierto de Ravi. Con las palabras *More Than I Can Say* —el título de una canción de Leo Sayer— escritas con claveles blancos, el Comandante le decía a Elvis lo mucho que le quería.

Despacio, con suavidad, dudando si sería una falta de respeto, los asistentes empezaron a aplaudir. Los aplausos fueron *in crescendo,* aunque no llegaban a sofocar el zumbido de los discretos motores de una multitud de motos de reparto que apareció tocando las bocinas y encendiendo las luces de manera intermitente. Las motos estaban decoradas con montones de guirnaldas, cada una en representación de un local de Brick Lane. Por un momento fue un espectáculo caótico, y lo que había comenzado como la sombría conmemoración de un hombre magnífico una fría mañana de otoño llenó de ternura a todos los presentes. Pero aún no había terminado.

Un camión recién pintado con colores brillantes dobló la curva. En la plataforma abierta iban al menos treinta Elvis, cada uno con su mono blanco, peluca y gafas. En medio de todos ellos, vestido con el traje de lamé dorado, la camisa dorada y la corbata de cordón negra de Ravi, estaba Johnny Klein. Cuando el coche fúnebre y las motos de reparto se detuvieron a la entrada de Graceland, el camión se colocó detrás, y Johnny se volvió hacia la cohorte de imitadores de Elvis y, chasqueando los dedos, contó lentamente hasta cuatro. En perfecta armonía, con el tono perfecto y el tempo perfecto, treinta voces a capela, entre ellas la de Johnny, se elevaron para interpretar una clara y hermosa versión de «Peace in the Valley», de Elvis.

Esta era la señal para que Mona y el Comandante salieran por la recién restaurada puerta de Graceland. Habían transcurrido tres semanas desde el ataque al restaurante y el dinero del seguro aún no había llegado, pero numerosos colectivos, incluidas otras empresas de la zona, habían creado un sustancioso «fondo para amigos necesitados», y, aunque el restaurante aún no estaba abierto al público, la fachada había sido completamente arreglada, con nuevas ventanas y letreros y una puerta principal exquisitamente tallada; en el interior, a su vez, no quedaba ni rastro de escombros y grafitis.

Mona estaba de pie con un brazo sobre los hombros de su tío. Le rodó una lágrima por la mejilla, pero su mirada se cruzó con la de Johnny y esbozó una sonrisa de agradecimiento.

Al acabar la canción, Johnny se bajó de la parte trasera del camión y se sumó a los portadores. Los ocho hombres se dirigieron hacia la entrada del restaurante con el ataúd de Ravi sobre los hombros.

Johnny no había sabido cómo le iban a recibir. En el barrio corrían los rumores sobre su implicación y tenía la cara llena de cortes y moretones, testimonio del colofón de Mill Hill. Y el peso del ataúd de Ravi sobre sus hombros no hacía sino aumentar su sentimiento de culpa.

«La única persona verdaderamente culpable de una muerte ilícita, señor Klein, es la persona que mata —había dicho la subinspectora Thomas al concluir el interrogatorio—. En mi trabajo, me encuentro continuamente con personas que se sienten culpables de cosas de las que no son responsables. No digo que no cometiese usted ningún error, pero no es un asesino…, así que no se castigue por eso».

Johnny empezó a avanzar con paso vacilante. Las lágrimas le nublaron la vista, desdibujando los numerosos rostros que había a su alrededor.

—Tranquilo, Johnny —oyó que decía a sus espaldas la reconfortante voz de Graham Dwell, a la vez que notaba cómo su mano se posaba delicadamente sobre su hombro—. Paso a paso.

Johnny asintió y se acompasó con los demás portadores al entrar en el restaurante.

Llevaron a Elvis Mistry a casa.

Considerando que la reforma de Graceland aún no había concluido y que el servicio de comidas aún no se había reanudado, el interior tenía un aspecto espléndido. Las mesas estaban adornadas con flores. Había guirnaldas entrecruzadas en el techo, y, en el centro mismo del escenario, una foto de aproximadamente un metro cuadrado de Elvis Mistry en todo su esplendor.

El féretro de Ravi fue colocado cuidadosamente sobre un caballete cerca del escenario, justo debajo de su retrato, para que la gente pudiese desfilar y presentarle sus últimos respetos. El Comandante metió una cinta de demostración en la máquina, la misma con la que había esperado que Johnny haría virguerías, y dio a *play*. Sonó aquella canción lúgubre y desafinada que ya había oído; nada había cambiado, pero hoy eso no tenía importancia, y Johnny habría dado lo que fuera por oír cantar una vez más a Ravi.

En el interior, el ambiente era más sereno. Los amigos y familiares charlaban, compartiendo historias mientras hacían cola para despedirse de Ravi.

Johnny se quedó atrás, observando en silencio. Era la primera vez que estaba cerca del pequeño cantante desde su fallecimiento. Los de la funeraria habían hecho un buen trabajo. Estaba radiante con su traje de Elvis y no se veía ningún rastro de la paliza que había acabado con su vida. Cualquiera habría pensado que estaba dormido.

—Gracias por lo que acabas de hacer ahí fuera —dijo en voz baja Mona, que se había acercado sin que se diera cuenta.

Johnny se encogió de hombros.

—Me alegro de que haya salido bien.

—Ha salido de maravilla. Aunque esto solo ha sido el comienzo. ¿Vas a estar bien el resto del día?

Johnny asintió con la cabeza.

—Se lo debo a Ravi. Debería haber hecho más por él cuando estaba vivo.

—Bueno…, todos pensábamos que le quedaba mucho más tiempo por delante. —Mona sonrió—. Por cierto, he recibido un mensaje de la subinspectora Thomas.

Johnny se puso tenso.

—Dime.

—No van a someternos a más acciones judiciales, ni a ti ni a mí. Estamos libre de sospecha.

Johnny relajó los hombros, aliviado.

—Gracias a Dios.

Quizá de modo inevitable, había habido complicaciones después de la investigación policial en Mill Hill. Tanto Karl Jones como Taylor estaban en prisión preventiva acusados de varios delitos graves, desde asesinato hasta daños corporales severos, y, según la subinspectora, Pelocepillo Taylor estaba «cantando como un pajarito» después de que la policía le disparase tres tiros en Mill Hill y le dejase inmovilizado.

—Aún no sé cómo te enteraste de que me había acercado a la casa —dijo Johnny.

—Ya te lo dije —respondió tranquilamente Mona—. Al leer el mensaje de texto que me enviaste, comprendí que ibas a hacer algo drástico. Cuando subí a tu dormitorio con intención de impedírtelo, ya te habías marchado, pero vi que te habías llevado las llaves del cuenco porque había popurrí por todas partes. Hasta que ya iba por mitad de camino no se me ocurrió dejarle un mensaje a la subinspectora Thomas para decirle lo que sospechaba que estaba pasando. Sigo pensando que tuvimos suerte de que viniese acompañada por todos sus colegas. No se me había pasado por la cabeza que fueras a intentar sacar a esos tipos.

—En sentido estricto, no lo había planeado. Lo fui decidiendo sobre la marcha.

—Eso sí, me alegro de que no fueras tú el que disparó.

—Yo también. Thomas no habría podido ocultar algo así en el informe.

—¿Qué va a ser ahora de Karl Jones?

—Le va a costar escabullirse de esta —dijo Johnny, con un tono de convicción que no se correspondía con lo que sentía.

—Bueno, me voy a dar una vuelta por aquí —dijo Mona—. Hay varias personas con las que tengo que hablar.

Johnny asintió con la cabeza, y, a pesar de que le repitió que podía irse tranquila, mientras Mona se alejaba empezó a sentirse de más entre los dolientes de Ravi. Pero no tuvo que esperar mucho antes de que le diesen un toquecito en el hombro. Era Graham. Había entrado silenciosamente en la sala detrás de él y en este momento estaba a su lado, después de haberse quitado la camisa negra y el alzacuellos para sustituirlos por una camiseta de Zeppelin y una chaqueta motera de cuero con borlas.

—Estamos preparados —dijo.

Johnny exhaló un largo suspiro y se volvió de nuevo hacia la sala. Mona se fijó en su cara de preocupación y se acercó.

—Estaba pensando —empezó Johnny— que lo mismo debería ir a la ceremonia de cremación, ¿no crees?

Mona negó con la cabeza.

—Eso es solo para los familiares cercanos, Johnny.

—Algunos empleados van a ir.

—Johnny, esta tarde tienes otra responsabilidad distinta. Al Comandante le ha parecido la mejor idea del mundo, así que ponte con ello ya, ¿vale?

—¿Estás listo? —preguntó Graham.

Johnny asintió y le siguió escaleras arriba hasta su apartamento, que se había convertido en un camerino improvisado.

—A Ravi le habría encantado todo esto.

Lee Giles y Tim Carson sonrieron por toda respuesta. Mat Cookson, el sustituto de Russell, chocó los cinco con él. Johnny se quitó el traje de Elvis y se puso ropa de *sport:* vaqueros ajustados, botas camperas y una camisa holgada de terciopelo negro…, no era una ocasión para lucir nada llamativo. Después salió al descansillo y siguió al resto de la banda por el último tramo de las estrechas escaleras de atrás. Al llegar arriba, pasaron por la puerta metálica, que habitualmente estaba cerrada con una cadena, al tejado de Graceland, donde Lionel, Ray y Alex, los tres únicos integrantes del antiguo equipo de giras que habían conseguido reunir, estaban finalizando las pruebas de sonido.

El Comandante no se había visto capaz de acometer la tarea de reconstruir todo lo que había perdido, sobre todo después de la muerte de Ravi. Así pues, con ayuda de Graham —todo un experto en el arte de persuadir con delicadeza—, Johnny había reunido a los muchachos para celebrar un último concierto. El único que no había estado disponible era Mike Penfold, que en estos momentos estaba otra vez en Estados Unidos en rehabilitación, pero Graham, que también había tocado la batería en los viejos tiempos, se ofreció de buen grado.

Por fortuna, se había mantenido el buen tiempo. Aquel cielo azul y despejado era una especie de milagro para noviembre, y el sol, una fría joya que en poco rato empezaría a ponerse por el oeste. El propio tejado rebosaba energía. Había torres de amplificadores Marshall por todas partes, repartidos entre un equipo entero de luces, guitarras, micrófonos con soportes y una enorme batería, los instrumentos colocados en línea horizontal por el parapeto del tejado con el fin de que la multitud que empezaba a llenar la calle de abajo tuviera la mejor vista posible. Hicieron las últimas comprobaciones manteniéndose todos en un discreto segundo plano para no causar distracciones mientras el cortejo de Ravi, acompañado ahora solamente por sus seres queridos más cercanos, se alejaba calle abajo. Habían abierto un camino con borriquetas y cinta de señalización, y la multitud guardó un silencio impecable al paso de los lúgubres vehículos.

Johnny se volvió hacia los otros miembros de la banda. Unas sonrisas serenas y seguras respondieron a la suya. ¡Cuántas veces las había visto! Eran sonrisas que decían: «Allá vamos…, ¡en marcha!».

Contuvo la respiración, intentando calmar su corazón acelerado. Parecía ayer; de nuevo estaban viviendo aquellos últimos y preciados momentos de cordura detrás del telón, justo antes del griterío y el desmadre.

Johnny se volvió a mirar el final de la calle en el mismo instante en que el coche fúnebre de Ravi, que seguía avanzando lenta y majestuosamente, doblaba una esquina y se perdía de vista. El bullicio iba en aumento, y miró de nuevo a sus compañeros. Tras un mudo intercambio de señas, avanzaron como un solo hombre hasta el parapeto.

Un clamor de júbilo resonó en los altos muros de la calleja.

Por unos instantes, Johnny se quedó boquiabierto. Había miles de rostros expectantes y voces que coreaban con entusiasmo: «¡Joh-nny… Joh-nny, Joh-nny!».

Por una vez, le daba lo mismo a quién estuvieran aclamando. Hoy, el protagonista no era él, ni la banda.

Alzó las manos y la muchedumbre volvió a callar.

Se acercó al micrófono y se oyó un suave acople, un sonido dulce y agudo que se desvaneció casi nada más empezar.

—Graceland. Este lugar significa mucho para mí. No solo es el mejor restaurante de Londres, sino que pocas personas conozco tan buenas como sus propietarios. Forman una comunidad maravillosa que ni siquiera sabía que existía.

La multitud volvió a vitorear. De repente se dio cuenta de que había helicópteros de prensa revoloteando por encima, drones con cámaras, cámaras de cine en los tejados de enfrente y, de manera más discreta, también en este.

Pero le parecía estupendo si todo ello se traducía en más publicidad para el Comandante y su negocio.

—¡Y Graceland volverá! —gritó.

Más vítores. Esta vez, desenfrenados, delirantes.

Seguro que la mitad de los presentes ni siquiera sabía qué era Graceland ni por qué el concierto se estaba celebrando allí, pero para cuando terminase el día ya se habrían enterado.

—Amigos…, no voy a hablar mucho más. A Ravi tampoco le iba mucho el cotorreo. Prefería dejar hablar a la música. Voy a decir adiós, Elvis, del único modo que sé.

Johnny dio un pasó atrás y se colgó la guitarra al hombro mientras Graham marcaba un compás de cuatro tiempos con las baquetas. Los acordes iniciales de «Jailhouse Rock» hicieron vibrar hasta el último ladrillo de Brick Lane.

Epílogo

Johnny estaba otra vez en Cheyne Walk. Esta vez le habían abierto tranquilamente la verja, y en estos momentos Don Slater le estaba acompañando a ver a Pete.

La última vez que había estado allí, había ido como un mendigo, alguien a quien se podía mangonear porque no tenía más alternativas, ni tampoco orgullo. Ahora, las cosas habían cambiado. Johnny aún no estaba en condiciones de regatear con nadie, pero esta vez estaba más seguro del suelo que pisaba.

Slater le indicó el pasillo de mármol.

—Pete está en la sala de piano. Más vale que vayas.

Pete, que tenía un aspecto ridículo con su bata de terciopelo azul y sus zapatillas, no se molestó en levantarse cuando entró Johnny. Apenas alzó la vista.

—Vaya, ¿así que al final has vuelto?

Johnny notó al instante el descontento de Pete. Aunque acababa de llegar, era como si estuviese en una fiesta en la que solo quedaba él y el anfitrión estuviese deseando que se marchase de una vez.

—¿Sabes que ayer publicó la historia? —dijo Pete con tono irritado.

Johnny preguntó tímidamente:

—¿Jerry Fox?

—Sí. Justo a tiempo para coincidir con el lanzamiento.

—Bueno, ese era su plan desde el principio, ¿no?

—Sí, en efecto —espetó Pete, fulminándole con la mirada.

Johnny no dijo lo que estaba pensando: que el gran secreto de Pete —a saber, que la que hacía varios años que era su exmujer había contado los infinitos amoríos de Pete durante su matrimonio y las constantes borracheras que habían destrozado su hogar— quizá no fuera el notición que Jerry Fox y Ray Caldwell habían esperado que fuera. Desde luego, peores cosas había oído él.

—Pete… —Johnny estaba tan sorprendido que le costó hablar—. No te haces idea de la mierda que he tenido que tragar para intentar impedir que esa historia viera la luz.

Pete se levantó y se acercó a la puerta.

—¿Y qué me dices de la increíble mierda que tengo que tragar yo ahora solo porque tú no hiciste tu trabajo como es debido?

—¿Y el disco cómo va, por cierto? —preguntó Johnny.

Mientras salía de la habitación, Pete gritó por encima de su hombro:

—Se está vendiendo a punta pala.

—Bueno, lo esperable, ¿no? —respondió Johnny, más bien para sus adentros—. Puede que la mierda sea increíble, pero a la gente como tú no se le pega.

Don, que acababa de entrar, se rio por lo bajo.

Johnny se volvió hacia él.

—Me arriesgué para obtener esas pruebas. Casi muero en el intento, y de hecho un par de personas murieron.

—Sí, eso dijiste.

Don parecía menos molesto que Pete.

—La historia ha hecho que aumenten las ventas, no entiendo a qué viene tanto alboroto.

Don se encogió de hombros.

—Es su ego. Nadie se lo ha puesto nunca en su sitio, como te ha pasado a ti. Voy a ser sincero: jamás pensé que la historia de Jerry Fox fuese para tanto. Fue fácil publicar un contracomunicado de prensa en el que Pete decía que odiaba a la persona que había sido y todo eso. Que es un hombre cambiado, que ya no bebe absolutamente nada, etcétera, etcétera. Además, ya sabes lo que dicen, Johnny…: por mala que sea, cualquier publicidad es buena, ¿verdad que sí?

—Un momen… —Johnny se enderezó—. ¿Me estás diciendo que no hiciste ningún esfuerzo por impedir que saliera la historia?

—Más o menos. Pero Pete quería que me deshiciera de ella, y para eso me paga.

—No me lo puedo creer. Tanta mierda para…

—Espera, Johnny, colega. Yo no sabía que el hampa se fuese a involucrar. De eso no puedes culparme a mí.

—Pero ¿para qué me hiciste salir ahí fuera? ¿Solo para tener contento a Pete? Ya es hora de que madure de una puta vez, ¿no crees?

Slater movió la cabeza.

—Cuidado, campeón. Sigue siendo tu amigo. Sé que no se comporta como un amigo, pero lo es. Fue Pete quien quiso echarte una mano, no yo. Sin ánimo de ofender, Johnny, eres una puta estrella trasnochada, no James Bond.

—Entonces, ¿la promesa de ayudarme a entrar de nuevo en el mundo de la música también era una filfa?

Slater se quedó pensando.

—No. He oído que el concierto ese de Brick Lane fue algo muy especial.

—Estábamos un poco desentrenados.

—No es eso lo que me han dicho. Sale en todos los canales de televisión.

Slater cruzó la habitación y se detuvo delante de una mesita.

—Fue un concierto aislado —respondió Johnny—. Los demás han cambiado de vida.

—Bueno, sería una pena que te fueras con las manos completamente vacías, ¿verdad? —Slater cogió algo de la mesa. Era una cajita con un dibujo de marfil tallado. Johnny le observó. No iba a recibir el dinero porque no se lo había ganado, a pesar de que lo había arriesgado todo. Pero en este momento, cualquier tipo de pago le vendría bien.

—No puedo aceptar un cheque, Don —dijo—. Estoy…

Todavía no se había acostumbrado a la palabra.

—¿Arruinado? —dijo Slater sin ningún empacho.

—Eso es.

—No te preocupes. No pensaba darte un cheque. Ven conmigo.

Echó a andar con paso decidido, y Johnny, desconcertado, le siguió. Salieron por una puerta lateral y se dirigieron por un senderito asfaltado hacia un pequeño aparcamiento que había en la parte de atrás.

Slater se paró y puso los brazos en jarras.

—Ahí está.

Johnny frunció el ceño.

—¿A qué te refieres?

—Pete quiere que te quedes con su primer coche. Era un riesgo darte dinero en metálico, Johnny, teniendo en cuenta que eres un exadicto y todo eso. No queríamos cargar con la responsabilidad de que volvieras a engancharte.

Johnny se quedó mirando el baqueteado Porsche 911 rojo. Tenía abolladuras prácticamente en cada panel, había óxido asomando alrededor de los bujes de las ruedas y la pintura estaba tan deslucida que parecía somo si lo hubiesen dejado abandonado en algún pajar perdido o lo hubiesen sometido a un mal craquelado en un taller de bricolaje. Estaba hecho un asco.

—Tiene el depósito lleno, los impuestos están al día, está asegurado y ha pasado por el taller. —Slater le dio la cajita—. Aquí van la llaves.

La cabeza de Johnny iba a mil por hora. ¿Cuánto valdría en su mal estado actual? En sí mismo, poca cosa, pero los objetos que habían pertenecido a estrellas del *rock* solían venderse por un dineral.

—Como es natural, hay un pero —añadió Slater—. No lo puedes vender. Sigue perteneciendo a Pete. Pero al menos podrás moverte por ahí…

—¿Sabes? —dijo Johnny despacio—. Cuando algo parece mierda, huele a mierda y… En fin, ya te sabes el resto…

Slate hizo amago de recuperar la cajita.

—Entonces, ¿no quieres el coche?

Un puto Porsche viejo y abollado que ni siquiera era de su propiedad…

—No, me lo llevo —dijo Johnny, cerrando el puño sobre la caja antes de empezar a bajar las escaleras—. Dile a Pete que es un capullo y un desagradecido.

—Me paso el día diciéndole cosas de ese estilo.

—Y dile que tampoco quiero que me ayude a volver a la industria musical. Ya he pasado página.

—Se va a quedar impresionado cuando sepa que te vuelves a valer por ti mismo.

Johnny miró atrás.

—Que te jodan, Don. Bueno, me largo; voy a llevar a mi hija y a su madre a comer un curri.

—Mira qué bien. Nos vemos pronto, Johnny.

—Yo no estaría tan seguro.

Johnny se subió al maltrecho vehículo, que olía a cuero y a cigarrillos. Metió la llave y dio al contacto.

«A veces se gana, a veces se pierde. Todo depende de cómo gire la rueda. En esta vida, el único modo que tienes de asegurarte de que no vas a perder es renunciar a jugar».

El motor de tres litros arrancó con un traqueteo. Johnny salió a la carretera dando un volantazo, y puso rumbo a Embankment seguido por el fragor del tubo de escape.

Giró bruscamente a la izquierda y enfiló hacia Brick Lane. En la matrícula combada y oxidada del parachoques se leía a duras penas:

ROCK 1

Agradecimientos

Miles de gracias a Kate Bradley y a todo su equipo de Harper-Collins por hacer posible *El juego* y por insuflar vida a Johnny Klein. A Issy Lloyd, de Insanity Management, por su gestión; a Steve Dagger, como siempre, por creer en este libro, y, cómo no, a Ajda Vucicevic de HarperCollins: ¡sois geniales!